Familien gibt es in allen Farben und Formen und sie haben einen ganz eigenen Sinn für Verrücktheit, den nur ihre Mitglieder verstehen können.

Dieses Buch ist meiner eigenen Familie und den wundervollen Erinnerungen, die ich bewahre, gewidmet. Mom, Dad, Steve, wir haben so einiges durchgemacht, aber am Ende wurde alles gut. Ich werde unsere Scrabble-Turniere nie vergessen, das herzliche Lachen über Moms Mätzchen, der sture Optimismus gegen jeden Widerstand und ausschweifende Abendessen bei uns zu Hause.

Ich freue mich auf sehr viel mehr davon!

Und es ist der wundervollen Familie, in die ich einheiraten durfte, gewidmet. Meiner zweiten Mom und meinem zweiten Dad, Carolyn und Donald – danke, dass ihr mich mit offenen Armen empfangen habt und an eurer ganz eigenen Art von Wahnsinn und Liebe habt teilhaben lassen. Ihr habt mich immer mehr wie eine echte Tochter und Schwester behandelt, als ein angeheiratetes Anhängsel.

Ich liebe euch alle.

Die Autorin:

Die Romane, Novellen und E-Books von Jennifer Probst reichen von sexy Liebesgeschichten bis hin zu erotischen Erzählungen. Sie lebt im Bundesstaat New York.

Mehr Informationen über die talentierte New York Times und USA Today Bestsellerautorin unter www.jenniferprobst.com.

Jennifer Probst

PLAYING WITH FIRE

Sinnliche Berührung

Contemporary Romance

Aus dem Amerikanischen von Stephan R. Bellem

ROMANCE EDITION

SINNLICHE BERÜHRUNG

Jennifer Probst

Die Originalausgabe erschien 2012 unter dem Titel
THE MARRIAGE MISTAKE bei Gallery Books.

1. Auflage

Deutsche Erstveröffentlichung

Covergestaltung: © jdesign.at
Titelabbildung: © RomanceNovelCovers
Korrektorat: Melanie Reichert, www.lekorrektorat.de
Printed in Germany

ISBN-Taschenbuch: 978-3-902972-32-3

www.romance-edition.com

PROLOG

Carina Conte starrte in die flackernde Flamme ihres improvisierten Lagerfeuers und erinnerte sich daran, dass sie nicht verrückt war.

Sie war einfach nur verliebt.

Mit zitternder Hand hielt sie das Stück Papier. Das in lila Stoff geschlagene Buch mit Liebeszaubern lag im Gras neben ihren Füßen. Sie blickte sich um und flehte zu Gott, dass ihre Familie sie nicht entdeckte. Sie hatte ihrer Schwägerin versprochen, dass sie niemals versuchen würde, einen Zauber zu sprechen, aber Maggie brauchte es nicht zu wissen. Nun kauerte sie am anderen Ende des Anwesens – der Duft von verbranntem Holz und süßem Krokus erfüllte ihre Nase – und betete, dass der Feuerschein ihre Position nicht verriet.

Carina blickte hinunter auf die Seite. Okay, es war Zeit, Mutter Erde zu beschwören. Sie hoffte, Pater Richard wäre nicht enttäuscht. Hastig rezitierte sie die Worte, um die weibliche Macht der Erde zu beschwören – ihr einen Mann zu erschaffen, mit all den Eigenschaften, die auf ihrer Liste standen.

Dann warf sie das Papier ins Feuer.

Ein Gefühl von Leichtigkeit durchströmte sie und sie seufzte erleichtert. Geschafft. Jetzt musste sie nur noch Geduld haben. Sie fragte sich, wie lange Mutter Erde üblicherweise wartete, bis sie ihr Geschenk überreichte. Natürlich hatte sie der Gottheit die Arbeit leicht gemacht. Anstelle einer langen Liste von Eigenschaften enthielt ihre Liste nur die Kraft eines einzigen Namens. Der Name des Mannes, in den sie schon ihr ganzes Leben verliebt war. Der Mann, der sie wie eine kleine Schwester behandelte. Der Mann, der gebildet und sexy war und mit einigen der schönsten Frauen der Welt ausging. Der Mann, der ihr tagsüber die Sprache verschlug und sie nachts mit heißblütigem Verlangen erfüllte.

Maximus Gray.

Carina wartete, bis das Papier nur noch ein Häufchen Asche war, dann goss sie den Eimer Wasser über das Feuer. Sie verwischte ihre Spuren, las das gebundene Buch vom Boden auf und ging zurück zum Haus.

Das weiche Gras kitzelte ihre nackten Füße und ihr weißes Kleid umwehte sie wie ein Gespenst im Wind. Ein Anflug von Aufregung kroch über ihren Rücken, als sie sich zurück in ihr Zimmer schlich. Sie verstaute das Buch wieder in der Kommode und kletterte ins Bett.

Endlich war es erledigt.

1. Kapitel

Ich habe einen neuen Gesellschafter an Land gezogen. Sie wird in deinem Bereich eingesetzt und du bist für ihre Einarbeitung verantwortlich.«

Max fixierte den Mann gegenüber am Tisch mit seinem Blick. Seine Nervenenden prickelten über diese Neuigkeit, aber er blieb ruhig. Er streckte die Beine unter dem Konferenztisch aus, verschränkte die Arme vor der Brust und zog eine Augenbraue hoch. Er hatte unzählige Stunden gearbeitet und Blut und Wasser geschwitzt, um das Familienunternehmen *La Dolce Maggie* – den amerikanischen Ableger des italienischen *La Dolce Famiglia* – aus dem Boden zu stampfen und würde jetzt verdammt noch mal nicht so einfach beiseitetreten. »Willst du mich ersetzen, Boss?«

Michael Conte, der eher wie ein Bruder als ein Chef für ihn war, grinste ihn breit an. »Damit mir deine Mama dann den Arsch aufreißt? Sicher nicht. Du brauchst Hilfe für die Expansion.«

Max lächelte schief. »Ich glaube, deine Mama ist noch ein Stück härter als meine. Hat sie deine Braut nicht mit der Flinte im Rücken zum Altar geführt? Zum Glück liebst du sie, sonst würdest du ganz schön tief in der Scheiße stecken.«

»Witzig, Gray. Die Hochzeit war nicht das Problem. Es waren deine Zweifel an meiner Frau, die uns wirklich reingeritten haben.«

Max zuckte betroffen zusammen. »Sorry. Habe nur versucht, einen Freund vor einer geldgierigen Frau zu schützen. Egal, inzwischen liebe ich Maggie. Sie ist stark genug, es mit deinem Mist aufzunehmen.«

»Ja, es ist mittlerweile schon fast wie in einem gegenseitigen Bewunderungsverein bei euch beiden.«

»Besser als Krieg. Also, wer ist das Ass, das du im Ärmel hast?«

»Carina.«

Max presste die Lippen aufeinander. »Wie bitte? Carina, deine kleine Schwester? Das ist doch ein Scherz – geht sie nicht immer noch zur Schule?«

Michael goss sich aus der Karaffe ein wenig Wasser nach und nahm einen Schluck. »Sie hat letzten Mai ihren Master in Management an der SDA Bocconi gemacht und sammelt seitdem ein wenig Erfahrung bei *Dolce di Notte*.«

»Unserer Konkurrenz?«

Michael lächelte. »Wohl kaum. Sie haben nicht vor, die Welt zu erobern so wie wir, mein Freund. Allerdings kann ich ihnen vertrauen, dass sie ihr die Grundlagen des Konditoreigeschäfts beibringen. Ich wollte, dass sie von Julietta lernt, aber Carina will nicht im Schatten ihrer großen Schwester stehen. Sie hat mich angefleht, nach Amerika zu kommen und ihr Praktikum ist inzwischen vorbei. Es ist an der Zeit, dass sie sich am Familienunternehmen beteiligt. *Capisce?*«

Zum Teufel. Er verstand nur zu gut. Max wurde gerade zum Babysitter für die jüngste Schwester des Klans degradiert. Natürlich liebte er sie wie eine Schwester, aber ihre Neigung, in Tränen auszubrechen, sobald sie emotional wurde, war schlecht fürs Geschäft. Max schauderte. Was, wenn er ihre Gefühle verletzte und sie zusammenbrach? Das alles war eine ganz blöde Idee.

»Ähm, Michael, vielleicht solltest du sie in die Buchhaltung schicken. Du hast immer gesagt, sie könne gut mit Zahlen umgehen. Ich denke nicht, dass sie fürs Management geeignet ist. Ich habe einen vollgepackten Terminplan und stecke in wirklich schwierigen Verhandlungen. Bitte, schick sie zu jemand anderem.«

Sein Freund schüttelte den Kopf. »Irgendwann werde ich sie zur Finanzchefin machen, aber für den Anfang will ich sie bei dir wissen. Sie soll das Management von Grund auf lernen und wie *La Dolce Maggie* funktioniert. Du bist der Einzige, dem ich zutraue, sie nicht in Schwierigkeiten zu bringen. Du gehörst zur Familie.«

Diese einfachen Worte schlugen den letzten Nagel in seinen

Sarg. *Familie*. Michael hatte sich immer um ihn gekümmert und er hatte seinen Wert bewiesen. Max hatte sich immer nach einem Platz gesehnt, der nur für ihn gemacht war. Die Spitze der Nahrungskette sozusagen. Niemand hatte seine Stellung als Geschäftsführer jemals angezweifelt, doch mittlerweile fragte er sich, ob das Fehlen des wertvollen Conte-Bluts in seinen Adern seiner Position schadete. Verträge waren befristet und seiner wurde alle drei Jahre neu verhandelt. Er sehnte sich nach einer festeren Anstellung in dem Unternehmen, das er mit aufgebaut hatte und die Expansion von drei weiteren Bäckereien könnten seine Kronjuwelen sein. Wenn er seinen Job gut machte, könnte er sich ganz oben festigen, direkt neben Michael – als eingetragener Partner, anstelle eines ernannten Geschäfts-führers. Sich um ein junges Mädchen zu kümmern, das gerade frisch von der Uni kam, würde ihn bloß ablenken. Es sei denn ...

Er tippte sich mit dem Finger gegen die Unterlippe. Vielleicht musste Michael daran erinnert werden, wie wichtig seine Anstrengungen für die Firma waren. Indem er Carina mit besonderen Aufgaben betrauen würde, könnte er ihre Defizite aufzeigen und ihren Mangel an Erfahrung, während er sie unter seinen sogenannten Fittichen hatte. Nach der Expansion würde er Michael auf die Partnerschaft ansprechen. Carina könnte seiner Sache nützlich sein, vor allem, wenn er ihr als Mentor zur Seite stand und sie auf sein Feedback angewiesen wäre.

Ja, vielleicht war es so am besten.

»Okay, Michael, wenn es das ist, was du willst.«

»Gut. Sie kommt in ungefähr einer Stunde hier an. Warum kommst du nicht zum Abendessen? Wir geben eine kleine Willkommensfeier.«

»Kocht Maggie?«

Michael grinste. »Zum Teufel, nein.«

»Dann bin ich dabei.«

»Kluger Mann.« Michael zerdrückte den Pappbecher, warf ihn in den Mülleimer und schloss die Tür hinter sich.

Max blickte auf seine Uhr. Er hatte noch jede Menge Arbeit zu erledigen, bevor sie ankam.

***

Carina starrte auf die glatte Holztür mit dem goldenen Schild. Sie schluckte den Kloß im Hals hinunter und wischte die feuchten Handflächen an ihrem schwarzen Rock ab. Das war vollkommen verrückt. Sie war erwachsen und weit über die Phase hinaus, in der sie sich nach Max Gray verzehrte.

Drei Jahre waren schließlich eine lange Zeit.

Sie strich eine Haarsträhne ihres Dutts wieder nach hinten, straffte die Schultern und klopfte an die Tür.

»Herein.«

Der Klang seiner rauchigen Stimme umspielte ihre Erinnerungen und raubte ihr den Atem. Sie war voll, geschmeidig und sanft, versprach unanständigen Sex und Freuden, die nur eine Nonne ausschlagen konnte. Vielleicht.

Sie öffnete die Tür und trat mit aufgesetztem Selbstbewusstsein ein. Carina wusste, dass es keine Rolle spielte. Die Geschäftswelt betrachtete immer nur die Oberfläche. Dieses Wissen beruhigte sie. Während ihrer Ausbildung hatte sie gelernt, ihre Gefühle zu verbergen. Es war nur eine Frage des Überlebens.

»Hallo Max.«

Der Mann hinter dem ausladenden Schreibtisch betrachtete sie mit einer seltsamen Mischung aus Wärme und Überraschung, beinah als hätte er die Frau nicht erwartet, die vor ihm stand. Diese stechend blauen Augen verengten sich und sein Blick wanderte über ihren Körper, ehe sich ein herzliches Willkommen auf seinen Zügen abzeichnete. Ihr Herz taumelte, stolperte und hielt dem Ansturm schließlich stand. Sie gestattete sich einen Moment, sich in seinem Aussehen zu verlieren.

Sein Körper war schlank und gepflegt, während ihm seine imposante Größe eine leicht einschüchternde Aura verlieh, die ihm bei den meisten seiner Geschäftsabschlüsse bestimmt einen kleinen Vorteil verschaffte. Sein Gesicht wirkte wie das Bild eines Dämons und eines Engels, die sich in Liebe verfallen waren. Kantige Wangenknochen, eine schmale Nase und würdevoll geschwungene Augenbrauen deuteten auf seine adlige Abstammung hin. Der sexy Ziegenbart umspielte seinen Kiefer, betonte seine vollen, geschwungenen Lippen und versprach puren Sex. Dichtes kohlschwarzes Haar fiel ihm in ungezähmten Wellen über seine Stirn und unterstrich das klare Blau seiner Augen. Als er auf sie zuging, bewegte er sich mit einer leichtfüßigen Anmut, die ein Mann seiner Größe normalerweise nicht zustande brachte und der verführerische Duft seines Eau de Cologne reizte ihre Sinne. Die ungewöhnliche Kombination aus Holz, Gewürz und Zitrone brachte sie dazu, ihr Gesicht in seinem Nacken vergraben und einatmen zu wollen.

Natürlich tat sie das nicht. Nicht einmal, als er sie zur Begrüßung kurz umarmte. Ihre Finger legten sich auf seine breiten Schultern, die kaum Platz in dem maßgeschneiderten blauen Anzug fanden. Sie hatte schon vor langer Zeit ihr Kryptonit gefunden und wesentliche Dinge gelernt. Erkenne deine Schwäche. Akzeptiere sie. Mach weiter. Diese einfachen Regeln der Geschäftswelt galten für sie mittlerweile in allen Lebenslagen.

Sie blickte lächelnd zu ihm auf. »Ist lange her.«

»Zu lange, *cara*.« Unbehagen stahl sich für einen kurzen Moment in seine Augen. »Ich habe gehört, du hast deinen Abschluss als Klassenbeste gemacht. Gute Arbeit.«

Sie nickte kurz. »Danke. Und du? Michael sagt, du arbeitest hart für die Expansion von *La Dolce Maggie*.«

Sein Kiefer verkrampfte sich. »Ja. Es scheint, als würdest du mich in diesem Aspekt unterstützen. Hast du schon mit deinem Bruder gesprochen?«

Carina rümpfte die Nase. »Nein. Ich bin direkt ins Büro gekommen, um noch ein paar Stunden zu arbeiten. Ich hatte angenommen, dass er mich zuerst herumführen würde. In welcher Abteilung fange ich an? Buchhaltung, Budget oder im operativen Geschäft?«

Er musterte ihr Gesicht für eine Weile, sein Blick war wie eine Umarmung, während er all ihre Gesichtszüge genau betrachtete. Sie hielt still und ergab sich der Inspektion. Sie musste sich an seine Gegenwart gewöhnen, da sie ihm bei der Arbeit immer wieder begegnen würde. Gott sei Dank könnte sie sich in der Buchhaltung vergraben. Ihre Konzentrationsfähigkeit und ihr Geschick mit Zahlen waren mehr als gefestigt und Max würde nur selten nach ihrem Fortschritt fragen müssen.

Ein Lächeln umspielte diese sinnlichen Lippen und lenkte sie kurz ab. »Meine.«

»Bitte?«

»Meine Abteilung. Du wirst mit mir als meine Assistentin arbeiten. Ich werde dich weiter ausbilden.«

Blanker Horror durchflutete sie. Carina wich einen Schritt zurück, als wäre er ein Dämon, der von ihr verlangte, ihm ihre Seele zu überschreiben. »Ich halte das für keine gute Idee.« Ein hysterisches Lachen huschte ihr über die Lippen. »Ich meine, ich will nicht im Weg sein. Ich spreche mit Michael und überzeuge ihn davon, dass ich in einer anderen Abteilung anfange.«

»Willst du nicht mit mir arbeiten?« Er hob die Hände. »Es gibt keinen Grund zur Sorge, Carina. Ich werde mich gut um dich kümmern.«

Das Bild von ihm, wie er seine Finger in ihre nasse Hitze schob und sie zum Orgasmus trieb, blitzte in ihrem Geist auf. Bei Gott, er wusste, wie man sich um eine Frau kümmerte. In jeder Weise. Röte schoss ihr in die Wangen. Unter dem Vorwand, sein Büro zu erkunden, wandte sie sich schnell ab. *Lächerlich.* Nach nur fünf Minuten mit ihm verlor sie bereits die Kontrolle.

Ihre Absätze klackerten auf dem Parkett, während sie umherlief und Interesse an einer großen Fotografie vortäuschte, die die Eröffnung des Hafenviertels zeigte. Dieser Moment war ihr ultimativer Test und sie weigerte sich, zu versagen. Max war eine dumme Schwärmerei ihrer Jugend gewesen, jedoch führte sie ihr Leben nicht länger eingeschlossen in einem emotionalen Gefängnis. Sie war aus zwei Gründen hergekommen: Ihren Wert zu beweisen und den Geist von Maximus Gray auszutreiben.

Bis jetzt hatte sie auf beiden Gebieten vollkommen versagt.

Sie räusperte sich und blickte ihn erneut an. »Ich freue mich über deine Bereitschaft, mich auszubilden«, sagte sie fröhlich, »aber ich würde mich in einer anderen Abteilung wohler fühlen.«

Er verzog die Lippen. »Wie du willst. Allerdings glaube ich, dein Bruder hat eine klare Vorstellung davon, was er möchte. Wie wäre es, wenn ich dich kurz herumführe, während ich ihn anrufe? Er hat dich viel später erwartet.«

»Gern.« Sie begegnete der Herausforderung mit erhobenem Kinn. »Vielleicht ist es an der Zeit, meinen Bruder daran zu erinnern, dass er nicht mehr über mich zu bestimmen hat.«

Carina stellte sicher, dass sie vorausging, als sie das Zimmer verließen.

***

Was zur Hölle ging hier vor?

Max trottete folgsam hinter der kühlen und selbstsicheren Frau hinterher und versuchte, seine Sinne beisammenzuhalten. Das war nicht das junge Mädchen, das er zum letzten Mal in Italien gesehen hatte; das emotional, pathetisch und unsicher war.

Nein, diese Carina Conte war erwachsen geworden.

Früher hatte ihm ihr bewundernder Blick immer einen leichten Kick verschafft, ebenso ihre schüchterne Art den Kopf zu senken, wenn sie sich für etwas schämte. Carina war daran gewöhnt, darauf zu hören, was andere verlangten. Sie wollte es allen rechtmachen, war überaus sensibel und ein liebevolles Mädchen, das Max' Beschützerinstinkt zu stark angesprochen hatte.

Die Frau allerdings, der er gerade begegnet war, wirkte völlig sicher und fähig. Der Gedanke, dass sie sich gegen ihren älteren Bruder stellte, schockierte ihn. Er wunderte sich über den kurzen Anflug von Enttäuschung über die Veränderung, ehe er sie mit einem Schulterzucken beiseitewischte. Vielleicht wäre Carina am Ende für die Firma von größerem Nutzen, als er ursprünglich gedachte hatte.

Ihr Köper hatte sich natürlich ebenfalls entwickelt. Oder war es ihm nur niemals aufgefallen? Max riss den Blick von den vollen Rundungen ihres Hinterns los, während sie ihre Hüften in diesem uralten Rhythmus schwang, der Männer verrückt machte. Sie war ein wenig kleiner als ihre ältere Schwester und ging auf zehn Zentimeter hohen Absätzen, die ihre muskulösen Beine betonten. Während er sie verschiedenen Angestellten vorstellte und sie ihre Runde im Erdgeschoss drehten, bemerkte er, dass sie auch in anderen Bereichen gewachsen war. Vor allem im Bereich ihres Ausschnitts.

Hitze raste durch ihn hindurch und erschwerte ihm das Atmen. Die Bluse war am Hals aufgeknöpft und gab den Blick auf einen Hauch von Spitze frei. Ihre vollen Brüste pressten sich gegen den Stoff, als wollten sie sich befreien und verwandelten ihren seriösen Hosenanzug in das Outfit einer Stripperin. Geschockt über seine eigenen Gedanken, stellte er sich Nonnen in Unterwäsche vor und brachte sich selbst wieder unter Kontrolle.

Carina war außer Reichweite. Er war ihr Aufpasser und zweiter Beschützer. Max schüttelte den Kopf und betrachtete ihr Gesicht beinah in einem akademischen Licht. Sie war schon immer ein hübsches Mädchen gewesen, trug aber üblicherweise so viel Make-up, dass er ihre Gesichtszüge kaum erkennen konnte. Heute waren dunkelrote Lippen ihr einziges Accessoire. Ihr olivfarbener Hautton schimmerte im Licht und verführte einen Mann dazu, sie zu berühren. Ihre ungezähmten Locken waren einem strengen Dutt gewichen, der ihre dichten Augenbrauen und hohen Wangenknochen betonte. Ihre Nase war die einer Italienerin und bestimmte ihr Gesicht. Es waren jedoch diese stürmischen, dunklen Augen, von denen eine Macht ausging, die ihn gefangen hielt und nicht mehr losließ. Sie würde niemals gertenschlank sein und er fragte sich, warum die meisten Frauen das überhaupt sein wollten. Diese ausladenden

Kurven, die ihren strengen Hosenanzug ausfüllten, waren die reinste Verführung.

Ob sie einen Liebhaber hatte?

Scheiße, wo kam dieser Gedanke her? Er rieb sich die Augen und stöhnte vor Erleichterung auf, als er Michael am Ende des Flurs erblickte.

Ihr Bruder breitete die Arme nach alter Familientradition aus, aber Carina stürzte sich nicht in seine Umarmung. Stattdessen lächelte sie, ging langsam den Flur entlang und umarmte ihn. Die Stärke ihrer Verbindung umgab sie wie ein Schimmer und wieder schlug Max die Einsamkeit entgegen. Er hatte sich immer nach einem Bruder oder einer Schwester gesehnt, um sein Leben mit jemandem zu teilen. Zumindest waren Michael und seine Schwestern wie Familie für ihn. Seit sich sein Vater aus dem Staub gemacht hatte, gab es für Max nur noch eine Sache, die ihn auf dem Pfad seiner Rache hielt: Erfolg.

Also versau es nicht.

Genau das hatte er vor, also nahm er sich wieder zusammen. Michael legte einen Arm um Carinas Schultern, als sie zu ihm kamen. »Ich bin so froh, dass du endlich hier bist, *mia bella*. Ich habe dem Fahrer jedoch gesagt, er soll dich direkt zum Haus bringen. Maggie wartet schon auf dich.«

Carina neigte den Kopf nach oben und grinste. »Und wie geht es meiner Schwägerin?«

»Sie ist launenhaft.«

»Kannst du es ihr verübeln?« Sie lachte. »Ich habe dem Fahrer gesagt, es gäbe eine Planänderung. Ich dachte, ich sehe mir erst noch die Firma an, richte meinen Schreibtisch ein und komme dann zu euch. Max hat mir einen kleinen Überblick über die Räumlichkeiten gegeben.«

Michael klopfte ihm anerkennend auf den Rücken und wandte sich Carina zu. »Du bist in guten Händen. Warum nimmst du nicht das Büro gleich neben seinem? Es steht seit einer Weile leer und ich kann noch heute die Kartons daraus entfernen lassen. Morgen Früh haben wir ein Planungsmeeting wegen einiger neuen Entwicklungen.«

Eine unangenehme Stille setzte um sie herum ein. Michael wirkte verwirrt, als er den versteinerten Gesichtsausdruck seiner Schwester bemerkte. »Ja, wie mir scheint, müssen wir erst einmal ein paar Regeln festlegen. Können wir uns in deinem Büro zusammensetzen?«

Max nickte. »Ich lasse euch beide jetzt allein und treffe euch heute Abend wieder.«

»Nein, Max. Ich möchte, dass du uns begleitest«, sagte Carina.

Ihr fester Blick verursachte ein seltsames Prickeln auf seiner Haut, das er jedoch ignorierte. Er stimmte zu und sie versammelten sich in Michaels Büro. Die Stühle waren ausladend und bequem; für lange Konferenzen wie geschaffen. Als ihre zierliche Gestalt beinah völlig von all dem Samt verschluckt wurde, musste er ein leises Lachen unterdrücken. Sie rutschte bis an die Kante des Stuhls vor und warf ihm einen entrüsteten Blick zu, der verriet, dass sein Amüsement nicht unbemerkt geblieben war. Dann presste sie die Knie zusammen und stellte die Absätze fest auf den Boden. Diese wohlgeformten Waden waren wie dafür gemacht, die Hüften eines Mannes zu umschließen, während er in sie stieß.

Bei Gott, wo war seine Beherrschung? Er war bereits vierunddreißig und damit ein alter Mann. Klar, der heiße Bibliothekarinnen-Look war eine Überraschung, aber Carina war noch immer wie Familie für ihn, außerdem viele Jahre jünger. Behütet. Unschuldig. Sie würde vermutlich vor Scham sterben, wüsste sie, dass ihr Aussehen seine Welt bewegte ... und Teile seines Körpers.

Er verdrängte das Bild rasch wieder.

»Michael, ich habe ein paar Bedenken, was meinen Platz hier angeht. Vielleicht kannst du mir sagen, was du als meine Aufgabe siehst und wir machen die nötigen Anpassungen.«

Ihr Bruder zog sich zurück. Es schien, als wäre er nicht der Einzige, der von der nüchternen Carina Conte überrascht war. »Du solltest dir darüber keine Sorgen machen, *cara.* Irgendwann wirst du die Finanzchefin sein, aber fürs Erste wirst du Max in allen Dingen assistieren, die die Führung des *La Dolce Maggie* betreffen. Ich möchte, dass du erst alle Ebenen des Betriebs kennenlernst. Natürlich wirst du bei Maggie und mir wohnen. Ich habe dir eine Einliegerwohnung eingerichtet, die du natürlich nach Belieben dekorieren kannst. Wenn du Bedenken hast, komm zu mir und wir schaffen sie aus der Welt.« Michael platzte geradezu vor Stolz über sein großzügiges Angebot.

Irgendwie vermutete Max, dass sich hier Ärger anbahnte. Großer Ärger. Er wartete auf den weiblichen Gefühlsausbruch.

Carina nickte. »Ich verstehe. Nun, das ist wirklich sehr großzügig von dir und ich bin dir für das Angebot sehr dankbar. Nur leider bin ich nicht nach New York gekommen, um bei meinem Bruder zu wohnen und der Schatten seines Geschäftsführers zu sein. Ich ziehe noch dieses Wochenende in Alexas altes Loft. Ich denke außerdem, ich kann *La Dolce Maggie* besser unterstützen, wenn ich in der Buchhaltung arbeite, da das schließlich meine Hauptaufgabe sein wird. Max braucht niemanden, der ihn von seinen Aufgaben ablenkt.«

Max schloss geräuschvoll den Mund und hoffte, dass es niemandem aufgefallen war. Wo blieb das Feuerwerk und das Familiendrama? Carina war eine junge, leidenschaftliche Frau, die niemals mit ihrer Meinung hinter dem Berg hielt und jedem Gefühl nachging, das sie empfand. Darum geriet sie auch immer in Schwierigkeiten. Er erinnerte sich daran, wie sie einmal aus dem Auto gesprungen war, um einen streunenden Hund in den Wald zu verfolgen und sich dann verlaufen hatte. *Dio*, was für eine Katastrophe. Sie hatten befürchtet, dass sie entführt worden war und hatten sie erst Stunden später mit einem Fellknäuel in den Armen unter einem improvisierten Unterstand aus Zweigen und Blättern gefunden. Ohne eine Träne zu vergießen, hatte sie verkündet, sich darüber zu freuen, dass man sie gefunden hatte. Dann war sie mit dem Hund nach Hause gegangen, während ihr Bruder sie angebrüllt hatte und Max vor Erleichterung beinah in Ohnmacht gefallen war.

Michael starrte sie an. »Auf gar keinen Fall. Du bist meine Schwester und wohnst bei uns. New York ist ein gefährliches

Pflaster. Was die Firma angeht – ich brauche momentan niemanden mehr in der Buchhaltung. Du kannst von Max mehr lernen.«

»Nein.« Sie lächelte zufrieden, während ihr Wort wie das Platzen eines Ballons durch den Raum schoss.

»Was?«

»Du hörst mir nicht zu, Michael. Wenn wir uns nicht wie Erwachsene unterhalten können, wird das nicht funktionieren. Ich habe bereits zwei Stellenangebote von Firmen in Manhattan und ich habe mich noch nicht entschieden. Ich möchte hier meine Fähigkeiten beweisen, wenn du mich jedoch weiterhin wie eine kleine Schwester behandelst, kann ich meinen Job nicht richtig machen. Das wäre für niemanden fair. Also wenn du einen triftigen Grund dafür hast, außer dass Max ein Auge auf mich hat und mich aus Schwierigkeiten heraushält, dann her damit. Falls nicht, ziehe ich gern weiter und niemandes Gefühle werden verletzt. *Capisce*?«

Max wappnete sich für das italienische Temperament seines Freundes und Chefs. Es gab eine Sache, die Michael mit dem Eifer mittelalterlicher Kriegsführung verfolgte – seine kleine Schwester zu beschützen. Nach alter Tradition war sein Wort in der Conte-Familie Gesetz. Der Gedanke, dass Carina seine Entscheidung infrage stellte und zwar vom ersten Moment an, in dem sie einen Fuß auf sein Territorium gesetzt hatte, faszinierte ihn über die Maßen.

Und dann verschob sich die Welt in ihren Bahnen.

Michael nickte knapp. Ein angedeutetes Lächeln umspielte seine Lippen. »Na gut, *cara*. Ich will, dass du in meinem Haus wohnst, weil sich Maggie über deine Gesellschaft freuen wird. Wir können dich herumführen, bis du dich in deiner neuen Umgebung wohler fühlst. Was die Firma angeht – ich weiß, du kannst unglaublich gut mit Zahlen umgehen, aber ich will, dass du alle Teile des Geschäfts kennenlernst, vor allem das Management. Max ist der Einzige, dem ich zutraue, deine Fähigkeiten vernünftig zu entwickeln.«

Wie bitte?

Max suchte den Raum nach versteckten Kameras ab, konnte aber keine finden. Carina schien zufrieden. »Gut, ich stimme zu, dass Max die beste Wahl ist. Ich habe Maggie auch vermisst, also bleibe ich für eine ganze Woche bei euch. Dann muss ich aber wirklich umziehen – bei meinem großen Bruder zu leben, entspricht nicht meinen Vorstellungen. Es ist Zeit, meine eigene Wohnung zu haben und Alexas Loft bietet sich perfekt an. Einverstanden?«

Er schien nicht glücklich darüber, die letzte Hälfte der Abmachung zu verlieren und Max wartete gespannt auf weitere Verhandlungen.

»Einverstanden.«

Die Geschwister grinsten einander an. Wer waren diese Leute?

»Ich werde kurz die Toilette aufsuchen. Können wir anschließend nach Hause fahren? Ich bin erledigt und will mich umziehen.«

»Natürlich. Wir geben eine kleine Dinnerparty, um deine Ankunft zu feiern, aber du hast Zeit, dich davor noch auszuruhen.«

»Herrlich.« Sie erhob sich anmutig aus dem Stuhl und hielt direkt vor ihm noch einmal inne. »Danke für den Rundgang, Max. Wir sehen uns heute Abend.«

Er nickte, noch immer sprachlos von dem gesitteten Meeting, dem er gerade beigewohnt hatte. Sie verließ den Raum, dann starrte er seinen Chef an. »Was zum Teufel war das gerade? Warum bestimmst du nicht einfach die Marschrichtung, wie sonst auch immer? Und was ist mit ihr passiert? Sie hat kein einziges Mal geheult, seit sie hier ist. Sie war noch nicht einmal bekümmert.«

Michael wischte mit der Hand durch die Luft und zog sein Sakko an. »Maggie hat mich davon überzeugt, dass ich sie als Individuum respektieren muss, damit sie ihre eigenen Entscheidungen treffen kann. Hasse ich es? *Sì.* Allerdings ist sie erwachsen und muss ihren eigenen Weg finden.« Sein Blick verfinsterte sich. »Ich bin ihr Bruder, nicht ihr Papa. Ich bin dir jedoch sehr dankbar, dass du ein Auge auf sie haben wirst, *mio amico*. Ich vertraue darauf, dass du sie beschützt und ihr alles beibringst, was sie wissen muss, um diese Firma zu leiten.«

Unbehagen kroch seine Kehle hinauf. »Die Firma leiten?«

Michael lachte. »Selbstverständlich. Sie ist eine Conte und wird eines Tages alle Zügel von *La Dolce Maggie* in der Hand halten. Dafür bilden wir sie aus.«

Max starrte seinen Freund an, während ein Gefühl von Kälte in seine Brust sickerte. Würde er jemals zur Familie zählen und gut genug sein, einen Teil des Unternehmens zu besitzen? War er selbstsüchtig oder undankbar? Sie hatten *La Dolce Maggie* gemeinsam aufgebaut, aber in seinem Innersten wusste Max, dass er austauschbar war. Carina wäre die Finanzchefin, jedoch würde ihr gleichzeitig auch ein Teil der Firma gehören. Er hatte niemals eine Entfristung von Michael gefordert, aus Angst, ihre Freundschaft könnte diese rein geschäftliche Angelegenheit beeinflussen. Warum hatte er ständig das Gefühl, härter kämpfen zu müssen, um wirklich dazuzugehören? Natürlich war sein Arschloch von einem Vater daran schuld, aber das ständige Ringen um Wertschätzung wurde anstrengend.

»Ich sehe dich dann um sieben heute Abend. Danke, Max.«

Die Tür schloss sich hinter ihm.

Max blieb allein in der Stille des Raumes zurück. Mit seinen Erinnerungen. Und einem unguten Gefühl im Magen, das niemals völlig verschwand.

2. Kapitel

Carina saß im Schneidersitz auf dem Bett und kicherte, als ihre Schwägerin hereintappte und sich langsam auf dem Stuhl niederließ. Ihre geschwollenen Füße lugten unter dem bodenlangen Rock hervor; ihr riesiger Bauch hob sich ein wenig und dominierte ihren Körper. Zimtfarbenes Haar fiel ihr über die Augen. Maggie schob die Unterlippe vor und blies einmal kräftig. Die Strähnen teilten sich sofort und enthüllten ein Paar atemberaubende grüne Augen, in denen sich Wut und allgemeines Unwohlsein spiegelten.

»Dein Bruder ist ein Arsch«, verkündete sie.

»Was hat er diesmal angestellt?«, fragte Carina und versuchte, dabei nicht über den aktuellen Zustand ihrer sonst trendigen und stilbewussten Schwägerin zu lachen.

»Such dir etwas aus. Er schläft und wagt es, zu schnarchen, während ich wie ein gestrandeter Wal im Bett liege. Er benimmt sich lächerlich und fragt mich immerzu, ob ich etwas brauche. Heute hat er mir verboten, auf mein nächstes Fotoshooting zu gehen. Er spielte darauf an, dass Verreisen für mich zu gefährlich wäre.«

Carina verschluckte sich beinah an einem Lachen. Maggies Geburtstermin war in acht Wochen, dennoch wollte sie noch nicht einsehen, ihrem normalen Zeitplan nicht mehr folgen zu können. »Nun, du weißt doch, wie überfürsorglich Michael ist«, begann sie. »Und, ähm, ich weiß nicht, wie du dich hinknien willst, um Fotos zu machen, Maggie.«

Maggies Blick verfinsterte sich. »Ich weiß. Warum hat mir niemand gesagt, dass Zwillinge in eurer Familie häufig vorkommen?«

»Hätte das einen Unterschied gemacht?«

»Vielleicht. Oh Gott, ich weiß es nicht. Vermutlich nicht. Männer sind scheiße.«

Die Tür wurde geöffnet und Carina blieb eine Antwort erspart. Ein Gesicht, das von schwarzen Korkenzieherlocken umrahmt wurde, lugte in den Raum. »Juhu, ich hatte gehofft, dass du hier oben bist. Carina!«

Carina kreischte vor Freude, dann wurden Umarmungen und Küsse ausgeteilt. Maggies beste Freundin, Alexa, war mit Maggies Bruder verheiratet und erinnerte Carina an eine große Schwester. Sie war eine reine Frohnatur, immer gut gelaunt und gehörte zum inneren Familienkreis. Als Carina die Umarmung löste, machte etwas unter ihren Händen einen kleinen Sprung.

Rasch zog sie die Hände zurück. »Oh mein Gott. Das Baby hat sich bewegt!«

Alexa legte die Hände auf ihren dicken Bauch und grinste. »Ich werde den Kleinen beim Karate anmelden.« Mit ähnlichem Watschelgang kam sie zu Maggie, warf ihr einen Kuss zu und setzte sich auf den Stuhl daneben. »Gott sei Dank, seid ihr hier oben. Ich brauche ernsthaft ein wenig Mädelszeit. Mein Ehemann geht mir auf die Nerven.«

Maggie kicherte. »Scheint hier ein allgemeines Problem zu sein. Was stellt mein lieber Bruder denn jetzt schon wieder an?«

»Er hat mir verboten, weiterhin in den Buchladen zu gehen. Als würde ich mein Geschäft aufgeben, bloß weil ich schwanger bin. Er erinnert mich ständig daran, dass wir das Geld nicht brauchen.« Alexa schnaubte. »Habt ihr eine Ahnung, wie viele Tiere wir mit dem Geld retten könnten? Dabei gibt er sich auch noch wie ein Kavalier und sagt, ich soll zu Hause bleiben und mich ausruhen. Ausruhen mit einer Dreijährigen? Ja klar, ich lege die Füße den ganzen Tag hoch und esse Bonbons. So geht das nicht. Bei *BookCrazy* geht es friedlich zu und ich kann mit Erwachsenen reden.«

Maggie schauderte. »Das letzte Mal, als ich zu Besuch war, hat mich Lily in ihrem Kinderzimmer eingeschlossen und gezwungen, drei Stunden Teeparty mit ihr zu spielen. Die erste Stunde lief es noch ganz gut, aber komm schon ... Wie lange kann man so tun, als würde man Tee trinken und Luftkekse essen?«

Carina lachte. »Ihr beiden macht mich fertig. Was ist nur aus diesem Glücklich-bis-ans-Lebensende geworden? Die

Romantik nach der Hochzeit? Die perfekte Beziehung?«

Die beiden Freundinnen tauschten Blicke aus. »Komm darüber hinweg«, riet Maggie. »Das echte Leben ist kompliziert.«

Alexa nickte. »Du willst einen Mann, der bei dir bleibt – in guten wie in miesen Zeiten. Denn es gibt 'ne Menge miese Zeiten.«

Carina musterte die beiden Frauen, die so gut wie nur noch aus Bauch, Wehwehchen und durchgedrehtem Östrogen bestanden. »Ähm, lohnt es sich?«

Maggie seufzte. »Ja«, gestand sie grummelnd. »Es lohnt sich.«

Alexa strahlte. »Es lohnt sich auf jeden Fall. Jetzt zu dir. Irgendwelche schlüpfrigen Details für uns? Hast du dich für mein Angebot entschieden und ziehst in meine alte Wohnung?«

Aufregung kroch über Carinas Wirbelsäule. »Ja. Sie scheint perfekt. Ich ziehe in ungefähr zwei Wochen um. Inzwischen passe ich ein bisschen auf, dass Maggie meinen Bruder nicht umlegt.«

»Danke, Schwester.«

Carina grinste. »Gern geschehen. Ich habe bei *La Dolce Maggie* vorbeigesehen und mich rumführen lassen. Max wird mir alles Nötige beibringen.«

»Max ist der süßeste Mann. So charmant und hilfsbereit«, sagte Alexa.

Maggie warf ihr einen besorgten Blick zu. »Hältst du das für eine gute Idee, Carina? Glaubst du, du kannst so eng mit Max zusammenarbeiten?«

Volltreffer.

Carina erinnerte sich noch, wie Maggie sie vor drei Jahren auf ihre Schwärmerei für Max angesprochen hatte. Max war acht Jahre älter und spielte weit außerhalb ihrer Liga. Ihre Bemühungen, ihn auf sich aufmerksam zu machen, hatten ihr unzählige schlaflose Nächte und Heulkrämpfe beschert. Maggie hatte ihr beigebracht, erst einmal ihr eigenes Leben nach ihren Vorstellungen zu führen.

Liebe ist jedoch hartnäckig. Sie hatte diese eine unvergessliche Nacht gebraucht, um zu erkennen, dass Max niemals mehr in ihr sehen würde als die kleine Schwester eines Freundes. Die Erinnerung an ihre Demütigung schwebte noch immer über ihr, aber Carina hatte den Schlag gebraucht, um ihren eigenen Weg zu finden.

Sie atmete tief ein und blickte ihre Schwägerin direkt an. »Ja«, sagte sie mit fester Stimme. »Es ist in Ordnung für mich, mit Max zusammenzuarbeiten.«

Maggie studierte ihren Gesichtsausdruck, dann nickte sie. »Verstanden. Nun gut, der Großteil der Meute wartet bestimmt schon.« Sie stemmte sich auf die Armlehnen und drückte sich in den Stand. »Komm dazu, sobald du dich fertiggemacht hast.«

»Okay, ich bin in ein paar Minuten unten.«

Carina ließ sich in die Kissen fallen und starrte zur Decke. Ihr gesamtes Leben drehte sich darum, ihren Platz inmitten von umwerfenden Schwestern und einem talentierten Bruder zu finden. Es schien so, als hätte jeder seine eigene Nische gefunden, außer ihr. Der Gedanke, ein neues Kapitel in ihrem Leben aufzuschlagen, weckte unbändige Erwartung. Ein anderes Land. Ein neuer Job. Ein Ort, an dem sie für sich allein lebte. Die Möglichkeiten schienen wie ein Geschenk vor ihr ausgebreitet und sie war es leid, diese Momente an einen Kerl zu verschwenden, der sie niemals lieben würde.

Heirat und sich mit einem Mann häuslich niederzulassen, waren nicht länger ihre Ziele. Eine heißblütige, zügellose Affäre aber ganz gewiss.

Ihre Haut prickelte. Endlich war sie von allen Einschränkungen befreit und plante, ihre Sexualität eingehend zu erforschen. Sie würde einen Mann finden, der ihrer würdig war und sich kopfüber in eine rein physische Beziehung ohne Hoffnung auf Langfristigkeit stürzen.

Böses Mädchen.

Verdammt, es wurde auch Zeit.

Der Gedanke baute sie auf. Sie erhob sich vom Bett, nahm das rote Kleid vom Bügel und zog sich um.

***

Max genoss sein Leben. Er aß oft mit Michael und Maggie zu Abend, dabei waren auch Alexa und Nick häufig anwesend. Gemütliche Stunden, die mit Lachen und Wein gefüllt waren. Stunden, die ihn an die endlosen Abende erinnerten, die er mit der Conte-Familie in Bergamo verbracht hatte. Mama Conte und seine Mutter waren seit ihrer Kindheit miteinander befreundet und zusammen aufgewachsen. Als sich sein Vater aus dem Staub gemacht hatte, hatte Mama Conte ihn und seine Mutter gewissermaßen adoptiert. Er hatte sich immer eher wie ein Cousin als ein Freund gefühlt.

Ein Ziehen kroch seinen Rücken hinauf. Seltsamerweise besaß er mehr Geld als Michael, hatte aber niemals einen Cent davon gewollt – es sei denn, er hatte selbst dafür geschuftet. Als würde er ein Geschäft abschließen, war sein reicher schweizer Vater aufgetaucht und hatte das einfache italienische Mädchen verführt. Kurz darauf hatten sie geheiratet. Als das Baby geboren war, hatte er einen fetten Scheck für sie ausgestellt, ehe er für immer verschwand. Max hatte seinen Vater niemals kennengelernt, sein Geld jedoch häufte über die Jahre Zinsen an. Ohne weitere Verwandte war seine Mutter auf das Geld angewiesen gewesen, Max hingegen war jedes Mal schlecht geworden, wenn er nur daran gedacht hatte. Er hatte es nicht erwarten können, sein eigenes Geld zu verdienen. Er wollte nicht das Geringste von einem Mann haben, der seinen neugeborenen Sohn zum ersten Mal sah, um danach ohne einen Blick zurück zu verschwinden. Einem Mann, der seine Frau in einer altmodischen Stadt voller Katholiken gedemütigt und sie dazu gezwungen hatte, als verlassene und geschiedene Frau zu leben.

Nein, Max interessierte sich nicht für ihn. Stattdessen hatte er sich geschworen, seiner Mutter niemals Schande zu bereiten oder sich seiner Verantwortung zu entziehen. Die Sünden des Vaters würden nicht auf den Sohn übergehen. Dafür würde er sorgen.

Max füllte sein Glas Chianti nach, nahm sich ein Stück

Bruschetta und drehte sich um.

Heilige Scheiße.

Sie kam die kunstvolle Treppe mit einer lässigen Anmut herunter – ein ungezwungenes Lächeln auf den Lippen, ihr umwerfender Körper in einem feurig roten Kleid. Er hatte sie niemals zuvor in Rot gesehen, geschweige denn in einem Kleid. Bisher hatte er sie nur in weiten Klamotten und T-Shirts in Erinnerung gehabt, die ihre natürlichen Rundungen vor allen Blicken verbargen.

Nicht mehr. Der tiefe Ausschnitt betonte ihre üppigen Brüste und den Schwung ihrer Hüften. Ihr dunkles, lockiges Haar fiel ihr auf die Schultern und über den Rücken und flehte nach einem Mann, der seine Finger darin vergrub. Der dunkelrote Lippenstift brachte die tintenschwarzen Tiefen ihrer Augen zur Geltung.

Sie hielt direkt vor ihm inne, sodass ihm die Grußworte im Hals stecken blieben. Er war so sehr an ihren Ausdruck von offen gezeigter Sehnsucht gewöhnt und hatte bereits vor Jahren bemerkt, dass sie für ihn schwärmte. Er hatte das stets niedlich gefunden und auch ein wenig schmeichelhaft. Inzwischen hatte er immer stärker das Gefühl, dass sie ihre ganz eigene Magie besaß. Max hatte ihre schmeichelnden Worte, ihr Mitgefühl und ihre bewundernden Blicke als alltäglich hingenommen. Heute behandelte sie ihn wie alle anderen.

Enttäuschung keimte in seiner Brust auf, doch er schüttelte das Empfinden ab.

»Hey«, sagte er. Von der lahmen Begrüßung peinlich berührt, erinnerte er sich daran, dass sie wie eine kleine Schwester für ihn war und seine letzte Freundin von echtem Adel. »Möchtest du ein Glas Wein?«

»Auf jeden Fall. Chianti?« Sie deutete auf sein Glas, als ihr eine Locke über die Stirn genau vor ihr Auge fiel. Der klare Duft von Kurkuma drang an seine Nase und war betörender als jedes Parfum.

»Ähm, ja.«

»Perfekt.«

Er beschäftigte sich damit, ihr ein Glas zu besorgen und reichte es ihr.

»Danke.«

Als sie nach dem Glas griff, strichen ihre Finger über seine und er wäre beinah zurückgewichen. Das leichte Prickeln war kaum spürbar, aber noch immer da. Genau das, was er nicht brauchte. Er schüttelte den Kopf und sammelte sich wieder.

»Sag Bescheid, wenn du irgendwelche Fragen zur Gegend hast. Ich führe dich gern herum.«

Sie nippte an ihrem Wein und schloss genussvoll die Augen. »Hm, da gibt es eine Sache, die ich dringender als alles andere brauche.«

»Was?«

»Ein Fitnessstudio. Kannst du mir eines empfehlen?«

»Michael hat in der Firma eines eingerichtet. Ich zeige es dir morgen. Ich trainiere normalerweise vor Arbeitsbeginn, falls du dich mir anschließen möchtest.« Ihr Blick wanderte über seinen Körper, als würde sie einschätzen, wie fit er war. Er grinste. »Soll ich mal anspannen?«

Die alte Carina wäre rot angelaufen. Diese hier schürzte die Lippen. »Vielleicht.«

»Ungezogene Göre.« Er hob die Augenbrauen. »Du hast das Training doch immer gehasst?«

»Tue ich noch immer. Aber ich liebe es, zu essen und ich habe ein Gewichtsproblem. Sport hält beides in der Balance.«

Max verzog das Gesicht. »Du hast kein Gewichtsproblem.«

Sie seufzte. »Glaub mir, wenn die meisten Klamotten für große, langbeinige Frauen ohne Hüften gemacht werden, hast du ein Gewichtsproblem.«

Er fühlte Ärger in sich aufkeimen. »Das ist Schwachsinn. Du hast einen ordentlichen Hintern und Brüste. Das ist die Art von Gewicht, nach der ein Mann sucht.«

Als ihm die Worte über die Lippen kamen, schnappte er nach Luft und spürte, wie ihm die Hitze in die Wangen stieg. Unterhaltungen mit Carina betrafen niemals Körperteile. Was zur Hölle tat er hier?

Es schien ihr jedoch nicht peinlich zu sein. Genau genommen lachte sie laut und stieß mit ihrem Glas gegen seines. »Schön gesagt, Max. Vielleicht komme ich auf dein Angebot zurück. Wie geht es Rocky?«

Ein flüchtiges Lächeln umspielte seine Lippen. »Großartig. Er ist wieder völlig gesund und hat sich in ein Schoßhündchen verwandelt. Irgendwie peinlich. Ich habe noch nie einen Pitbull getroffen, der sich nur dann für Fremde interessiert, wenn sie seinen Bauch kraulen.«

Ihr Blick aus mandelförmigen Augen wurde weicher. Ihre Familie nannte Carina *die Tierflüsterin*, weil sie mit jedem Tier kommunizieren konnte. Nachdem er Rocky aus dem Kampfring befreit hatte, ging sein erster Anruf an Carina. Sie hatte ihm erklärt, wie er mit dem misshandelten Pitbull umgehen musste. Per Ferndiagnose hatten sie gemeinsam seine gebrochene Seele geheilt. »Ich kann es kaum erwarten, ihn endlich zu treffen«, sagte sie. »Bilder sind einfach nicht dasselbe.«

Die Vorstellung, Carina zusammen mit seinem Hund bei sich zu Hause, breitete sich vor ihm aus. Es war seltsam, wie sehr er sich darauf freute, sie in seinen vier Wänden zu sehen. Normalerweise hasste er es, Frauen mit nach Hause zu bringen und versuchte, diese Falle zu vermeiden, indem er zu ihnen ging.

Carina nahm einen Schluck Wein und verblüffte ihn mit einer direkten Frage. »Was macht dein Liebesleben? Wer ist dein Liebling des Monats?«

Er trat von einem Fuß auf den anderen. »Niemand Bestimmtes.«

»Bist du nicht bereits vor einer Weile dreißig geworden?«

»Was hat das denn damit zu tun?«, fragte er. Er hasste die Rechtfertigung in seinem Tonfall. »Ich bin erst vierunddreißig.«

Sie zuckte mit den Schultern. »Ich habe mich nur gefragt, ob du auch sesshaft werden und eine Familie gründen willst. Wie die anderen.«

Die beiden Paare standen dicht beieinander und waren tief in ihr Gespräch versunken. Nicks Hand ruhte auf Alexas Bauch.

Michael beugte sich zu seiner Frau hinüber und flüsterte ihr etwas ins Ohr. Die Luft um die vier herum war erfüllt von Glück und Zweisamkeit, was Max auf die gähnende Leere in seinem Innern aufmerksam machte.

Natürlich wollte er das. Wer denn nicht? Jedoch gab es bisher keine Frau, wegen der er seine Freiheit aufgegeben hätte, um sich für immer zu binden. Er hatte sich geschworen, sein Leben lang Single zu bleiben, wenn er sich nicht einhundertprozentig sicher war. Er würde seine Familie und seine Frau niemals im Stich lassen, wie es sein Vater getan hatte. Er würde niemals jemanden im Stich lassen, der ihn brauchte. Darum konnte er sich den Luxus von Fehlern in seinen Beziehungen nicht erlauben. Sobald eine Frau zu lang in seinem Bett bleiben wollte oder ihn zu Familienfesten einlud, stellte er die Beziehung auf die Probe. Wenn die Gefühle nicht ausreichend waren, zog er weiter.

Dummerweise war er seit Jahren umhergezogen, ohne jemals eine feste Beziehung gehabt zu haben.

»Eines Tages«, sagte er. »Wenn ich die Richtige finde.«

»Deine Mama wird langsam ungeduldig«, neckte sie ihn. »Ich glaube, sie spricht bei Pater Richard ein paar Rosenkränze extra und betet, dass du nicht schwul bist.«

Er verschluckte sich an seinem Wein. Wer war diese Frau? Ihr verspielter Gesichtsausdruck brachte ihn dazu, sie herauszufordern. »Oh, tatsächlich? Und denkst du, ich bin schwul?«

Seine Muskeln spannten sich unter ihrem heißen Blick an, während sie jeden Zentimeter seines Körpers in Augenschein nahm. »Hm, das habe ich mich schon immer gefragt. Du kleidest dich sehr gut. Kennst die Marken deiner Designer. Und für meinen Geschmack bist du mir ein bisschen zu gut aussehend.«

Er atmete schlagartig aus. »Was?«

»Nicht böse gemeint. Ich ziehe den Bad-Boy-Typ vor. Legere Kleidung, längeres Haar, vielleicht ein Motorrad.«

»Dein Bruder würde dich umbringen. Ich wette außerdem, du bist noch nie auf einem verdammten Bike gefahren.« Sein

Temperament ging mit ihm durch, was das Ganze nur noch lächerlicher machte. Er wusste, dass sie ihn bloß aufzog. »Und du weißt, dass ich nicht schwul bin.«

»Okay.« Sie zuckte mit den Schultern, als würde er sie langweilen. »Denk, was du willst.«

Ihre ausweichende Antwort ging ihm gehörig gegen den Strich. War sie bei einem Kerl auf dem Motorrad mitgefahren, der sie ausnutzen wollte? Und warum interessierte es ihn? Bei Gott, sie war eine erwachsene Frau und nicht länger sein Problem. Sie konnte ausgehen, mit wem sie wollte. Das Bild, wie sie sich an irgendeinen Typen klammerte, traf ihn mit voller Wucht. Ihre Schenkel fest an die Abdeckung des vibrierenden Motors gepresst. Dunkles Haar, das im Wind wehte. Nichts als Geschwindigkeit, während sie sich festhielt und auf diese Weise ein Erlebnis der ganz anderen Art versprach.

Vielleicht war es an der Zeit, Carina Conte begreifen zu lassen, dass er nicht gut auf solche Spielchen zu sprechen war.

Er senkte den Kopf. Ihre Augen weiteten sich vor Überraschung, als er seinen Mund ganz nah an ihren brachte; nah genug, um den wundervollen Schimmer ihrer pfirsichweichen Haut zu sehen, das Rot ihrer Lippen und den winzigen Hauch eines Atems zu spüren, den sie warm ausstieß. »Soll ich dir beweisen, dass ich nicht schwul bin?«

Sie dachte einen Moment nach, dann fing sie sich wieder. »Ich wusste nicht, dass meine Meinung von Bedeutung ist.«

Die Worte trafen ihn mit überlegter Präzision. Ihr scharfer Verstand, versteckt unter einer Fassade aus Unschuld, hatte ihn schon immer fasziniert. Sie hatte bisher selten den Mut aufgebracht, sich ein Wortgefecht zu liefern und er mochte diese neue Frau, die vor ihm stand. »Vielleicht haben sich die Dinge geändert.«

»Vielleicht ist mit das egal.«

Ein Lächeln huschte über seine Lippen. »Vielleicht ist es an der Zeit, dir eine Nachricht für meine Mutter mitzugeben. Einen Beweis, sozusagen.«

Ihr Hals verriet ihren rasenden Puls, doch ihre Stimme war

kühl und kontrolliert, als sie sprach. »Vielleicht werde ich nicht gern benutzt.« Sie machte einen Schritt zurück und verpasste ihm eine Abfuhr. »Vielleicht habe ich mich weiterentwickelt, Maximus Gray. Ich bin nicht mehr das süße kleine Ding, das um deine Aufmerksamkeit bettelt. Komm darüber hinweg.«

Erhobenen Hauptes ging sie zu ihrem Bruder. Max sah ihr nach und fragte sich, was zur Hölle er da gerade angefangen hatte. War er verrückt? Jedwede Art lustvoller Provokation zwischen ihnen durfte nicht sein – allerdings hatte sie ihn provoziert.

Das, was in ihrer Unterhaltung mitschwang, schnitt tief. Hatte er sie tatsächlich so behandelt? Schuldgefühle übermannten ihn bei der Vorstellung, herablassend zu jemandem gewesen zu sein, den er liebte. Und er liebte sie. Wie eine Schwester.

Max schüttelte den Kopf und ging an die frische Luft. Er musste sich zusammenreißen. Keine Wortgefechte mehr. Keine neckischen Auseinandersetzungen. Sie mussten eine rein geschäftliche Beziehung pflegen, während er ihr die Spielregeln beibrachte und hoffte, dass sie ihn in den Eigenschaften, die für seinen Job wichtig waren, nicht übertraf. Die Situation war schon kompliziert genug ohne eine weitere Komplikation – vor allem wenn sie sexueller Natur war.

Er atmete die klare, kalte Luft ein und beruhigte sich wieder. Das hier war nur ein kleiner Rückschlag, verursacht durch seine Neugier.

Es würde sich nicht wiederholen.

3. Kapitel

Dämlich. Sie war so dämlich.

Carina beobachtete ihn durch ihre Wimpern hindurch, während er am Telefon einem ihrer Lieferanten Befehle erteilte. Letzte Nacht war ein Fehler gewesen. Ihn auf irgendeiner sexuellen Ebene herauszufordern, war absolut tabu, aber sie konnte einfach nicht anders. Zum ersten Mal begegnete sie ihm auf Augenhöhe und das Gefühl war einfach zu stark, um es zu unterdrücken.

Bis er sich über sie gelehnt hatte, sein Mund nur Zentimeter von ihrem entfernt. Seine volle Unterlippe war so sexy gewesen, die rauen Bartstoppeln, die sein Kinn und seinen Kiefer vereinnahmten und die betörende Hitze seiner blauen Augen. Sogar in Jeans, einem weißen Hemd und einem legeren schwarzen Sportjackett hatte er sie an James Bond in den Ferien erinnert. Nicht irgendeinen Bond. Nein, er war durch und durch Pierce Brosnan, mit seinem guten Aussehen, verwegenen schwarzen Haaren und all den harten Muskeln. Sie wäre jede Wette eingegangen, dass er von einem Gebäude springen und den Bösewicht umlegen würde, ohne ins Schwitzen zu geraten. Sein schwacher Akzent schwang in jeder Silbe gerade weit genug mit, um eine fast schon hypnotisierende Wirkung auf jede Frau im Raum auszuüben.

Sie war kurz davor gewesen, wie eine viktorianische Schönheit in Ohnmacht zu fallen. Stattdessen hatte sie das Gefühlschaos mit reinem Überlebensinstinkt bekämpft und am Ende besiegt. Zu dumm, dass der Sieg nur von kurzer Dauer war. Das Verlangen zwischen ihren Schenkeln und die Härte ihrer Brustspitzen verrieten ihr, dass sie niemals völlig über Max hinweg sein würde. Ihr Körper sang und ächzte in seiner Gegenwart. Jedoch hatte sie jahrelange Übung in dieser Sache; das war etwas, womit sie leben musste.

In ihrer seltsamen Unterhaltung hatten sich zu viele unausgesprochene Dinge versteckt, mit denen sie sich nicht auseinandersetzen wollte. Wenigstens konzentrierten sie sich heute Morgen beide auf das Geschäft. Sie waren höflich, beherrscht und bereit für die Arbeit – genau, was sie jetzt brauchte.

Er beendete das Telefonat und streckte einen Meter achtzig pure Muskeln. »Komm mit. Wir haben ein Meeting mit dem Verkauf.«

Sie nahm ihre Aktentasche und folgte ihm, wobei sie zwei Schritte für jeden von seinen machte. Die Zentralen von *La Dolce Maggie* und *La Dolce Famiglia* waren nun getrennt, wobei Julietta in Italien die Letztere leitete. Als Michael entschieden hatte, mit der Bäckerei in New York zu expandieren, hatte er den ambitionierten Plan ins Auge gefasst, in jedem Quartal eine Neueröffnung zu feiern. Jeder Standort wurde durch eine Reihe von statistischen Erhebungen ausgesucht und Carina stimmte ihren Entscheidungen zu, nachdem sie die Auswertungen gelesen hatte. Sich mit mehreren Köchen, Lieferanten und Vertragspartnern auseinanderzusetzen, war überwältigend und Max schien auf jeder Ebene beteiligt zu sein.

Drei Männer saßen um einen Tisch aus glänzend poliertem Holz verteilt. Sie alle trugen Anzüge und Krawatten und wirkten ebenfalls wie poliert. Sie standen auf, als Max und Carina den Raum betraten und nickten zur Begrüßung.

»Carina, das sind Edward, Tom und David. Sie sind unsere regionalen Topmanager. Wir treffen uns mit ihnen, um zu sehen, wie wir die Verkäufe in jeder Region steigern können. Carina ist meine neue Assistentin im Training.« Sie grüßten sie warmherzig, dann setzten sie sich. Max stürzte sich sofort in eine detaillierte Diskussion über Quoten, Reichweite und eine Reihe anderer Methoden, die sie an der Uni gelernt hatte. Sie kritzelte fieberhaft in ihrem Notizbuch mit und zog die Bilanz aus ihren Antworten auf Max' Vorschläge.

Edward sprach. »Unser Hauptproblem ist, dass wir uns von der normalen Konkurrenz entfernen. Panera ist noch immer riesig. Andere Tante-Emma-Läden in der Gegend konzentrieren sich auf Brot. Natürlich haben wir die Supermärkte für die Kuchen.«

»Die Einheimischen sind der Schlüssel«, sagte Max. »New Paltz ist vielleicht ein Akademikerviertel, aber es gibt dort einen vielschichtigen Mix aus alter und neuer Welt. Wir kaufen Werbefläche in jeder lokalen Zeitung und jedem Magazin. Ortsansässige Gemeinde-Vertragspartner und Lieferanten haben wir bereits ausgeschöpft, also müssen wir neue Wege finden, die Verbindung aufrechtzuerhalten. Wir sind nicht hier, um mit den Coffeeshops oder Supermärkten zu konkurrieren. Wir wollen Firmenfeiern, Hochzeiten und große Partys. Wir vermarkten frische Zutaten, Vielfalt, Kreativität. Eine Art Kunst-Bäckerei wird den Leuten gefallen. Das ist, worauf wir unseren Fokus legen.«

Carina räusperte sich. »Verzeihung, Max. Hast du auch ein Augenmerk auf die Veranstaltungen im Frühjahr? Messen, Kostproben, Freiluftmärkte?«

»Es gibt eine Vielzahl von Orten, an denen wir Stände mieten können, aber wir wussten nicht, ob es sich lohnen würde«, sagte Tom.

»Es lohnt sich«, sagte Max. »Macht es. Sehr gut, Carina.«

Sie versuchte, nicht vor Stolz zu glühen.

»Das Bauernhandwerksfestival ist Samstag in zwei Wochen. Es ist ein bisschen spät, aber wenn wir ein paar Kostproben und Werbematerial haben, können wir uns vielleicht noch reinquetschen«, sagte Tom.

»Macht es. Findet jemanden, der den Stand besetzt. Aber denkt daran, die Speisekarte geheim zu halten. Unser Angebot soll eine Überraschung sein, damit uns niemand kopieren kann. Die Marktforschung hat gezeigt, dass die Verkäufe und die Mundpropaganda steigen, wenn man erst im letzten Moment den Vorhang hebt.«

»Erledigt.«

Sie redeten noch ein wenig weiter, dann schob Max seinen Stuhl zurück. »Tom, Dave, kann ich euch für einen Moment sprechen?«

Carina sammelte ihre Sachen ein, als sich Edward neben sie stellte. »Toller Vorschlag. Nett, dich kennenzulernen.«

Sie lächelte und reichte ihm die Hand. »Danke. Carina Conte.«

»Michaels Schwester?«

»Jepp.«

Er wirkte beeindruckt. »Klasse. Du hast einen wundervollen Akzent. Italienisch?«

»Bergamo.«

»Ich war vor Jahren mal dort. Es ist eine wundervolle Stadt.« Sein Blick war von Bewunderung erfüllt und schickte ein warmes Prickeln über ihren Rücken. Er trug sein Haar länger als die meisten Männer, beinah wie ihr Bruder. Kastanienbraune Augen mit einem Hauch von Gold verliehen ihm ein geheimnisvolles Aussehen. Er war nur ein paar Zentimeter größer als sie, aber in seinem schwarzen Anzug steckte ein starker Körper. »Sag Bescheid, wenn du jemanden brauchst, der dich herumführt. Es wäre mir eine Ehre.«

»Danke, ich komme vielleicht auf dein Angebot zurück.«

Er lächelte sie an. »Gut.«

»Edward.« Sein Name schnitt scharf durch die Luft. »Ich brauche dich hier.«

»Sicher, Boss.« Er zwinkerte ihr zu und verschwand. Carina verkniff sich ein zufriedenes Grinsen. Nicht schlecht. Ihr erster Tag im Büro und sie hatte schon ein mögliches Date. Nichts war so gut, wie ein wenig männliche Aufmerksamkeit, um sich auf ihr neues Leben zu konzentrieren.

Sie verstaute ihre Papiere säuberlich in ihrer Aktentasche und ging Richtung Tür.

Max stand mit verschränkten Armen vor ihr und versperrte ihr den Weg. Wut und Ärger schlugen ihr in Wellen entgegen.

»Was ist los?«

»Lass dich nicht mit Angestellten ein, Carina. Wir mögen es nicht, Geschäftliches und Privates zu vermischen.«

Ihre Kinnlade klappte hinunter. »Wie bitte? Ich habe mich nett unterhalten. Er hat mir angeboten, mir die Gegend zu zeigen. Entspann dich.«

Sein Kiefermuskel zuckte und sein missbilligender Blick gab

ihr den Rest. Würde er jemals seinen Instinkt, sie wie ein Baby zu beschützen, überwinden? »Edward ist für seine Verführungskünste bekannt«, sagte er sanft.

Belustigung und Schrecken vermischten sich. Sie entschied sich für Sarkasmus und warf die Hände in die Höhe. »Oh, Gott sei Dank hast du mich gewarnt! Mit einem Mann auszugehen, der sich mit Frauen gern einen netten Abend macht, ist ein schreckliches Schicksal. Wenigstens weiß ich jetzt, dass es mit ihm nur für eine kurze Affäre reichen wird.«

Er zuckte zusammen. »Ich versuche dir zu sagen, dass er nicht dein Typ ist.«

Carina sah ihn böse an. »Du hast keine Ahnung, was mein Typ ist, Max«, sagte sie in gedehntem Tonfall. »Und das wirst du auch nie. Aber danke für den Hinweis.« Sie ging an ihm vorbei. »Ich mache kurz Mittagspause.«

Er packte sie am Unterarm. Hitze brannte sich durch ihren Blazer und machte sie wütend. Zum Teufel mit ihm und dafür, dass er sie so herumkommandierte. Sie war es endgültig leid, von jedem Mann in ihrem Leben verhätschelt zu werden. Vielleicht war es an der Zeit, ihre Unabhängigkeit auf ganz altmodische Art unter Beweis zu stellen. Sie senkte ihre Stimme. »Sonst noch etwas?«

»Die Männer sind hier anders.« Er schnitt eine Grimasse, als würde er sich darauf vorbereiten, ein Aufklärungsgespräch mit ihr zu führen. »Sie wollen womöglich Dinge von dir, die sich Männer zu Hause nicht erlaubt hätten.«

Oh Junge, das könnte spaßig werden. Sie machte einen verwirrten Gesichtsausdruck. »Meinst du Sex?«

Sein Griff wurde fester. »Ja, Sex. Ich möchte nicht, dass du in eine unangenehme Lage gebracht wirst.«

»Ich verstehe. Ich bin froh, dass du das gesagt hast. Also wenn sie mich zum Essen ausführen, könnte es sein, dass sie ... rummachen wollen?«

Seine Wangen liefen rot an und sie unterdrückte einen triumphierenden Laut. »Genau. Amerikanische Männer sind eher an Frauen gewöhnt, die beim ersten Date mit ihnen schlafen.

Möglich, dass sie kein Verständnis für deinen familiären Hintergrund haben.«

Carina brannte innerlich vor Scham, aber der Lohn war diese Unterhaltung wert. »Also sollte ich nicht mit ihm zu Abend essen?«

»Nicht mit Edward. Vielleicht kannst du am Sonntag in der Kirche ein paar nette Männer kennenlernen? Dort gibt es vielleicht eine Single-Gruppe.«

»Oh, das ist nicht nötig, aber danke. Jetzt, da die Dinge klar sind, weiß ich genau, was ich tun muss.«

Sein Griff löste sich und er machte einen Schritt zurück. Erleichterung umspielte seine Züge. »Gut. Ich will nicht, dass dir wehgetan wird oder man dir etwas vormacht.«

»Das wird nicht passieren. Du musst wissen, neben der Einarbeitung im Familienbetrieb, bin ich nur aus einem Grund nach Amerika gekommen.« Sie belegte ihn mit einem gewinnenden Lächeln. »Ich bin hier, um eine Affäre zu haben. Zu meinen eigenen Bedingungen. Ich will nicht heiraten oder sesshaft werden und in Bergamo musst du das, wenn du mit jemandem schläfst. Du weißt selbst, wie einschränkend das ist. Ist das nicht einer der Gründe, weshalb du die Stadt verlassen hast, um mit Michael zu arbeiten?«

»Ähm.«

»Genau. Ich werde meine eigene Wohnung haben, meinen eigenen Lebensstil und ich kann endlich heißen, ungezwungenen Sex haben. Nicht mehr und nicht weniger.« Sie tätschelte seinen Arm. »Ich werde Eddies Angebot, mir die Gegend zu zeigen, annehmen. Er ist genau mein Typ.«

Carina ließ ihn in seinem Entsetzen zwischen Tür und Angel stehen und blickte nicht zurück. Sie grüßte Mitarbeiter, die ihr auf dem Weg zur Kantine begegneten und nahm sich ein Truthahn-Roggensandwich.

War es denn so falsch, dass sie ihre eigenen intimen Erfahrungen sammeln wollte, ohne dass ihr dabei jemand über die Schulter blickte? Sie hatte auf der Uni einige Verabredungen gehabt, aber ihre Mama und Julietta hatten sie genau beobachtet. Wenn sie auf den großen Besäufnissen war, traf sie immer den Freund eines Freundes ihrer Familie. Der Ruf von *La Dolce Famiglia* und der lange Arm ihres Bruders hielten sie damals selbst den weiten Weg bis nach Mailand fest im Griff.

Tief in ihrem Inneren war sie ein böses Mädchen, gefangen im Körper eines Engels.

Sie holte sich noch ein Wasser, packte ihr Sandwich aus und brütete in einer Ecke der Kantine. Wie sollte Max ihren Typ kennen? Er glaubte wohl, sie wäre eine zitternde Jungfrau, ohne jegliche Erfahrung, die beim Gedanken an eine männliche Erektion in Ohnmacht fiel.

Ha! Er wusste rein gar nichts über sie. Ja, sie war noch Jungfrau, aber sie hatte bereits einige Erfahrungen gemacht. Tiefer gehende Erfahrungen. Der einzige Grund, weshalb sie noch nicht den letzten Schritt zu einer vollständigen Beziehung gemacht hatte, war, dass sie noch keinen Mann getroffen hatte, der sie dazu brachte, sich auszuziehen und zur Sache kommen zu wollen. Die meisten waren so zärtlich und zurückhaltend, dass sie Angst gehabt hatte, mittendrin einzuschlafen. Und sie würde ihre Jungfräulichkeit bestimmt nicht in einem Moment der Trunkenheit über Bord werfen. Sie wollte eine ernste, erwachsene, sexuelle Affäre. Zu ihren Bedingungen.

Ihre Fantasien kreisten um einen Mann, der ein wenig grob war und ihren Körper auf viele wunderbare Weisen dirigierte. Sie mochte technisch gesehen zwar unschuldig sein, doch sie sehnte sich nach einem Liebhaber, der sie in jede nur erdenkliche Richtung antrieb. Physisch. Emotional. Jetzt, da sie in Amerika war, hatte sie vor, ihn zu finden. Und vielleicht erfüllte Edward diese Anforderungen.

Ihre Finger zitterten bei dem Gedanken an Max' Vorschlag, sie solle einen Mann in der Kirche kennenlernen. *Dio*, er war vollkommen *pazzo*. Er lernte seine Verabredungen gewiss nicht dort kennen. Davon abgesehen, dass er regelmäßig in den Klatschspalten vertreten war, liebten die Magazine den alleinstehenden Milliardär; viele Fotos zeigten nur allzu ungeniert seine Wochenenderoberungen. Ihr Herz hämmerte bei dem

Gedanken, aber sie hatte vor langer Zeit akzeptiert, dass sie niemals gut genug für Maximus Gray wäre.

Die Nacht ihrer Demütigung flackerte vor ihrem inneren Auge auf. Sie kam gerade nach ihrem dritten Jahr an der Universität nach Hause, Michael und Max waren zu Besuch und Max blieb über Nacht. Der Plan war einfach. Weltoffener und mit ihrer körperlichen Erscheinung besser ausgestattet, versuchte sie, ihn zu verführen. Sie zog ein sexy schwarzes Kleid an, mörderische High Heels, die sie sich von ihrer Schwester geklaut hatte und verfolgte ihn auf eine schicke Cocktailparty. Die Nacht verlief wunderbar. Max schenkte ihr den ganzen Abend seine Aufmerksamkeit. Er lachte über ihre Witze. Berührte ihren Arm. Sein tiefgründiger Blick aus blauen Augen haftete stundenlang an ihr. Er machte keine Anstalten, sich mit anderen Leuten zu unterhalten und ihre Stimmung stieg, als sie sich auf den zweiten Teil ihres Plans vorbereitete.

Mit zwei Gläsern Wein bewaffnet, ging sie hinaus, um ihn im Garten zu treffen und hoffentlich auch ihren ersten gemeinsamen Kuss zu erleben. Natürlich hatte sie nicht eingeplant, ihn dabei zu erwischen, wie er eine andere Frau küsste. Und es war keine beliebige Frau. Nein, diese trug ein ähnlich schwarzes Kleid wie sie, nur, dass sie groß und schlank und perfekt war. Carina beobachtete voller Entsetzen, wie Max ihr etwas ins Ohr flüsterte und seine Hand ihren Hintern umfasste, als er sie zu sich hochzog. Erregung vermischte sich mit purer Eifersucht, wie sie sie noch nie gespürt hatte – das Verlangen, die Frau zu sein, die Max in den Armen hielt, die Frau, die er liebte.

Der Rest lief wie in Zeitlupe ab. Ihr qualvolles Stöhnen. Wie er den Kopf drehte und sie anblickte. Der Strudel aus Bedauern, Entschuldigung und Entschlossenheit in seinen Augen. Und sie wusste in diesem Moment, dass sie niemals jene Frau sein würde. Die Blondine lächelte ungerührt, als wäre Carina eine jüngere Cousine oder Schwester. Harte Wahrheiten prasselten auf sie ein. Sie wäre niemals eine Konkurrenz zu all den Frauen, die Maximus Gray jagten. Sie war nicht hübsch oder intelligent genug. Sie war nicht gebildet, originell oder sexy. Sie war bloß ein junges Mädchen, das frisch von der Uni kam und verliebt war. Er hatte ihr für ein paar Stunden Gesellschaft geleistet, weil ihre Familien so gut befreundet waren.

Carina entschied, nicht davonzurennen. Mit langsamen, bedachten Schritten legte sie die Entfernung zwischen ihnen zurück und reichte ihm den Wein. Max' Finger strichen über ihre, als er das Glas nahm und das Prickeln seiner warmen Haut brachte sie beinah zum Heulen. *Beinah.*

Dann bot sie seiner Begleitung das zweite Glas an.

Er schreckte zurück, als hätte er die symbolische Bedeutung ihrer Geste verstanden. Carina sah zu ihm auf und prägte sich sein geliebtes Gesicht zum letzten Mal ein. Sie ließ ihn im Garten mit dieser Frau zurück und blickte sich nicht mehr nach ihm um. Sie gab mehr als die Liebe ihres Lebens auf. Sie gab ihre alten Träume auf und ließ ihr altes Leben hinter sich.

Sie ging zurück an die Uni und wurde eine andere Frau, sammelte ihre Energie und richtete sie auf die Arbeit. Sie schloss mit Bestnoten ab und schrieb sich sofort an der SDA Bocconi School of Management ein, wo sie ihren Master machte und ein intensives Praktikum absolvierte. Die Geschäftswelt mochte ihr nicht so sehr gefallen, aber sie war entschlossen, sich gut darin zu schlagen.

Sie mochte die Kraft und die Kontrolle, die ihr ihre neuen Fähigkeiten gaben. Sie war kein schwaches Mädchen mehr, dessen Laune von anderen abhängig war, sondern eine Frau, die ihre Angelegenheiten selbst in die Hand nahm und bereit war für die Herausforderungen des Lebens. Eine Frau, die auf ihren eigenen Beinen stand, mit ausgefeilten beruflichen Befähigungen und einem klaren Verstand. Eine, die niemals wieder hinter Max her sein würde.

Sie aß ihr Sandwich auf, stürzte das Wasser hinunter und schob das Tablet von sich. So eng mit ihm zusammenzuarbeiten, bedeutete zwangsläufig, dass alte Erinnerungen aufkamen. Sie musste an ihrem Ziel festhalten und weitermachen.

Carina entsorgte die Essensreste und machte sich wieder an die Arbeit.

***

Zwei Wochen später fragte sich Max, ob er mal wieder eine heiße Nummer brauchte.

Er blickte auf die Uhr und unterdrückte ein Gähnen. Kurz vor ein Uhr. Sein Magen rumorte von dem vielen Kaffee. Die Berichte waren überfällig und eine seltsame Anspannung pulsierte durch seine Muskeln. Was stimmte nicht mit ihm? Er hatte schon häufiger gegen eine Deadline angearbeitet, sich aber niemals so ... *krank* gefühlt. Völlig aufgewühlt, aber ohne einen Ausweg. Wann hatte er das letzte Mal Sex gehabt? Und wo war Carina?

Im selben Moment, als diese seltsame Kombination an Gedanken durch seinen Geist huschte, stürmte sie mit einem Lächeln und einer glänzenden Tasche in der Hand durch die Tür. Ihr Rock war für das Büro viel zu kurz und lenkte einige Funktionäre ab, aber als er das Thema bei Michael zur Sprache gebracht hatte, schien sich ihr Bruder nicht dafür zu interessieren. Er redete irgendetwas über Mode daher und was angemessen war. Schwachsinn. Was war aus Knielänge geworden? Und trug sie niemals Strumpfhosen? Es verursachte nur mehr Stress, auf diese Barriere zu verzichten, vor allem, wenn man das dadurch entstehende, schier endlose Bild von nackter, olivfarbener Haut bedachte.

»Wo warst du? Ich brauche den geänderten Lieferbericht, bevor ich zur Kontrolle zum neuen Standort fahren kann.«

Ihr dichtes Haar war zu einem strengen Dutt gebunden, was den anmutigen Schwung ihres Nackens und ihrer Wangen betonte. Schweiß glitzerte auf ihrer Stirn, als sie die Tasche auf ihrem Schreibtisch abstellte und ihre Aktentasche fallen ließ. »Entschuldige. Wayne hat sich krankgemeldet, also habe ich ihm gesagt, dass ich für ihn übernehme.«

»Schon wieder?« Er blickte zum Kalender. »Verdammt, es ist der Eröffnungstag im Yankee Stadion, Carina. Der hat nur Scheiße im Kopf. Ruf ihn an.«

Ihre volle Unterlippe zuckte amüsiert. »Ach, lass ihn das Spiel genießen – sei nicht so streng. Ich habe die Berichte in einer Stunde. Hier, vielleicht geht's dir danach besser.« Sie holte ein großes Stück Bruschetta-Pizza hervor, das dick mit Tomaten und Knoblauch belegt war und bei ihm Heimweh verursachte.

Sein Magen schrie vor Hunger. Wann hatte er das letzte Mal gegessen?

Als hätte sie seine Frage gehört, antwortete sie darauf. »Du hast das Frühstück wieder ausgelassen. Gönn dir eine Pause und ich mache inzwischen den Bericht fertig.«

»Hast du schon etwas gegessen?«

Sie winkte ab und ging zur Tür. »Habe keinen Hunger.«

»Stopp.« Sein Befehl ließ sie innehalten. Er nahm das Plastikmesser und schnitt ein Stück ab. »Du gehst nirgendwohin, ehe du das hier nicht mit mir geteilt hast.«

»Brauche ich nicht.«

»Setz dich oder du bist gefeuert.«

Sie lachte, gehorchte aber. Sie zog einen Stuhl heran, nahm das Stück mit einer Serviette entgegen und biss hinein. Für einige Augenblicke kauten sie und genossen das Essen; eine vertraute, gemeinsame Kindheitserinnerung. Er entspannte sich und ein bisschen von dem Druck fiel von seinen Schultern ab.

Seltsam, die meisten Frauen, mit denen er ausging, sahen Essen als eine reine Notwendigkeit oder sogar Teufelei an, die nur für Gewichtszunahme stand. Wie oft hatte Mama Conte Essen gekocht und nur er und Carina waren am Tisch übrig geblieben? Ihre Leidenschaft, in vertrauter Schweigsamkeit zu essen, hatte ihm gefehlt. Michael und seine Schwestern schlangen alles schnell hinunter, um wieder zurück zu ihrer Arbeit zu können. Aber wenn es um gutes Essen ging, liebte Max es, sich Zeit zu lassen und jeden Bissen zu genießen. Carina legte denselben Respekt und dieselbe Bewunderung für ein gutes Essen an den Tag, wie sie alles im Leben genoss.

Er riskierte einen Blick. Der verdammte Rock rutschte ihr die Schenkel hoch. Ihre Lieblingsstilettos sollten im Büro verboten und nur im Nachtclub zugelassen sein. Sie waren viel zu sexy mit all den feinen Riemchen. Und warum trug sie kein normales

Parfum? Er war an schweren Moschusduft und künstliche Blumenaromen gewöhnt. Stattdessen roch sie sauber und frisch, nach Kakaobutter und einem Spritzer Zitrone.

Max konzentrierte sich auf seine Pizza. »Wie kommst du zurecht? Ich habe dir in letzter Zeit eine Menge Arbeit gegeben.«

»Das macht mir nichts.« Sie fuhr sich mit der Zunge über die Unterlippe, um den letzten Rest Olivenöl zu erwischen. Er hob seinen Blick. »Ich habe einen ganz neuen Respekt vor Michael und Julietta. Während ich aufwuchs, dachte ich, es geht nur darum, Desserts zu backen und eine Schachtel zu haben, um sie zu verkaufen.«

Er lachte. »Dachte ich auch. Als Michael mich damals einstellte, hatte ich keine Ahnung, aber wir haben es gemeinsam gelernt und ein Imperium errichtet. Ich genieße es aber auch, über alle Abläufe in den einzelnen Abteilungen Bescheid zu wissen. Vielleicht bin ich ein Kontrollfreak.«

Sie verdrehte die Augen. »Ganz sicher sogar. Du hast uns alle verrückt gemacht, als wir noch Kinder waren. Hast uns herumkommandiert und geschmollt, wenn wir nicht auf dich gehört haben.«

»Ich habe nie geschmollt.«

»Klar hast du. Und wenn das nicht funktioniert hat, hast du deine babyblauen Augen auf irgendeine Frau in der Nähe gerichtet und sie sind dahingeschmolzen. Du machst das heute noch.«

Er starrte sie erstaunt und ein wenig verlegen an. »Das ist lächerlich. Du stellst mich hin, als wäre ich eine Art Gigolo, der sein Aussehen benutzt, um zu erreichen, was er will.«

Sie nahm noch einen Bissen und zuckte mit den Schultern. »Nun, nicht bloß deinen Körper. Du benutzt auch deinen Charme.«

»Lass den Quatsch. Das nervt.« Der Gedanke behagte ihm nicht, sie könnte denken, sein Äußeres hätte ihm so manche Tür geöffnet. »Ich habe nicht dabei geholfen, ein Imperium zu errichten, ohne meinen Verstand zu gebrauchen.«

»Natürlich bist du clever. Das ist der Teil, wo dein tödlicher

Charme zum Einsatz kommt – du weißt, wann du zuschlagen musst. Wenn du nur eine schöne Hülle wärst, könnte man dich leichter abschütteln.«

Warum führte er diese lächerliche Unterhaltung? Er versuchte, kein weiteres Interesse zu zeigen, aber sein Mund öffnete sich bereits. »Ich behandle Frauen mit dem Respekt, den sie verdienen. Habe ich schon immer.«

Sie wischte sich den Mund mit einer Serviette ab und lehnte sich zurück, die Arme vor der Brust verschränkt. Die Bewegung zog die Bluse straff über ihre großen Brüste. »Wie war das damals, als Angelina dieses neue Videospiel hatte und du sie dazu gebracht hast, es dir für einen ganzen Monat zu leihen?«

»Sie war nett zu mir!«, konterte Max wütend.

»Ja, natürlich. Michael sagte, sie ist dir in der Schule wie ein kleines Hündchen nachgelaufen. Als du das Spiel durchgespielt hattest, hast du es ihr zurückgegeben und kaum ein Wort mit ihr gewechselt.«

Er steckte den Pappteller in die Tüte und zerknüllte ihn. Ärger durchzuckte Max, als er sich daran erinnerte. Er hatte es nie so gemeint. Er war immer nett zu Angelina gewesen, er wollte einfach nicht mit ihr ausgehen.

»Und was war, als du Theresa dazu gebracht hattest, deinen Wissenschaftsbericht zu schreiben? Michael sagte, du musstest bloß neben ihr in der Mensa sitzen und sie schrieb das ganze Ding für dich.«

»Warum hat Michael all diese Lügen über mich erzählt?«, brummte er. »Das ist alles nie passiert.«

Carina hob das Kinn. »Und was war heute Morgen?«

»Was soll denn gewesen sein?«

Sie grinste. »Solltest du am Samstag nicht auf die Party in Walters Haus gehen?«

Er ignorierte sie und räumte seinen Schreibtisch auf, dabei beschlich ihn ein leichtes Gefühl von Besorgnis. »Ja. Und?«

»Du hast Bonnie gesagt, dass du zu viel Stress hättest und überarbeitet bist und dass du jemanden suchst, der an deiner Stelle hingeht. Sie ist sofort eingesprungen und hat angeboten,

La Dolce Maggie zu repräsentieren.«

»Und wie genau macht mich das jetzt zum Bösewicht?«, grummelte er.

Sie lächelte. »Weil sie dich danach gefragt hat, ob du mit ihr in die Oper gehen würdest, weißt du noch? Sie hat eine Karte übrig. Du hast ihr auf die Schulter geklopft und gesagt, dass du zu beschäftigt bist. Hast ihr dafür gedankt, dass sie für dich auf diese Party geht und sie völlig verwirrt stehen lassen. Sieh es ein, Max. Für Frauen bist du nicht gerade ein Glücksgriff.«

Der Schock machte ihn sprachlos. Sie stand triumphierend auf. »Ich war zu beschäftigt«, erklärte er. »Und ich habe ihr nicht auf die Schulter geklopft. Ich behandle Frauen nicht auf diese Art.«

Irgendwie schienen seine Einwände sie zu amüsieren. »Doch, tust du. Du erfüllst sie mit Hoffnung, dass sie vielleicht eine Chance bei dir haben. Dann ziehst du ihnen den Boden unter den Füßen weg. Das ist ein klassischer Max, den ich schon seit Jahren in dir sehe.«

Genug war genug. Er war nicht diese Art Mann und es war an der Zeit, dass sie das einsah. »Carina, ich weiß nicht, für welchen Mann du mich hältst, aber so einen Mist ziehe ich nicht ab. Egal, was dein Bruder dir erzählt hat.«

»Michael brauchte mir nichts zu erzählen. Ich beobachte das schon seit Jahren. Du hast es auch bei mir gemacht.«

»Was?« Sein Aufschrei entkam, bevor er seine Gefühle unter Kontrolle bringen konnte. Jeder Muskel seines Körpers zitterte vor Wut, als er sie anstarrte. »Ich habe mich dir gegenüber niemals unpassend verhalten.«

Ein seltsamer Ausdruck huschte über ihr Gesicht. »Nein, natürlich nicht. Du kannst es dennoch nicht verhindern, Max. Du flirtest, du verführst und du gibst Frauen das Gefühl, die Göttin deiner sterblichen Seele zu sein. Wir werden vollständig eingelullt und sind dann schockiert, wenn du zur nächsten Frau weiterziehst.« Carina zuckte mit den Schultern. »Ich war jung. Ich war total in dich verknallt. Ich bin darüber hinweg. Keine große Sache. Ich besorge die Berichte und bin in einer Stunde wieder zurück.«

Sie ließ ihn mit schwirrendem Kopf zurück. Wie bei einem Zeichentrick-Charakter, der auf den Schädel gedroschen bekommt und dann von kleinen Vögelchen umkreist wird. Ihre nüchterne Offenbarung erschütterte seine Welt. Natürlich stimmte das alles nicht. Er behandelte Frauen nicht auf diese Weise. Oder?

Die Erinnerung an die Party zupfte an seinen Nervenenden und schalt ihn einen Lügner. Er erinnerte sich, obwohl er es vergessen wollte. Sie war gerade von ihrem dritten Jahr an der Uni wiedergekommen und explodierte geradezu vor jugendlicher Energie und Leidenschaft, was ihm den Atem verschlagen hatte. Er erinnerte sich an das kleine Schwarze, das sie anstelle ihrer weiten T-Shirts getragen hatte, das ihm den Mund hatte trocken werden lassen. Er erinnerte sich an ihr Lachen, ihren bewundernden Gesichtsausdruck und die lockere Unterhaltung, die immer sein Interesse angeregt und ihn entspannt hatte. Er hatte sich gesagt, dass er sie nur beschützen wollte, weil sie wie eine Schwester war, aber sein Körper hatte ganz und gar nicht reagiert, als würde sie zur Familie gehören. Er war unangenehm hart geworden und hatte sich ein paar böse Dinge vorgestellt, die er mit ihr hatte tun wollen. Allein. Ohne das kleine schwarze Kleid.

Seine Gedanken hatten ihm eine Heidenangst eingejagt. Er hatte erkannte, dass er Carina während des Essens wie eine Frau behandelt hatte – eine Frau, an der er Interesse hatte. Als die Blondine ihm im Garten begegnet war, hatte er nicht gezögert. Sie war die Art von Frau, die alle Spielregeln beherrschte und vor einer Partie nicht zurückgeschreckt war.

Er hatte sie mit vollem Einsatz geküsst, jedoch ohne Leidenschaft. Es hatte Max nicht gekümmert, bis er den kleinen Aufschrei hinter sich gehört hatte. Carinas Blick verfolgte ihn noch immer. Dunkle, von Schmerz erfüllte Tiefen. *Verrat.*

Er hatte erwartet, dass sie heulen und davonrennen würde und sich für das Drama gewappnet. Stattdessen war sie ihm mit erhobenem Haupt begegnet und einem Ausdruck von *Lebewohl* im Gesicht. Dann hatte sie ihm die Weingläser mit zitternden Fingern übergeben und war gegangen. Die Trauer darüber hatte ihn überrascht, aber er begrub sie rasch und widmete sich wieder der Blondine. Er hatte niemals zurückgesehen.

Bis jetzt.

Sein Gewissen zerrte an ihm. Max fragte sich, ob sie recht hatte. Betrachtete er Frauen als Eroberungsziele, um die Dinge zu bekommen, die er wollte? Er wollte gern glauben, dass er sie verwöhnte. Er liebte es, sie zu verwöhnen und mit Geschenken zu überhäufen. Ja, er scheute sich davor, in die Tiefe zu gehen, aber doch nur, damit er sie vor Herzschmerz beschützen konnte. Er war ehrenhaft und das genaue Gegenteil seines Vaters. Er blieb emotional distanziert, aber jeder Wunsch wurde erfüllt und er war immer treu.

Zumindest bis zu dem Zeitpunkt der Trennung. Es war besser, eine Beziehung abzubrechen, als sie weiterzuführen. Nein, ehrlich zu sein, war durchaus hart, aber Carina lag völlig falsch. Komisch, es war das erste Mal, dass sie ihre Gefühle für ihn zugab. Dass sie über ihre Jugendsünde so leicht hinweggekommen war, verletzte sein Ego, aber so war es am besten. Sie benahm sich, als wäre er ein nerviger Moskito, den man beiseitewedeln und kurz darauf vergessen konnte. War es wirklich so leicht, über ihn hinwegzukommen?

Warum dachte er ausgerechnet jetzt darüber nach? Sie waren immer Freunde gewesen. Es war genug. Es war perfekt.

Er schob die verstörenden Gedanken von sich und arbeitete die nächste Stunde hindurch. Ein leichtes Klopfen an der Tür brach seine Konzentration.

»Störe ich?«

Laura Wells steckte ihren Kopf durch die Tür. Sie war die Leiterin eines bekannten Lieferanten. Vor ein paar Wochen hatten sie eine großartige Unterhaltung gehabt und sich gut dabei verstanden. Ein Date führte zum nächsten und Max spürte, dass sie das perfekte Paket war. Sie war umwerfend, mit langen blonden Haaren, grünen Augen, einem schlanken Körper mit langen Beinen, sodass sie fast so groß wie er war.

Sie war außerdem clever und hatte eine ähnliche Ausbildung wie er durchlaufen.

Er entspannte sich und winkte sie herein. »Nein, ich brauche eine Pause. Es ist schön, dich zu sehen.«

Sie schlenderte anmutsvoll zu ihm. Ihr Hosenanzug passte zur Augenfarbe und betonte ihre schlanke Figur. »Wollte mal sehen, ob du mich vor einer mit purer Langeweile gefüllten Veranstaltung retten kannst. Ich muss zu Walters Party. Gehst du hin?«

Max erinnerte sich mit leichten Schuldgefühlen daran, diese Sache auf Bonnie abgewälzt zu haben. »Habe ich nicht vor.«

Sie zog eine süße Schnute. »Oh bitte, komm mit, Max. Mein Terminplan spielt in letzter Zeit verrückt und ich muss ein bisschen Geschäftliches mit Spaß verbinden.«

Ihr Blick verriet ihm, wie der Abend enden würde.

Treffer.

Er brauchte das jetzt, eine Nacht mit einer wunderschönen Frau, die die Regeln kannte. Möglicherweise das Versprechen auf mehr. Zumindest versprach es, eine befriedigende Be-gegnung zu werden. »Es wäre mir eine Ehre, dich zu begleiten. Ich hole dich um sieben ab.«

»Perfekt.«

Er stand auf, um sie zur Tür zu begleiten und krachte beinah in Carina. Ihre rubinroten Lippen formten ein kleines O und pflanzten schmutzige Bilder in seinen Geist, was sie sonst noch alles mit diesem Mund anstellen konnte.

Er sprang einen Schritt zurück und fluchte leise. »Du hast mich zu Tode erschreckt.«

Sie legte den Kopf schief. »Bisschen schreckhaft heute, was? Oh, hallo. Ich bin Carina Conte.«

Laura lächelte und sie schüttelten sich die Hände. Ein Gefühl der Freude überkam ihn. Endlich konnte er ihr zeigen, dass er es ernst meinte und dass er seine Partnerinnen perfekt behandelte. Er stellte sie ihr vor. »Laura wird mich auf Walters Party begleiten.«

Carina lächelte unvermindert weiter. »Wie wundervoll. Du

solltest einmal zum Abendessen zu meinem Bruder kommen. Freunde von Max sind immer willkommen.«

Unbehagen keimte in ihm auf. Laura schien ein wenig zu begeistert. Er trat von einem Fuß auf den anderen und versuchte, Begeisterung vorzutäuschen. »Äh, natürlich. Ich komme wegen eines Termins auf dich zu.«

»Freitagabend«, trällerte Carina.

»Liebend gern. Vielen Dank.«

Max räusperte sich. Was tat sie da? Er war noch nicht bereit, Laura zu Familienabenden mitzubringen. Max schnitt eine Grimasse. »Brauchst du etwas?«

Carina hielt ihm einen Stapel Papier entgegen. »Hier sind die Berichte. Die Yankees haben gewonnen. Der zweite Stock hatte den Fernseher laufen und Wayne war einmal in der Kamera.«

»Du wirst ihn abmahnen müssen.«

»Ich spreche morgen mit ihm.«

»Bevor du das nächste Mal einer Krankmeldung glaubst, siehst du dir lieber den Baseball-Spielplan an. Und vergewissere dich, dass sie nicht verkatert sind.«

»Verstanden.«

Ihre Effizienz überraschte ihn ebenso sehr wie ihre kühle Kontrolle. Was auch immer er ihr auftrug, sie erledigte es, ohne sich zu beschweren. Innerhalb weniger Wochen hatte sie die ganze Belegschaft mit ihrem Charme und Humor für sich eingenommen. »Ich habe gehört, du hast Tom heute früher in den Feierabend entlassen. Ich habe diese Verkaufsstatistiken gebraucht. Was war seine Entschuldigung?«

»Er wollte nicht das Frühjahrskonzert seines Sohns verpassen.« Sie zuckte nicht einmal zusammen. »Ich habe Edward angesprochen und er hilft mir, sie zusammenzustellen. Du hast sie in einer Stunde.«

»Gut. Du wirst heute wieder Überstunden machen müssen.«

»Natürlich.«

Die Tür öffnete sich erneut und Edward kam herein. Max' Büro glich mit einem Mal der Grand Central Station. »Hey Boss. Ich habe gehört, du brauchst die Berichte heute Nachmittag.«

»Ich habe sie vor Stunden gebraucht.«

»Carina und ich werden sie jetzt zusammenstellen.« Edward lächelte Laura an und Carina beeilte sich, die beiden einander vorzustellen. Sie unterhielten sich, als wären sie auf einer privaten Teeparty und nicht im Büro. »Ich schätze, wir sehen uns dann auf der Party. Lasst uns zusammensitzen.«

Max hob erstaunt eine Augenbraue. »Zusammensitzen? Gehst du hin?«

Edward grinste. »Sicher. Ich nehme Carina mit.«

Er beobachtete, wie seine Assistentin seinem Verkaufsmenschen ein vertrautes Lächeln schenkte. Als würde auch sie versuchen, auf der Party das Geschäftliche mit dem Angenehmen zu verbinden. Beim Gedanken daran, dass Carina mit Edward schlafen könnte, kam Wut in ihm auf. Bei Gott, hörte sie denn gar nicht mehr auf ihn? Er dämpfte seine Wut. Zeit für eine weitere kleine Unterhaltung. Und diesmal würde er ein wenig nachdrücklicher sein. Max schickte Edward und Laura hinaus und signalisierte Carina, zu bleiben.

»Laura scheint sehr nett zu sein.«

Er versuchte mit seinem Blick ihre höfliche Fassade zu durchdringen, blieb dabei jedoch erfolglos. »Das ist sie. Ich bin überrascht, dass du mit einem Geschäftspartner auf eine Firmenparty gehst.«

»Viele Angestellte besuchen diese Feiern gemeinsam.«

Ihr direkter Tonfall forderte ihn geradezu heraus, ernster zu werden. »Du hast gesagt, ich solle mich aus deinen Privatangelegenheiten heraushalten. Aber ich mache mir Sorgen um deinen Ruf bei *La Dolce Maggie*.«

»Wieso?«

Hm. Ihre Hände begannen endlich ein wenig zu zittern. Ihre neue Fähigkeit, ihre Emotionen unter Kontrolle zu halten, forderte seinen Instinkt heraus, sie zu bedrängen. »Du bist Gründungsmitglied dieser Firma. Du willst bestimmt nicht, dass sie im Büro herumerzählen, du wärst leicht zu haben.«

Ihre Wangen liefen rot an, aber sie blieb ruhig. »Leicht zu

haben? Ein Date und schon hure ich mich für dich durchs Büro, was?«

Er war kurz davor, zurückzuweichen, konnte sich aber noch beherrschen. »Gerüchte verbreiten sich so leicht. Ich habe bereits bemerkt, dass Ethan aus der Buchhaltung dir wie ein dressiertes Hündchen hinterherläuft. Triffst du dich auch mit ihm?«

Das bedächtige Lächeln warf ihn aus der Bahn. »Das interessiert dich, nicht wahr?«

Er starrte die Frau an, die er kaum noch kannte. »Ich mache mir Sorgen um deine Karriere. Ich habe dir oft gesagt, dass amerikanische Männer anders sind. Ich will, dass du vorsichtig bist. *Capisce*?«

»Du respektierst mich noch weniger als jeder Kerl, der mich ins Bett kriegen will, Max.« Ihr Atem kam in kleinen, schnellen Stößen, doch ansonsten hatte sie sich unter Kontrolle. Nicht eine verirrte Locke entkam dem strengen Dutt. Ihre mandelförmigen Augen strahlten ein Feuer aus, mit dem er nur zu gern gespielt hätte. »Männer mit körperlichen Bedürfnissen sind ziemlich einfach gestrickt. Du hingegen benutzt deinen wahnsinnigen Verstand, um deine Psychospielchen zu treiben. Du legst dir die Frauen zurecht. Du kontrollierst gern alle Elemente im Spiel, damit niemand verletzt wird, richtig? Aber die arme Laura verliebt sich bereits in dich und du wirst sie nicht einmal zum Essen einladen.«

Merda, wann war sie so sarkastisch geworden? »Laura kennt die Regeln. Du nicht.«

Sie lachte tonlos und kam näher. Ihre kirschroten Fingernägel schnippten seine Krawatte teilnahmslos zur Seite. »Ich mache jetzt meine eigenen Regeln. Und ich bin ehrlicher als du.« Ihr Duft umfing ihn und weckte in ihm das Bedürfnis, wie ein Hund im Kreis zu laufen, um nach seinem Schwanz zu jagen. »Du könntest nicht einmal dann eine funktionierende Beziehung führen, wenn dein Leben davon abhinge, deswegen richtest du deine Aufmerksamkeit jetzt auf mich. Nettes Ablenkungsmanöver, aber es wird dir diesmal nicht gelingen.«

»Du weißt rein gar nichts über mich und meine Beziehungen. Ich versuche nur, ein junges Mädchen durch ihre Ausbildung zu bringen. Genau das, worum Michael mich gebeten hat.«

Sein letzter Schuss traf ins Ziel. Wut strömte förmlich aus ihren Poren. Sie kippelte am Rande ihres berühmten Temperaments und er bereitete sich auf das kommende Drama vor – begrüßte es. Diese Carina kannte er. Damit konnte er umgehen.

Stattdessen brachte sie sich wieder unter Kontrolle und warf ihm einen mitleidigen Blick zu. Sie machte ein paar Schritte zurück. Der enge Schnitt ihres schwarzen Blazers betonte die üppigen Kurven ihrer Hüften und Brüste – ein wunderbarer Gegensatz, der ihm den Kopf verdrehte und ihn sofort hart werden ließ. »Wenn es das ist, was du nachts brauchst, um schlafen zu können, bitte. Aber solange du dich deinen Trugbildern hingibst, lass dir eins gesagt sein: Es kümmert mich nicht mehr, was du tust, Max. Deine Beziehungen sind mir egal, meine hingegen sind es nicht. Und wenn ich Tom, Dick und Harry in meiner Freizeit vögeln will, geht dich das nichts an – ich will nämlich nicht ruhig und friedlich schlafen.« Sie lächelte. »Nicht mehr.«

Ihre Absätze klackerten auf dem polierten Parkett. »Ich bin in der Buchhaltung, falls du mich brauchst.«

Er starrte eine Weile auf die geschlossene Tür. Er hatte es nicht länger mit einem Mädchen zu tun. Das hier war die Verführung in Form von Eva und er steckte tiefer in Schwierigkeiten als gedacht. Er riss sich wieder zusammen und fragte sich, was es mit dem Gefühl der Leere in seinem Inneren auf sich hatte. Da er nicht wusste, wie er es vertreiben sollte, kippte Max einen Becher Wasser hinunter und machte weiter.

Wie er es immer tat.

4. Kapitel

Carina ging in dem winzigen Loft auf und ab. Auf dem dunkelgrauen Teppichfußboden lagen überall Kartons verstreut und die Küche war kaum groß genug für eine Person mit breiteren Hüften. Der kanariengelbe Futon wirkte als Farbspritzer und verband sich mit einer Sammlung verrückter Wasserfarbengemälde an der Wand. Das war kein Künstler, den man sich merken musste, aber die Bilder waren zumindest fröhlich und auf den ersten Blick interessant. Die großen Fenster gaben den Blick auf ein paar riesige Bäume preis, als würde sie in einem Baumhaus aus einem dieser Fantasyfilme leben.

Es war perfekt.

Freude rauschte durch sie hindurch. Alexas Loft war die erste Wohnung, die sie offiziell als ihr Zuhause bezeichnete. Endlich hatte sie die Privatsphäre, die sie sich so sehr wünschte und endlose Möglichkeiten breiteten sich vor ihr aus. Sie hatte nicht vor, auch nur einen einzigen Moment zu vergeuden. Und es begann morgen Abend mit ihrem ersten offiziellen Date.

Schritte hallten durch den Raum. Michael und Max quetschten sich durch die enge Tür und brachen auf dem weichen Futon zusammen. »Das war der Letzte.«

Sie kicherte beim Anblick der beiden durchtrainierten Alphamännchen, die nach dem langen Aufstieg heftig schnauften. »Ich dachte, ihr geht jeden Tag ins Fitnessstudio. Und jetzt seid ihr nach ein paar Kisten schon so kaputt?«

Sie tauschten ungläubige Blicke. »Willst du mich veräppeln? Was hast du überhaupt in diese Kartons gepackt? Steine?«, fragte ihr Bruder.

»Ich brauche jede Menge Schuhe. Und meine Zeichenutensilien.«

Max wirkte aufgebracht. »Das sind bestimmt dreihundert Stufen, alle total verwinkelt. Und was ist mit der Klimaanlage los?«

»Alexa sagte, dass das Gerät uralt ist. Ich habe euch übrigens gesagt, dass ihr Möbelpacker anheuern sollt.«

»Nicht nötig. Wir wollten dabei sein.«

Carina unterdrückte ein Seufzen. »Schön. Ich danke euch beiden, aber warum geht ihr nicht schon mal? Ich muss noch auspacken und mich ein wenig einrichten. Maggie hat etwas von einem Benefizdinner heute Abend erwähnt.«

Michael stöhnte und stand auf. »Du hast recht. Sie wird wie verrückt verschiedene Outfits anprobieren und egal, wie oft ich ihr sage, dass sie wunderschön ist, wird sie der Meinung sein, fett auszusehen.«

Carina lachte. »Sag ihr einfach, dass sie nicht fett ist, sondern nur zwei zusätzliche Körper in ihrem kleinen Bauch herumträgt.«

»Ich werde es versuchen. Alles in Ordnung? Brauchst du noch irgendetwas?«

Sie lächelte und gab ihm einen Kuss auf die Wange. »*Niente*. Ich bin schon ganz aufgeregt, endlich alles zu haben, was ich brauche und anzukommen. Ich hab dich lieb, Michael.«

Sein Blick wurde sanfter und er küsste sie auf den Scheitel. »Ich hab dich auch lieb. Max? Kommst du?«

»Gleich. Geh schon mal vor.«

»Dann bis später.«

Ihr Bruder ging und sie wandte sich Max zu.

Oh je.

Sein dunkles Haar war so liebenswert zerzaust und ein feiner Schweißfilm glänzte über seinen Augenbrauen. Sein abgewetztes T-Shirt klebte feucht an seinen gemeißelten Muskeln – seinem Sixpack, Bizeps, seinen Brustmuskeln und anderen ansehnlichen Stellen. Die uralte Jeans umschmeichelte eng seinen Hintern und saß dennoch tief, was einer verrückten Einladung für jede Frau gleichkam. Er schien sie immer auf diese herrlich dominante Art zu überragen, die ihr ein flaues Gefühl im Magen verschaffte, vor allem, da sie ihm nur bis ans Kinn reichte. Wohlgeübt ignorierte sie, dass sie sich zu ihm hingezogen fühlte und konzentrierte sich auf ihre Arbeit.

Carina schnappte sich den ersten Umzugskarton und schnitt ihn mit dem Teppichmesser auf. »Max, du musst nicht hierbleiben. Mir geht's gut.«

»Ja, weiß ich. Aber ich habe Durst. Willst du ein Bier?«

»Ich habe keins da.«

Er grinste. Als er aus der Küche zurückkam, reichte er ihr ein eiskaltes Moretti. Starke, gebräunte Finger streiften ihre. »Einweihungsgeschenk.«

»Mhm.« Sie presste die Flasche gegen ihre Wange und rollte sie dann ihren Hals hinab. Die Kälte belebte ihre Haut und sie seufzte zufrieden. »Das fühlt sich so gut an.«

Er gab einen unterdrückten Laut von sich. Sie hob den Blick und begegnete dunkelblauen Augen, die sie intensiv ansahen. Ihr Atem stockte, aber sie schaffte es, dagegen anzukämpfen und machte einen Schritt zurück. Lustigerweise hatte sie diesen Blick noch niemals zuvor in seinem Gesicht wahrgenommen. Es war, als wäre er ... hungrig.

Sie tranken ihr Bier in einer drückenden Stille. Carina ergriff zuerst das Wort und versuchte, die Anspannung zu lösen. »Und, Pläne fürs Wochenende?«

»Nicht wirklich.«

»Die Baustellenbesichtigung ist am Montag, richtig?«

»Jepp.«

»Wie gefällt dir meine neue Wohnung?«

»Sie ist klein.«

»In letzter Zeit ein gutes Buch gelesen?«

»Nein. Du?«

»Ja, das Kamasutra.« Das ließ ihn aufhorchen. Er machte ein finsteres Gesicht, aber sonst nichts. »Hast du es gelesen?«

»Brauche ich nicht.« Seine rauchige Stimme versicherte ihr, dass er auch ohne Sex-Handbuch bestens zurechtkam.

Sie hielt mitten im nächsten Schluck inne. Wut kam in ihr auf, als ihr klar wurde, dass er noch immer versuchte, sie mit seiner primitiven männlichen Energie einzuschüchtern. Er war ein atmender, wandelnder, lebender Sexgott und sie war es leid, in seinem Schatten zu stehen. Carina verengte die Augen und ihre Stimme schnitt durch die Luft. »Wenn du sonst über nichts reden willst oder einen besseren Vorschlag hast, solltest du jetzt gehen. Ich habe jede Menge Arbeit.«

Überraschung schlich sich auf seine gemeißelten Züge. Seine Lippen zuckten. »Störe ich dich irgendwie?«

»Ja. Irgendwie. Wenn du nur einen auf Calvin-Klein-Poster machen willst, dann geh bitte. Ich bin mir sicher, dass deinen anderen Frauen der Anblick gefällt.«

Er verschluckte sich an seinem Bier und starrte sie an, als wäre sie grün angelaufen. »Was hast du gesagt?«

»Du hast mich schon verstanden.« Sie knallte die Flasche auf den ramponierten Couchtisch und begann, die Kartons auszupacken. Sie fühlte seine Körperwärme hinter ihr pulsieren, ignorierte ihn aber.

»Bist du verrückt geworden? Warum macht mein Aussehen dich plötzlich so wütend? Ich dachte, wir hängen ein bisschen zusammen rum. Bestellen 'ne Pizza. Keine große Sache.«

Seine Arroganz ließ sie die Zähne aufeinanderbeißen. »Danke für das großzügige Angebot deiner Gesellschaft, Max. Aber ich habe eine Menge zu tun und wäre gern allein. Wir hängen nie zusammen rum, außer Michael ist dabei und ich muss hier Ordnung reinbringen.«

»Du hast doch das ganze Wochenende.«

»Ich gehe morgen auf die Party, darum hätte ich gern das meiste schon erledigt.«

»Ah, ja, die Party. Mit Edward.«

Sie warf ihm einen warnenden Blick zu. Die Szene in seinem Büro tat ihr noch immer weh, aber sie wäre verdammt, wenn sie es ihm gegenüber zugeben würde. Sie hatte genug von seinen Spielchen. Es war an der Zeit, ihn spüren zu lassen, was sie ständig durchmachte. Ein Verhör. »Ich freue mich, mehr Zeit mit Laura zu verbringen. Ich sage Michael, dass ich sie für nächste Woche zum Abendessen eingeladen habe.«

Das erregte seine Aufmerksamkeit. Seine schlanken Züge versteiften sich. »Ich würde es begrüßen, wenn du meine Dates nicht ohne meine Erlaubnis einladen würdest.«

»Warum?«

»Ich mag Laura, aber ich will nichts überstürzen. Die Familie kennenzulernen, ist ein wichtiger Schritt.«

Sie grinste. »Und wieder beißt eine ins Gras, was? Zu schade, ich dachte, sie hätte das Zeug, dein Interesse für eine Weile zu halten.« Er sog scharf den Atem ein. Sie ging mit kühler Effizienz zum nächsten Karton und ermahnte sich, keine Diskussion loszutreten. Dummerweise stellte er sich ihr in den Weg und zwang sie dazu.

»Was weißt du schon über die Frauen, mit denen ich ausgehe? Nur weil ich vorsichtig bin und mir Zeit lasse, heißt das nicht, dass ich niemals sesshaft werde.«

Carina warf den Kopf in den Nacken und lachte. »Oh, der war gut. Wenn ich einen Dollar für jedes Mal hätte, wo du die Falsche gewählt hast, wäre ich reicher als du. Du hast nicht auf mich gehört, als wir klein waren und du tust es jetzt auch nicht.«

»Nenn mir eine.«

»Sally Eckerson.«

Er schnitt eine Grimasse. »Wir sind drei Monate zusammen ausgegangen. Das war eine gute Beziehung.«

»Hm, interessant. Sie hat am Ende mit deinem Freund Dale geschlafen, weißt du noch?«

Er warf die Stirn in Falten und schien angestrengt nachzudenken. »Oh, ja. Aber da waren wir schon getrennt.«

»Nein, du hast mit ihr Schluss gemacht, nachdem du sie mit deinem Zimmergenossen im Bett gefunden hast. Dann gab's da noch dieses blonde Model, das du gedatet hast, die einen IQ von eins hatte. Vielleicht zwei.«

»Jenna? Das stimmt nicht, wir hatten viele tolle Unterhaltungen.«

Sie starrte ihn so lang an, bis er unruhig von einem Fuß auf den anderen trat. »Max, du hast sie zum Essen in Mamas Haus mitgebracht. Sie wusste nichts vom Irakkrieg oder wer der Präsident der Vereinigten Staaten war.«

»Sie war eben nicht gut in Geschichte. Wie schrecklich.«

»Sie hat zugegeben, dass sie keine Bücher ohne Bilder liest.«

»In der Vogue stehen auch Artikel.«

»Ja klar, die sind bestimmt genauso interessant wie die Geschichten im Playboy.«

»Das ist unfair. Ich liebe nun mal Frauen – alle Frauen – und ich gebe ihnen eine Chance. Bloß weil ich die Eine noch nicht gefunden habe, heißt das nicht, dass ich es nicht versuche.«

Carina schüttelte den Kopf. »Ich habe sie mein ganzes Leben kommen und gehen sehen. Du suchst dir aus einem bestimmten Grund immer wieder die Falschen aus. Du hast ein Problem mit Nähe. Jede einzelne Beziehung ist zum Scheitern verurteilt.« Ihr verräterisches Herz stotterte und gab einen Zentimeter nach. Warum sah er nicht, was sie sah, wenn sie ihn anblickte? Einen Mann voller Liebe, der zu viel Angst hatte, sie zu geben. Aber sie wusste aus Erfahrung, dass er niemals bereit wäre, sich zu binden. Er weigerte sich, mit jemandem auszugehen, der seiner würdig war, weil er dann keine Ausreden mehr hätte. Indem er mit Frauen ausging, die er nicht verletzen konnte, bewahrte er sich vor seinem eigenen Albtraum.

Zu werden wie sein Vater.

Er sprach nie über ihn, aber die Wunde, als Baby verlassen worden zu sein, war nie ganz verheilt. Er legte unerreichbare Maßstäbe an sich selbst an, um sich davor zu schützen, jemals denselben Fehler zu machen. Seine Ehre zu verlieren. Die Menschen im Stich zu lassen, die er liebte. Die einfache Lösung war offensichtlich – er weigerte sich, jemandem auch nur eine Chance zu geben.

Sie streckte die Hand aus und berührte sein Gesicht. Die rauen Bartstoppeln kratzten an ihren Fingern und der verführerische Duft von männlicher Hitze, Schweiß und Moschus drang an ihre Nase.

»Du bist nicht wie dein Vater, Max.«

Er schreckte zurück. In seinen Augen spiegelte sich vollkommene Erschütterung, aber sie ließ ihm keine Zeit, ihre Aussage zu verarbeiten oder ihre Schwäche für ihn zu erkennen. »Danke für das Bier und deine Hilfe. Aber ich muss wirklich mit meiner Arbeit anfangen. Ich sehe dich am

Samstag.«

Diesmal wandte sie ihm absichtlich den Rücken zu. Sekunden vergingen. Dann hörte sie das Klirren von Glas auf dem Tisch und die Tür schloss sich hinter ihr.

Carina ließ sich erleichtert zurückfallen. Diesen Weg würde sie niemals wieder gehen. Sie wäre niemals die Frau, die ihn retten könnte und er könnte sie niemals so lieben, wie sie es brauchte. Es wartete zudem eine ganze Welt voller Möglichkeiten auf sie und sie wäre eine Idiotin, diese nicht zu erkunden. Es begann mit ihrem Date.

Carina holte den iPod aus ihrer Tasche, drehte die Lautstärke auf und ging an die Arbeit.

***

Das Bauernhandwerksfest zog eine riesige Menschenmenge ins Hudson Valley. Max bahnte sich seinen Weg durch die vielen Zelte, die auf der weiten Ackerfläche verteilt standen und hielt immer wieder inne, um die Waren der Aussteller zu betrachten. Auf den Tischen lag eine herrliche Auswahl von einzigartigen Kunstgegenständen ausgebreitet, von handgemachten Töpfereien über bunt bemalte Vogelhäuschen zu Gemälden mit Wasserfarben. Ortsansässige Firmen rollten den roten Teppich für die Veranstaltung aus und versuchten, Gäste mit verschiedenen Vorführungen zu locken; örtliche Wohltätigkeitsvereine, Polizei und Feuerwehr, Karate- und Yogaschulen. Der Mai spendierte Sonne und Hitze und alle liefen in kurzen Hosen und ärmellosen Shirts herum, perfekt gewappnet für einen frühen Sommer.

Max erhaschte den Duft von Fett und Zucker, nahm sich eine hausgemachte Limonade und ging in Richtung ihres Zeltes. Die Schreie der Kinder in der Hüpfburg hallten durch die Luft und ein Gefühl der inneren Ruhe überkam ihn. Es war interessant, wie leicht er Upstate New York als seine zweite Heimat akzeptiert hatte. Die majestätischen Berggipfel schimmerten in der Ferne, hielten den Hudson River fest zwischen sich umschlossen und erinnerten ihn daran, dass sie weiterhin die Könige waren. Er liebte die familiäre Art der Einheimischen untereinander, ohne die aufgesetzte Hochnäsigkeit, die sie für Auswärtige aufsparten. Hier waren sie alle eine große Familie, in der jeder willkommen war, der bereit war, in den kleinen Städtchen seine Heimat zu sehen.

Max machte eine scharfe Rechtskurve, blieb gelegentlich stehen, um mit verschiedenen Geschäftsleuten zu reden und hielt Ausschau nach dem großen Schild. Er hatte die Veranstaltung nicht selbst planen können, aber er war sicher, dass David ihn positiv überraschen würde. Er arbeitete gut mit dem Chef des neuen Ladens zusammen und die Kostproben, die sie ausgesucht hatten, waren eine perfekte Mischung ihres Angebots. Gott sei Dank, hatte er Einspruch gegen die Schokolade eingelegt – an einem heißen Tag wie diesem wäre es eine einzige schmelzende Schweinerei gewesen.

Sein Blick erhaschte das große Banner und die Menge, die sich um den Tisch drängte. Ja. Ihre Nachspeisen waren ein voller Erfolg, wenn man dem Andrang glauben durfte. Ein weißer Blitz huschte hier und da durch sein Blickfeld und das vertraute, rauchige Lachen umschmeichelte seine Ohren.

Dann sah er sie.

Definitiv war das nicht David.

Sie trug kurze weiße Hosen, die nicht im Geringsten dazu beitrugen, ihren prachtvollen Hintern zu verdecken. Ihr Top wäre eigentlich konservativ genug geschnitten gewesen, da der Stoff alles verdeckte, doch das grelle Gelb lenkte alle Aufmerksamkeit auf die Bewegungen ihrer Brüste. Ihre Haare waren unter ein Baseballkäppi gestopft, auf dem in schwarzen Buchstaben LA DOLCE MAGGIE stand und aufreizende goldene Ringe baumelten von ihren Ohrläppchen. Sein Blick heftete sich ganz automatisch auf ihre gebräunten, muskulösen Beine. Genau, wie er vermutet hatte. Jede andere Frau trug Flip-Flops, nur sie rannte in gelben Sandalen mit sieben Zentimeter Absätzen herum, die nicht nur unpraktisch, sondern auch verflucht sexy waren.

Was zur Hölle machte sie hier?

Er bahnte sich einen Weg an die Tischkante, dennoch bemerkte sie ihn noch immer nicht. Sie rotierte praktisch mit dem Austeilen von Kostproben von *cassata* – einem in Likör eingelegten Biskuit, gefüllt mit Cannoli-Crème. Die mundgerechten Stücke von *tort die treviglio* sahen frisch und verführerisch aus und die Honigbiscotti schienen bei den Kindern hoch im Kurs zu stehen. Carina lachte, bequatschte die Leute und verteilte einen Flyer nach dem anderen, während sie all das und ein paar Gläser Café mocha jonglierte. Schweiß glänzte auf ihrem Gesicht, aber sie ließ niemals nach. Die beiden Praktikanten spielten die Aushilfen, aber sogar Max fiel auf, dass sie nicht in ihrem Element waren. Sie hetzten hin und her auf ihren ungelenken Beinen und schienen sogar unfähig, die Espresso-Maschine zu bedienen, dabei verwendeten die beiden einen Großteil ihrer Zeit darauf, ihre umwerfende Chefin anzuglotzen.

Als ob sie seinen Blick endlich gespürt hätte, hielt Carina mitten in diesem Wirbel inne und wandte den Kopf.

Etwas schnürte seine Brust ein – eine unangenehme Enge, die er noch niemals verspürt hatte. Das seltsame Verlangen, sie in die Arme zu nehmen, durchflutete ihn und er machte einen Schritt nach vorn. Gott sei Dank, vollendete er die Bewegung nicht. Mit einem beiläufigen Winken lächelte sie und ging wieder an die Arbeit, als wäre er niemals aufgetaucht.

Seinem Ego waren ordentlich die Flügel gestutzt worden und er räusperte sich, in dem Versuch, sich nichts anmerken zu lassen.

Er drängte noch weiter nach vorn und starrte sie an. »Was ist hier los? Wo ist David?«

Sie wurde nicht langsamer, als sie ihm antwortete. »Konnte nicht kommen. Ich vertrete ihn.«

Max unterdrückte ein Fluchen. »Warum?«

Sie zuckte die Achseln. »Seine Frau ist schwanger. Er war letzte Nacht mit ihr in der Notaufnahme – sie hatte ein paar Frühwehen, aber falscher Alarm.«

»Geht es ihr gut?«

»Ja, er war allerdings total erledigt und wollte bei ihr bleiben.«

»Was ist mit Edward und Tom? Sie sollten doch mithelfen.«

Sie lächelte und verteilte ein *biscotti*. »Sie hatten etwas vor. Ich habe ihnen gesagt, dass ich die Schicht übernehme.«

Dieses Mal drang das Fluchen über die Lippen. Ihre Führungseigenschaften waren quasi *nonexistent*, wenn es darum ging, klare Ansagen zu machen und durchzuziehen. Sie ließ die Angestellten mit haarsträubenden Ausreden durchkommen, die man bei ihm niemals auch nur versuchen würde. Sie war intelligent, clever und das perfekte Opfer. Ihr Herz brachte sie immer wieder in Schwierigkeiten. »Du hättest mich anrufen müssen, Carina. *Dio*, am Montag werde ich mein Verkaufsteam abschlachten.«

Ihr Blick füllte sich augenblicklich mit Wut. »Wage es ja nicht. Außerdem will ich hier sein. Ich musste ohnehin die Nachspeisen kennenlernen, was sich verkauft und was nicht. Ich habe in den letzten Stunden mehr gelernt, als ich im Büro jemals könnte. Reg dich ab.«

Die beiden Teenager machten eine Pause, gingen von der Espresso-Maschine weg, die kränkliche Laute von sich gab und kamen zu ihm herüber. »Hi Mr. Gray«, begrüßten sie ihn gleichzeitig.

Er nickte und versuchte, nicht wie ein alter verrückter Mann zu schreien. »Hi Jungs.«

»Äh, Carina, wir haben ein Problem mit dem Espresso. Ich kriege die Maschine einfach nicht richtig zum Laufen.«

»Okay, Carl, ich seh's mir an. Verteil du so lange das Gebäck. Und denk an die Flyer.«

»Verstanden.«

Max bahnte sich einen Weg an die Seite des L-förmigen Tischs, wo die professionelle Espresso-Maschine von monströsen Ausmaßen stand. Carina fächelte sich kurz Luft zu und attackierte die glänzenden Hebel. »Du bist im Management, Carina. Die Belegschaft hält dich gekonnt zum Narren. Du bist erst gestern umgezogen und musst doch erschöpft sein.«

Sie grinste ihn frech an. »Das gilt wohl für dich. Ich bin acht Jahre jünger als du. Ausdauer ist nicht mein Problem.«

Er hatte das plötzliche Verlangen, ihr die Kleider vom Leib zu reißen, sie ins Feld zu schleifen und ihr zu zeigen, was wahre Ausdauer war. Das Bild von ihr, wie sie nackt und stöhnend unter ihm lag, überfiel ihn. »Pass auf, kleines Mädchen. Oder ich muss dir das Gegenteil beweisen.«

Anstelle zurückzuweichen, lachte sie laut auf. »Machst du Witze? Die einzige Art Ausdauer, die ich jetzt brauche, ist ein Mann, der hundert Tassen Espresso in Rekordzeit machen kann. Ich wette, du weißt nicht einmal, wie man einen vernünftigen Espresso macht.«

Er stellte seine Limonade auf den Tisch und starrte sie ungläubig an. »Das hast du nicht soeben zu mir gesagt. Ich bin Italiener. Ich habe schon mein ganzes Leben Espresso gemacht.«

Sie grunzte und bändigte endlich die Maschine. Ein Rinnsal dunkler Flüssigkeit ergoss sich in die Tasse und der reichhaltige Duft von gerösteten Bohnen drang in seine Nase. »Klar, in deiner Designerküche, mit deiner Profiausrüstung. Warum machst du dir nicht die Hände schmutzig und zeigst mir, was du drauf hast, Boss?«

»Forderst du mich heraus?«

Carina zuckte mit den Schultern. »Vergiss es. Ich will nicht, dass du dir deine schicken Klamotten ruinierst.«

Er murmelte einen Fluch, warf die Limonade in den Müll und stolzierte hinter den Tisch. Mit geübten Bewegungen zog er sich Handschuhe an, schnappte sich eine Kappe und fasste Carina an den Schultern. Ihr erschrockener Hüpfer passte zu seinem, als sich die sexuelle Spannung zwischen ihnen kurz entlud. Er wollte sie aus dem Weg schieben. Die Maschine spuckte eine Dampfwolke aus, als würde ihr plötzlicher intimer Moment sie verärgern.

Er zog die Hände zurück und überspielte es mit einem Knurren. »Geh zur Seite.«

Ihre Pupillen weiteten sich, als würde sie den Befehlston in seiner Stimme erkennen und akzeptieren. Max wurde heiß und es hatte nichts mit dem Wetter oder dem Kaffee zu tun. Irgendetwas in der Erkenntnis, die in ihren dunklen Augen mitschwang, traf ihn genau dort, wo es wehtat: in seinem Schwanz.

»Stopp meine Zeit.«

Max wusste, dass es ein paar Regeln gab, wie man den perfekten Espresso machte. Die Zutaten waren das Wichtigste – purer Arabica von mittlerer Röstung, nicht verbrannt, frisches Wasser ohne chemische Zusätze, die den Geschmack verfälschten und eine vernünftige Maschine. Der Rest war Können, vor allem die richtige Menge Druck, mit der man den Filter befüllte, die über Sieg oder Niederlage entschied. Er verfiel in einen Rhythmus, den er über die Jahre hinweg perfektioniert hatte, um Frauen und sogar seine Mutter zu beeindrucken. Filter entfernen. Frisches Kaffeepulver einfüllen. Stopfen, während man den Filter zur Seite hält. Glätten. Brühen. Eingießen. Wiederholen.

Max fühlte ihren Blick auf sich, weigerte sich aber, seine meditative Trance zu unterbrechen und sich in neue Neckereien zu stürzen. Wie konnte diese Frau es wagen, seine Fähigkeiten anzuzweifeln?

Carl pfiff und grölte, als er vier Tassen auf einmal servierte. »Verdammt, Mr. Gray, das sieht verflucht gekonnt aus.«

»Danke. Komm her, dann zeig ich es dir. Eines Tages hast du auch so ein Teufelsding und wirst ein Mädchen damit beeindrucken.« Er zwinkerte. »Vielleicht landest du damit sogar einen Treffer.«

Die Augen des Jungen wurden groß. »Verdammt, ja. Zeigen Sie's mir.«

Max brachte den Praktikanten die hohe Kunst der Kaffee-Verführung bei. Carina streckte sich an ihm vorbei und fischte nach dem Zimt. »Warum müssen Männer immer alles darauf beschränken, Frauen flachzulegen?« Die Seite ihrer Brust streifte seine Schulter und seine Hand rutschte vom Hebel ab. Die Maschine spuckte vor Wut.

»Verdammt, du störst meinen Rhythmus. Und die Antwort ist klar. Es gibt nur zwei Dinge, an die Männer ständig denken: Essen und Frauen.«

»Manchmal auch an Sport«, sagte Carl ernst.

Carina seufzte.

Die nächsten Stunden flogen geradezu dahin, bis jeder Knochen in Max' Körper schmerzte. Sie arbeiteten noch immer perfekt zusammen, während jede Bewegung koordiniert erschien. Das neckische Hin und Her zwischen ihnen sorgte für Spaß bei der Arbeit. Max erkannte, dass er tendenziell zu ernst war und diese Leichtigkeit faszinierte die Praktikanten, die ihn immer für ein wenig steif hielten.

Ihm entging auch nicht der beständige Strom von Männern, die für Sekunden am Stand verweilten und um den Tisch herum blickten, um einen Hauch von nackter Haut zu erhaschen, die von den zu kurzen weißen Hosen entblößt wurde. Carina schien die Aufmerksamkeit nicht zu entgehen und spielte damit. Jeder Mann schien den Stand ein wenig geblendet zu verlassen, was ihn einfach nur ankotzte. Waren Männer so einfach gestrickt, dass ein verführerisches Zwinkern oder Hüftwackeln ihnen sämtliche Hirnfunktionen raubte?

Ja.

Vor allem bei Carina. Ihr Körper war der Wahnsinn, aber es war vor allem ihre offene Art und ihr Lachen, das ihr die volle Aufmerksamkeit der Männer sicherte. Sie brachte sie dazu, dass sie um Beachtung bettelten. Max schob einem Nerd, der sie gerade anstarrte, eine der Tassen ein wenig zu fest entgegen. Die Flüssigkeit schwappte über den Rand und er jaulte auf.

»Du hättest die Arbeitskleidung tragen sollen«, sagte er. »Dein Outfit ist ein wenig zu aufreizend.«

Sie verdrehte die Augen, als wäre er ein älterer Onkel. »Klar, mit einem schwarzen Hosenanzug würde ich bestimmt hierher passen. Es sind fast dreißig Grad.«

»Wir müssen ein professionelles Bild abgeben.«

Ihr Lachen stellte böse Dinge mit seinem Unterleib an. »Oh Max, du bist der Knaller. Was glaubst du, warum ich diese

Shorts trage?« Ihr anzügliches Zwinkern raubte ihm den Atem und ließ ihn wie einen Idioten dastehen. »Du hast mir viel beigebracht. Es gibt keinen Grund, nicht seinen Körper, Charme und den Verstand zu benutzen, um die Dinge ins Rollen zu bringen, nicht wahr?«

Zum ersten Mal hatte ein Mädchen Max die Sprache verschlagen und sich in eine Herausforderung für jeden Mann verwandelt. Sie ahnte, dass sie gewonnen hatte und bediente die letzten Kunden mit einem knappen Lächeln.

5. Kapitel

Carina betrachtete sich in dem Ganzkörperspiegel.

Sie sah heiß aus.

Freude durchströmte sie, während sie beobachtete, wie der lange Rock um ihre Beine fiel. Der blaue Stoff betonte ihre olivfarbene Haut und das dunkle Haar. Es war tatsächlich weit entfernt von ihrem früheren Kleidungsstil und ihrem Wunsch, sich zu verstecken. Nein, dieses Kleid brüllte: *Hier bin ich* und sie liebte es.

Die Korsage war eng und bedeckte sie vollständig, aber der Rücken war ein echter Blickfang. Sie dachte darüber nach, sich in eine dieser weiblichen Fesselfallen zu zwängen, die ihre Brüste gefangen halten sollte und entschied sich dann gegen den BH. Nur eine Andeutung ihrer Nippel zeichnete sich gegen den Stoff ab – eine heimliche Verführung und keine offene Zurschaustellung. Sie fühlte sich sexy und nackt unter dem Stoff.

Verdorben.

Genau, was sie brauchte, um für ihre Verabredung bereit zu sein.

Die Bässe von *Flo Rida* brummten durch den Raum und sie schwang die Hüften zur Melodie, während sie ihr Make-up auftrug. Hoffentlich würde Edward ihr Outfit genauso verführerisch finden und die Chemie zwischen ihnen stimmen. Sie stellte sich vor, wie er seine Hand unter ihre Korsage schob, um mit ihren nackten Brüsten zu spielen, ihre harten Nippel zwischen seinen Fingern zu drücken, während sie sich ihm entgegenstreckte und die Schenkel öffnete, um ...

Ein Bild von Max' Gesicht blitzte vor ihr auf.

Sie hielt mitten im Auftragen des Kajals inne und grummelte ihr Spiegelbild an. Zur Hölle mit ihm. Warum musste er die ganze Zeit über so verdammt sexy sein? Sie hätte nie geglaubt, dass er ihr bei dem Messestand helfen würde. Er hatte so cool und elegant gewirkt in seinem eng anliegenden grünen Hemd, den Khakis und ledernen Slippern. Perfekt gestylte Haare hatten im Wind geweht, während er sie mit hoch erhobener Nase belehrt hatte. Sie hatte nicht anders gekonnt, als ihn herauszufordern und hätte nie gedacht, dass er darauf einsteigen würde. Der Mann leitete die gesamte Firma und stand dennoch an der Espresso-Maschine wie ein Meister und brachte sogar die beiden Praktikanten dazu, ihn für einen coolen Typen zu halten.

Carina schauderte bei der Erinnerung. Er besaß einige ernst zu nehmende Fähigkeiten. Seine schlanken Finger waren wie ein Liebhaber über Tasten und Hebel geflogen, und hatten das Beste aus der Maschine herausgeholt. Nach der ersten Stunde hatte er sich sogar entspannt und schien die Sache zu genießen. Seine weißen Zähne waren bei einem Lächeln aufgeblitzt, während er mit der Menge spielte und seine Muskeln hatten jede noch so kleine Bewegung seines Körpers untermalt. Sie hatte bemerkt, dass sie ihm zu viel auf den Hintern starrte – der weiche Stoff hatte seinen Po eng umschmeichelt und sie auf wilde Gedanken gebracht. Böse Gedanken. Mit ihm.

Carina schloss die Augen. *Dio*, sie musste aufhören, auf diese Weise an ihn zu denken. Heute Nacht wollte sie Edward näher kennenlernen und hoffentlich ein heißes Vorspiel mit ihm machen. Es war ihre erste offizielle Verabredung in Amerika als selbstständige Frau und sie würde es nicht versauen, indem sie Max nachsabberte.

Nicht mehr.

Sie vollendete ihr Make-up und schnappte sich ihre Designersandalen. Die überkreuzten Riemchen wanden sich um ihre Beine und waren mit glitzernden Saphiren besetzt. Gott, sie liebte Schuhe. Während sie mit ihrem Gewichtsproblem kämpfte, hatte sie ihre Leidenschaft für Schuhwerk entdeckt. Sie ließen sie niemals fett aussehen und waren ein fantastischer Weg, ihr Selbstvertrauen zu steigern. Ihre dunkelroten Fußnägel passten perfekt zu ihren Lippen.

Carina streifte ein paar klimpernde Armreifen über und baumelnde silberne Ohrringe, nahm ihr Halstuch und ihre perlenbesetzte Tasche. Dann ging sie zur Tür hinaus. *Showtime.*

***

Max betrachtete seine Begleitung und fragte sich, warum er nichts fühlte.

Er fand sie schon seit einer Weile anziehend. Nach ihrer direkten Bemerkung in seinem Büro hatte er erkannt, dass sie ihre Beziehung auf die nächste Stufe heben wollte. Die Unterhaltung mit Carina brannte noch immer in seinen Ohren und es war an der Zeit, ihr zu beweisen, dass sie falsch lag. Laura hatte alles, wonach er suchte und diesmal konnte Carina ihm nicht vorwerfen, dass er sich die Falsche ausgesucht hatte.

Er bestellte Laura ein Glas Wein und fand einen Platz in einer ruhigen Ecke. Während er den Raum absuchte, hörte er ihr mit einem Ohr zu und betrachtete die anderen Gäste. Die Minuten verstrichen und er fragte sich, ob Carina ihre Meinung geändert und das Date abgesagt hatte. Er wünschte sich beinah, er hätte es bei seinem getan. Die vielen Stunden auf dem Bauernfest hatten ihm einen leichten Sonnenbrand beschert, einen schmerzenden Rücken vom ständigen Vornüberbeugen und einen Ständer, der einfach nicht verschwinden wollte. Nicht, dass es ihn störte. Er genoss Lauras klingendes Lachen, gepaart mit dem freizügigen Ausschnitt ihres schwarzen Kleids. Seine seltsame Reaktion Carina betreffend beunruhigte ihn und er musste sich eingestehen, dass es eine Weile her war, seit er das letzte Mal eine Frau befriedigt hatte. *Zu viel Arbeit und zu wenig Spielen*, scherzte er für sich selbst.

Sie betrat den Raum.

Seltsam, sie war so lang ein Teil seines Lebens gewesen, doch zu Hause hatte er sie nie bemerkt. Hier brannte ihre Aura hell, als würde die Sonne aus einem wolkenverhangenen Himmel hervorbrechen und die ersten Strandbesucher mit einer Kostprobe ihrer Hitze verführen. Die vergangenen Jahre hatten ihren Körper und Geist reifen lassen und verändert, bis zu dem Punkt, an dem das Resultat wie eine Bande Rennpferde im

Schlusssprint an ihm vorbeirauschte.

Max gab auf und starrte sie an.

Sie hatte mittlerweile eine Vorliebe für Farbe entwickelt. Früher hatte sie ihren Körper in dem Versuch, sich zu verstecken, in Olivgrün und Grau gehüllt. Heute Nacht hatte sie alle Vorsicht beiseitegeworfen und stellte sich als fleischgewordene Verführung mitten ins Rampenlicht.

Gott sei Dank, waren ihre Beine diesmal bedeckt. Der hauchdünne königsblaue Stoff floss über ihre breiten Hüften, die großen Brüste und fiel bis auf den Boden. Er erhaschte einen Blick auf passende Stilettos und als sie ging, warf sie den Kopf lachend zurück. Die schwere Masse ihrer schokoladenbraunen Locken hatte sie hochgebunden und entblößte auf diese Weise den sanften Schwung ihres Nackens.

Edward hielt sie besitzergreifend am Ellbogen fest und flüsterte ihr etwas ins Ohr. Sie lachte erneut und drehte sich um.

Die Luft entwich schlagartig aus seiner Lunge. Ihr nackter Rücken leuchtete im gedämpften Licht, ihre zarte olivfarbene Haut flehte ihn an, seine Zunge an ihrem Rückgrat entlangwandern zu lassen, um sie zu kosten. Der Stoff raffte sich an ihrer Hüfte und ließ bei Weitem zu viel Haut sehen.

Wie konnte sie mit einem solchen Kleid einen BH tragen? Er konnte seinen Blick nicht von ihr lösen, während sie den Raum durchquerte.

Ihre Nippel zeichneten sich leicht unter dem zarten Stoff ab. Ein Schlag von wilder Lust pulsierte durch ihn hindurch und machte ihn schwindelig. Kein Zweifel. Sie trug keinen BH. Diese schweren Brüste waren unverhüllt und verführten jeden verdammten Kerl im Raum, verstohlene Blicke auf sie zu werfen, in der Hoffnung, mehr zu sehen. Als wären sie in ihrer eigenen Welt, ignorierte das Paar die Menge und ging direkt auf die Tanzfläche. Edward hielt sie eng umschlungen – zu eng, um genau zu sein und seine Hand fuhr über die Wölbung ihrer Hüfte, um sich direkt auf ihren Hintern zu legen.

Was zur Hölle ...? Sie waren gerade erst angekommen und er

konnte seine Finger nicht bei sich behalten? Sie hatten sich nicht einmal umgesehen, wer sonst noch gekommen war. Um Gottes willen, das hier war eine Dinner-Party, kein Nachtclub. Was war aus angemessenen Begrüßungen geworden?

»Schätzchen? Was lenkt dich heute Abend so ab?«

Er schüttelte den Kopf. Kräftig. Dann rang er sich ein Lächeln ab. »Tut mir leid, ich habe gerade eine Freundin gesehen. Macht es dir etwas aus, wenn ich dich kurz allein lasse?«

Sie schenkte ihm ein Haifischlächeln, das ihm Kopfschmerzen bereitete. Er hatte noch nie so weiße Zähne gesehen. War es überhaupt möglich, so weiße Zähne zu haben?

»Natürlich. Solange es nicht zu lang ist.« Ihre verführerische Schnute sprach Bände. Er könnte in jedem Fall heute Nacht mit ihr im Bett landen. Er schob den Gedanken beiseite und durchquerte den Raum.

Die leicht deprimierenden Klänge von *Adele* rauschten an seinen Ohren vorbei. Er bahnte sich seinen Weg durch verschlungene Paare und erreichte die beiden. Ihr Kopf bewegte sich wenige Zentimeter.

Ihr Blick traf seinen.

Eine endlose schwarze Tiefe zog ihn zu sich und tief hinab. Erkenntnis flammte auf und brannte, als sich ihre Augen weiteten. Er erkannte die Anziehung – er hatte Erfahrung mit diesem Hin und Her der Erregung. Seine Haut prickelte. Das primitive Verlangen, sie von Edward fortzuschleifen und für sich selbst in Anspruch zu nehmen, überkam ihn. Er streckte die Hand nach ihr aus und ...

»Max. Was für eine Überraschung.«

Edward schwang herum und grinste. »Hey Boss. Ich dachte, Sie würden nicht kommen.«

»Die Pläne haben sich geändert.« Er lächelte knapp. »Darf ich abklatschen?«

»Sicher.« Edward verneigte sich und entlockte Carina ein Kichern. »Mylady, ich werde Sie schon bald zurückerobern.«

Ihr Gesicht erhellte sich vor Freude, was ihn völlig ankotzte.

»Danke, edler Herr.«

Max ergriff ihre Finger, legte sie auf seine Schulter und drückte seinen Körper gegen ihren. Die festen Spitzen ihrer Brüste rieben an seinem Hemd. Sein Blut geriet so schnell in Wallung wie sein Schwanz. »Bin ich ins verfickte Mittelalter geraten?«

Sie blinzelte. »Was ist dein Problem? Motzig, weil du auf dem Bauernfest zu viel gearbeitet hast?«

Er zog die Brauen zusammen. »Nein. Ich hätte bloß nie gedacht, dass du der kitschige Typ bist.« Nun, zumindest nicht mehr. Die alte Carina erinnerte ihn an Gekicher und Geflüster hinter vorgehaltener Hand über Jungs. Die, die er jetzt in den Armen hielt, zeigte eine Frau, die gezähmt und hart rangenommen werden musste.

»Es gibt vieles, für das du mich nie gehalten hättest.«

Er verstärkte seine Umarmung und rückte ein wenig näher. Der Duft von sauberer, weiblicher Haut und Kurkuma reizte seine Nase. Wie konnte etwas so Unschuldiges und Reines solch primitive Lust hervorrufen? Scheiße, er hatte das Gefühl, ins beschissene Wunderland zu fallen und verzweifelt nach einem Ausweg zu suchen. »Nettes Kleid.«

»Danke.«

»Ein wenig provokativ, findest du nicht? Du trägst nicht einmal einen BH.«

Carina hörte auf zu tanzen. Sie hob das Kinn so weit, dass sie ihn direkt anstarren konnte, wobei in ihrem Blick eine Spur Fassungslosigkeit schimmerte. Ihre Wangen liefen zartrosa an. »Das hast du gerade nicht zu mir gesagt.«

Er ließ eine Hand an ihren Poansatz gleiten und legte seine Handfläche auf nacktes Fleisch. Ihre seidige Haut steigerte sein Temperament nur noch um eine gefährliche Stufe. »Glaubst du, Edward ist der Typ Mann, der das nicht als Einladung sieht? Ich versuche nur, auf dich aufzupassen. Als Freund.«

Sie dämpfte die Stimme zu einem wütenden Flüstern. »Es scheint, dass meine Garderobe dich in letzter Zeit ziemlich beschäftigt oder auf wen ich ein Auge geworfen habe. Du versuchst, mein Leben zu bestimmen und hasst die Tatsache, dass du das nicht mehr kannst. Was ich unter meinen Klamotten trage oder nicht trage, geht dich nichts an. Warum tanzt du überhaupt mit mir? Wo ist Laura?«

»Du bist wie eine kleine Schwester für mich.« Max blickte ein wenig schuldbewusst auf. Seine Begleitung saß still da, trank ihr Glas Wein aus und wartete auf seine Rückkehr. Was tat er hier? Er hatte eine willige Frau, die sich nach seiner Aufmerksamkeit sehnte und er jagte der einen hinterher, die nichts von ihm wissen wollte. »Laura kommt auch kurz allein klar.«

Carina schnaubte. »Da wette ich drauf. Hau ab, Max. Ich sage es nicht noch einmal.«

»Schön. Komm bloß nicht angerannt, wenn dein Date mehr von dir erwartet, als du geben willst.«

Sie verwandelte sich wieder in die Eiskönigin, die er so gern erwärmen würde. Ein kühles Lächeln umspielte ihre roten Lippen. »Kein Problem. Ich will eine Menge geben.«

Verdammt sollte sie sein. Ihr Kopf reichte ihm gerade einmal bis zur Brust. Ihre Winzigkeit sollte überhaupt nicht zu seiner Größe passen, aber stattdessen passte sie perfekt – eine Handvoll warmer, weicher Haut. Ihre vollen Brüste drückten sich gegen ihn und ihre Schenkel spielten ein verführerisches Scherenspiel zwischen seinen, wie ein sinnliches Vorspiel. Er stellte sich vor, wie er ihre Schenkel öffnete und sie bereits vor Erwartung nass war. Stellte sich vor, wie sich ihr sinnlicher Mund in einem tiefen Atemzug öffnete, während er ihr mit seiner Zunge Vergnügen bereitete und sie dazu brachte, seinen Namen zu schreien. Stellte sich vor ...

»Ich schätze, Laura kommt heute noch zum Zug.«

Ihr unverschämter Kommentar entlockte ihm ein ersticktes Lachen. Als Nächstes würde er noch den verrückten Hutmacher auf der Tanzfläche sehen. Heilige Scheiße, er wurde verrückt. »Was?«

»Der Blick in deinem Gesicht. So eindringlich und sexy. Fürs Bett ist sie gut genug, aber nicht für ein Dinner, richtig?«

Volltreffer. Ihr verbales Vorspiel ging ihm auf den Sack und machte ihn gleichzeitig hart. »Falsch. Sie hat alles, was ich an einer Frau schätze. Was deine lächerliche Theorie übrigens widerlegt, dass ich mir die Falschen suche, weil ich Angst vor Nähe habe.«

Sie legte ihm locker die Arme um die breiten Schultern, fuhr ihm mit den Fingern durch die Haare und zog seinen Kopf hinunter, damit er ihr in die Augen blicken konnte. »Willst du wetten?«

Hitze traf ihn tief in seinem Inneren und brach mit einem Mal aus ihm hervor. Ihre Zunge blitzte auf und befeuchtete in einer Geste der Verführung ihre Unterlippe. »Hm?«

Ein rauchiges Lachen brach aus ihrer Kehle. Das Geräusch überlief seinen Körper wie flüssige Butter. »Armer Max, du siehst es nicht einmal. Laura hat einen kleinen Makel, der für dich alles ruinieren wird.«

Er schnaubte. »Okay, der da wäre, Madame Ich-kann-in-deine-Zukunft-sehen?«

»Sie hasst Tiere.«

Er starrte auf ihre selbstgefällige Pose und kämpfte gegen das Verlangen an, sie ihr vom Gesicht zu küssen. »Nicht möglich. Woher willst du das überhaupt wissen? Du versuchst nur, mich zu verwirren.«

»Glaub, was du willst«, sagte sie leichthin. »Frag sie später und warte ab, was sie sagt. Der arme Rocky wird ins Tierheim müssen. Auf keinen Fall wird sie sich einem Pitbull nähern.«

»Sie wird mit Rocky kein Problem haben. Er ist harmlos.«

Ihr kühler, losgelöster Tonfall reizte ihn, bis er das schmerzende Verlangen hatte, sie zu schütteln. »Wenn du sie mit nach Hause nimmst, findest du es selbst raus. Rocky wird in die Hundehütte müssen.«

»Hör auf damit.« Edward kam gerade auf sie zu. Der Tanz war offiziell zu Ende. Er ließ sie los, als *Adele* die letzte Note in einem schier endlosen Schrei der Einsamkeit hielt. Bedauern und etwas anderes, etwas Tieferes durchzuckten ihn. »Sei vorsichtig heute Nacht, Carina.«

Sie lächelte. Die Verwandlung von Unschuld zu Verführung

ließ ihn den Atem scharf einziehen – vom mysteriösen Funkeln in ihren Augen bis zum verführerischen Zucken ihrer Lippen. »Keine Sorge. Ich werde heute Nacht genauso viel Spaß haben wie du.«

Sie warf sich herum, ließ ihn auf der Tanzfläche zurück und lief genau in Edwards Arme.

Drecksack.

***

Arschloch.

Carina brannte vor rechtschaffener Wut, die heiß durch ihre Venen floss. Sie lächelte Edward an, als er Max ersetzte und versuchte, in den Tanz einzutauchen. Wie konnte er es wagen, sich wie ein Höhlenmensch aufzuspielen? Vor allem, nachdem er sie beiläufig über seine Absichten informiert hatte, die liebreizende Laura ins Bett zu bekommen, als wäre sie irgendein Kumpel von ihm, vor dem er mit seinen Eroberungen angeben könnte? Oh, sie war so was von fertig mit seinem aufgeblasenen Ego und der Unfähigkeit, die Wahrheit zu erkennen.

Die Frau war eine reine Fassade. Blickte man hinter ihre makellose Haut und die anregenden Gespräche, fand man nur heiße Luft, kein Herz. Nach ihrer Unterhaltung war Carina ihr noch einmal im Parkhaus begegnet, wo Laura wegen eines streunenden Hundes völlig aufgelöst war.

In ihrem Gesicht hatte sich die nackte Angst gespiegelt beim Anblick des ausgemergelten Kerlchens. In ihrer Panik hatte sie bereits den Sicherheitsdienst gerufen. Carina hatte dazwischengehen müssen, ansonsten wäre das arme Ding direkt ins Hundekittchen gewandert. Sie hatte sich hingekniet und dem Tier zugeflüstert. Nach einer Weile war der Hund vorsichtig zu ihr gekommen und hatte ihr sogar ein wenig über die Hand geleckt. Ganz eindeutig ein kleiner Schatz, der nicht ein einziges böses Gen in sich trug.

Laura hatte es nicht gekümmert.

Sie hatte gezittert und mit einem langen Fingernagel auf den

Hund gedeutet. »Ich hasse Tiere. Sie sind so ungepflegt, so dreckig und bedürftig. Carina, fass das bitte nicht an. Es ist bestimmt mit Krankheiten übersät. Lass die Hundefänger es mitnehmen.«

Und genau in diesem Moment hatte Carina herausgefunden, warum Max mit Laura ausging. Ein weiterer Makel. Ein großer. Max vergötterte Tiere und könnte niemals mit einer Frau glücklich werden, die Rocky nicht liebte und nicht ein ganzes Haus voll davon haben wollte. Der Kerl mochte ein nerviger Arsch sein, aber er hatte ein weiches Herz.

Sie unterdrückte ein genervtes Stöhnen. *Oh Dio,* sie tat es schon wieder. Sie machte sich Gedanken über Max' Entscheidungen. Mischte sich auf Kosten ihres eigenen Lebens in seines ein. Wann würde sie es je lernen?

Carina atmete tief durch und entspannte sich. Edwards Hände glitten auf ihren Poansatz, genau wie Max'. Die schwere Wärme legte sich behaglich auf ihre Haut. Sie liebte das Gefühl von Männerarmen, die sie umfassten – die mögliche Intimität und eine Veränderung, die sie mit jeder Zelle ihres Körpers herbeisehnte.

Gut, es gab keinen heißen Funkenschlag wie bei der Berührung von Max. Sie glaubte nicht, dass ein anderer Mann sie jemals so in Flammen aufgehen lassen könnte wie einen Weihnachtsbaum mit Kurzschluss. Aber das war auch nicht wichtig. Die Chemie zwischen ihnen stimmte genug, um es heute Nacht auf die nächste Stufe zu schaffen. Edward war attraktiv, witzig und sie wollte seine Lippen auf ihren fühlen, sehnte sich nach der betörenden Erfahrung von intensivem Küssen und Vorspiel.

Es war schon peinlich, wie sehr sie sich nach ein wenig Gefahr und Wildheit sehnte. Die meisten Männer behandelten sie so zärtlich, als wäre sie eine Blume, die jeden Moment umknickte. Das langsame, zärtliche Zungenspiel und das zaghafte gegenseitige Erkunden frustrierten sie dermaßen, dass sie an dieser Stelle üblicherweise abbrach. Vielleicht wäre Edward in der Lage, ihre dunkelsten Gelüste nach weniger ...

Höflichkeit ... zu befriedigen.

Wie würde es sich anfühlen, wenn ein Mann sie so sehr wollte, dass er sie ohne ihre Erlaubnis einfach nahm? Bei dem verdorbenen Gedanken huschte ihr eine Gänsehaut über den Körper.

Hoffentlich fand sie es heraus. Heute Nacht.

Der Abend verstrich in einer Mischung aus Nettigkeiten, gutem Wein und einem gelegentlichen Blick zu Max. Sie bewahrte Abstand, als sie jedoch das nächste Mal von den Toiletten zurückkam, bemerkte sie die beiden Männer tief in ein Gespräch versunken an der Bar. Carina bog scharf rechts ab und verwickelte sich selbst in ein Gespräch mit ein paar älteren Damen des Bäckereihandwerks, fest entschlossen, Max nicht noch einmal zu begegnen. Mit ihm zu arbeiten war schlimm genug, jetzt steckte er seine Nase auch noch in ihr Privatleben. Ihr Gesicht brannte bei der Erinnerung an seinen Kommentar zu ihrem BH.

»Carina?«

Sie drehte sich um, als Edward beiläufig ihre Hand ergriff. »Ich bin so froh, dass ich zu dieser Feier gegangen bin. Ich habe so viel Spaß«, sagte sie.

»Ich auch. Können wir gehen oder wolltest du noch bleiben?«

Sie lächelte. »Lass uns gehen.«

»Ich hatte gehofft, dass du das sagen würdest.« Sie schluckte schwer, als sie das verlockende Versprechen in der Aussage erkannte und ging eilig zum Auto. Als sie den Sicherheitsgurt angelegt hatte, traf leichter Regen auf die Windschutzscheibe, der sich kurz darauf in einen wilden Sturm verwandelte. Edward schwieg, während er sich über die nassen Straßen einen Weg zu ihrer Wohnung bahnte.

Sie ballte die Fäuste. Sollte sie ihn zu sich nach oben bitten? Zu früh? Zu gefährlich? Fragen und verschiedene Szenarien rauschten an ihr vorbei und sie wünschte sich, sie hätte mehr Erfahrung mit Männern. Als er am Randstein parkte, war ihr Magen ein einziges Nervenbündel. Er stellte den Wählhebel der

Automatik auf Parken. »Uff, ist ziemlich ungemütlich da draußen. Soll ich dich nicht lieber zur Tür bringen?«

Ihre Instinkte rasten. Nein, ihn hinauf zu bitten, war nicht klug. Sie kannte ihn noch nicht so gut. Aber ein handfestes Fummeln im Auto schien perfekt. Der hämmernde Regen prasselte um sie herum nieder und hüllte sie in einen dunklen Nebel. »Nicht nötig, dass du nass wirst. Ich sage dir hier gute Nacht.«

»Okay.« Sie wartete. Er rutschte in seinem Sitz herum und wirkte plötzlich angespannt. Carina verdrängte das Stimmengewirr aus ihrem Kopf, das lautstark schrie, nicht gut genug, nicht sexy oder Frau genug für Edward zu sein und dass er sie deshalb nicht küssen wollte. Sie sperrte all ihre Unsicherheiten aus und rückte im Sitz näher an ihn heran.

»Ich hatte wirklich Spaß.« Sie fuhr sich mit der Zunge über die Unterlippe. Sein Blick wurde eindringlicher und die Spannung änderte sich ein wenig. Gott sei Dank schien er interessiert. Vielleicht war er bloß schüchtern? Okay, sie würde den Anfang machen. Es wäre eine gute Übung für sie.

»Äh, ich auch.«

Sie rutschte ein weiteres Stück näher. Seine braunen Augen füllten sich mit einer seltsamen Mischung aus Verlangen und Unbehagen. Carina senkte die Lider und wagte den Sprung.

Ihre Lippen berührten seine.

Einen schrecklichen Moment lang bewegte er sich nicht. Ihr Herz hämmerte vor Angst über seine widersprüchlichen Signale, doch dann küsste er sie ganz zärtlich zurück, als hätte er Angst, sie zu erschrecken. Warme Lippen bewegten sich auf ihren und sie entspannte sich und lud ihn zu einer intimeren Erkundung ein. Ihre Arme berührten seine Schultern. Sie wollte ihn dazu bringen, die Umarmung zu erwidern und zu vertiefen.

Er ignorierte ihre Signale, behielt die Hände brav in seinem Schoß und küsste sie auf eine sanfte, fast schon ehrfürchtige Art. Ihr Herz setzte vor Enttäuschung aus. Langsam öffnete sie ihre Lippen unter seinen und lud ihn ein. Ihre Haut sehnte sich nach Berührung, ihr Herz hämmerte und sie stöhnte leise auf –

die ureigenste Art einer Frau nach mehr zu schreien.

Edward wich zurück.

Sein Atem ging unregelmäßig. Ein Anflug von Panik huschte über sein Gesicht und er lachte kurz. »Wow. Tut mir leid, Carina, ich wollte das nicht.«

Sie wich erschrocken zurück. »Du wolltest mich nicht küssen?«

Seine Hände schossen vor, um ihre in einer beruhigenden Geste einzufangen. »Nein, du verstehst mich falsch. Natürlich wollte ich dich küssen. Es ist nur so ... Max hat mich gewarnt und ...«

»Max?« Jeder Muskel verhärtete sich. Ein Aufschrei hallte in ihren Ohren und sie schüttelte den Kopf, um ihn zu vertreiben. »Was hat Max gesagt?«

Wieder ein Lachen. »Nichts, wirklich. Max hat mir nur erklärt, dass du neu hier bist, ich es ruhig angehen lassen soll und du noch nicht bereit dafür bist ... also für ...«

»Sex?«

Er ließ ihre Hände los, als hätte er sich verbrannt.

Die Panik war zurück. Diesmal mit voller Kraft. Carina sah ihr heißes Rummachen vergehen, wie eine vernachlässigte Pflanze, die zu Stroh wurde. »Nein! Ich meine, natürlich werden wir keinen Sex haben. Verdammt, Max würde mich umbringen!«

Sie riss sich zusammen, auch wenn das hier wie der Bürgerkrieg war und sie auf Seiten der Südstaaten kämpfte. »Max hat damit nichts zu tun«, stellte sie ruhig fest. »Er ist ein alter Freund der Familie, bestimmt aber nicht, was ich tue und würde sich niemals in deine Arbeit einmischen. Wenn du Interesse an mir hast, meine ich.«

Sekunden verstrichen. Sie wartete. Betete für ein bisschen Grips in dem Mann, der mehr als nur ein erstes Date sein könnte. Hoffte, dass er sie zurück in seine Arme zog, ihre Lippen mit seinen versiegelte und sagte, dass es ihm scheißegal war, was Max sagte. Stattdessen kühlte die Luft zwischen ihnen ein wenig ab, was nicht am Regen lag.

Sie hatte verloren. Und Max hatte wieder gewonnen.

»Es tut mir leid, Carina.« Das Bedauern stand ihm deutlich ins Gesicht geschrieben. »Ich liebe meine Arbeit und ich mag dich wirklich, wirklich sehr. Aber Max hat mir klargemacht, dass du dich nach einer dauerhaften Beziehung sehnst und dafür bin ich noch nicht bereit.«

Sie kratzte ihre Fassung zusammen und wickelte sie fest um sich. Mit einem kühlen Lächeln nickte sie. »Ich verstehe. Wirklich. Danke für den zauberhaften Abend. Und mach dir keine Sorgen über komische Gefühle im Büro. Lass uns Freunde bleiben.«

Das Wort blieb ihr fast wie ein Haufen Erdnussbutter im Hals stecken, aber sein Gesicht hellte sich auf. »Ja. Freunde ist perfekt. Bis Montag.«

Sie glitt aus dem Wagen und rannte zur Tür. Steckte den Schlüssel ins Schloss, schaltete das Licht an und ging hinein. Sie lugte durchs Fenster und wartete darauf, dass Edwards Auto davonfuhr. Dann, ohne einen weiteren Herzschlag abzuwarten, nahm sie ihre Schlüssel und rannte zu ihrem Wagen. Ihre Hände zitterten, als sie den Motor anließ und die Heizung voll aufdrehte, um die Kälte zu vertreiben. Der Sitz war völlig durchnässt, aber sie ignorierte es. Wut brannte heiß und klar, bis in ihrem Geist nur noch ein Ziel existierte. Eine Sache, die diese ganze schreckliche Nacht wieder korrigieren würde.

Maximus Gray zu töten.

6. Kapitel

Max lauschte dem beständigen Prasseln des Regens gegen das Fenster, während er an seinem Cognac nippte. Die Flüssigkeit tanzte auf seiner Zunge und legte sich mit feuriger Süße darüber. Anstatt seine Nerven zu beruhigen, umklammerten seine Finger das Glas.

Sie hatte recht.

Schon wieder.

Als würde er seine Unruhe spüren, stieß Rocky ein leises Brummen aus und platzierte sich mit dem Großteil seines Gewichts auf Max' Füßen. Die wohlige Wärme beruhigte ihn ein wenig und er streichelte ihm über den Kopf – ein Klotz aus scharfen Knochen und hässlichen Zügen, die ihn zu einem der freundlichsten Hunde machten, die er in seinem Leben je gesehen hatte.

Die Verbindung zwischen ihnen war in dem Moment entstanden, als er die geplagte Seele auf dem Rummel erblickt hatte. Ein kleiner Stand war ausschließlich dazu gemacht gewesen, Hundewelpen zu verschenken und er war mit seinem Date daran vorbeigegangen. Sie hatte die kleinen Fellknäuel gehätschelt und getätschelt, während Max in Ruhe die verschiedenen Spielbuden betrachtete. Er war überzeugt gewesen, dass er in der perfekten Position für ihre spätere Dankbarkeit wäre, wenn er für sie eins der ausgestopften Tiere gewinnen würde. Nicht, dass daran noch irgendein Zweifel bestanden hatte, wenn man die eindeutigen Kommentare ins Auge fasste, die sie den Abend über gemacht hatte. Er hatte gerade seinen Sieg geplant, als sein Blick auf den stämmigen, schlammigen Pitbull in einer Ecke des Geheges traf. Ein zerschlissenes Seil war eng um seinen Hals gebunden gewesen; es hatte ihm wortwörtlich den Atem abgeschnitten. Den Hund schien es nicht zu kümmern, er hatte einfach auf seine Atmung geachtet, um nicht zu viel zu hecheln, während sich in seinen Augen das Wissen spiegelte, dass dies sein Schicksal war und er nichts dagegen tun konnte.

Sein Maul war geöffnet gewesen und schlaff hinuntergehangen. Sabber troff von einer Seite seiner Lefzen. Seine Flanken waren mit Kratzern und Schrammen übersät und ein Ohr wortwörtlich halb abgebissen gewesen. Als der Blick des Hundes schließlich auf den von Max getroffen war, verdrängte der Gedanke, dass er diesen Hund besitzen musste, alles andere aus Max' Kopf. Er war ein Kämpfer – sowohl im als auch außerhalb des Rings. Und er hatte etwas Besseres als diesen Mist verdient.

Die Kinder, die den Stand mit den Welpen betrieben hatten, verlangten einhundert Doller von ihm, damit er ihn hatte mitnehmen können. Vermutlich hätte man ihn als Kanonenfutter benutzt, da seine Tage als Kampfhund längst vorbei gewesen waren. Max hatte das Seil losgebunden, sich hinuntergebeugt und dem Hund gesagt, dass sie jetzt nach Hause gingen. Mit einer Würde, die dieser Rasse innewohnte, aber vielen unbekannt war, hatte sich Rocky vom schmutzigen Boden erhoben und war ihm über den Rummel gefolgt. Max verlor sein Date, aber er gewann seinen besten Freund.

Und Laura hasste ihn.

In dem Moment, als sie seine Wohnung betreten und Rocky erblickt hatte, stieß sie einen mädchenhaften Schrei aus, der ihn irritierte. Ein paar Minuten hatte er ihr zu erklären versucht, dass der Hund harmlos sei, aber als sie weiterhin darauf bestand, dass er ihn einsperrte, traf Max eine Wahl. Zum zweiten Mal hatte er Rocky gewählt und Laura war verschwunden, ohne sich umzublicken.

Das Traurige war, dass es ihm nichts ausmachte.

Gott, war er am Ende doch wie sein Vater? Unfähig, in die Tiefe zu gehen und eine Frau so zu lieben, wie sie es verdiente?

Er erinnerte sich an den Tag, als er die Wahrheit erfahren hatte. Andere Kinder hatten Väter und Max fragte sich immer, warum er nicht, bis er eines Tages seine Mutter darauf ansprach. Sie hatte ihm die Geschichte mit einer stillen Würde und Liebe erzählt, die ihn glauben ließen, dass alles in Ordnung sei. Sie hatte nie gelogen, aber danach war er monatelang wütend auf sie gewesen. Weil sie ihm die Wahrheit gesagt hatte. Er hatte sich so sehr gewünscht, sie hätte gelogen – hätte ihm erzählt, dass sein Vater im Krieg gestorben oder zum Wohle seiner Familie verschwunden war; einen schrecklichen Unfall gehabt hatte, damit er vor seinen Klassenkameraden hätte angeben können.

Stattdessen hatte ihm seine Mutter erzählt, dass sein Vater sie direkt nach seiner Geburt verließ. In einer traditionsbewussten Kleinstadt war es das meistdiskutierte Geschwätz, bei dem mehr als nur über die Wahrheit geflüstert wurde. Jeden Sonntag zur Kirche zu gehen und auf der Bank zu sitzen, war die reinste Folter. Scheidung wurde nicht gebilligt und seine Mutter hatte diese Regel als Einzige verletzt. Die meisten ihrer Freunde und Familie hatten sie vor den schlimmsten Grausamkeiten beschützt und irgendwann lernte er, Schutzmauern zu errichten, damit ihn nichts mehr verletzen konnte.

Seine Mutter versuchte, ihm alle Wünsche zu erfüllen, aber die Frage, warum sein Vater ihn nicht gewollt hatte, verfolgte ihn jahrelang und brannte ein Loch in seinen Bauch. Waren die meisten Väter nicht völlig vernarrt in ihre Neugeborenen? Was fehlte ihm, wonach die meisten Männer suchten? Wie konnte ein frischgebackener Vater seine Familie verlassen und sich nie wieder melden?

Als er endlich einundzwanzig geworden war, entschied er, es herauszufinden.

Er hatte das Internet und seinen Treuhandfonds genutzt, um den in London lebenden Samuel Maximus Gray zu finden. Er erinnerte sich an die Vorstadt im Randbezirk. Dreckig. Überlaufen. Unterschicht. Sein einst so wohlhabender und tadellos gekleideter Vater hatte offenbar sein Vermögen und seine Würde verloren. Max war ihm in den örtlichen Pub gefolgt und hatte beobachtet, wie er auf den Fernseher starrte und Pints trank. Schließlich hatte er ihn konfrontiert. Max erinnerte sich an jedes Detail, als wäre die Begegnung in Zeitlupe abgelaufen.

»Weißt du, wer ich bin?«

Er stand vor seinem Vater, mit hämmerndem Herzen und schweißnassen Achseln. Der Mann sah ganz anders aus, als der junge lächelnde Mann auf den Fotos seiner Mutter. Er war kahlköpfig mit aufgedunsenem Gesicht. Seine blauen Augen schienen wie von einem milchigen Nebel überschattet, als hätten zu viele Seitenschläge und Alkohol ihren Tribut gefordert. Er sah von seinem Guinness auf und blinzelte im schummrigen Licht der Kneipe. Betrachtete ihn für eine lange Zeit. Max roch Erdnüsse, Rauch, Bier und Versagen.

»Scheiße, ja. Ich weiß, wer du bist.« Sein leichter englischer Akzent hackte die Worte ab. »Siehst mir aber nicht sehr ähnlich.« Max wartete, aber sein Vater starrte ihn einfach nur an. Keine Entschuldigung. Keine Scham. Nichts. »Was willst du hier?«

Max trat von einem Bein aufs andere. »Ich will wissen, warum. Warum bist du weggegangen?«

Der Mann schüttelte den Kopf und nahm einen großen Schluck Bier. Er wischte sich den Mund mit dem Handrücken ab. »Hast du das Geld nicht gekriegt?«

»Ja, ich habe dein gottverdammtes Geld bekommen.«

Sein Vater zuckte zusammen. »Was willst du dann noch von mir? Ich habe dich verlassen, aber dafür gesorgt, dass du genug hast, um dir ein Leben aufzubauen.«

Übelkeit drehte ihm den Magen um, aber er blieb standhaft. Er wusste, dass er diese Begegnung zu Ende bringen musste. »Wolltest du nie bleiben? Für meine Mutter? Für mich?«

Seine blauen Augen wurden hart. »Ich habe deine Mutter geliebt, aber ihr niemals versprochen, bei ihr zu bleiben. Ich wollte keine Familie. Ich habe das Beste für dich getan. Habe dir genug gegeben, um dein eigenes Leben aufzubauen und dich allein gelassen.«

Die Wahrheit schnitt hart und unerbittlich durch die Luft. Sein Vater hatte ihn nie gewollt. Hatte niemals bereut, gegangen zu sein. Hatte nie auch nur an sie gedacht.

Die klaffenden, rohen Wunden brannten, aber er blieb aufrecht, in dem Wissen, dass sie verheilen würden. Nichts würde jemals wieder so sehr wehtun können.

»Danke, dass du das klargestellt hast, Dad.«

Er ging aus dem Pub hinaus in die Nacht und blickte niemals zurück.

Max blickte nachdenklich auf die bernsteinfarbene Flüssigkeit. Warum hatte er heute Nacht solche Gedanken? Er dachte nur selten an seinen Vater und hinterfragte seine eigenen Entscheidungen auf Frauen bezogen niemals. Carina wusste nichts über sein Liebesleben, dennoch schien sie einen Sinn dafür zu haben, wie er tickte, wie es bisher keiner Frau außer seiner Mutter gelungen war. Max glaubte, dass es ihre Unschuld gepaart mit ihrer Jugend war, die ihn dermaßen anzog. Er hatte sich schon immer eine Schwester gewünscht, die er verhätscheln und beschützen könnte.

Warum dachte er dann nicht mehr als Schwester an sie? Das Bild, wie sie Edward küsste, quälte seinen Geist. Gut, er hatte den Mann mit genug Nachdruck gewarnt, sodass gewiss nichts Ernstes passieren würde. Nicht wahr? Sollte er Michael anrufen? Es auf Edwards Handy versuchen? Nein, sie würden ihn für *pazzo* halten. Sollte er zu ihrer Wohnung fahren und kontrollieren, ob alles in Ordnung war?

Er tippte sich mit dem Finger gegen das Kinn und wälzte die Möglichkeiten hin und her.

Dann hörte er die Türklingel.

Max befreite seinen Fuß von Rockys Kopf und ging den Flur hinunter. Wer zur Hölle kam so spät Samstagnacht noch zu ihm? War Laura wegen des Sturms zurückgekommen? Er spähte seitlich zum Fenster hinaus und musterte die einsame Gestalt auf seiner Türschwelle. Was zum ...

Er drehte den Türknauf und zog. »Carina?«

Seine Kinnlade klappte hinunter. Sie stolperte auf der letzten Stufe; ihr dünnes Kleid haftete völlig durchtränkt an ihrem Körper. Das Haar hing ihr in unordentlichen Locken nass ins Gesicht und klebte an ihren Wangen. Sie war barfuß und ihre rot lackierten Fußnägel stachen aus der kleinen Pfütze unter ihrem Kleid hervor. Er streckte den Arm aus, um sie in die Wohnung zu ziehen, doch ein Blick in ihr Gesicht paralysierte ihn und schockte ihn bis ins Innere.

Blanke Wut.

Ihre Augen funkelten wie die einer uralten Rachegöttin. Das Kinn vorgestreckt, die Lippen aufeinandergepresst und die Fäuste geballt, keuchte sie, als wäre sie über zehn Runden mit Rocky Balboa höchstpersönlich gegangen.

»Du Bastard.«

Oh Scheiße.

Er hielt kurz inne und wog innerlich ab, ob es vernünftig wäre, sie hineinzulassen. Mit einem gemurmelten Fluch packte er sie am Handgelenk und zog sie ins Haus.

Sie stieß seine Hände weg und starrte ihn an, während sie seine Diele volltropfte. »Wie kannst du es wagen, dich in mein Liebesleben einzumischen?«, zischte sie. »Du – *ausgerechnet du* – der eine normale Beziehung nicht einmal erkennen würde, wenn sie ihm in den Arsch beißen würde!«

»Das ist genau der Punkt, Carina.« Max hüllte sich in seine professionelle, ruhige Art wie in eine Robe. Wenn er vernünftig blieb und ihr seine Ängste deutlich machte, würde sie sich wieder beruhigen und sie würden sich nett am Kamin unterhalten können. Zuerst musste er ihr erklären, warum genau er sich eingemischt hatte. »Edward will keine Beziehung und ich wollte nicht, dass du etwas bereuen musst. Vor allem, wenn du ihn am Morgen danach siehst. Du verdienst etwas Besseres.«

Sein Argument schien sie nur noch wütender zu machen, falls das möglich war. Ihre wunderbar ebenmäßige Haut schimmerte geradezu vor pulsierender Energie. Der feuchte Stoff modellierte jede ihrer Kurven und ihre harten Nippel drückten sich gegen die Barriere, als wollten sie sich befreien. Er unterdrückte einen Fluch, als sein Körper in seinem ganzen primitiven Wahnsinn reagierte. Er wurde hart und nahm nur am Rande wahr, dass es sich verräterisch gegen seine Jogginghose abzeichnete.

»Du hast in meinem Leben nichts zu sagen. Egal, wie weit wir zurückblicken!« Sie überbrückte die Distanz zwischen ihnen und verkrallte ihre Fäuste in seinem T-Shirt. Sie stellte sich auf Zehenspitzen. »Ich verdiene eine Nacht mit großartigem Sex,

Max. Willst du mir das vorenthalten? Willst du mir vorenthalten, was du dir selbst nimmst? Ich bin keine perfekte Porzellanpuppe, die man auf ein Regal stellt und nur in besonderen Momenten vorsichtig zum Spielen rausholt. Ich bin aus Fleisch und Blut, und ich will Zügellosigkeit und Leidenschaft und Orgasmen.«

Oh ja, er verstand sehr gut. Sein Schwanz pochte bereits von ihren Worten. Der Duft von frischem Regen, Kokosnuss und Weiblichkeit überschwemmte seine Sinne. Max kämpfte gegen den Wahnsinn des Moments an, aber sie schlug gnadenlos weiter auf ihn ein.

»Du hast ihm eine Scheißangst eingejagt und er hat sich nicht mehr getraut, mich anzufassen!«

»Dann hatte ich recht mit meiner Annahme. Kein Mann ist deine Zeit wert, wenn er nicht einmal jemandem die Stirn bieten kann, der sich ihm in den Weg stellt.«

»Verurteile ihn ja nicht, du arrogantes Arschloch! Du bist sein Boss und du hast ihm weisgemacht, dass ich eine kleine verängstigte Jungfrau bin, die sich vor Körperkontakt fürchtet.«

Sie stieß ihm gegen die Brust. Wut legte sich um die Erregung und reizte ihn. »Bist du das denn nicht? Es ist nichts Schlimmes an Jungfräulichkeit. Willst du sie für den erstbesten Mann aufgeben, der dich reizt?«

Ein tiefes Knurren entfuhr ihrer Kehle. »Ja! Ich habe viele Dinge getan, Maximus Gray, Dinge, die du nicht glauben würdest. Sie haben mir gefallen und ich will mehr. Sollte ich jeden süßen Mann in dieser ganzen verfickten Firma vögeln wollen, wirst du mich nicht aufhalten. Dazu hast du kein Recht!«

Die Worte hingen dick und schwer in der Luft. Eine Herausforderung. Das Alphamännchen in ihm kam zum Vorschein, wo Zivilisiertheit und Höflichkeit verschwanden. Sie vibrierte vor feuriger sexueller Anspannung, die kurz vorm Explodieren war und sie zur Hölle und zurück schicken würde. Er war der Mann, der es in der Hand hatte.

Er ließ ihr eine letzte Chance, als er sich gerade noch am

Rand des Abgrunds hielt. »Okay, du bist also ein großes Mädchen, das seine eigenen Entscheidungen trifft. Fein. Ich werde mich aus deinem Leben raushalten, auch wenn du einen großen Fehler machst. Geh nach Hause und werd erwachsen.«

Er hielt den Atem an. Diese dunklen Augen blickten in seine und ein wenig von seiner Verrücktheit musste sich in seinem Gesicht spiegeln. Sie wich ein kleines Stück zurück und musterte ihn.

Dann lächelte sie. »Fahr zur Hölle, Max. Ich bin fertig mit dir.«

Befriedigung schoss durch ihn hindurch. Er ließ los und fiel ohne Reue in den Höllenschlund.

Er packte sie an den Hüften und hob sie gegen seine Brust. Nach nur drei Schritten stieß ihr Rücken gegen die Tür. Seine Erektion passte perfekt in die nasse Spalte zwischen ihren Schenkeln und ließ sie schockiert aufkeuchen. Ihre Pupillen weiteten sich.

»Du hast es so gewollt, kleines Mädchen. Also bekommst du es.« Er neigte den Kopf und nahm ihre Lippen mit seinen in Besitz.

In einer finsteren Ecke seines Verstandes hatte er sich immer vorgestellt, dass es eine Art spiritueller Erfahrung wäre, Carina zu küssen; eine Initiation der Zärtlichkeit und ein sanftes Gegeneinandergleiten von Lippen. Stattdessen riss die Realität mit einer Wildheit durch ihn hindurch, die er nie für möglich gehalten hätte. Er fuhr zur Hölle und es war jeden einzelnen Moment wert.

Ihre Lippen passten perfekt auf seine, sie waren anschmiegsam und weich gegen die sengende Hitze seines Mundes. Er wappnete sich für einen Protest und beschloss, dass es hier nur darum ging, ihr eine Lektion zu erteilen. Doch dann stöhnte sie hungrig auf, vergrub ihre Finger in seinen Haaren und öffnete sich ganz für ihn.

Er tauchte ein. Der Geschmack von fruchtigem Burgunder lag auf ihrer Zunge, gepaart mit einer Honigsüße, die Teil ihres Inneren war. Max hätte nicht einmal zärtlich sein können, wenn er es versucht hätte. Ihm drehte sich der Kopf, als er sich an ihr berauschte und immer wieder in diese seidige Hitze in dem Verlangen nach mehr eintauchte. Das war keine schüchterne, unerfahrene Jungfrau in seinen Armen. Sie erblühte unter dem Hunger. Verlangte ihren Anteil, als sie an dem Kuss festhielt. Sie ihren Mund weiter öffnete und seinen Zungenstößen begegnete, um ihn herauszufordern, noch tiefer vorzudringen. Er drückte sie fest gegen die Tür und sie keuchte, schlang ihre Schenkel eng um seine Hüften und presste sie zusammen. Er stöhnte vor Lust, wollte mehr und riss die Spaghettiträger herunter, die den feuchten Stoff hielten. Eine Brust kam zum Vorschein und ihr aufgerichteter Nippel war rubinrot.

Seine Handfläche umschloss die schwere Brust und sein Daumen spielte mit der Spitze.

Sie explodierte.

Ihre Fingernägel bohrten sich in seine Kopfhaut und sie biss ihm in die Unterlippe. Die bloße Wildheit ihrer Erregung ließ sein Blut heißer werden. Mit einem leisen Fluch senkte er den Kopf, nahm ihren Nippel tief in den Mund und saugte daran. Carina wimmerte leise vor Vergnügen und reckte sich ihm in dem Wunsch nach mehr entgegen. Eine wilde Kreatur, die in seinen Armen in Flammen aufging. Er hielt sie fest, während er reizte und verführte, bis ein kräftiger Ruck an seinem Kopf ihn wieder nach oben brachte.

Er musterte ihr Gesicht im Lichtschein. Geschwollene Lippen entließen flaches Keuchen; ihre dunklen Augen waren mit brennender Leidenschaft erfüllt, die seinen eigenen Blick spiegelte. »Mehr.« Ihre Stimme war heiser und abgehackt. »Ich will mehr.«

Die Spannung zwischen ihnen hatte sich über mehrere Tage aufgebaut. Max gab einen Scheiß auf Ehre oder Höflichkeit oder Lektionen. Er machte weiter und küsste sie erneut, wobei ihre Zungen diesmal um die Oberhand rangen. Er stieß seine Erektion zwischen ihre Schenkel; der dünne Stoff ihres Kleides fachte das Feuer zwischen ihnen nur noch mehr an. Der andere Träger löste sich, bis beide Brüste für seine Finger befreit waren. Er kreiste über ihre Nippel und zwickte sie leicht. Der Moschusduft ihrer Erregung traf ihn mit der Kraft einer läufigen Wölfin.

Er entließ eine ihrer Brüste, griff nach dem Stoff des Rocks, raffte ihn und zog ihn an ihrem Schenkel hoch. Mit zitternden Fingern berührte er ihre feuchte Haut. Strich über das kleine Stückchen Spitzentanga, der sie kaum bedeckte. Schlüpfte unter den Gummizug und tauchten in sie ein.

Sie schrie seinen Namen, als ein Schwall von Nässe seinen Fingern begegnete. Ihre inneren Muskeln pressten sich heiß und eng um ihn, als in seinem Kopf ein Feuerwerk explodierte, das es ihm schwer machte, bei Sinnen zu bleiben. Sie stand völlig in Flammen; pure Lust tropfte aus ihrem Zentrum und benetzte seine Hand. Er verschlang ihr köstliches Stöhnen und wusste in diesem Moment, dass er sie haben musste. Allein. Besitzen. Erobern.

Für sich.

Das Telefon klingelte.

Das beharrliche Piepen durchschnitt den trüben Nebel und hämmerte in seinem Kopf. Er riss seine Lippen von ihren los und atmete schwer in der plötzlichen Stille. Es klingelte dreimal. Viermal. Fünfmal.

Der Anrufbeantworter sprang an. Michaels Stimme dröhnte aus den Lautsprechern. »Ich bin's. Ich wollte nur wissen, wie die Party lief – ich weiß, es ist spät. Sag mir, wie Carinas Date war. Ich bin mir sicher, deins ist noch im Gange, mein Freund. *Ciao.*«

Das Klicken hallte durch den Raum.

Max zog seine Finger langsam aus ihrem Slip zurück. Schob ihr Kleid hinunter. Ohne ein Wort zu sagen, erlaubte er ihrem Körper, an der Tür hinunterzurutschen, bis ihre Füße den Boden berührten. Sie zitterte. Aber anstatt sie in die Arme zu nehmen, wie er es so gern wollte, machte er einen Schritt zurück. Die Gefühle machten ihm die Kehle eng und raubten ihm jegliches Wort der Entschuldigung.

Dio, was hatte er getan?

***

Carina starrte zu dem Mann auf, den sie ihr gesamtes Leben lang geliebt hatte und versuchte ihre bis ins Mark erschütterten Knochen zu beruhigen. Ihr durchnässtes Kleid zog schwer an ihrem Körper und ließ sie erneut zittern.

Natürlich war ihr zuvor nicht kalt gewesen. Zuerst die Wut, dann der leidenschaftlichste Kuss, den sie jemals gehabt hatte und der sie wie eine Hexe auf dem Scheiterhaufen brennen ließ. Der Raum schien sich zu neigen. Sie zwang sich, einmal tief durch die Nase ein- und den Mund auszuatmen – in dem verzweifelten Versuch, ihre Rolle vor ihm auf die Reihe zu bekommen.

Dem schockierten Gesichtsausdruck nach zu urteilen, hatte Maximus Gray sie unterschätzt. Ein Hauch von Zufriedenheit lief ihr das Rückgrat entlang. Er hatte es auch gespürt. Würde es vermutlich ignorieren. Trotz allem ... für den Rest ihres Lebens würde sie endlich die Wahrheit wissen.

Max zu küssen, war besser als jede Fantasie, die sie sich jemals ausgemalt hatte.

Sie presste die Finger gegen ihre lädierten Lippen. In diesem Kuss hatte mehr Leidenschaft gelegen, als sie jemals erfahren hatte. Er hätte sie bei lebendigem Leib verschlingen können. Eine weitere Sekunde seiner Finger in ihrer nassen Hitze hätte sie zu einem erdbebenartigen Orgasmus getrieben. Wenn das Telefon nicht geklingelt hätte, würde sie vermutlich in diesem Moment um ihn herum erbeben.

Hitze stieg ihr in die Wangen. Carina wusste, dass sie an einem Wendepunkt angelangt war. Einem Test. Wenn sie jetzt durchdrehte, davonrannte, würde es nie wieder einen weiteren Kuss geben. Irgendwie hatte sich in ihrer Beziehung eine Tür geöffnet und er wusste nicht, wie er damit umgehen sollte. Auf keinen Fall konnte er diese Art von Anziehung vorspielen. Ihr Blick glitt hinab zu seiner Erektion. Er konnte sie auch keinesfalls verstecken.

Sie spielte mit hohem Einsatz und warf alles in die Waagschale. »Wow. Nun, ich denke, das war überfällig. Zumindest haben wir das nun aus dem Weg geschafft.«

Seine stechenden blauen Augen leuchteten vor Überraschung auf. Er schien nach den passenden Worten zu suchen. »Was?«

Carina lachte kurz und senkte ihren Kopf in gespielter Scham. »Mann, Max, ich meine, was hast du erwartet? Ich war wütend, bin auf dich losgegangen und wir hatten schon immer einen Draht zueinander. Es war nur natürlich, es einmal auszutesten. Jetzt können wir weitermachen. Nicht wahr?«

Ihr Herz trauerte mit jedem Schlag, aber ihr Kopf wusste, dass sie die Lüge bis zum bitteren Ende durchziehen musste. Wenn er dachte, sie glaubte, der Kuss würde etwas bedeuten, wäre er schneller verschwunden, als ein Zauberer ein Kaninchen aus dem Hut ziehen könnte. Sie konnte es nicht riskieren. Nicht jetzt.

Nicht, nachdem sie erkannt hatte, dass sie mehr wollte.

Sein Blick schnitt durch ihre behutsam errichtete Fassade, aber sie hielt ihm stand. »Das war mein Fehler. Ich hätte das ganze Thema nicht weiter verfolgen sollen. Es tut mir leid. Ich ... Ich weiß nicht, was da passiert ist.«

Sie machte eine wegwerfende Handbewegung, obwohl seine Worte sie wie Rasierklingen trafen. »Kein Grund, sich zu entschuldigen. Wir mussten beide ein bisschen sexuelle Spannung abbauen. Vergessen wir's einfach.«

»Ist es das, was du willst?«, fragte er sanft.

Sie ließ ein Lächeln aufblitzen. »Natürlich. Lass dir das einfach eine Lehre sein, dich von jetzt an aus meinem Leben rauszuhalten. Keine weiteren Drohungen oder Machospielchen mehr mit meinen Dates. Klar?« Er zuckte zusammen, nickte aber. »Großartig. Und jetzt sollte ich besser gehen.«

»Nein.« Das Wort ließ sie auf der Stelle innehalten. »Ich lasse dich bei diesem Unwetter nicht fahren. Du bleibst heute Nacht hier.«

»Mir geht's gut. Der Regen hat nachgelassen und ich fahre vorsichtig.«

»Nein.« Er wiederholte seinen Befehl und schüttelte den

Kopf, als würde er den Rest des Nebels vertreiben. »Ich habe Gästezimmer für eine ganze Armee. Ich bringe dir etwas zum Anziehen. Setz dich vor den Kamin, ich bin gleich wieder da.«

»Aber ...«

Er verschwand den Flur hinunter. Carina zitterte und vergrub das Gesicht in den Händen. Sie konnte auf keinen Fall hierbleiben. Die ganze Nacht? Sie würde zusammenbrechen, auf Zehenspitzen in sein Zimmer schleichen und ihn verführen. Vor allem jetzt, da sie eine Kostprobe gehabt hatte. Sein erdiger, moschusartiger Duft, die rauen Bartstoppeln, die über die weiche Spitze ihrer Brüste kratzten, seine seidige Zunge, die ihren Mund eroberte, das geschmackvolle Prickeln des Cognacs.

Sie schloss die Erinnerung weg. Sie durfte keinen Fehler machen. Nicht, bis sie allein war und die Situation auswerten konnte. Einen neuen Plan machen konnte. Im Moment musste er sich so wenig bedroht und so wohl wie möglich fühlen.

Carina ging ins Wohnzimmer und setzte sich auf den dicken cremefarbenen Teppich vor dem Kamin. Die Hitze der Flammen wärmte ihren Körper und sie entspannte ihre Muskeln in dem Versuch, ihren Herzschlag zu beruhigen.

Rocky kam zurück ins Wohnzimmer geschlichen und ließ sich neben ihr auf den Teppich fallen. Sie murmelte beruhigend auf ihn ein, wie schön er doch sei, während sie sein versehrtes Ohr streichelte und ihn in den Hundehimmel schickte, als sie mit den Fingern seine Lieblingsstelle fand und kraulte.

Carina gab zu, dass sie ein wenig eifersüchtig war.

»Zieh das an.« Max warf ihr ein großes T-Shirt, ein Paar Joggingsocken und einen Flanellbademantel zu. Rocky streckte die Beine von sich und knurrte protestierend. Sie lachte, kraulte seinen Bauch ein letztes Mal und ging sich umziehen.

Sie nahm die eleganten Linien seines Anwesens in sich auf. Genau wie Michael hatte er mit dem Aufbau von *La Dolce Maggie* ein Vermögen gemacht. Sein Einrichtungsstil war teuer, aber von gutem Geschmack. Die Zimmer riefen alleinstehender Mann, von der spartanischen Dekoration bis hin zur voll ausgestatteten Bar und dem Spielzimmer. Die Fernseher glichen Kinoleinwänden und wurden von bequemen Ledersofas und Lehnsessel mit Getränkehalter eingerahmt. Ein Blick in seine Küche offenbarte nahezu unberührte Keramikfliesen, Kirschholzschränke und minimalistische Edelstahlarmaturen. Kein Geschirr in der Spüle. Entweder hatte er einen Koch, ein Zimmermädchen oder er aß jede Nacht auswärts.

Sie wechselte rasch die Klamotten und ging wieder zu ihm ins Wohnzimmer, wo sie sich auf ihren vorherigen Platz setzte. Das Holz knisterte. Sie zog die Füße an, stülpte den Bademantel über ihre Knie und starrte ins Feuer.

Sein Blick bohrte sich in ihren Rücken, aber sie blieb still, ließ ihn zuerst sprechen. Rocky trottete zu ihr und legte mit einem Hundegähnen seinen massiven Schädel in ihren Schoß.

»Du hattest recht.«

Seine Worte waren von widerwilligem Respekt erfüllt. Sie neigte fragend den Kopf und blickte ihn an. »Womit?«

Max saß in dem Ledersessel mit einem gefüllten Cognacglas neben seinem Ellbogen. Er musterte ihr Gesicht, als würde er darin nach einer Antwort suchen. »Mit Laura. Sie hasste Rocky.«

Sie verbarg ihr zufriedenes Lächeln. »Hab's ja gesagt.«

»Woher wusstest du das?«

»Ich habe gesehen, wie sie auf dem Parkplatz wegen eines streunenden Hundes ausgerastet ist. Ihre wahre Persönlichkeit ist zum Vorschein gekommen. Sie ist nicht an Kinder oder Hunde oder Unordnung gewöhnt. Sie blickt immer nur auf das Äußerliche, darum würde ein Hund wie Rocky ihr eine Heidenangst einjagen.«

Er lachte erstickt und nahm einen Schluck Cognac. »Ja, du hattest schon immer ein untrügliches Gespür für Menschen. Erinnerst du dich noch an Juliettas Freundin in der Oberstufe? Du hast sie sofort durchschaut.«

Die Erinnerung traf sie und sie musste lächeln. »Das hatte ich völlig vergessen. Ich wusste, dass sie nur vorgab, Juliettas Freundin zu sein, um an Michael ranzukommen.«

»Michael hat es gefreut. Sie war scharf.«

Sie verdrehte die Augen. »Oh bitte. Du hast doch jede Frau auf zwei Beinen für scharf befunden. Zurückhaltung war keine deiner Stärken.«

»Einspruch. Verdammt, Julietta war allerdings ziemlich angepisst. Sie ließ Michael nicht mit ihr ausgehen, als eine Art gerechte Strafe, damit sie beide leiden mussten.«

Carina seufzte und ließ ihr Kinn auf die Knie sinken. »Julietta war nicht daran gewöhnt, von Menschen benutzt zu werden. Ich wurde so gut, ich konnte Verrat auf eine Meile riechen.«

»Wer würde dich denn belügen wollen?«

»Dämliche Jungs. Jedes Mal, wenn mich ein Junge in der Schule mochte und mit mir ausgehen wollte, dann nur, um an Venezia oder Julietta ranzukommen.« Sie zwang sich zu einem Lächeln, aber die Erinnerung schmerzte noch immer – zu wissen, dass man nur die dritte Wahl war. Zu erkennen, dass ihre Persönlichkeit im Vergleich zu einem messerscharfen Verstand, Schrulligkeit und einem scharfen Körper, total langweilig war. Immer wieder daran erinnert zu werden, dass sie keinem Mann vertrauen konnte, der sie ausführen wollte, weil sie immer befürchtete, benutzt zu werden. Aber nicht mehr. Sie hatte hart an ihrem Selbstvertrauen geschuftet und dafür, die Frau zu werden, die sie immer sein wollte.

Carina tat es mit einem Schulterzucken ab. »Liegt an der Gegend. So ist das eben, wenn man zwei umwerfende ältere Schwestern hat, schätze ich.«

»Scheint so, als hättest du das kleine Mädchen, das nicht an sich glaubt, weit hinter dir gelassen.«

Seine Bemerkung verwirrte sie. Carina kuschelte sich noch tiefer in den weichen Bademantel. »Ich weiß. Darum war es so wichtig, nach Amerika zu kommen. Es geht nicht nur darum, für *La Dolce Maggie* zu arbeiten – es geht um die Freiheit, herauszufinden, wer ich bin.« Das Feuer flackerte und wärmte sie ebenso sehr wie das Funkeln in Max' Augen. Als würde er verstehen. Als wäre es ihm genauso ergangen. »Wann immer ich versucht habe, mich in eine neue Richtung zu bewegen, war meine Familie zur Stelle, um mich vor Schaden zu bewahren. Ich konnte nie meine eigenen Fehler machen. Meine Verabredungen waren reguliert, mein Studium obligatorisch und ich glaube, ich habe meinen Weg verloren. Das hier ist meine Chance, zu wachsen und die Welt zu meinen eigenen Bedingungen zu erfahren. Ich wache in meiner eigenen Wohnung auf und muss es niemandem recht machen, außer mir selbst. Ich verdiene mein eigenes Geld, zahle meine eigene Miete und muss mich bei niemandem entschuldigen.«

Max zuckte zusammen. »Es tut mir leid, Carina. Bergamo ist unser Zuhause, aber ich weiß, wie es sich anfühlt, in der Schublade zu stecken. Wenn man kaum etwas Neues ausprobieren kann, ohne dass die ganze Stadt darüber urteilt.«

»Genau.« Ein Lächeln umspielte ihre Lippen. »Ich erinnere mich noch, wie meine Freundin und ich uns in einen dieser Untergrundclubs eingeschlichen haben. Wir wollten uns betrinken und mit süßen Jungs flirten, eben Spaß haben. In dem Moment, als wir unsere Drinks bestellten, entdeckte Pater Richard mich und sagte dem Barkeeper, dass ich noch minderjährig war.«

»Willst du mich verarschen?«

»Nein, er trug kein Gewand und ich glaube, er ist ein ziemlich guter Tänzer. Ich konnte ihn nie wieder auf dieselbe Weise ansehen. Mama hat mir ordentlich das Fell über die Ohren gezogen, als sie es erfahren hat.«

»Armes Baby. Keine Chance, böse zu sein.«

»Und niemanden, mit dem ich böse sein konnte.«

Die Spannung zwischen ihnen veränderte sich. Rocky jaulte, als würde er die unterschwellige Veränderung spüren und hob den Kopf. Der Kuss hing in der Luft, wie eine Nutte am Tisch der Königin. Für jeden sichtbar und ohne die kleinste Möglichkeit, sich zu verstecken.

Plötzlich schlugen die Gefühle der Nacht über ihr zusammen. Eine kraftraubende Müdigkeit nahm von ihrem Körper Besitz und Tränen brannten in ihren Augenwinkeln. Sie war so dumm. Sie musste hier verschwinden, bevor ihr ganzer Plan in sich zusammenfiel und Max erkannte, dass sie nur ein großes Baby war.

Sie stand auf und schlang den Bademantel enger um sich. Ihre Stimme war heiser, aber sie vermied es, seinem Blick zu begegnen. »Ich gehe ins Bett. Ich bin erschöpft. Welches Schlafzimmer soll ich nehmen?«

»Die Treppe hoch. Das erste auf der linken Seite.«

»Danke.«

Sie ging mit angehaltenem Atem an ihm vorbei, aber er machte keine Anstalten, sie aufzuhalten. Als ihr Fuß die erste Stufe nahm, wehten seine Worte wie eine Umarmung an ihre Ohren. »Diese Männer waren Arschlöcher, Carina. Du warst schon immer umwerfend.«

Sie biss sich auf die Lippe. Krallte sich am Geländer fest. Und weigerte sich, zu antworten.

***

Carina betrachtete die Leinwand vor ihr und unterdrückte das Verlangen, etwas an die nächstgelegene Wand zu werfen.

Sie war offiziell physisch und kreativ frustriert.

Sie kaute auf ihrer Unterlippe. Sie hatte Jahre gebraucht, um ihre berüchtigten Gefühlsausbrüche endlich zu kontrollieren. Über Wutausbrüche zu Heulkrämpfen – sie hatte die Dinge schon immer heftiger empfunden, als der Rest ihrer Familie. Jetzt war sie auf ihre Zurückhaltung stolz und die Fähigkeit, anderen ohne ihr Drama-Kraftfeld begegnen zu können. Unglücklicherweise fehlten ihren Bildern nun Teile ihrer Emotionen und sie musste einen Weg finden, wieder mit ihrer künstlerischen Diva in Kontakt zu treten.

Leise fluchend öffnete sie die Fenster, um frische Luft in den Raum zu lassen und drehte die Lautstärke bei *Usher* auf. Das sexy Tempo forderte sie heraus, etwas Tieferes in ihrer Kunst zu erforschen, aber sie wusste nicht genau, was. Zumindest jetzt noch nicht. Ihre üblichen Porträts schienen ihr blasiert und sie hatte keinen Spaß an Landschaften.

Sie ließ ihre Gedanken fließen und attackierte die weiße Leinwand mit blendenden Farben. Seltsam, dass da ein Gefühl der Befriedigung war, die sie im Büro nie verspürte und das, obwohl sie gerade frustriert war. Sie hatte so lange darauf hingearbeitet, ihre Familie mit ihrem Sinn fürs Geschäft zu verblüffen, dass sie endlich Notiz von ihr nahmen und sie sich einen Platz im Familienbetrieb sichern würde. Dass ihr die Buchhaltung so leicht fiel, machte es einfacher, diesem Weg zu folgen. Doch obwohl sie die Menschen bei *La Dolce Maggie* und die vielen Aspekte der Geschäftswelt mochte, machte ihr das Meiste keinen Spaß.

Ihr Traum, eine Karriere in der Kunstwelt anzustreben, hatte ihre Freunde und Familie nur dazu gebracht, ihr den Kopf zu tätscheln und sie bei ihrem Hobby lediglich zu unterstützen. Ihr Instinkt sagte ihr, dass sie mit ein wenig Arbeit mehr als das erreichen konnte, aber ihr fehlte das Selbstvertrauen, sich gegen das System zu stellen. Es schien so viel leichter, ihren Master zu machen und sich damit abzufinden.

Finsternis breitete sich wie Puuh-Bärs Regenwolke über ihr aus. Wenn sie nicht härter wurde, würde Michael sie aufgeben und sie würde die Familie enttäuschen. Sie versuchte so sehr, hart zu bleiben, aber wenn sie die rührseligen Geschichten der Leute hörte, spielte ihr weiches Herz ihr wieder einen Streich. Sie kannte ihre Stärken nur zu gut: Zahlen und die Motivation, hart zu arbeiten. Dennoch schien es, dass viele ihrer Qualitäten, die sie zu einem guten Menschen machten, in der Geschäftswelt nicht gern gesehen waren.

Max leitete *La Dolce Maggie* ebenso gut wie ihr Bruder. Ihr Kein-Schwachsinn-Vorsatz duldete keinen Widerspruch von den Konkurrenten, aber sie waren großzügig zu ihren Mitarbeitern. Sie konnte es nicht einmal darauf schieben, dass sie Männer waren, denn Julietta war die weibliche Ausgabe von ihnen und regierte *La Dolce Famiglia* mit eiserner Faust und High Heels.

Der Gedanke daran, jahrelang in einem Hosenanzug hinter einem Schreibtisch gefangen zu sein, versetzte sie in blanke

Angst. Die Hälfte des Spaßes rührte aus ihren Begegnungen mit anderen, aber die meisten davon endeten darin, dass sie jemandem den Hintern rettete. Es kümmerte sie nicht, aber Max wurde allmählich misstrauisch. Bald würde auffallen, dass ihre Führungsfähigkeiten beschissen waren.

Max.

Die Erinnerung an ihren Kuss schüttelte sie wie eine Achterbahn. Gott, es war so scharf gewesen. Diese kraftvolle Zunge, wie er die Kontrolle über den Kuss an sich riss, wie er ihr Kleid hochgeschoben und sie mit seinem Blick gewarnt hatte, ihn zu stoppen. Es war genau so, wie sie es sich von einer sexuellen Begegnung erhofft hatte und natürlich hatte es der Mann sein müssen, mit dem sie abgeschlossen hatte.

Das Schicksal hatte einen scheußlichen Sinn für Humor.

Sie mischte Pink mit bei und hielt die Linien einfach, da sie frei Hand malte. Sie hatte den Kuss oder auch nur den Abend kein einziges Mal erwähnt. Eine Woche war vergangen und er vermied es unter allen Umständen, mit ihr allein zu sein. Ihre Lippen kräuselten sich bei dem Gedanken. *Der große böse Maximus Gray hat Angst, zu viel Zeit mit mir Unschuldslamm zu verbringen.*

Sie sollte verdammt sein, wenn sie ihm nicht auch ein paar Dinge zum Nachdenken gegeben hatte. Diese explosive Chemie zwischen ihnen konnte auf keinen Fall Einbildung sein. Seine Erektion hatte sein Interesse bewiesen, aber er hatte vermutlich zu viel Angst, dass Michael ihn töten würde, wenn er seine kleine Schwester zu einer Testfahrt mitnahm.

Feigling.

Die Idee explodierte in ihrem Kopf. Der Pinsel stoppte mitten in der Luft.

Ein One-Night-Stand.

Das Bild eines nackten Max, der ihr Erlösung schenkte, ließ sie die Schenkel gegeneinander pressen. Warum nicht? Sie hatte auf lange Sicht kein Interesse an ihm und wollte ihren eigenen Mann finden. Aber vielleicht könnte eine Nacht, in der sie die sexuelle Spannung zwischen ihnen abbauten, ihnen beiden helfen. Sie wäre von ihrer kindlichen Anbetung befreit und in der Lage, ihre Fantasie auszuleben. Michael müsste es nie erfahren und sie würde Max davon überzeugen, dass es nur für eine Nacht wäre. Keine Schuldzuweisungen oder Zukunft oder Fragen.

Sie war auch viel realistischer. Nein, sie hatte die Scheuklappen heruntergerissen und plante als die Frau, die sie jetzt war. Nur eine perfekte, orgasmengefüllte Nacht mit Max und sie könnte weiterziehen.

Sie warf den Kopf in den Nacken und lachte ob der Möglichkeit.

Oh ja. Das könnte Spaß machen.

Carina ging mit einem neuen Ziel an die Arbeit und begann, zu planen.

7. Kapitel

Max hämmerte auf den Knopf der Gegensprechanlage. »Kannst du bitte Carina zu mir ins Büro schicken?« Er zog das Sakko aus und hing es über die Rückenlehne seines Stuhls. Seine Haut juckte. Vermutlich von seiner aufkeimenden Wut.

Sie hatte es wieder getan.

Die letzte Woche hatte sich in eine ungute Verkettung von Ereignissen verwandelt, die auf seinen Schläfen hämmerten. Seit der Nacht, in der er die Kontrolle verloren und sie geküsst hatte, hatte er schlechtes Karma. *Sehr schlechtes Karma.*

Vielleicht hatte er es verdient.

Er nahm einen Schluck lauwarmen Kaffee und versuchte, in seinem Hirn die sich ihm bietenden Möglichkeiten zu sortieren.

Ihre Ausbildung hatte so gut angefangen. Sie arbeitete ununterbrochen, war großartig in der Buchhaltung, aber das Ergebnis machte ihm Sorgen. Sie versagte beim Management. Alles in allem versagte sie in der Geschäftswelt wegen einer Sache.

Ihrem Herzen.

Diese Frau hatte nicht einen kaltblütigen Knochen im Leib. Egal, wie sehr sie es auch versuchte, am Boden zu bleiben und die Möglichkeiten und Unmöglichkeiten der Führung einer Bäckereikette auf die Reihe zu bringen, es gelang ihr einfach nicht, die Kaltblütigkeit zu finden, die ihre Schwester Julietta gefunden hatte. Wenn sich Mitarbeiter krankmeldeten, schickte sie Grußkarten und erkundigte sich nach ihnen. Das Team aus dem Verkauf hatte eine Woche gebraucht, um zu erkennen, dass sie leichte Beute war.

Max wettete, dass sie anstelle von Hühnerbrühe, Aspirin für ihre Kater brauchten.

Toplevel-Management musste respektiert und gefürchtet werden. Ihre Groupies bewunderten ihre Persönlichkeit, Großzügigkeit und die Fähigkeit, ein Teamspieler zu sein. Unglücklicherweise rettete sie zu viele Hintern und übernahm sämtliche Arbeiten für das gesamte Team.

Die Tür öffnete sich.

Sie hastete herein und trug einen ihrer zum Markenzeichen gewordenen kurzen Röcke mit einer sexy Bluse, die ihm schlaflose Nächte bereitete. Seit seinem verrückten Zusammenstoß mit ihr war er besonders vorsichtig, ihre Zeit allein auf ein Minimum zu beschränken. Sie hingegen schien keinen zweiten Gedanken an ihre Begegnung zu verschwenden. Ihr erster Kuss war offenbar nicht so erderschütternd gewesen. Sein verletztes Ego meldete sich jeden Tag. Küsste sie alle Männer auf diese Weise? War er einer von vielen und nicht mal ein beschämtes Erröten wert?

»Du wolltest mich sehen?«

Sie schnaubte ein wenig und lehnte eine Hüfte gegen den Schreibtisch. Ihre acht Zentimeter hohen Absätze flehten ihn an, in die nächste Runde zu gehen und sie dieses Mal zum Kommen zu bringen.

Max wandte sich rasch ab, als seine eigenen Wangen rot anliefen und griff nach der Rettungsleine der Wut. »Ich dachte, wir hätten besprochen, unsere Hauptnachspeise bis zur Eröffnung geheim zu halten.« Sein Tonfall klang hart und kalt, und er erinnerte sich daran, dass es nur ums Geschäft ging. »Wir müssen bei den Einheimischen die Neugier und die Vorfreude wecken, um erfolgreich zu sein. Richtig?«

Er blickte sie aus dem Augenwinkel an. Erstauntes Stirnrunzeln mischte sich mit einem ihm unbekannten Rhythmus, den sie mit dem Fuß klopfte. »Natürlich erinnere ich mich daran.«

»Warum bekomme ich dann einen Anruf, dass Petes Backstube jetzt eine unserer Pasteten anbietet?«

Sie keuchte auf. »Welche?«

»*Polenta e Osci.*« Der feuchte, gelbe Kuchen hatte die Textur einer Polenta, war aber mit Haselnusscreme gefüllt, abgestimmt mit einem Schlag *apricot* und fein gearbeiteten Schokoladenvögeln verziert. Ein Standardgericht in Bergamo, aber in

Amerika hielten sich viele Bäckereien von den wahren italienischen Klassikern fern und blieben bei den Grundformen, was es so einzigartig machte.

»Das kann nicht sein.« Sie schüttelte den Kopf. »Ich habe erst vor ein paar Tagen mit Pete gesprochen, als wir in der Gegend waren. Er hat nicht das nötige Talent dafür, es zu machen oder den passenden Konditor.«

Bingo.

Max durchbohrte sie mit seinem Blick. »Du hast mit unserem Konkurrenten gesprochen?«

Sie verlagerte ihr Gewicht von einem Fuß auf den anderen. »Nun, ja, er kam auf mich zu, um sich vorzustellen. Er war sehr höflich und freundlich, und wollte uns in der Nachbarschaft willkommen heißen.«

»Da wette ich drauf. Denk an euer Gespräch. Hast du ihm erzählt, dass wir diese Nachspeise ausstellen würden?«

»Auf keinen Fall. Er hat von einem Onkel erzählt, der Italien besucht hatte und ein ganz bestimmtes Gebäck liebte und wollte wissen ...« Sie verstummte. Ein Funken Mitleid durchzuckte ihn, als er plötzlich den Schock in ihrem Gesichtsausdruck bemerkte. »Oh nein.«

»Er wollte den Namen wissen und ob wir es anbieten, richtig?«

Sie biss auf ihre Unterlippe. »Ich kann nicht glauben, dass ich darauf reingefallen bin. Er schien so ehrlich. Er sagte mir, dass sein Onkel krank sei und liebend gern noch einmal diese Nachspeise essen würde und ich sagte, dass wir sie zur Eröffnung servieren würden.« Er wartete darauf, dass sie den Kopf einzog, aber stattdessen blickte sie ihm direkt in die Augen. »Es tut mir leid. Ich habe es total versaut.«

Bei jedem anderen Mitarbeiter hätte er sie zusammengefaltet und für ein paar Tage schmoren lassen. Er öffnete den Mund, aber es war ihm unmöglich, Carina noch mehr Stress zu bereiten. Die rohe Ehrlichkeit, wenn sie einen Fehler machte, brachte ihn nur dazu, den Raum durchqueren zu wollen, um sie wie früher in den Arm zu nehmen.

Er bewahrte den Abstand und einen kühlen Kopf. »Ich weiß.« Er hielt inne und musterte ihren Gesichtsausdruck. »Carina, arbeitest du gern hier?«

Sie presste die Lippen aufeinander. »Ja. Es tut mir leid, dass ich Mist gebaut habe, aber Michael zählt auf mich. Ich werde es besser machen.«

Ihre wunderschönen schokoladenbraunen Augen füllten sich mit Entschlossenheit. Das Bedürfnis, zu gefallen, schnürte ihm die Kehle zu, aber er hielt seine Füße fest auf dem Boden. »Ich weiß, Michael will, dass du eines Tages *La Dolce Maggie* leitest. Du bist engagiert und klug – ich habe diese Eigenschaften an dir nie infrage gestellt, *cara*. Aber willst du das überhaupt?«

Der Anflug von Zweifel war rasch wieder begraben. »Natürlich. Dafür habe ich gelernt. Ich will meine Familie nicht im Stich lassen.«

Stolz erfüllte ihn. Die Frau vor ihm hatte eine bessere Arbeitsmoral und mehr Sinn für Loyalität als jeder andere, den er kannte. Dennoch erinnerte er sich an ihre Kreativität und ihren Wunsch, zu malen. Erinnerte sich daran, wie ihre Mutter ihre Bilder in der Küche aufgehängt hatte und über ihr Talent erstaunt war. »Du hast meine Frage nicht beantwortet. Ist es das, was du willst?«

Sie vergrub ihre weißen Zähne im weichen Fleisch ihrer Unterlippe. Er erinnerte sich daran, wie seine eigene Zunge tief zwischen diese beiden Lippen eingetaucht war und sie verschlungen hatte. Max unterdrückte ein bedauerndes Stöhnen.

»Das ist alles, was ich habe«, sagte sie leise.

Er neigte ihr Kinn nach oben und musterte ihr Gesicht. Warum sollte sie so etwas Seltsames sagen? Vor ihr lagen endlose Möglichkeiten. Michael hoffte, dass sie an der Spitze sitzen würde, aber sein Freund würde sie unterstützen, wenn sie auf einen anderen Weg bestünde. Venezia verfolgte eine Karriere in der Modebranche und Michael platzte immer vor Stolz wegen ihres Talents und ihrer Individualität.

Er spürte, dass ihr Herz niemals an der Geschäftswelt gehangen hatte wie das von Julietta. In seinem Innern wusste er, dass sie woanders hingehörte. Er wusste nur nicht, wo.

Ein rasches Klopfen an der Tür erregte seine Aufmerksamkeit. Jim spähte mit seinem Headset zur Tür hinein. »Boss, wir haben ein Problem. Michael braucht dich im Hafenviertel. Da gibt es eine Verwechslung mit dem Lieferanten und der Küchenchef dreht durch.«

»Kann man das nicht per Telefonkonferenz lösen?«

»Nee, das hier muss man vor Ort regeln.«

»In Ordnung. Sag Michael, ich bin auf dem Weg und melde mich später bei ihm.«

»Geht klar.« Jim verschwand. Max legte das Sakko an und nahm seinen Aktenkoffer. »Lass mich das schnell in Ordnung bringen und wir reden später weiter. Vertritt mich, während ich weg bin.«

»Natürlich.«

Er rauschte zur Tür hinaus und machte sich eine geistige Notiz, der Sache auf den Grund zu gehen.

***

Zwei Stunden später arbeitete sich Carina durch ihren Papierkram, während sie Max' Schreibtisch besetzte. Die Ereignisse des Morgens bedrückten sie noch immer, aber sie entschied sich, darüber hinwegzukommen und es wiedergutzumachen. Ein solcher Fehler sollte sie nicht dazu bringen, sich selbst zu geißeln. Jeder machte am Anfang Fehler – war das nicht genau das, was Max und Michael ihr immer wieder sagten?

Sie streckte den Nacken und versuchte sich auf die Zahlen zu konzentrieren, die den Computerbildschirm füllten. Das Telefon klingelte.

»Ja?«

Die Stimme der Sekretärin drang aus dem Hörer. »Robin ist hier, um Max zu sehen.«

»Von Robins Bioladen?«, fragte sie.

»Ja, der sagt es ist dringend.«

»Schicken sie ihn bitte rein.«

Der Mann, der das Büro betrat, hatte schütteres braunes Haar, schmutzig braune Augen und gerötete Wangen. Er trug ein rotes Hemd, auf dessen Brust ROBIN RULES stand und löchrige Jeans. Keiner der üblichen Vertreter von einem ihrer wichtigsten Lieferanten. Ganz bestimmt ein Mann, der seine Hände im Dreck hatte. Sie stand auf und schüttelte seine Hand. »Ich bin Carina Conte. Max ist gerade nicht hier. Kann ich Ihnen helfen?«

Ein Muskel in seinem Auge zuckte. »Ich muss ein Problem mit Ihnen besprechen, Frau Conte. Ich hoffe, Sie können mir helfen.«

»Carina. Und ich werde es auf jeden Fall versuchen. Lassen Sie mich Ihre Daten bei uns ansehen.« Sie drückte ein paar Knöpfe und überflog die Verträge und letzten Schriftwechsel. »Sie arbeiten schon eine Weile mit uns, seit *La Dolce Maggie* eröffnet hat. Habe ich recht?«

»Ja. Wir hatten immer einen guten Ruf für das beste Bio-Obst im ganzen Hudson Valley. Aber wir haben Probleme mit dem Newburgh Standort. Die Feigen und Himbeeren wurden zu spät geliefert. Der Küchenchef hat mir heute Morgen gesagt, dass er unseren Vertrag kündigt.«

Carina runzelte die Stirn. »Der Küchenchef hat das nicht zu entscheiden, sondern wir. Ist das zum ersten Mal passiert?«

Er zuckte zusammen. »Nein. Es ist im letzten Monat ein paarmal vorgekommen.«

Sie lehnte sich im Stuhl zurück und musterte ihn. Klapperte mit dem Bleistift gegen den Rand der Schreibtischplatte. »Wenn sich unsere Lieferanten verspäten, können wir nicht backen. Das ist ein ernstes Problem.«

»Ich weiß und es tut mir leid. Ich wollte persönlich vorbeikommen und Ihnen erzählen, was passiert ist.« Er räusperte sich. »Mein Sohn fährt seit Kurzem den Laster und ich wollte ihm einen Einstieg in den Familienbetrieb ermöglichen. Eine Zeit lang hat er das sehr gut gemacht, aber seit Kurzem ist er mit den falschen Leuten unterwegs und ...« Robin verstummte, dann fuhr er fort. »Er nimmt Drogen. Stiehlt Geld. Macht die

Auslieferungen nicht. Ich habe gedacht, dass alles in Ordnung sei und ihn nicht kontrolliert.«

Ihr Blick wurde weich vor Mitgefühl. Sie wollte die Hand des Mannes ergreifen, dem sein Sohn offensichtlich so viel Kummer bereitete. »Das tut mir sehr leid. Was werden Sie jetzt unternehmen?«

»Er ist jetzt in einer Entzugsklinik. Er wird nicht mehr für mich arbeiten, das verspreche ich Ihnen. Ich bitte Sie darum, ein Auge zuzudrücken und mich weiter am Newburgh Standort arbeiten zu lassen. Meine Firma hat einen guten Ruf und ich möchte *La Dolce Maggie* nicht als Geschäftspartner verlieren.«

Carina überflog die Berichte und sah sich den Verlauf mit Robins Bio-Obst an. Keine wirklichen Probleme, bis vor ein paar Wochen. Während der Mann auf ihre Entscheidung wartete, erkannte sie, was Max und Julietta tun würden. Sie wären empathisch, aber vollkommen professionell. Vermutlich würden sie wegen der Fehler auf einen Rabatt bestehen. Auf jeden Fall würden sie ihr Missfallen klar zum Ausdruck bringen. Aber sie war keiner von ihnen und in ihrem Inneren hatte sie das Gefühl, dass Robin schon genug durchgemacht hatte, ohne dass sie ihm noch einmal in die Weichteile trat.

»Ich brauche eine Garantie für meinen Küchenchef, dass es zu keinen weiteren Verspätungen mehr bei den Lieferungen kommt. Können Sie mir das versprechen?«

»Ja. Ich habe schon jemanden eingestellt, dem ich völlig vertrauen kann. Es wird keine weiteren Fehler mehr geben.«

»Verstanden. Ich werde mich darum kümmern und wir beginnen wieder bei Null.«

Erleichterung blitzte in seinem Gesicht auf. Sein Auge zuckte noch ein letztes Mal, als er sich erhob, um ihre Hand zu schütteln. »Danke, Carina. Ich weiß das wirklich zu schätzen.«

»Gern geschehen. Viel Glück mit Ihrem Sohn. Ich weiß, Ihr Herz ist vermutlich gebrochen, aber ich bin mir sicher, Sie tun alles Mögliche, damit es ihm wieder besser geht. Auf die Familie zählen zu können, ist schon die halbe Miete.«

Er nickte ungelenkt und verließ das Büro.

Sie seufzte und fühlte mit dem Mann mit. Kinder in die Welt zu setzen, war ein so großes Risiko. Sie rechnete ihm seine Ehrlichkeit und seine Courage hoch an.

Eine weitere Stunde verstrich, während sie Tabellen aktualisierte und auf Max wartete.

Er marschierte von offensichtlicher Wut getrieben ins Büro. Seine Erscheinung gab keinen Hinweis darauf. Nicht ein Haar war verrutscht und in seinem glatt gebügelten grauen Anzug war nicht die kleinste Falte. Seine lila Krawatte war perfekt geknotet und niemals schief. Aber seine Gesichtszüge waren vor schlechter Laune verhärtet und in seinen Augen brannte ein blaues Feuer, als er seinen Aktenkoffer auf den Tisch knallte.

»Wir haben große Probleme. Ich muss mich mit jemandem von Robins Bio-Obst treffen.«

Oh-oh.

Carina erhob sich von dem Stuhl, ging um den Schreibtisch herum und lehnte sich dagegen. Sie bewahrte eine ruhige Stimme. »Robin war bereits hier, um mich zu treffen.«

Max riss den Kopf hoch. »Wovon sprichst du? Wann?«

»Er war hier, während du im Hafenviertel warst. Er war die letzten Wochen mit seinen Lieferungen zu spät dran und hatte Angst, dass wir ihm den Vertrag kündigen. Ich habe mich lange mit ihm unterhalten und wir haben die Sache geklärt. Es sollte keine weiteren Probleme mehr geben.«

Ein Muskel in seinem Kiefer spannte sich an. Der moschusartige Duft seines Rasierwassers traf sie. »Ich habe mir gerade eine endlose Tirade unseres Küchenchefs angehört, der darauf bestand, dass ich ihm den Auftrag entziehe. Was war seine Entschuldigung?«

»Sein Sohn hat ihm Probleme bereitet und sie sind knapp besetzt.«

Max hob abwertend die Augenbrauen. »Und wo ist das mein Problem? Hast du ihn unter Druck gesetzt? Uns einen Nachlass für seine Fehler rausgeschlagen?«

Wut zerrte an ihren Nerven. »Ich hatte nicht das Gefühl, dass das nötig war, Max. Er arbeitet seit Jahren für uns und es gab nie Probleme. Wir machen alle mal schwere Zeiten durch und gute Geschäftsbeziehungen sind die Grundlage. Ihm eine Lektion zu erteilen oder uns einen Vorteil rauszuschlagen, war diesmal einfach nicht der richtige Schachzug.«

Seine Lunte brannte weiter ab. Er fluchte und raufte sich die Haare. Carina hasste es, wie perfekt jede Strähne zurück an ihren Platz fiel. War er überhaupt ein Mensch? Wie war dieser lebende, atmende Sexgott in dieser Form erschaffen worden? Die Erinnerung an seine Hände, die sie hochhoben und gegen die Wand drückten, verursachte ihr ein flaues Gefühl im Magen und eine prickelnde Nässe, die Befriedigung verlangte. Sie konzentrierte sich stattdessen auf sein Arschloch-Verhalten.

»Beziehungen sind wichtig, aber Lieferanten respektieren Stärke. Wenn du ihn einmal damit durchkommen lässt, weiß er, dass er es wieder machen kann. Erneut warst du einfach zu weich. Steh endlich deinen Mann und ertrag ein wenig Gegenfeuer.«

Sein herablassender Tonfall ließ sie die Fäuste ballen. »Meinen Mann stehen?«, fragte sie sanft. »Hier geht es nicht darum, zu weich zu sein – es geht darum, Vertrauen aufzubauen. Er vertraut uns, dass wir hier ein Auge zudrücken und das schürt seine Loyalität zu uns und den Wunsch, uns nie mehr zu enttäuschen. Handels-Einmaleins, Max, vielleicht solltest du einen Auffrischungskurs belegen.«

Er machte ein paar Schritte, bis sie sich ganz nah waren und direkt in die Augen blickten. Ihr Atem kam in kurzen Stößen und sie rang die wirbelnde Masse an Gefühlen nieder, die bereit war, zu explodieren. Sie würde verdammt noch mal nicht die Beherrschung vor ihm im Büro verlieren. Es war an der Zeit, dass er begriff, mit wem er es zu tun hatte.

»Vielleicht solltest du unserem Küchenchef erzählen, dass er die Feigentörtchen für die Party heute Abend vergessen kann. Wie wäre das?«

Sie stellte sich auf die Zehenspitzen und warf den Kopf in den Nacken. »Vielleicht solltest du deinen Mann stehen und ihm sagen, dass *wir* bei *La Dolce Maggie* das letzte Wort haben.

Er ist ein launisches Arschloch, war er schon immer.«

Seine Lippen kräuselten sich in einem wütenden Knurren. »Er macht außergewöhnliches Essen.«

»Er macht seinen Größenkomplex damit wett, indem er gemein ist und lächerliche Forderungen stellt. Du verhätschelst ihn bloß.«

Er packte sie an den Oberarmen. Sein Gesicht war nun so nah, dass sie den verführerischen Schwung seiner Unterlippe sehen konnte, die sexy Bartstoppeln, die sich an seinen Kiefer schmiegten und das Feuer seiner blauen Augen. »Ich bin der Boss und ich treffe die Entscheidungen.«

»Zu dumm, dass du nicht die richtigen triffst.«

Sein Atem strömte heiß über ihren Mund. Ihre Lippen öffneten sich. Seine Finger bohrten sich tief in ihre Oberarme, während er mit seiner Beherrschung kämpfte. »Du hast eine ganz schön große Klappe für jemanden, der noch in der Ausbildung ist.«

Verlangen durchzuckte sie hart und schnell. Ihre Nippel drückten sich gegen die bloße Seide ihrer Bluse und bettelten nach dem ungezogenen Biss seiner Zähne. Ihre Stimme war kaum mehr als ein Flüstern. »Dann bring mir doch Benehmen bei.«

Er zögerte für einen Moment. Stieß einen Fluch aus.

Und presste seinen Mund auf ihren.

Der Kuss war heiß und schnell und fordernd. Seine Zunge tauchte zwischen ihre Lippen und stieß tief in sie hinein, während er sie hochhob und auf die Schreibtischplatte setzte. Sie öffnete sich für ihn und hielt sich an seinen Schultern fest. Ihr Rock schob sich an ihren Schenkeln nach oben und sie rutschte an den Rand, um die Beine noch weiter zu spreizen. Er wurde ihrer Wildheit gewahr, packte ihre Knöchel und schlang sie um sich.

Carina ließ sich in den Kuss fallen, während eine Reihe von Empfindungen ihren Slip feucht werden ließen und sie verrückt nach mehr machten. Er verschlang ihren Mund wie ein verhungernder Jäger, der seine Beute mit Haut und Haaren auffressen wollte. Seine Hand knetete die empfindliche Haut über ihrem Knie, wanderte dann weiter nach oben zu ihrem weißen Seidenslip. Er bemerkte ihr Stöhnen und knabberte an ihrer Unterlippe, reizte das angeschwollene Fleisch mit seiner Zunge. »Ich muss dich berühren«, stöhnte er. »Ich muss ...«

»Tu es. Tu es jetzt.«

Seine Finger schlüpften unter das elastische Band und glitten hinein. Sie stöhnte und bäumte sich unter seinem energischen Eindringen auf, stieß ihre Absätze in seinen Rücken. Sein Daumen streichelte ihre geschwollene Klit und rieb verführerisch gegen den seidigen Rand. Sie zog an seinen Haaren, öffnete die Beine noch weiter und glitt langsam in Richtung Orgasmus.

Die Gegensprechanlage brummte. »Max, dein Zweiuhrtermin ist hier.«

Er riss seinen Mund von ihrem los. Sie kämpfte dagegen an, ihn wieder zurückzuziehen, um die Sache zu Ende zu bringen, aber sein entsetzter Blick hielt sie fest. Seine Finger ließen sie voller Verlangen und leer zurück, und der Duft ihrer Erregung hing in der Luft. Ihr Atem kam abgehackt und unregelmäßig, als sie vom Tisch rutschte, ihren Rock wieder hinunterschob und ihre Bluse in Ordnung brachte.

Dann blickte sie ihn an.»Himmel, was zur Hölle mache ich hier? Das wollte ich nicht.« Die Vorderseite seiner Hose beulte sich in offensichtlichem Widerspruch.

Sie hatte genug davon, dass er die heißblütige Anziehung zwischen ihnen verleugnete, also hob sie den Kopf und senkte demonstrativ den Blick. »Sieht für mich so aus, als wolltest du es doch.«

»Carina ...«

»Vergiss es, Max. Geh zu deinem Meeting. Wir sehen uns später.«

Sie war nicht in der Lage, noch mehr seiner Entschuldigungen und seines schlechten Gewissens zu schlucken, also verließ sie das Büro. Oh ja, es lief wie geschmiert. Er hatte sie jetzt schon zweimal geküsst und wollte offensichtlich mehr. Sie musste ihn nur davon überzeugen, es durchzuziehen. Irgendwie musste sie ihn allein auf neutralem Boden zu fassen bekommen, um zu beenden, was sie begonnen hatten.

***

Ein paar Nächte später stellte Carina das einfache blaue Porzellan auf den Tisch. Gott sei Dank, war Wochenende. Seit ihrem zweiten Kuss schien Max darauf aus, zu beweisen, einen Fehler gemacht zu haben, den er nicht noch einmal wiederholen würde. *Ein echter Auftrieb für das weibliche Ego*, scherzte sie innerlich.

Sie wandte sich um und erkannte den riesigen schwarzen Schatten, der gerade auf dem Stuhl am Kopfende saß. Sie verschränkte die Arme vor der Brust und machte ein tadelndes Geräusch.

»Dante, du kennst die Regeln. Runter vom Stuhl.« Die Monsterkatze blickte sie gelangweilt an und leckte sich die Pfote. Sie benutzte den Tonfall, auf den Tiere immer hörten. »Ich mein's ernst. Runter. Jetzt.«

Dante zuckte mit dem Schwanz, hob den Kopf und fauchte eine Warnung.

Maggies Stimme schnitt durch den Raum. »Dante, benimm dich.« Der Kater hob den Kopf und sprang vom Stuhl. Mit einem angewiderten Blick marschierte er zu Maggie, um ihr kurz um die Beine zu streichen und zu schnurren.

Carina schnaubte. »Wie machst du das? Er ist das ungehorsamste, sturste Exemplar von einem Kater auf der ganzen Welt. Er ist das einzige Tier, das nicht auf mich hört.«

Maggie grinste. »Ja, ich weiß. Ist er nicht großartig?«

Essen an Freitagabenden waren eine neue Konstante in Carinas Leben und sie freute sich immer darauf. Sie fanden im Wechsel bei Alexa und Nick oder Michael und Maggie statt. Inzwischen hatte sie sich an eine erholsame Atmosphäre außerhalb des Büros gewöhnt.

Carina glitt auf den Frühstückshocker und bereitete den Salat zu. Ihre Schwägerin versuchte, nicht mit dem Bauch gegen den Tresen zu stoßen, was kein einfaches Unterfangen war. Der trendige rote Rock und das legere, ausgeschnittene Shirt wirkten chic und angemessen für eine Schwangere. Maggie sah nach dem Knoblauchbrot und nippte an einem Glas Mineralwasser. »Erzähl mir, wie es mit deinen Männern läuft. Wie war dein letztes Date? Edward, nicht wahr?«

Carina überspielte ein Zusammenzucken und gab noch eine Handvoll Oliven zum Salat. »Äh, das lief nicht so gut. Nichts Schlimmes, nur keine Stimmung zwischen uns.«

Maggie rümpfte die Nase. »Keine Chemie stinkt. Ich kann gar nicht sagen, zu wie vielen Dates ich gegangen bin, bei denen ich nichts gefühlt habe. Absolut nichts. Irgendwelche anderen Kandidaten?«

»Neben den Exemplaren auf der Arbeit weiß ich nicht, wo ich sonst nach Männern suchen soll. Was hast du gemacht, als du Single warst?«

Maggie lachte. »Zu viele böse Sachen, was genau die Sachen sind, die du tun solltest. Ich gebe dir eine Liste mit ein paar Clubs, in die du am Wochenende gehen kannst. Ich würde ja als seelische Unterstützung mitkommen, aber mit einer Schwangeren neben dir wirst du garantiert nicht angesprochen.«

Sie schnaubte. »Du würdest wahrscheinlich noch vor mir angebaggert, Frau. Du siehst noch immer heiß aus.«

Ihre Schwägerin lief vor Dankbarkeit rot an. »Du bist so eine gute Schwester.«

»Ich meine es ernst, Maggie, du hast diesen Sex-Appeal, den ich immer wollte. Wie machst du das?«

»Was, Schätzchen?«

»Wie fängst du einen Mann?«

Maggie heulte auf vor Lachen und stellte die Pfanne mit dem gerösteten Brot auf den Tresen. »Carina, du hast schon alles, was du brauchst, in diesem Mörderkörper. Denk einfach nur daran – Männer stehen auf Frauen, die wissen, was sie wollen. Wenn ein Mann dich interessiert, finde deine innere Sexgöttin und lass sie los. Dann hat er keine Chance.«

»Denkst du?«

»Äh, nein. Ich weiß es.«

Der Gedanke, zur Abwechslung einmal selbst die Verführung zu sein, machte sie an. Warum sollte sie nicht die Initiative ergreifen und sich nehmen, was sie wollte?

»Ernsthaft jetzt, du musst tanzen gehen und Spaß haben. Da gibt es jede Menge Männer zum Üben. All diese lächerlichen Ratschläge, Männer in Buchläden oder Kirchen zu treffen, gehen mir auf die Nerven.«

Max' Kirchenkommentar hallte in ihrem Geist und sie verbiss sich ein Kichern. »Oder im Supermarkt. Ehrlich, wann kam ein Mann jemals auf dich zu und hat dich gefragt, ob das Brot auch frisch genug ist?«

»Oder im Fitnessstudio! Ja, es gibt nichts Schärferes, als eine müffelnde Frau mit zitternden Muskeln, der das Make-up gerade vom Gesicht läuft. Kannst du dir eine Antwort auf die Frage vorstellen: *Na Baby, wie viel hast du heute beim Bankdrücken geschafft?*«

»Ja, aber ich bin auch noch nicht für Internetdating bereit. Nicht, bevor ich nicht wirklich verzweifelt bin.«

»Spar dir das für die schweren Geschütze. Alexa wird einen Heidenspaß haben, dein Profil zu erstellen.«

»Das habe ich gehört.« Alexas Stimme trällerte im Flur.

Die Türklingel schellte und leises Gemurmel drang durch den Windfang. »Oh, da ist Max ja endlich. Machst du die Tür auf, Michael?«, rief sie laut.

Carina lachte noch immer über ihr Gespräch mit Maggie, darum dauerte es einen Moment, bis sie die weibliche Stimme ausmachte. Sie spähte neugierig um die Ecke herum.

Scheiße. Er hatte ein Date mitgebracht.

Sie beobachtete, wie ihr zukünftiger One-Night-Stand das Haus mit einer Frau an seiner Seite betrat. Nicht irgendeiner Frau. Max ging nur mit der *crème de la crème* aus und diese hier schrie geradezu *adlig* und *privilegiert*. Rotes Haar, das fast schon zur Kunstform um ihre Schultern herum gelockt war und ihre abgemagerte Figur deutete auf Größe 34 hin. Ihre grünen

Augen waren leicht geneigt und verströmten einen Schlafzimmerblick, der purer Sex war. Ihre *french* manikürten Fingernägel, dazu Stilettos waren eine deutliche Warnung an alle Frauen, sich von ihrem Mann fernzuhalten.

Und heute Abend war Max ihr Mann.

Carina versuchte, nicht finster dreinzublicken, während sie sich im Durchgang zur Küche versteckte und spionierte. »Was ist los, Süße?«, fragte Maggie. »Du siehst genervt aus.«

Sie zwang sich zu einem Lächeln. »Nein, ich sehe mir nur gerade Max' Liebling der Woche an. Die sieht nach etwas Ernstem aus.«

»Hm, ich wusste nicht, dass er heute Abend ein Date mitbringt.« Maggie lugte aus der Küche und beobachtete, wie sich die Männer unterhielten und Max seine Begleitung vorstellte. »Oh, das ist Victoria Windsor. Ihr Vater ist Herzog von Irgendwas, sie ist irgendwie adlig. Max hatte ein paar Verabredungen mit ihr. Sie ist wohl wieder in der Stadt.«

Carina blinzelte. Ihr Hass nahm monströse Ausmaße an. »Oh.«

Ihre Schwägerin musterte sie mit scharfem Blick und wetzte die Krallen. »Soll ich sie loswerden? Sag nur ein Wort und ich werde alles auf die Schwangerschaftshormone schieben.«

Ein Lachen entkam ihren Lippen. »Nein, natürlich nicht. Ich habe dir doch gesagt, völlig über Max hinweg zu sein.«

Schnauben erfüllte die Luft. »Klar doch und als Nächstes verkaufe ich dir die Brooklyn Bridge.«

»Warum sollte ich eine Brücke kaufen?«

Maggie winkte ab. »Vergiss es. Ich vergesse immer wieder, dass ihr mit unseren Redewendungen nichts anfangen könnt.« Sie nahm den Salat vom Tresen und brachte ihn ins Esszimmer. In dem großen Raum stand ein überdimensionierter Kirschholztisch mit modischen Lederstühlen und einem dazu passenden Geschirrschrank. Die Kristallschale funkelte unter dem Licht des hängenden Kronleuchters und Maggie holte ein paar Flaschen Wein aus der Bar in der Ecke. Die Förmlichkeit wurde durch Kerzen, gedämpfte Beleuchtung und umwerfende Wasserfarbengemälde toskanischer Landschaften an den Wänden abgemildert. Frische Blumen bildeten das Gegenstück. Weibliche Einflüsse waren überall in der einstigen Junggesellenwohnung ihres Bruders verteilt. Carina liebte den Kontrast von hart und sanft, Minimalismus und Verschwendung, der nun überall im Haus zugegen war.

Alexa watschelte herein und stöhnte auf. »Ich will unbedingt ein Glas Wein, ich kann ihn schon fast schmecken. Ihr bringt mir besser eine Flasche ins Krankenhaus mit, wenn ihr mich besuchen kommt. Wer ist das bei Max?«

»Scheint das Thema des Abends zu sein«, sagte Maggie gedehnt. »Ihr Name ist Victoria, Max' aktuelle Flamme.«

Alexa schüttelte sich. »Sie ist zu dürr. Ich mag sie nicht.«

Diese Aussage erfüllte sie mit Zufriedenheit. Jeder, der nicht richtig aß, war der Familie suspekt. Maggie zuckte mit den Schultern. »Ich habe sie schon einmal getroffen. Ehrlich gesagt ist sie ganz nett. Vielleicht ist es ein Zeichen.«

Carinas Zähne mahlten aufeinander. Verdammt, wenn sie gewusst hätte, dass sie mit einer verfluchten Prinzessin konkurrieren würde, hätte sie wenigstens ein Kleid getragen. Sie trug nur ein Paar Jeans, ein weißes Top und Sneaker. Sie verfluchte ihre Dummheit, als ihr klar wurde, dass sie wie eine Zwölfjährige aussah. Frauen, die Männer wie Max verführen wollten, mussten ihren Einsatz erhöhen. Die erste Runde ging an dieses Miststück.

Das Klackern von Absätzen hallte durch den Raum und Max trat ein. Er übernahm wieder die Vorstellung und nickte ihr zu, als hätten sie niemals ihre Zungen im Rachen des anderen gehabt. »Carina, das ist Victoria. Carina ist eine enge Freundin der Familie.«

Sie legte den Kopf schief. »Jepp, sehr eng. Nett, dich kennenzulernen, Vicky.«

Die Frau verzog bei dem Spitznamen das Gesicht, aber Carina musste anerkennen, dass sie nickte. »Es ist so schön, Max' Familie zu treffen. Als ich das letzte Mal in der Stadt war, hatten wir nur Zeit für formelle Partys, nicht wahr, Darling?«

Blutrote Fingernägel streichelten seinen Arm. »Ich hoffe, wir haben diesmal mehr Zeit.«

Max lächelte, aber Carina erkannte, dass seine Augen es nicht taten. Er schien fast ... zögerlich. Als würde er mitteilen wollen, dass niemals etwas zwischen ihnen sein könnte. Interessant. Er konnte ihr nicht einmal direkt in die Augen sehen und erinnerte Carina ein wenig an die streunenden Hunde, die sie früher bei sich aufgenommen hatte. Diese hatten ihre Köpfe immer weggedreht, um vollen Augenkontakt zu vermeiden und ihre wahre Situation zu verbergen. Verleugnung war bei jeder Spezies unglaublich interessant.

Nick betrat den Raum mit einer Platte voller *Penne alla Vodka.* »Ich hoffe, ihr seid alle hungrig.« Carina biss sich auf die Lippe, als sie bemerkte, wie die anderen Frauen Max' Begleitung und ihre schmale Figur betrachteten. Sie führte diesen Angriff jedoch und rieb sich die Hände.

»Her mit den Kalorien, Jungs.« Maggie und Alexa grinsten und setzten sich an den Tisch. Es musste einen guten Grund dafür geben, dass Max eine Begleitung zum Essen mitgebracht hatte und sie wollte ihn herausfinden. »Also Victoria, was machst du beruflich?«

»Hauptsächlich Wohltätigkeitsarbeit. Ich habe Jura in Oxford studiert, aber das hat mir weniger Spaß gemacht, als tatsächlich zu helfen. Ich habe ein Waisenhaus in London mitbegründet.«

Max streckte sich auf seinem Stuhl, als wollte er eine Präsentation halten. »Victoria ist gebildet und ist clever. Ihre Stiftung hilft hunderten von Teenagern, die nirgendwo hinkönnen. Wenn sie einmal einen gewissen Punkt im System erreicht haben, können die normalen Pflegeheime nichts mehr für sie tun.«

Alexa nickte. »Ja, wie in diesem Batman Film *The Dark Knight Rises*, erinnerst du dich, Nick? Die *Bruce Wayne Foundation* hat das Problem behandelt. Ziemlich beeindruckend.«

Nick lachte über die Fähigkeit seiner Frau, alles auf Bücher, Filme oder Lyrik zu beziehen.

Victoria zog den Kopf ein und sagte zu Max: »Schatz, du

schmeichelst mir. Ich hatte ein Sicherheitsnetz. Du hast dich aus eigener Kraft an die Spitze gearbeitet, du verdienst das ganze Lob.«

Carina befürchtete, von all dem Süßholzgeraspel der beiden Karies zu bekommen. Dennoch berührte er sie nicht. Max war immer zärtlich, vor allem, wenn er Gefühle für jemanden hatte. Wie oft hatte sie gesehen, wie er seine Begleitungen streichelte und befummelte? Aber er bewahrte Abstand, als würde er mit Adligen speisen und nicht mit seiner Familie essen. Die Hände flach auf dem Tisch. Respekt und Bewunderung in seinen Augen, aber kein Anzeichen darauf, sie flachlegen zu wollen. Hm, interessant.

Victoria plauderte ein wenig über ihre Wohltätigkeitsarbeit, machte aber ebenfalls keine Anstalten, ihn anzufassen. Sie schienen mehr Kameraden zu sein als Liebhaber. Der Funke der Leidenschaft war erloschen, da war nicht einmal das kleinste bisschen Interesse zwischen ihnen. Wenn eine Frau nicht mit Max ins Bett wollte, stimmte etwas nicht mit ihr. Frigidität? Carina setzte ihre Sherlock-Holmes-Mütze auf und schwor sich, es herauszufinden.

Maggie brachte das Gespräch auf Alexa. »Also habt ihr euch schon für einen Namen für das Baby entschieden?«

Nick bejahte. »Wenn es ein Mädchen wird, nennen wir sie Maria, nach Alexas Mutter.«

Carina seufzte. »Das ist so wundervoll. Und wenn es ein Junge wird?«

Nick warf seiner Frau einen warnenden Blick zu. »Daran arbeiten wir noch.«

Alexa streckte die Schultern durch und fuhr ungerührt fort. »Wenn es ein Junge wird, dann nennen wir ihn Johan.«

Nick rieb sich die Stirn. Für einen Moment war es totenstill. Maggie beendete schließlich die kurze Pause. »Um Gottes willen, warum? Wie zur Hölle kommt ihr denn auf diesen Namen?«

»Rate«, sagte Nick. »Du kennst sie besser als sonst jemand.«

Carina beobachtete, wie ihre Schwägerin alle Möglichkeiten

durchspielte, bis sie aufstöhnte. »Seid ihr verrückt? Oh mein Gott, ihr wollt ihn nach *Johan Santana* benennen!«

Alexa wurde schmallippig. »Es ist ein wundervoller Name und hat nichts mit den *Mets* zu tun.«

Maggie lachte hysterisch und wischte sich über die Augen. »Scheiße, von wegen. *Santana* hat das erste Spiel ohne Gegentreffer in der Geschichte der *Mets* geworfen und du versuchst, in diesem Ruhm zu baden. Ich erinnere mich noch an die verdammte Nacht. Du hast so laut geweint, ich dachte schon, du hättest Wehen.«

Carina erinnerte sich daran, von Alexas Besessenheit über das *New York Mets* Baseballteam gehört zu haben und auch, dass sie Nicks Team, die *New York Yankees*, verachtete. Zum Glück war sie kein Sportfan. Das klang nach mehr Stress, als sie gebrauchen konnte, vor allem, wenn man Alexas finsteren Blick zu ihrer Freundin bedachte.

»Lass mich in Ruhe, Maggie. Es war ein wundervoller Moment zum Genießen. Unser Sohn kann auf den Namen stolz sein.«

Nick schnaubte und füllte sein Weinglas wieder auf. »Nur über meine Leiche«, murmelte er. »Mit Santana ging es seitdem nur bergab und seine letzten fünf Spiele waren alle mies. Wie wäre es mit Derek als Namen?«

Alexa knallte die Gabel auf den Tisch. »Auf keinen Fall! Keiner meiner Söhne wird nach *Derek Jeter* benannt, du ... du ... Yankee-Liebhaber!«

Nick seufzte. »Lass uns später darüber reden, Süße. Hast du die Calamares probiert? Ich habe mich diesmal selbst übertroffen.«

Alexa grummelte, aß aber weiter, während Carina angestrengt versuchte, nicht über die absurden Gespräche des Paars zu lachen.

»Hast du in New York ein laufendes Projekt oder wolltest du nur Max besuchen?«, fragte Michael Victoria.

»Paps ist geschäftlich hier und ich dachte, ich begleite ihn. Ich würde unglaublich gern eine Aufführung in der Oper sehen, wenn ich Maxie dazu überreden kann, sich einmal freizunehmen.« Der Spitzname sorgte für ein paar Pfiffe am Tisch. »Der Arme hat so hart für die neue Eröffnung gearbeitet. Vielleicht kann ich ihn dazu bringen, diese Woche eine Auszeit zu nehmen, wenn ich die Erlaubnis von seinem Chef habe?«

»Klar, solange alles ruhig läuft, kann er ein paar Tage freinehmen. Carina kann ihn vertreten.«

»Wie süß. Ist es nicht wundervoll, mit einem engen Freund zu arbeiten?« Ihr Lächeln war echt unter den glänzend weißen Zähnen und ein Schuldgefühl nagte an Carina. Wie konnte sie nur andere Menschen nach ihrem Äußeren beurteilen? Victoria schien eine nette, clevere Frau zu sein, die zufällig wie ein Supermodel aussah. War das ihre Schuld? Nein. Sie entschied, sich zurückzuhalten. Wenn Max hinter ihr her war, war es vielleicht sogar am besten. Sein ständiges Verlangen, mit den falschen Frauen auszugehen, faszinierte sie und er schien beweisen zu wollen, dass er sich geändert hatte.

Victoria plauderte derweil über einen Freund, um den sie sich Sorgen machte. »Richard ist seit Jahren mein Fels in der Brandung. Unsere Väter sind beste Freunde; wir sind gemeinsam aufgewachsen. Der arme Mann macht gerade eine schlimme Scheidung durch. Hat die falsche Frau geheiratet. Ich versuche alles, damit er da irgendwie durchkommt.«

Maggie und Alexa machten mitfühlende Laute.

Carina bemerkte die Sehnsucht im Gesicht der Frau, als sie den Namen aussprach. Richard.

»Was für eine Schande«, sagte sie und spießte eine Nudel auf. »Er kann von Glück sagen, dass er dich hat.«

Ein Hauch von Bedauern schimmerte in Victorias Augen. »Ja, das sage ich ihm auch immer wieder.«

Bingo.

Victoria war in Richard verliebt und der Idiot von einem Mann wusste es vermutlich nicht einmal. Kein Wunder, dass sie so krampfhaft versuchte, dass es mit Max funktionierte. Max hatte nie große Erwartungen an seine Dates. Vielleicht wollte sie unbedingt sesshaft werden? Oder wollte sie versuchen, diesen Richard eifersüchtig zu machen? Mitgefühl pulsierte in ihrem Bauch. Victoria hatte mit derselben miesen Situation zu kämpfen wie Carina. Für einen Mann zu schwärmen, der sie wie eine kleine Schwester betrachtete. Erbärmlich. Nun, das Mindeste, was sie tun konnte, war, sie von Max zu trennen und ihr diesen Fehler zu ersparen.

»Wo ist Lily?«, fragte Max, während er seiner Begleitung ein wenig Salat auf den Teller schaufelte, bis sie ihm signalisierte, dass es genug war. Eine schwarze Olive kullerte über den Rand auf den Tisch. Victoria machte keine Anstalten sie mit der Gabel aufzulesen. Der Mangel an Wertschätzung für Essen betrübte Carina.

»Schläft heute bei Nonni. Sie verhätscheln sie bis zum Gehtnichtmehr. Nick dachte, wir sollten mal wieder einen Erwachsenen-Abend haben.«

Nick zog an einer ihrer Korkenzieherlocken und blinzelte seiner Frau zu. »Ja, vielleicht schaffen wir es beide, bis nach zehn Uhr wach zu bleiben. Das wäre doch mal was.«

Carina kicherte. »Eltern zu sein, verändert einen.«

»Scheiße, ja«, stieß Michael aus. »Darum musst du unbedingt Spaß haben, solange du Single bist. Max und Carina sind gerade in der Dämmerung ihres Lebens.« Er verzog das Gesicht, als Maggie ihm ihren bewährten rechten Haken gegen den Arm versetzte. »Ich mache nur Spaß, *cara.* Du hast mich schon vor unserer Hochzeit genug gequält. Ich würde nichts ändern wollen, aber unser Leben ist auch geradezu perfekt.«

Sie nickte und er hob ihre Hand, um ihre Handfläche zu küssen.

Pures Verlangen stieg in Carina auf und schnürte ihr die Kehle zu. Sie stopfte sich rasch den Mund voll Pasta, in der Hoffnung, dass es wenigstens ihren körperlichen Hunger stillen würde.

Victoria tippte sich mit der Gabel bedächtig gegen die gebotoxten Lippen. »Ich kann es kaum erwarten, eigene Kinder zu haben«, verkündete sie. »Ich habe die Nase voll von den endlosen Dates und Partys. Du nicht auch, Max?«

Seine Wangen liefen rot an, als ihn alle anstarrten. Carina hielt den Atem an. »Natürlich.« Sie schien darauf zu warten, dass er fortfuhr. »Ich freue mich darauf, irgendwann in der Zukunft sesshaft zu werden.«

Victoria legte den Kopf schief. »Zukunft? Wie meinst du das? Wie weit in der Zukunft? Du weißt, dass mein Vater will, dass ich bald heirate, ja?«

Alexa und Maggie legten ihr Besteck ab. Sogar Nick und Michael lehnten sich nach vorn, um seine Antwort nicht zu verpassen.

Max räusperte sich und griff nach dem Weinglas. Er nahm einen Schluck, aber die Stille pulsierte noch immer um den Tisch. Wie ein Wolf in Gefangenschaft huschte sein Blick panisch umher, dann hielt er ihren eigenen Blick fest.

Pure Hitze flammte in diesen blauen Augen auf und die Wahrheit traf sie mit voller Wucht. Er wollte, dass Victoria *die Eine* wäre. Aber das war sie nicht. Er hatte auch keine Ahnung, dass sie in einen anderen Mann verliebt war. Vielleicht hatte er ihre Distanziertheit gespürt und gedacht, dass sie eine weitere sichere Nummer sei.

Carina entspannte sich allmählich und begann, die Show zu genießen. »Max vergöttert Kinder«, sagte sie. »Seine Mutter will schon lang, dass er sich niederlässt. Aber wo würdet ihr leben?«

Ein seltsamer Laut entkam seiner Brust und erstarb dann wieder.

Victoria war bereits zur Stelle. »Oh, das würden wir schon noch sehen. Ich muss immer ein paar Monate im Jahr in England sein, aber den Rest der Zeit könnten wir in New York verbringen. Natürlich würden wir Italien besuchen, damit ich Max' Mutter kennenlernen kann. Klingt das nicht wundervoll, Schatz?«

»Natürlich. Eines Tages.«

»Wann?«

Carina unterdrückte ein Kichern. Endlich würde sie einmal eine vollkommene männliche Panikattacke sehen. »Bald.« Max nahm eine Serviette, wischte sich den Mund ab und stand auf.

»Äh, entschuldigt mich für eine Minute. Bin gleich wieder da.«

Er eilte den Flur hinunter und verschwand. Victoria wich überrascht zurück.

Carina stand vom Tisch auf. »Wenn ihr mich für eine Sekunde entschuldigen würdet, ich bin gleich zurück.«

Sie folgte ihm.

***

Max schloss die Tür zur Bibliothek. Was stimmte nicht mit ihm?

Er ballte die Hände zu Fäusten und presste sie gegen die Augen. Victoria war die perfekte Frau. Sie war hübsch, intelligent und sie wollte sich niederlassen und eine Familie gründen. Er genoss ihre Gesellschaft, wann immer sie in die Stadt kam. Es war wichtig, Carina zu beweisen, dass sie falsch lag. Ihre Worte verhöhnten ihn und tanzten in seinem Kopf wie ein verrückter Clown.

Du suchst dir immer die falschen Frauen aus.

Unmöglich. Gut, sie hatte großartige Beispiele, aber Victoria würde ihr schließlich zeigen, dass sie falsch lag. Also warum war da keine wirkliche Verbindung oder Verlangen, die Beziehung auf die nächste Stufe zu bringen?

Das Bild seiner Finger, die in nasses Feuer eintauchten, blitzte vor ihm auf. Der scharfe Schmerz ihrer Absätze in seinem Rücken. Der süße, ungezogene Geschmack ihrer Lippen und der Duft ihrer Erregung. Diesen briefmarkengroßen Rock zu ihren Hüften hinaufzuschieben, war eine wahrgewordene Fantasie. Wenn sie nicht unterbrochen worden wären, hätte er sie noch auf seinem Schreibtisch flachgelegt.

Bei Gott, einmal könnte man verzeihen. *Fast.* Zweimal?

Er brauchte einen extra für ihn gemachten Platz in der Hölle.

Ein sanftes Klopfen an der Tür war die einzige Warnung.

Seine Nase zuckte, als der klare Duft von Kurkuma und Melone die Luft erfüllte. Die Erkenntnis lief ihm prickelnd das Rückgrat entlang. Die ruhige Atmosphäre der Bibliothek knisterte plötzlich vor Spannung. Die weichen Sohlen ihrer Sneaker machten keinen Laut, aber ihre Körperwärme brannte genau hinter ihm. Verdammt sollte sie sein, dass sie ihm so den Kopf verdrehte.

Verdammt sollte sie sein, dass sie ihn so scharf machte.

Er drehte sich um, damit er ihr ins Gesicht blicken konnte. »Ich komme gleich«, sagte er. »Ich brauche nur eine Minute.«

Sie kam näher heran. Er machte einen Schritt zurück. Ein Anflug von einem Lächeln umspielte ihre Lippen. »War es die Sache mit der Hochzeit oder den Kindern, die dich verjagt hat?«

Er riss sich zusammen und nahm den Schlag wie ein Mann. »Ich weiß es nicht.«

Max erwartete eine sarkastische Bemerkung, aber sie nickte, als würde sie ihn verstehen. »Ich verstehe.«

Er verschränkte die Arme vor der Brust. »Nur zu. Willst du sie nicht auseinandernehmen?«

Sie hatte die Dreistigkeit, überrascht zu wirken. »Wieso? Wenn du sie magst, freue ich mich für dich. Sie scheint sogar ganz nett zu sein, wenn man von ihren Essgewohnheiten absieht.«

Ihre Gelassenheit, dass er nach ihrem Kuss andere Frauen traf, verspottete ihn geradezu. Warum wollte er sie zu sich ziehen und ihr beweisen, dass der Kuss etwas bedeutete? »Du wirst bei ihr keinen Fehler finden. Ich habe schon gesucht ... sie liebt Tiere.«

»Super.«

»Sie glaubt an Wohltätigkeit. Kann eine Firma leiten. Hat eine stabile Familie im Rücken. Ich sag es dir, sie ist perfekt.«

Sie kräuselte die Lippen. »Ich freue mich wahnsinnig für dich. Ich hoffe, dass du dich darauf einlässt und sesshaft wirst. Besser du als ich. Ich will nur Spaß haben. Heißen Sex jetzt. Babys später.«

Sie hatte nun seine volle Aufmerksamkeit. Die Worte liefen ihr wie Honig über die vollen Lippen. *Heißer. Sex.* Wut ballte sich in seinem Inneren wie saure Milch. »Hör auf, so einen

Quatsch zu reden.«

»Warum? Das kann dir kaum peinlicher sein, als das, was vor ein paar Tagen passiert ist.«

Er zuckte zusammen. Gerade weil er es so dringend wieder tun wollte, sagte er ihr das genaue Gegenteil. »Das war ein Fehler.« Seine Stimme klang erstickt. »Beide Male.«

»Das hast du schon gesagt.«

Ihre bedachten Worte drehten ihm den Magen um. Wie konnte eine Frau in Sneakers plötzlich die Situation kontrollieren? Ihr Verstand und ihr Körper schlugen ihn mit voller Kraft nieder. Er griff nach der ultimativen Ausrede. »Alles Körperliche zwischen uns wäre ein kompletter Vertrauensmissbrauch. Oder nicht?«

Die alte Carina wäre rot angelaufen und ins Stottern geraten. Hätte ihn ehrfürchtig angesehen und wäre davongestolpert. Die neue Carina schloss zu ihm auf und hob das Kinn. Ihre eins sechzig strahlten vor weiblicher Kraft. »Wäre es?«, murmelte sie.

Sein Schwanz presste sich widersprechend gegen den Stoff seiner Hose. Er brauchte eine oder zwei Sekunden für eine Antwort, als das ganze Blut seinen Kopf verließ. »Ja, das wäre es.«

»Schade.«

»Spiel keine Spielchen mit mir, Carina. Wir können nicht miteinander schlafen. Die Nacht, in der ich dich geküsst habe, war ein schrecklicher Fehler. Ebenso die kleine Begegnung im Büro. Ich fühle mich deswegen noch immer schuldig.«

Ihre dunklen Augen brodelten vor Mysterien und Geheimnissen, für die er töten würde, um sie zu ergründen. Ihre Zunge stahl sich aus ihrem Mund und sie leckte sich über die Unterlippe. Sie schien sich zu amüsieren. »Tut mir leid, wenn ich deine Illusion zerstöre, *Maxie*. Aber ich bin nur auf der Suche nach einem bösen Mann, mit dem ich spielen kann.«

Ihr unschuldiges weißes Top und die lächerlichen Sneaker brachten ihn nur dazu, ihr die Kleider vom Leib reißen zu wollen, um ihren Sirenenkörper freizulegen. Ihr Geschmack verfolgte ihn. Und als ob sie es wüsste, lehnte sie sich zu ihm nach vorn und ihr Atem strich in einer sanften Berührung über ihre Lippen, als würde er flüstern: »*Willst du spielen?*«

Ein Herzschlag verging. Das Blut jagte in seinen Schwanz und erfüllte seinen Kopf mit einem Rauschen. Er war ein erfahrener Mann und in der Kunst der Verführung wohlbewandert. Aber dieses Kraftpaket schlug ihn K.O. und ließ seinen Kopf taumeln. Sein Geist brüllte: *Ja, verdammt.*

»Kann nicht.« Die Worte blieben ihm im Hals stecken. »Ich gehe mit Victoria aus.«

Langsam zog sie sich von ihm zurück. Sie zuckte mit den Schultern. »Verstanden. Ich respektiere deine neue Beziehung und werde dich nicht mehr belästigen.« Sie ging zur Tür, ihre Hüften schwangen dabei in einem anmutigen Tanz. Der verführerische Schwung ihres Hinterns sagte Lebewohl. »Nur noch eine Sache. Etwas, das du wissen solltest.«

»Und was?«

»Behalte Richard genau im Auge.«

Er runzelte die Stirn. »Richard ist einer ihrer Freunde. Da ist nichts zwischen ihnen. Er macht eine Scheidung durch.«

»Sie liebt ihn. Hat sie schon immer. Wird sie immer. Frag sie.« Sie zwinkerte. »Ich sehe dich gleich.«

Max stand wie angewurzelt da und fragte sich, wann sein Leben komplett zur Hölle gefahren war.

8. Kapitel

Du musst nach Vegas. Morgen.«

Max stöhnte auf, warf den Kaffeebecher mitsamt dem kalten Inhalt in den Müll und öffnete die untere Schreibtischschublade, um den guten Stoff zu bekommen. Er förderte zwei Schnapsgläser zum Vorschein, schenkte in beide Grappa ein, reichte Michael eines davon und prostete ihm zu.

Er leerte das Glas in einem kurzen Zug; die Flüssigkeit lief heiß und weich seine Kehle hinab. »Du bringst mich um, Michael. Nächste Woche steht die Eröffnung in New Paltz an und du willst, dass ich jetzt abreise?«

Michael rieb sich mit den Fingern über das Gesicht. Es war seine weltberühmte Zurschaustellung seiner Frustration. »Es tut mir leid, mein Freund, ich hasse es, dir das anzutun. Das venezianische Hotel in Vegas interessiert sich für unsere Ware und ich brauche jemanden, der einen Käufer überzeugen kann. Sawyer Wells leitet das Hotel gerade. Seid ihr nicht befreundet?«

»Ja, ich kenne ihn schon seit Jahren.«

»Gut. Ich wollte das eigentlich selbst übernehmen, aber Mama kommt nun früher. Ich kann diese Woche nicht weg.«

Er runzelte die Stirn. »Ist alles in Ordnung?«

»Ja, aber Maggie kann mittlerweile nicht mehr verreisen und ich will sie nicht alleinlassen. Mama kommt morgen hier an. Sie will Maggie vor der Geburt mit ihren eigenen Augen sehen.«

»Wie geht es ihr? Hat sie noch immer Herzprobleme?«

Michael schüttelte den Kopf. »Sie muss regelmäßig zur Kontrolle, aber Julietta sagt, es geht ihr ganz gut. Der Arzt hat sie untersucht und gesagt, dass ihr ein Langstreckenflug nichts ausmachen wird. Du musst für mich ein paar Tage in Vegas bleiben, Max. Mach den Deal.«

Max nickte. »Wird gemacht.«

Michaels Gesichtszüge entspannten sich und er entließ ein tiefes Seufzen. »Danke. Ich kümmere mich um alle Angelegenheiten hier. Oh, ich schicke Carina mit dir mit.«

Er sprang auf, als stünde sein Arsch in Flammen. »Was? Auf keinen Fall.«

Sein Freund bedachte ihn mit einem verwirrten Blick. »Warum?«

Er entschied sich, die plötzliche Spannung, die an seinen Muskeln zerrte, abzubauen, indem er auf und ab ging. »Für etwas dieser Größe ist sie noch nicht bereit. Ich muss mich konzentrieren und kann es mir nicht leisten, auf sie aufzupassen.«

Michael lehnte sich zurück und winkte ab. »Verstanden. Du musst sie nicht babysitten.« Er grinste. »Es tut mir leid, dass es mit Victoria nicht geklappt hat, aber ich wette, in ein paar Tagen hast du ein hinreißendes Vegas Showgirl im Arm. Carina wird dir nicht im Weg sein. Das ist eine tolle Gelegenheit für sie, um von Beginn an zu lernen, wie wir einen ersten Vertrag abschließen. Sie muss alle Stufen durchlaufen und wird dir mit dem Papierkram und den Besorgungen zur Hand gehen. Ich kann dir noch Edward mitschicken. Er ist ein ausgezeichneter Verkäufer. Er kann dabei helfen, unsere Absichten zu unterstreichen.«

Der Grappa kam ihm wieder hoch und schnürte ihm die Kehle zu. Er hustete heftig, während er den Kopf neigte. Michael stand auf und klopfte ihm auf den Rücken. »Nicht Edward«, brachte er noch hervor. »Ich habe ein paar, äh, Probleme mit ihm.«

»Soll ich mich darum kümmern?«

»Nein! Nein, ich hab es unter Kontrolle. Ich brauche keine Unterstützung bei dieser Sache. Ich schaffe das. Alles wird gut. Ich kann das allein abschließen. An diesem Punkt braucht es keinen Verkäufer.«

»Ja, ich weiß, dass du das kannst.« Michael legte ihm eine Hand auf die Schulter. »Diese Firma wäre ohne dich nicht möglich gewesen, mein Freund. Danke, dass du immer zur Stelle bist.«

Ein Bild von Carina, mit dem Rücken gegen die Tür undhochgeschobenem Kleid, blitzte in seiner Erinnerung auf.

Schweiß trat ihm auf die Stirn. »Kein Problem.«

»Ich sage Carina, dass sie für einen frühen Flug bereit sein soll.« Er griff in seinen Aktenkoffer und gab ihm einen dicken Stapel Dokumente. »Das ist der Papierkram. Der Flieger wird um neun Uhr aufgetankt und bereit sein.«

Als sich die Tür hinter ihm schloss, stöhnte Max auf. Oh ja. Er hatte definitiv schlechtes Karma wegen eines einzigen magenverdrehenden Moments voller Freude mit der einzigen Frau, die er nicht haben konnte. Jetzt musste er ein paar Tage mit ihr in Vegas verbringen. Allein.

Er kämpfte gegen diesen inneren Aufruhr. Vielleicht schätzte er seine Aktien zu hoch ein. Carina hatte seit ihrer Ankündigung diese Nacht kein einziges Mal mehr erwähnt. Es war noch immer ein Schlag gegen sein Ego, nicht erkannt zu haben, dass Victorias Herz für einen anderen Mann schlug. Einen, den er schon einmal getroffen hatte. Noch schlimmer war die Erkenntnis, dass sie keinerlei sexuelle Chemie hatten. Er hatte krampfhaft versucht, welche zu schaffen, aber ihr Druck, rasch zu heiraten, hatte vermutlich Panik in ihm ausgelöst. Ihr langes Gespräch war ergiebig gewesen und schließlich hatte sie ihre Gefühle für Richard gestanden. Er hatte sie auf die Stirn geküsst und ihr viel Glück gewünscht, in der Hoffnung, dass er sie davon überzeugt hatte, um den Mann zu kämpfen, den sie liebte.

Was Carina betraf, so gab sie vor, dass zwischen ihnen nichts passiert sei. Sie gab sich fröhlich. Freundlich. Unverbindlich. Als hätten sie niemals die Zungen in den Mund des anderen geschoben, als hätte er niemals seine Finger an ihren Nippeln gehabt.

Stopp.

In Vegas ging es ums Geschäft. Sie wollte es lernen. Es gab keinen Grund, bei dem Gedanken, ein paar Tage mit ihr dort zu verbringen, in Panik zu verfallen.

Die Verheißung eines neuen Vertrags rauschte in seinem Blut. Zur Hölle damit. Er liebte Vegas. Die Hitze. Das Adrenalin. Die Sünde. Er würde seine alten Freunde treffen,

Poker spielen und das machen, was er am besten konnte: Den Handel abschließen und eine Frau für eine schöne Zeit finden. Eine, mit der er sich Carina aus dem Kopf schlagen könnte.

Er nahm die Akte und machte sich an die Arbeit.

***

Carina bemühte sich, nicht vor Freude in ihrem Sitz auf und ab zu springen wie ein kleines Kind, aber cool zu bleiben wurde immer schwieriger. Die Limousine fuhr die Straßen von Vegas entlang und ihr Verstand setzte aus. Eine Stadt, die nur zu einem Zweck errichtet worden war und diesen Zweck von den Dächern brüllte: Vergnügen. Ein Ort, um sich selbst zu verlieren, ihre Hemmungen fallen zu lassen und Max endlich ins Bett zu bekommen.

Willkommen in Vegas.

Max beobachtete sie mit unverhohlener Belustigung, aber es kümmerte sie nicht. »Können wir *Céline Dion* sehen?«

Er rümpfte die Nase. »Scheiße, nein.«

»*Cirque du Soleil*?«

Er verzog die Lippen. »Vielleicht. Wenn ich betrunken genug bin.«

Sie streckte ihm die Zunge raus und er lachte. »Ich weigere mich, mir meinen Spaß von deiner abgestumpften Sichtweise nehmen zu lassen. Ich habe immer davon geträumt, nach Vegas zu fahren und kann nicht fassen, dass ich hier bin. Laufen die Showgirls hier wirklich so gut wie nackt herum?«

»Ja.«

»Wie oft warst du schon hier?«

Er lehnte sich entspannt im Sitz zurück und Carina verbarg ihren hungrigen Blick. In seinem dunklen Anzug, mit den goldenen Manschettenknöpfen und dem säuberlich gekämmten Haar würde er jeder Frau den Kopf verdrehen, auch einem Vegas-Showgirl. Animalische Anmut, gefangen in zivilisiertem Auftreten. Die knallrote Krawatte deutete an, was unter der Oberfläche versteckt lag und es juckte sie in den Fingern, sie ihm noch in der Limousine vom Körper zu reißen, den Sichtschutz hochzufahren und eine ihrer verdorbenen Fantasien auszuleben. Stattdessen blieb sie still und lauschte seiner Antwort. »Ein paarmal geschäftlich. Ein paarmal zum Spaß.«

»Jede Wette. Keine Elvis-Hochzeiten, die du annullieren musstest, oder?«

»Miststück.«

Sie lächelte, streckte ihren Kopf zum Fenster raus und ließ jeden Anschein von Kultiviertheit hinter sich. Die schwüle Luft erdrückte sie und verwandelte ihre Locken in eine gekräuselte Katastrophe, aber es kümmerte sie nicht. Sie bogen in die Auffahrt des venezianischen Hotels ein und Carina lachte über das falsche Italien um sie herum. Die schlanken Marmorstatuen, zahlreiche Brunnen und ausladende Begrünung lenkten sie zu der großen Eingangstür. Sie erwartete, dass Vegashotels überbordend und voller Glitzer waren, doch die Einrichtung strahlte einen Unterton natürlicher Eleganz aus.

Max hielt am Empfangstresen. Sie drehte den Kopf in jede Richtung, als sie versuchte, die volle Kraft der Casinolobby in sich aufzunehmen. Eine goldene Fläche dominierte das Zentrum des auf Hochglanz polierten Bodens und wurde von riesigen Säulen, großen Bögen und einer kunstvoll bemalten Decke, die selbst Michelangelos Sixtinischer Kapelle Konkurrenz machte, eingerahmt. Die wirbelnde Ansammlung von Materialien, Farben und die bloße Üppigkeit vernebelten ihre Sinne mit purer Freude.

Sie bekamen ihren Schlüssel und wurden zum Turm geleitet. Hoch und immer höher fuhren sie, bis der Riese aus *Jack und die Bohnenstange* ihr Nachbar zu sein schien. Die Türen des Fahrstuhls öffneten sich. Sie gaben ihre Schlüsselkombination ein und betraten die Penthouse-Suite.

Carina verschlug es den Atem.

Sie wusste, dass Michael und Max sehr, sehr reich waren. Von klein auf hatte sie miterlebt, wie das Familienimperium gewachsen war, bis sie sich keine Sorgen mehr um Rechnungen,

Venezias Schuhtick oder eine College-Ausbildung machen mussten. Das Haus war ausgebaut worden, aber sie fühlte sich in Bergamo noch immer behütet. Ihre Umgebung hatte sich nie verändert und ihre Persönlichkeit war von Erfolg oder Geld unberührt geblieben.

Aber die Suite blendete ihre Sicht.

Das offene Wohnzimmer hielt ein blaues Sofa mit Récamiere und wunderschöne Kirschholzmöbel bereit. Farbenfrohe Leinwandmalereien italienischer Landschaften schmückten die in gedeckten Erdfarben gestrichenen Wände. Das vom Fußboden bis zur Decke reichende Fenster zeigte die Stadt in all ihrer Pracht. Sie blieb sprachlos, während sie umherwanderte und die voll ausgestattete Bar in Augenschein nahm, den Whirlpool und das riesige Doppelbett, auf dem so viele Kissen lagen, dass sie sich danach sehnte, direkt ein Nickerchen zu machen.

»Ich glaube, ich muss Michael um eine Gehaltserhöhung bitten«, murmelte sie.

Max lachte. »Das ist deine Firma, *cara.* Du gehörst zur Familie, also gehört dir auch ein Teil von allem, Geld eingeschlossen.«

»Ich fühle mich nicht wohl damit, Vorteile aus etwas zu ziehen, für das ich niemals selbst gearbeitet habe«, sagte sie ehrlich. »Ich will mir mein Anrecht darauf verdienen.«

Seine Gesichtszüge wurden weich und für einen kurzen Moment waren seine blauen Augen von Stolz erfüllt. »Ich weiß. Du hast Charakter, was bei den meisten Frauen heutzutage selten ist.«

Carina schnaubte. »Viele Frauen haben den, Max. Du findest nur immer wieder die Falschen.«

»Können wir meine miese Trefferquote heute mal auslassen?«

»Klar.« Ein Hauch von Schuld blitzte in ihren Augen auf. »Das mit Victoria tut mir leid.«

Er zuckte die Achseln. »Du hattest recht. Wie immer. Zumindest kämpft sie jetzt um denjenigen, den sie wirklich will.« Er wechselte krampfhaft das Thema und deutete auf die gegenüberliegende Tür. »Ich zeige dir dein Zimmer.«

Er ging hinüber, gab einen Code ein und öffnete schwungvoll die Tür. Sie betrat eine passende Suite mit ihrem eigenen Bett und Badezimmer. Ihr entfuhr ein aufgeregtes Quietschen, dann schleuderte sie ihre Schuhe von den Füßen und tat etwas, das sie von dem Moment an tun wollte, als sie durch die Tür gekommen waren.

Sie rannte in vollem Tempo und warf sich auf die Matratze. Carina sank tief in den weichen Kissen und Decken ein, gähnte und streckte sich, während sie das herrliche Gefühl genoss. »Ich bin im Himmel«, verkündete sie.

Max stoppte an der Seite des Bettes und grinste. »Du konntest einem Sprung noch niemals widerstehen. Erinnerst du dich noch daran, wie wir bei deinem Cousin Brian waren und ich dieses schreckliche Gestell zusammengezimmert habe, damit du so tun konntest, als wärst du eine olympische Hochspringerin?«

Sie lachte. »Oh mein Gott, das stimmt! Ich habe versucht, drüberzuspringen, aber du hast es zu hoch gemacht und ich hab mir das Handgelenk gebrochen.«

»Ich dachte, ich würde dafür monatelang bestraft, aber du kamst vom Arzt zurück und niemand hat jemals wieder darüber gesprochen.«

Sie erhob sich auf den Ellbogen und stützte ihren Kopf mit der Handfläche ab. »Weil ich es niemals erzählt habe.«

»Wie bitte?«

Carina lächelte bei dem Gedanken daran. »Ich wusste, du würdest Schwierigkeiten bekommen. Verdammt, du und Michael wart immer für meine Sicherheit verantwortlich. Ich habe Mama erzählt, dass ich das Ding selbst gebaut hatte.«

Er starrte sie eine lange Zeit ohne zu blinzeln an. »Du hast für mich gelogen?«

Die leise gesprochene Frage stellte böse Dinge mit ihrem Bauch an. Er wirkte, als würde er sie nun in einem anderen Licht sehen, aber sie wusste nicht, ob das eine gute oder schlechte Sache war. Vielleicht war es keine gute Idee gewesen, ihre Kindheit zur Sprache zu bringen, für ihren Masterplan der

Verführung. Sie sollte besser schnell die Taktik ändern.

»Ich überlege, diesen widerlichen Futon in Alexas Wohnung zu ersetzen. Gib mir mal deine Meinung zu dieser Matratze.«

Er zuckte zusammen und wich zurück. »Nein, ich weiß nicht, wonach du suchst.«

»Oh, komm schon, hier ist genug Platz. Ich habe keine Läuse. Leg dich einfach hin und sag mir, ob es besser ist als dein Bett zu Hause.«

Er zog die Augenbrauen zusammen. »Woher weißt du, welches Bett ich habe?«

»Weiß ich nicht, aber du scheinst unheimlich Wert auf all diesen Luxus zu legen, also denke ich, dass es riesig sein muss. Du hast doch keins dieser schrecklichen Junggesellenbetten mit Zebrabettwäsche und versteckten Lautsprechern, die plötzlich Marvin Gayes *Let's get it on* spielen, oder?«

Er wich erschrocken zurück. »Was weißt du über solche Sachen? In diesem Szenario sind so viele Dinge falsch, dass ich sie nicht einmal alle aufzählen kann.«

»Gut. Der Kerl, mit dem ich neulich aus war, hatte das. Er schloss die Tür hinter sich, drückte einen Knopf und dieser schreckliche Song ging an, um mich in Stimmung zu bringen.«

Er kam einen Schritt näher. »Ich hoffe, dass du ihm nicht gegeben hast, was er wollte. Nicht bei so einem billigen Trick.«

Sie grinste. »Nein, hat mich nicht beeindruckt.« Sie rutschte zur Seite, richtete eins der Kissen und bedeutete ihm, sich zu ihr zu gesellen. »Nur eine Minute. Sag mir, was du denkst.«

»Carina ...«

»Vergiss es. Ich möchte nicht, dass du dir deinen schönen Anzug ruinierst.«

Ihre Bemerkung traf ins Schwarze. Seine Gesichtszüge verhärteten sich, als hätte sie eine Drohung ausgestoßen. Da er vor keiner Herausforderung zurückschreckte, zog er die Schuhe mit den Füßen aus. Sie unterdrückte ein Kichern, als er sich vorsichtig neben ihr platzierte und dabei großen Abstand hielt.

»Also, was denkst du?«

Er seufzte. »Ich kann nicht glauben, dass wir Betten

bewerten. Ich komme mir wie in einer Werbung für Schlaf vor.«

Sie federte hoch und runter. »Fest, aber sie gibt noch genug nach. Die Laken sind aus dichtem Stoff. Und die Kissen sind perfekt.«

»Die Kissen sind scheiße. Männer hassen weiche Kissen, darin kommt man sich vor, als würde man ersticken.«

»Wirklich?«

»Ja. Aber die Matratze hat eine gute Stärke. Fest, aber nachgiebig genug für ...«

»Sex.«

Jeder Muskel seines Körpers verkrampfte sich. Carina hielt den Atem an, als er den Kopf drehte und ihre Blicke sich fanden. Sie zitterte förmlich vor Verlangen, sich auf ihn zu setzen, ihren Mund auf seinen zu pressen und sich zu ergeben. Seine Pupillen weiteten sich und sein Kiefermuskel trat hervor. Sie wartete. Schob sich wenige Zentimeter näher und sorgte dafür, dass ihr Shirt verrutschte und den Ansatz ihres Dekolletés zeigte. Mit aufgesetzter Beiläufigkeit winkelte sie ihr Bein an, sodass ihr Rock unanständig weit nach oben rutschte. Sein köstlicher Duft nach Aftershave, Zitrone und klarer Seife umschwärmte sie; stärker, als ein Designerparfum es könnte.

Die Spannung stieg weiter an und erfüllte die Luft.

Sie wartete.

»Ich wollte *schlafen* sagen.«

Er drehte sich zur Seite, stand auf und starrte sie missbilligend an.

Frustration stieg in ihr auf und das Pulsieren zwischen ihren Beinen tat sein übriges. Sie schürzte verführerisch die Lippen. »Lügner«, flüsterte sie.

Er bewegte sich.

Blitzschnell fand sie sich auf dem Rücken liegend wieder. Ein hartes Knie presste sich zwischen ihre Schenkel und spreizte ihre Beine. Er setzte ihre Handgelenke in einer beiläufigen Bewegung über ihrem Kopf fest und hielt sich knapp über ihr in der Luft. Schön geschwungene Lippen verharrten einen Zentimeter von ihren entfernt, während diese blauen Augen Funken von wildem Feuer versprühten, das eine verrückte, lustvolle Reaktion in ihr auslöste. Ihr Körper wurde unter seinem Kommando weich – in dem Verlangen, dominiert und erobert zu werden. All diese unanständigen Fantasien krochen aus ihren dunklen Verstecken hervor.

»Du spielst ein gefährliches Spiel, *cara.*« Seine Stimme war ein seidiges Schnurren über blankem Stahl. »Fordere einen Mann in der Liga der Großen heraus und du könntest es vielleicht bereuen.«

Absolute Befriedigung rauschte durch ihr Blut und erfüllte ihren Kopf. *Dio*, sie war so heiß, dass ihre Haut praktisch von ihren Knochen schmolz. Das war es, wonach sie sich sehnte – den sexuell dominierenden Max, der sie mit einem einzigen Streichen seiner Finger zum Orgasmus bringen konnte. Carina hob das Kinn und begegnete seinem Blick auf Augenhöhe. »Vielleicht habe ich einmal eine Runde in der Oberliga gemacht und es hat mir gefallen.«

»Wer ist jetzt der Lügner?« Er senkte den Kopf und biss sanft in ihren Unterkiefer. Ihr Körper bebte und ein Stöhnen bildete sich hinten in ihrer Kehle. Seine Zunge nahm eine schnelle Kostprobe und sie bäumte sich auf. »Du denkst, du könntest das Ergebnis beeinflussen, aber einen Mann zu verführen, der scharf auf dich ist, ist nicht clever. Ich dachte, du wärst schlauer, kleines Mädchen.«

»Hast du vielleicht daran gedacht, dass ich mehr will, als irgendein Mann geben kann?« Die bedachten Worte verloren ein wenig an Wirkung, als er an ihrem Ohrläppchen knabberte und ihr ein gehauchtes Stöhnen entfuhr. »Du hattest die ganze Zeit unrecht, Max. Es bin nicht ich, die sich übernimmt.« Sie lächelte ihn in reiner Herausforderung an. »Sie übernehmen sich an mir.«

Er hob den Kopf. Die Luft zwischen ihnen knisterte. »Wollen wir es herausfinden?« Er presste seinen Mund auf ihren. Es war ein Bestrafungskuss, eine Lehrstunde, die Kontrolle einer Kunstform, die er beherrschte.

Carina schwor sich, ihn Lügen zu strafen.

Seine Finger schlossen sich enger um ihre Handgelenke, während er mit seiner Zunge tief in ihren Mund eindrang und sie um Freiheit bettelte. Carina flehte, aber sie wollte mehr, *mehr*, als sich ihr Körper aufbäumte, um ihm näher zu sein und ihre Zunge jeden gebieterischen Stoß entgegennahm. Sie gab mit jedem Zentimeter ein bisschen mehr auf und liebte jeden Moment. Ihre Nippel verhärteten sich zu steifen Knospen und rieben sich gegen ihre Bluse. Sie wurde feucht und versuchte, ihre Beine noch weiter für ihn zu spreizen, bis er einen Fluch ausstieß, ihren Rock hochschob und sie weiter öffnete.

Er ließ niemals mit dem rauen Druck von ihrem Mund ab, während seine andere Hand an ihrem Bein entlangstrich und er seine Handfläche gegen ihr nasses Höschen presste. Carina stöhnte und knabberte an seiner Unterlippe, forderte ihn mit ihrem Körper auf und ...

Plötzlich war da nur noch leere Luft.

Sie rang nach Atem und ihrem Verstand, als er bereits neben dem Bett stand. Seine Augen waren vor Schreck und etwas anderem geweitet, etwas Gefährlichem und Hungrigem, das plötzlich zum Leben erwachte. Sie setzte sich auf, strich sich das zerwühlte Haar zurück und machte keine Anstalten, ihre Kleider zu richten.

»Was war das?«, grollte er wütend. »Du solltest mich abweisen, nicht mit mir rummachen!«

Sie knurrte wie ein verärgerter Pitbull. »Wer zur Hölle bist du, dass du eine Wette eingehst und sie dann nicht durchziehst? Ich habe keine Angst vor deiner kleinen Demonstration, Max. Ich habe dir gesagt, dass ich bereit für mehr bin.«

»*Dio*, du bist verrückt und bettelst um Schwierigkeiten. Ich habe genug. Ich setze dich in den nächsten Flieger zurück.«

Ihr Körper bebte noch immer vor Erregung. Sie verengte die Augen und warf ihm die nächsten Worte entgegen. »Und was soll ich deiner Meinung nach Michael erzählen, wenn ich wieder zurück bin?«

Er machte auf dem Absatz kehrt und fuhr sich mit den Fingern durchs Haar. »Ich verdiene, dass Michael es erfährt. Ich habe ihn betrogen.«

»Oh, um Himmels willen, hör endlich auf damit. Es geht meinen Bruder nichts an, mit wem ich schlafe. Du benimmst dich, als wären wir im Mittelalter, wo du dich um den Verlust meiner Ehre duellieren müsstest. Die armen Frauen hatten vermutlich niemals einen Orgasmus mit all den Männern, die sie beschützen wollten.«

Er stöhnte auf, als wäre er zwischen Lachen und Schrecken gefangen. Carina genoss seinen plötzlichen Kontrollverlust, während er versuchte, mit ihr klarzukommen. Max klammerte sich an das kleine Mädchen, das er einst kannte, aber es war an der Zeit, die Wahrheit zu sehen und zu entscheiden, ob er diese Wahrheit wollte. Ob er sie wollte.

»Du fliegst nach Hause. Ich kümmere mich um Michael.«

»Nein.« Sie stand vom Bett auf, strich ihren Rock glatt und richtete ihre Bluse. »Ich fliege nicht nach Hause. Ich bin hierhergekommen, um zu lernen, wie man einen wichtigen Geschäftsabschluss macht und das werde ich auch. Aber ich will, dass du über etwas nachdenkst, Max. Wir können eine Nacht miteinander haben. Nur eine. Verjagen diese Sache auf diese Weise aus unserem Verstand, haben großartigen Sex und sind danach wieder Freunde.«

Er schüttelte den Kopf und wich zurück, als hätte er Angst, sie könnte ihn bespringen. »Das darfst du nicht. Ich bin nicht gut für dich.«

»Ich weiß.« Sie unterdrückte den Schmerz und umarmte die Möglichkeit, eine Nacht mit ihm zu haben. Die Lust, die sie schon seit Jahren in sich trug, befriedigen und danach weiterziehen. »Ich bin nicht mehr in dich verliebt, aber ich habe sexuelle Bedürfnisse, die ich befriedigen will. Ich wurde mein ganzes Leben lang beschützt und behütet. Aber ich bin jetzt eine erwachsene Frau. Es ist Zeit, dass du das akzeptierst.«

Seine offensichtliche Erektion und der gequälte Gesichtsausdruck gaben ihr das Selbstvertrauen, das sie brauchte. Er wollte sie. Er hatte nur zu viel Angst, es zu riskieren.

Carina ging aufs Ganze und erzählte ihm die Wahrheit.

»Ich ziehe weiter, Max. Ich bin auf der Suche nach einer erwachsenen, sexuellen Beziehung, die mich zufriedenstellt. Nichts Langfristiges. Ich habe meine Flügel gerade erst ausgebreitet und kein Mann wird sie mir so leicht stutzen. Wir finden uns anziehend, respektieren einander und haben eine gemeinsame Verbindung. Warum sollten wir keinen One-Night-Stand haben? In Vegas. Wo niemand jemals davon erfahren muss.«

Seine Kiefer mahlten aufeinander. Feuer brannte in seinen Augen. Gut. Er war in Versuchung – mehr brauchte sie für den Moment nicht. Sie schloss die Lücke zwischen ihnen und er hielt den Atem an. Die volle Kraft der Weiblichkeit schimmerte in ihr. Sie verzog die Lippen langsam zu einem Lächeln. »Nun, wenn es dir jetzt nichts ausmachen würde, zu gehen? Ich bin dann am Pool. Bis später.«

Sie wartete nicht auf seine Antwort.

Carina preschte an ihm vorbei und schloss die Tür hinter sich.

***

Max beobachtete den Mann gegenüber am Tisch. Die Augen waren so ausdruckslos wie die eines Haifischs. Der Mund eine einzige, gerade Linie. Nicht ein Fünkchen Anspannung in seinen Handgelenken oder Fingern, als er die Karte aufdeckte.

Er lehnte sich in seinem gemütlichen Sessel zurück, griff nach seiner Zigarre und grinste Max an. »Bereit, wenn du es bist.«

Max ignorierte die spöttische Bemerkung und konzentrierte sich auf seine Hand. Er warf einen Chip. »Call.« Er deckte sein Paar Asse auf und wartete. »Bereit, wenn du es bist.«

Sawyer Wells lachte leise und imitierte die Bewegung. Drei Zweien starrten ihn an. »Fuck.«

»Es ist schon zu lang her, Max. Mir fehlt dein Humor. Und natürlich dein schlechtes Pokerspiel.«

Max streckte den Rücken durch und zündete seine eigene

Zigarre an. Der aufwendige, voll mit Chips ausgestattete Pokertisch war nur ein Teil der außergewöhnlichen Eigenschaften der Wohnung seines alten Freundes. Die Bar war ebenso beeindruckend und hielt auf einem Regal so viele verschiedene Wodkas, Rums und Liköre bereit, wie ein Gast sich nur wünschen konnte. Die teuren Gemälde an der Wand könnten es mit der Sammlung eines jeden Kunstverständigen aufnehmen. Die Dekoration in leuchtenden Rottönen und erdigen Noten erinnerte Max immer wieder daran, dass Sawyer Wells ein Mann war, der den Luxus des Lebens genoss und sich auf jeden Augenblick des Vergnügens stürzte, ohne Reue zu zeigen. »Du willst mich nur betrunken machen, um mir einen schlechten Handel mit deinem Hotel anzudrehen.«

Der blonde Mann schüttelte den Kopf und klopfte einen Klumpen Asche von seiner Zigarre. Seine helle Haut und die goldenen Augen ließen ihn als lässigen Surfer oder gelangweilten Prinzen durchgehen. Bis er den Kopf drehte und seine Narbe zur Schau stellte. Ein gezackter Strich über seine Wange, der manchmal von seinem langen Haar verdeckt wurde.

Max wusste, dass beide Vermutungen völlig falsch waren. Der Mann hatte sein Vermögen aus eigener Kraft verdient, besaß einen scharfen Sinn für Humor und einen Verstand, der es mit den besten Führungskräften dieser Welt aufnehmen konnte. »Es ist nicht mein Hotel. Ich leite es nur für ein paar Monate. Ich baue eine neue Kette auf, um diesem Arschloch *Trump* Konkurrenz zu machen.« Max lachte. »Und was deine Trinkfestigkeit angeht, sagen wir einfach, sie ist besser als dein Pokerspiel.«

»Ich wette, die Karten sind gezinkt. Ich sollte lieber unten im Kasino spielen.«

»Irgendwie glaube ich nicht, dass dich ein paar Tausender arm machen.« Auf seinem Gesicht spiegelte sich eine Erinnerung, die Max niemals ansprach. Sie hatten sich auf einer Yacht in Griechenland kennengelernt, als Max ein Auge auf eine Prinzessin geworfen hatte, die versuchte, ihrem überfürsorglichen Vater die Stirn zu bieten. Das Problem ergab sich, als Sawyer mit denselben Absichten ankam. Max gewann den Kampf und die Prinzessin. Er ließ sie am nächsten Tag wieder fallen und beide Männer endeten mit ein paar blauen Flecken, einem Kater und einer Freundschaft, die Bestand hatte.

Als er erfuhr, dass Sawyer Mama Conte kannte, wurde aus Sympathie tiefe Zuneigung und sie waren über all die Jahre enge Freunde geblieben. Doch außer dass Sawyer erfolgreich war und keine Eltern mehr hatte, wusste Max nichts über ihn. Zum Glück war es ihm scheißegal. Wie er selbst aus Erfahrung wusste: Die Vergangenheit sagte nichts über die Zukunft eines Mannes aus.

»Sonst irgendwelche Pläne, während du hier bist?«, fragte Sawyer. »Außer, dass ich dir dein Geld abnehme?«

»Das hättest du gern. Abendessen, ein wenig Zocken und ein wenig Druck mit einer Gespielin abbauen.«

Sawyer zog die Augenbrauen hoch. »Einer bestimmten Frau?«

Carinas Bild blitzte vor ihm auf. Er nahm einen tiefen Zug an der Zigarre. »Nein. Ist besser so.«

Sawyer nickte. »Normalerweise ja. Niemand wird verletzt und die Nummer ist die reine Freude. Dennoch, ich habe den Eindruck, dass dich etwas bedrückt.«

Max schnaubte. »Hör auf, deine magischen Sinne bei mir zu benutzen.«

»Du scheinst sie aus gutem Grund zu fürchten. Soll ich dich mit jemandem bekannt machen?«

Ein Grinsen heftete sich auf seine Lippen. »Ich kann mir meine eigenen Frauen besorgen, Sawyer. Ich brauche deine zweite Wahl nicht, aber danke für das Angebot.«

»Von den Frauen, die ich abweise, kannst du doch bloß träumen. Erinnerst du dich an Paris? Ich habe dich mit einem Model zusammengebracht und du konntest den Deal nicht abschließen.«

»Mir hat dein Date eben besser gefallen.«

»Ach? Ich habe sie an dem Abend nach Hause gebracht.«

»Ja, aber sie hat am nächsten Wochenende mit mir geschlafen.«

»Bastard.«

Max lachte über die nicht ernst gemeinte Beleidigung. Sawyer war bei vielen weiblichen Eskapaden sein Partner gewesen, immer mit dem Reiz der Nähe und der Aussicht auf Spaß im Kopf. Eine seltsame Leere schlug in seinem Innern. Seit Carina zurück in sein Leben getreten war, hatte er das Gefühl, dass die meisten seiner Beziehungen und Handlungen ... flach ... waren. Sie machte alles lebhafter und bedeutsamer.

Was war nur los mit ihm?

»Sawyer?«

»Ja?«

»Hast du schon jemals ... mehr ... gewollt?«

Sein Freund packte die Karten zusammen und begradigte seinen Haufen Pokerchips. »Mehr wovon?«

Er kam sich lächerlich vor und zuckte die Achseln. »Du weißt schon. Mehr von Frauen. Mehr vom Leben.«

Er hörte auf, zu mischen und dachte über die Frage nach. »Noch nicht. Ich hoffe aber, dass es eines Tages so ist. Warum, Max? Willst du es?«

Er drängte das Gefühl beiseite und lachte es weg. »Nein, es war nur eine Frage. Ich gehe jetzt besser.«

»Gut, ich bereite inzwischen alles vor, um dich in ein paar Stunden zu treffen und mir den Rest deiner Kohle zu holen.«

Max drückte seine Zigarre aus. »Was sagt ihr Amerikaner noch mal? Ah ja, träum weiter.«

Sawyers Lachen hallte durch den Raum.

***

Drei Stunden später richtete sich Max heimlich die Krawatte und fragte den Mitarbeiter, ob die Klimaanlage auch funktionierte. Schweiß prickelte auf seiner Haut unter dem Designeranzug und verursachte ein unangenehmes Jucken. Er versuchte, konzentriert zu bleiben und bei der Sache. Eine Bäckerei in Vegas zu eröffnen, war ein entscheidender Schritt und er wollte ihn machen. Schließlich war das Geschäft sein Herz und seine Seele – die einzige Sache in seinem Leben, die ihm tiefste Zufriedenheit und Stolz verschaffte. Er hatte sich sein ganzes Leben nach diesem Gefühl gesehnt, während er darum gekämpft hatte, seinen Wert zu beweisen. Nur weil sein Vater nichts von ihm hielt, musste er es nicht glauben. Seine Mutter schenkte ihm jeden Tag Liebe und Unterstützung. Er sollte verdammt sein, wenn er sie enttäuschte und als Wrack in einer Therapie endete, die sich mit elterlichem Verlassen beschäftigte und darin die Ausrede für sein Versagen sah.

Das Problem war seine Konzentration. Immer, wenn er sich aufs Geschäft konzentrierte oder sich mit einem Spiel im Casino ablenkte, hallte ihr unglaubliches Angebot wieder in seinen Ohren und verhöhnte seine Vernunft. *Eine Nacht. Und niemand müsste es erfahren.*

Doch er würde es wissen. Könnte er mit dem schlechten Gewissen leben? Würde diese eine Nacht eine Verkettung von schrecklichen Dingen nach sich ziehen, als Bestrafung dafür, dass er mit seinem Schwanz und nicht mit seinem Hirn gedacht hatte?

Das Meeting begann und nahm seinen Lauf. Max wusste, dass Sawyer und sein Team interessiert waren, sogar obwohl der berühmte Chefkoch im venezianischen Hotel arbeitete, der das ganze Hochzeitscatering machte. Die Überlegung, eine Bäckerei in diesem Hotel anzusiedeln, sprach Bände, aber Max erkannte, dass das Hotel eher auf Laufkundschaft abzielte und nicht auf Hochzeitsgesellschaften. Er machte sich eine Notiz, erst noch einmal mit Michael Rücksprache zu halten, konnte sich aber vorstellen, dass ihnen die Sichtbarkeit vom Gehweg aus mehr Abwechslung bringen würde. Es wäre ein hervorragendes Testgelände. Zuerst müsste er die Statistiken für Menschenmengen und deren Kaufverhalten errechnen und mit ein paar Zahlen jonglieren.

Carina sagte keinen Ton, machte sich Notizen und hörte aufmerksam zu. Er begann gerade mit einer Zusammenfassung, als Sawyer seine Aufmerksamkeit auf die andere Seite des

Tisches lenkte. »*Signorina* Conte, es ist eine Freude, Michaels Schwester kennenzulernen. Ich freue mich darauf, zukünftig mit Ihnen und Max zu arbeiten.«

Sie lächelte. Ihr Gesicht wurde von einer natürlichen Tiefe an Gefühlen erhellt, die ihn noch immer faszinierte. Als würde sie jeden Menschen auf einen Besuch in ihrer Seele einladen und sich nicht darum kümmern, ob derjenige es überhaupt wert war. Max fühlte sich immer wie etwas Besonderes, wenn sie ihm ihre Aufmerksamkeit schenkte und wollte jeden verjagen, der sich ein Stück von ihr stehlen wollte. »Danke, Mr. Wells. Ich glaube, *La Dolce Maggie* passt perfekt zum venezianischen Hotel und ich freue mich darauf, den nächsten Schritt zu tun.«

Max atmete aus und stand auf. »Gentlemen, es war mir eine Freude. Wir müssen ein paar Zahlen durchgehen und kommen dann auf ihr Angebot zurück.«

»Es ist ein faires Angebot, Maximus.« Sawyers Stimme klang beruhigend, während er seine Hand schüttelte. »Wir können unser Spezialcatering nicht aufgeben, denken aber, dass ihr mit einem Laden in der Lobby bestens aufgestellt seid.«

Max nickte und behielt einen besorgten Gesichtsausdruck bei. »Ich weiß das wirklich zu schätzen, aber ich fürchte, es ist einfach zu wenig Geld für das Risiko.« Das erste Angebot auf dem Tisch anzunehmen, war hirnrissig und beide Männer wussten das. Beide kannten die Spielregeln nur zu gut. Max sammelte die Papiere ein, griff nach seiner Aktentasche und ...

»Eigentlich, Max, denke ich, dass das Angebot äußerst großzügig war.« Carina schloss mit einem nachdenklichen Gesichtsausdruck zu ihnen auf. Max war wie versteinert, versuchte sie mental zurückzuhalten und hoffte, sie würde es nicht versauen. Er kannte ihr unglaubliches Talent für Zahlen und wusste, dass sie die Statistiken schon durchgegangen war.

Max erzwang ein Lachen und packte sie am Arm. »Natürlich ist es das. Sawyer ist immer großzügig. Wir gehen besser, um unsere Telefonkonferenz nicht zu verpassen.«

Sawyer stellte sich Max gekonnt in den Weg und lächelte Carina warmherzig an. Ein als Nemo verkleideter Hai setzte zum Todesstoß an. »Was für ein Geschick für Zahlen Sie haben, *signorina*! Ich bin so froh, dass Sie mir zustimmen, dass es ziemlich fair ist. Für die Eröffnung in Tribeca haben Sie kein so gutes Angebot bekommen, nicht wahr? Ich habe gehört, dass Sie ein niedrigeres Angebot angenommen haben, um Sichtbarkeit für die Marke zu erreichen. Und genau das wird Vegas für Sie tun!«

Max öffnete den Mund, aber es war zu spät.

»Oh, ich wusste nicht, dass Sie davon gehört haben«, sagte sie mit einem freudigen Kichern. »Die Gewinnspanne, die wir als Minimum errechnet haben, wäre mit einer kleinen Erhöhung zu erreichen. Ich denke, Michael wird mit dem Angebot sehr zufrieden sein, genau wie Max.«

Sawyer grinste und begegnete Max' Blick.

Merda.

Seine in der Einarbeitung befindliche Mitarbeiterin hatte sich gerade auf ihren Bauch gerollt und dem Hai den Todesbiss gestattet. Es würde an diesem Tisch keine weiteren Verhandlungen mehr geben und Sawyers zufriedenes Grinsen bestätigte das. Carina strahlte vor Erfolg, als hätte sie selbst einen großartigen Deal abgeschlossen und ihn nicht ruiniert.

Max unterdrückte seine Wut. »Wir werden sehen, nicht wahr, Sawyer?«

»Absolut.«

Seine Finger schlossen sich warnend fester um ihren Arm. »Gehen wir.« Er nickte noch ein letztes Mal und geleitete sie aus dem Konferenzraum hinaus, den Flur entlang und in den Fahrstuhl. Sie öffnete den Mund, um etwas zu sagen, aber sein Blick war offenbar Antwort genug. Die Verwirrung stand ihr ins Gesicht geschrieben, aber sie blieb still, bis sie das Zimmer erreichten, die Kombination ins Schloss eingaben und über die Türschwelle traten.

Er ließ die Aktentasche fallen, riss sich das Sakko und die Krawatte vom Leib und explodierte. »Was hast du getan? Du hast einen Master in BWL, um Gottes willen – und du brichst die Grundregel bei Geschäftsverhandlungen? Man sagt in einem ersten Treffen niemals, dass es ein gutes Angebot ist. Du hast Sawyer gerade deine Zustimmung gegeben und das bedeutet, dass er sein Angebot niemals erhöhen wird. Wir haben jetzt keine Möglichkeit, zu feilschen und müssen annehmen oder ablehnen.« Er fluchte wütend und ging auf und ab. »Michael wird mich umbringen. Ich glaube nicht, dass es einen Ausweg aus diesem Schlamassel gibt.«

Die Farbe wich ihr aus dem Gesicht. Ihr raues Flüstern drang an seine Ohren. »*Dio, mi dispiace*. Es tut mir so leid. Ich habe nicht nachgedacht. Ich nahm an, es wäre ein gutes Angebot und war so aufgeregt, dass ich einfach drauflosgeredet habe. Es ist mein Fehler, Max. Ich werde die Konsequenzen tragen.«

Er stöhnte. »Es wird keine Konsequenzen für dich haben, Carina, nur für mich. Ich hätte dich niemals mitbringen dürfen. Ich hätte sicherstellen müssen, dass du nichts sagst, sondern nur beobachtest. Ich habe vergessen, dass Schulausbildung sich völlig vom wahren Leben unterscheidet.«

Sie stellte sich ihm in den Weg. »Es gibt keinen Grund, mich zu decken. Was ich getan habe, ist unverzeihlich, ich habe nicht nachgedacht. Ich werde Michael anrufen und ihm erzählen, was passiert ist.«

Max atmete tief ein und versuchte, sich zu beruhigen. Sie anzubrüllen, war keine Option. Er könnte Michael erzählen, was passiert war, aber er war für das Geschäft verantwortlich – nicht Carina. Seine Stimme wurde sanfter. »Ich denke mir etwas aus. Es gibt keinen Grund, deinem Bruder schon jetzt davon zu erzählen. Warum gehst du nicht an den Pool und entspannst dich, während ich eine Lösung finde? Genieß das Hotel, solange wir hier sind.«

Er erwartete ein dankbares Lächeln. Stattdessen wurde er fest zurückgestoßen und stolperte, ehe er sich wieder fing. Ihre unergründlichen Augen waren von Wut erfüllt und ihr Körper knisterte geradezu vor Energie und erinnerte ihn an die Nacht, in der er sie geküsst hatte. »Maximus Gray, wie kannst du es wagen, mich in Schutz zu nehmen!«, warf sie ihm entgegen und ballte die Fäuste. »Hör auf, mich zu beschützen und wie ein

Kind zu behandeln, das in Tränen ausbricht, wenn es Ärger gibt! Ich habe Mist gebaut, dafür gibt es keine Entschuldigung. Es ist nicht deine Schuld und ich hab es satt, dass du die Verantwortung dafür übernimmst.«

»Machst du Witze?« Er schüttelte in vollkommenem Unverständnis den Kopf. »Ich sage dir, dass du an den verdammten Pool gehen sollst und du schreist mich an? Ich kann das im Moment nicht gebrauchen. Ich habe keine Lust auf dieses Frauenspiel, bei dem ich erraten muss, was du willst. Du willst wie ein normaler Angestellter behandelt werden? In Ordnung, dann betrachte dich ab sofort von den Verhandlungen ausgeschlossen. Du fliegst morgen nach Hause und hütest das Büro, während ich versuche, mich aus diesem Mist herauszuziehen. Besser?«

»Ja.« Die Gesichtszüge entglitten ihr und sie wich zurück, während sie die Arme um ihren Körper schlang. Plötzlich wirkte sie einsam. Die Gefühle blieben ihm im Hals stecken und jede Zelle seines Körpers schrie danach, sie in die Arme zu nehmen. »Es tut mir leid, Max.« Sie lachte freudlos. »Von dem Moment an, als ich in der Firma zu arbeiten begonnen habe, hast du alle Hände voll damit zu tun gehabt, meine Brände zu löschen. Ich brauche Zeit, um darüber nachzudenken, ob das der beste Ort für mich ist.«

»Carina ...«

Sie schüttelte energisch den Kopf und stolperte zur Tür. »Nein, nicht. Ich muss für eine Weile allein sein. Ich sehe dich später.«

Sie floh, bevor er ein weiteres Wort sagen konnte.

Max schlug die Hände vor dem Gesicht zusammen und betete für Kraft. Kraft, sie nicht zu erwürgen. Kraft, sie nicht zu berühren. Kraft, sie fortzuschicken, damit er sich nicht mehr mit dieser Ladung an verrückten Gefühlen, die ihn durchdrehen ließen, beschäftigen musste.

Eine Nacht.

Er zwang das verführerische Bild aus seinem Kopf. Wartete einen Herzschlag. Dann lief er ihr nach.

***

Carina saß an der Bar des Casinos und spielte mit dem Rand der Serviette, die unter ihrem Apfelmartiniglas lag. Die schöne grüne Farbe, zusammen mit dem sanften Abgang des Alkohols, beruhigte sie. Wie dekadent es war, in Vegas an einem Nachmittag zu trinken, wo die Nacht mit dem Tag verschmolz und es niemanden interessierte. Vielleicht würde sie später noch in einer Gondel fahren und ihrer Mutter und ihren Schwestern ein Foto schicken. Sie würden durchdrehen, ihre kleine Schwester in einer so atemberaubenden Kulisse zu sehen.

Sie schluckte den winzigen Seufzer hinunter und biss die Zähne aufeinander. Oh Gott, wie sie Weinen hasste. Es brachte die schlechten Erinnerungen an die Wut über ihre unkontrollierbaren Gefühle vor vielen Jahren wieder hoch. Während Venezia mit leuchtender Schönheit und Julietta mit einem scharfen Verstand gesegnet waren, war sie mit einer Müllhalde voll Gefühlen gestraft. Immer zu großzügig, zu vertrauensselig ... zu dämlich. Sie kämpfte immer mit den Unwägbarkeiten des Lebens, während andere ihre Chancen ergriffen. Sie hatte geglaubt, die Geschäftswelt würde sie geraderücken und ihr endlich eine Richtung geben, nach der sie sich so sehr sehnte. Einen Ort, zu dem sie endlich gehören und an dem sie sich in ihrer Haut wohlfühlen würde. Stattdessen zerrte es nur noch stärker an ihr, bis zu dem Punkt, dass es wehtat.

Heulen, heulen, heulen.

Sie lächelte für sich, als ihre innere Göttin die Kontrolle übernahm und ihr eine Schelle verpasste. Sie hatte Mist gebaut. Riesigen Mist. Jetzt musste sie diese Angelegenheit wieder in Ordnung bringen und nicht Max sie wie üblich beschützen lassen. Der Geschmack der Niederlage war bitter, aber sie hatte vor, ihm den Abgang mit einem Martini zu erleichtern. Dann würde sie sich wie eine Erwachsene benehmen und Sawyer Wells treffen. Allein.

»Kommst du öfter her?«

Sie unterdrückte ein Seufzen. Er setzte sich auf den Barhocker neben ihr, bestellte ein Bier und wartete, bis sie etwas sagte. »Max, wann lernst du endlich, dass du mich nicht beschützen musst? Kann ich nicht mal hier sitzen und mich besaufen? Ich bin allein. Keine großen bösen Männer. Mitten am Nachmittag. Geh und mach irgendetwas Wichtiges.«

»Mach ich. Der Versuch, dich aus den unergründlichen Tiefen des Trübsals zu reißen, ist wichtig.« Sein unschuldiges Grinsen rang ihr ein halbes Lachen ab. Allein in seiner Gegenwart zu sein, röstete ihr Hirn und ihre Entschlossenheit. Sie hob das Glas und nahm einen weiteren Schluck.

»Am Anfang machen wir alle Fehler. Ich hätte nicht so schreien dürfen.«

»Das war die einzig gute Sache, die du gemacht hast.«

»Lass uns das unter Lernkurve verbuchen und weitermachen, okay?«

»Was ist mit dem Deal?«, fragte sie.

»Entweder nehme ich das Angebot an oder ich bringe es in Ordnung. Vielleicht lasse ich Sawyer für eine Weile köcheln. Macht mir nichts aus.«

Sein besorgter Blick zerfetzte ihr Herz. Sie hatte das Gefühl, als hätte sie ihn im Stich gelassen. Einen Master in BWL und sie machte den grundlegendsten Fehler, den Anfänger machen konnten. Die Karten zu früh auf den Tisch zu legen.

Ja, willkommen in Vegas.

Er steckte den Arm aus und ergriff ihre Finger. Seine starke, warme Hand beruhigte ihre Nerven und sie ließ ihre übliche Verteidigung sinken. »Ich bin mir nicht sicher, ob es das Richtige für mich ist, Max.«

»Du bist noch neu im Geschäft, *cara*.«

»Darum geht es nicht. Ich habe lange gebraucht, um zu lernen, eine Balance zwischen meinen Gefühlen und der nötigen Selbstkontrolle im Geschäftsleben zu erreichen. Ich habe mich sogar auf die Herausforderung gefreut, aber ich fürchte, ich werde niemals stark genug sein, sie zu meistern. Anstelle jemandem in den Hintern zu treten, wenn er sich krankmeldet, möchte ich ihm Hühnersuppe bringen.«

Er hob die Hand und strich ihr eine Locke hinters Ohr. Die zärtliche Geste gab ihr genug Selbstvertrauen, ihm in die Augen zu blicken. Geschwungene Lippen formten ein halbes Lächeln. »Niemand will, dass du änderst, wer du bist. In diesen wenigen Monaten hast du jedermanns Herz und Loyalität gewonnen. Und das nicht, weil du ein Schwächling bist. Sondern weil du etwas Besonderes bist und jeder weiß das.«

»Du versuchst nur, mich aufzuheitern.«

»Nein. Ich hatte erwartet, Babysitter für ein Mädchen spielen zu müssen und es vor Schwierigkeiten zu bewahren. Stattdessen kam da eine Frau, die genau weiß, was zu tun ist und nur versucht, ihren eigenen Weg zu finden. Deine Stärke liegt in den Beziehungen. Du weißt, was gerade gebraucht wird und hast keine Angst, es zu geben.« Er betrachtete ihre verschränkten Hände. »Und du hattest recht mit Robin.«

Das Kompliment erwärmte ihr Blut. »Ich bin überrascht, dass du zustimmst.«

»Manchmal denke ich zu sehr ans Geschäft und vergesse, dass ich mit Menschen arbeite. Menschen, die Fehler machen.«

»Nun, damit werde ich wohl nie ein Problem haben.«

»Das ist leicht zu beheben. Am besten atmet man tief durch und distanziert sich ein wenig von der Situation. Du hast die Tendenz, zu geben, darum solltest du Leuten, die mit einer Frage zu dir kommen, die an deinen Gefühlen zerrt, sagen, dass du sie zurückrufst. Zögere die Entscheidung ein wenig hinaus. Auf diese Weise kannst du die Situation klarer einschätzen und manövrierst dich nicht selbst in die Ecke. Ergibt das Sinn?«

Carina nickte langsam. »Ja.«

»Als ich anfing, für Michael zu arbeiten, habe ich es übel verbockt. Ich habe einem Geschäftsführer den falschen Report zugespielt, über einen Deal, den wir gerade abschließen wollten. Hat dem Typen eine halbe Million Dollar gespart. Er hat die Papiere unterschrieben, bevor ich meinen Fehler bemerkt habe.«

»Was hat Michael getan?«

Seine Augen funkelten. »Hat mir die Hölle heißgemacht. Mich wie den letzten Vollidioten fühlen lassen. Dann haben wir weitergemacht und er hat es nie wieder erwähnt oder mir nachgehalten. Ich habe keinen weiteren Dollar verschenkt.«

Ihre Stimmung hob sich. Um sie herum erwachte das Casino zum Leben, aber für einen Moment hatte sie das Gefühl, dass sie völlig allein mit einem Mann war, der genau wusste, was er sagen musste, um ihr Herz zu beruhigen. »Es gibt eine Sache, durch die ich mich besser fühlen würde. Außer, keinen Fehler zu machen.«

»Ich traue mich kaum, zu fragen.«

»Céline Dion tritt heute Abend auf.«

Er schüttelte sich. »Alles, nur das nicht. Mein Auto, mein Geld, mein Hund. Bitte zwing mich nicht, mir *My Heart Will Go On* anzuhören.«

»Hm, woher kennst du den Titel des Lieds, Max?«

Er ignorierte sie und nahm einen tiefen Zug aus der Bierflasche. Seine Hand rutschte von ihrer ab und sie versuchte, den Verlust nicht zu betrauern. »Ich habe Titanic nur wegen der Action gesehen.«

Carina lachte. »Du bist so am Arsch. Wir gehen. Sieben-Uhr-Vorstellung.«

»Woher weißt du, dass ich noch Karten bekomme? Vermutlich sind sie schon ausverkauft.«

Carina schnaubte. »Tu, was du am besten kannst. Bezirze ein hilfloses Weibchen. Biete ihr deinen Körper an. Dann klappt das schon.«

»In Ordnung. Solange wir übereinkommen, dass wir diese Unterhaltung abschließen. Du hast Mist gebaut. Wir bringen es in Ordnung und machen weiter. Abgemacht?«

Sie lächelte. »Abgemacht.«

»Gut. Ich habe noch ein paar Meetings, also nimm dir den Rest des Tages frei. Ich lade dich vor der Show zum Essen ein und wir testen einmal die Restaurantqualität des venezianischen Hotels.«

»Perfekt.«

Er warf ein paar Scheine auf den Tresen und stand auf. »Versuch, nicht in Schwierigkeiten zu geraten.«

»Gute Mädchen geraten nie in Schwierigkeiten, nicht wahr?«

Er warf ihr einen warnenden Blick zu und ging. Sie schwenkte den Rest ihres Martinis und ging ihre Optionen durch. Eine Sache war klar. Sie musste das allein in Ordnung bringen – egal, was es kostete. Unglücklicherweise gab es nur einen Weg.

Sie musste sich selbst aus den Verhandlungen streichen.

Carina fuhr über den Rand des Glases und unterdrückte ein Seufzen. Sogar mit ihren Stärken überwogen ihre Fehler ihren Gewinn für die Firma. Vielleicht war es an der Zeit, tiefer zu graben und herauszufinden, was sie wirklich wollte, anstelle eine Kopie von allen anderen zu sein. Ihre Seele sehnte sich nach Freiheit und Kreativität. Was, wenn *La Dolce Maggie* ihr nicht geben konnte, was sie brauchte?

Die Gedanken tanzten in ihrem Kopf umher, aber sie konzentrierte sich auf die eine Sache, die sie kontrollieren konnte.

Den Schlamassel in Ordnung bringen.

Sie leerte das Glas, nahm ihre Handtasche und ging zurück aufs Zimmer, um Sawyer Wells anzurufen.

9. Kapitel

Sawyer gehörte nach Vegas. Carina unterdrückte ihre Nervosität, während er wie eine große Raubkatze durch sein Büro streifte. Er schüttelte ihre Hand und bot ihr einen Sitzplatz an, als wolle er erst noch mit seinem Essen spielen, bevor er den ersten Biss nahm. Und bei Gott, er sah aus, als könne er gut beißen. Sex vibrierte in Wellen um ihn herum, aber da war noch etwas Tieferes, was ihr eine Heidenangst einjagte. Er erinnerte sie an den blonden Vampir aus *True Blood*, mit den goldenen Locken und den brodelnden bernsteinfarbenen Augen, die eine hilflose Frau hypnotisieren konnten. Seine vollen Lippen wirkten teuflisch einladend und sein Gesicht war eine Ansammlung harter Linien mit scharfen Wangenknochen und einer gezackten Narbe, die von seiner Braue über die Wange verlief. Die Narbe unterstrich nur noch seine gefährliche Aura. Er trug seine Haare länger, fast so lang wie ihr Bruder, aber nicht lang genug, um in einem Zopf gebunden zu werden.

Sie hatte ihre Hausaufgaben gemacht und wusste alle grundlegenden Dinge. Der Mann brüstete sich mit einer langen Reihe von Hotels, die er übernommen und zu maximalem Gewinn geführt hatte. Sobald das eingetroffen war, widmete er sich bereits der nächsten Herausforderung. Das venezianische Hotel war sein aktuelles Spielzeug, das er ernst zu nehmen schien. Die Gerüchteküche besagte jedoch, dass er den Plan hegte, eine Kette von Luxushotels im ganzen Land zu eröffnen. Er reiste häufig nach Italien; Max schien ihn besser zu kennen, als nur als lockeren Geschäftspartner.

Sie setzte sich gegenüber des ausladenden Teakholzschreibtisches und blickte sich um. Sein Büro befand sich auf dem obersten Stockwerk des venezianischen Hotels. Vom Boden bis zur Decke reichende Fenster zeigten die Stadt in ihrer ganzen Pracht und erinnerten sie eher an eine Suite, als an einen Arbeitsplatz mit der passenden Einrichtung aus dunklem Holz,

Bücherregalen und einer Bar. Bezaubernde Gemälde füllten die Wände in einer interessanten Mischung aus Landschaften und Erotik. Sie betrachtete die Linienführung eines nackten Pärchens, das im Schatten dargestellt, aber ineinander verschlungen war. Die simple Sinnlichkeit regte etwas in ihr an, bis sie sich danach sehnte, das Bild zu studieren. Er ertappte sie dabei und ihre Wangen liefen rot an.

»Mögen Sie Kunst, Carina?«

»Sehr. Ich male selbst.«

Er setzte sich in den Ledersessel hinter seinem Schreibtisch und musterte sie mit einem nachdenklichen Blick. »Interessant«, murmelte er. »Professionell?«

»Nein, ich habe es sein lassen, damit ich meinen Master machen konnte. Aber es fehlt mir.«

»Man sollte niemals einen Teil seiner Seele verleugnen. Eines Tages wird er sterben oder im Innern wuchern, bis man ihn herausschneidet.« Sein Gesicht wurde hart, als würde er ein Bild aus der Vergangenheit bekämpfen. »Das Leben ist zu kurz für Bedauern.«

»Ja.« Die seltsame Unterhaltung verunsicherte sie. Heilige Scheiße, war das ein Doppelbett im Nachbarzimmer? Und warum dachte sie plötzlich, dass er hier nicht nur schlief, sondern auch andere Dinge tat?

»Ich habe Kontakte zur Kunstwelt. Wenn Sie jemals daran denken, eine Vernissage zu geben, sagen Sie mir Bescheid. Mein Händler erkennt Talent auf den ersten Blick.«

Verwirrt sah sie ihn an. »Sie haben nicht einmal meine Arbeit gesehen.«

»Ich habe gute Instinkte.«

»Das werde ich mir merken.« Carina überkreuzte die Beine. Sein Blick heftete sich auf die entblößte, nackte Haut unter ihrem Rock und arbeitete sich langsam ihren Körper hinauf. Die Bewunderung schien die Frau in ihr vielmehr zu ehren, als ihren Körper zu objektivieren.

Seine raue Stimme erinnerte sie an den Morgen danach und jede Menge Nacktheit. »Es ist eine Freude, diese Zeit mit Ihnen zu verbringen. Mein Assistent hat mir gesagt, Sie wollten über den Deal sprechen. Stößt Max noch zu uns?«

Sie wischte die Handflächen an ihrem Rock ab, atmete tief ein und wagte den Sprung. »Nein, Max weiß nicht, dass ich hier bin. Ich würde mir wünschen, dass das unter uns bleibt.«

Er legte den Kopf schief. Sie hielt den Atem an und fragte sich, ob er die Gabe hatte, in ihre Seele zu blicken. »Wie spannend. Normalerweise würde ich ablehnen, da Sie nicht die Verhandlungen führen, aber Sie haben mich neugierig gemacht. Ich kann jedoch nicht versprechen, Max nichts zu erzählen, falls mir Ihre Absichten nicht gefallen.«

Sie nickte. »Natürlich. Ich wollte Ihnen sagen, dass ich Vegas verlasse und nicht mehr an den Verhandlungen teilnehme.«

Ein Schatten umspielte seine Gesichtszüge. »Wurden Sie gefeuert?«

»Nein, Mr. Wells.«

»Sawyer.«

»Sawyer.«

Er blieb still, aber sie gab ihm keine weiteren Informationen. Nach ein paar Augenblicken heftete sich ein zögerliches Lächeln auf seine Lippen. Sie gratulierte sich selbst zum Sieg über dieses kleine Scharmützel. »Ist das alles, was Sie mir sagen wollen?«

»Die Tabelle, die ich Ihnen gegeben habe, war falsch. Max hat mir bereits gesagt, dass er den Deal platzen lassen wird, falls Sie auf meinen Annahmen bestehen. Die Gewinnspanne ist einfach nicht hoch genug, um das Risiko in Vegas einzugehen, vor allem, wenn wir mit Ihrem hauseigenen Catering konkurrieren.«

Er musterte sie. Eine seltsame Vorahnung prickelte durch sie hindurch. Beinah als würde er all ihre Geheimnisse katalogisieren und überlegen, ob er sie herausfordern sollte. Er legte die Fingerspitzen gegeneinander. »Weiß Michael davon?«

»Noch nicht.«

»Ich verstehe. Also ziehen Sie sich aus den Verhandlungen zurück, um den Deal nicht zu gefährden.«

»Genau. Sie können meinen Fehler nicht gegen meinen Bruder oder Max einsetzen.«

»Dachten Sie, ich würde Ihren Bruder unter Druck setzen? Sie als Hebel benutzen, um Profit zu machen? Ihn zwingen, an den Tabellen festzuhalten, die Sie rausgefeuert haben?«

Sie hob das Kinn und weigerte sich, zurückzuschrecken. »Natürlich. Sie sind Geschäftsmann. Wenn ich Sie wäre, hätte ich Michael angerufen und ihm gesagt, dass es keinen Deal gibt, wenn er sich nicht an die Zahlen hält. Ich würde sagen, dass seine Schwester es verbockt hat und er jetzt dazu stehen muss.« Sie machte eine Pause. »Wenn Sie ihn in dieser Sache unter Druck setzen, kündige ich.«

Ein Anflug von Überraschung flackerte in seinem Gesicht auf. »Sie würden so weit gehen, um den Deal zu retten?«

»Ja. Und Mr. Wells ...«

»Sawyer.«

»Ich bluffe nicht.«

Seine Lippen zuckten. »Wie spannend. Sie haben diese Sache wirklich verkompliziert.«

Erleichterung durchströmte sie. Endlich hatte sie etwas Positives für die Firma getan. Wenigstens konnte Max jetzt mit einem leeren Blatt Papier anfangen und ihr Bruder wäre nicht in einer seltsamen Situation. »Ich bin mir sicher, Sie finden eine Alternative. Sie scheinen überaus anpassungsfähig.«

»Ich kann Ihnen eines sagen, Carina. Ihr Fehler wird die Verhandlungen nicht aufhalten.«

»Danke.«

»Dennoch glaube ich, dass ich bei diesem ganzen Deal etwas gut habe.«

»Verzeihung?«

Ein Lächeln umspielte seine Lippen. In seinem Blick schimmerte Zärtlichkeit und sie hielt den Atem an. »Gehen Sie heute Abend mit mir aus.«

»Was?«

»Gehen Sie mit mir aus. Es sei denn, Max und Sie sind ein Paar?«

Sie schüttelte ihren Kopf ein wenig zu fest. »Nein, Max und ich sind nicht zusammen. Warum wollen Sie mit mir ausgehen?«

In seiner Stimme lag pure Belustigung. »Sie sind eine wunderschöne Frau mit Schneid. Ich lade Sie zum Essen ein und danach gehen wir in den Club.«

Carina versuchte herauszufinden, worum es gerade ging. Er war überaus attraktiv, aber außerhalb ihrer Liga. Oder nicht? Sie schnaubte. »Glauben Sie nicht, dass ich noch mehr Geheimnisse ausplaudere.«

»Sie unterschätzen sich selbst. Sieben?«

»Ich gehe früher essen und danach mit Max in eine Show.«

»Dann danach. Zehn.«

Wieder wartete er, bis sie sprach. Seine Sexualität ging in Wellen von ihm aus. War das nicht genau das, was sie brauchte? Ein Mann, der sie wollte und keine Angst hatte, zu fragen? Anstatt neben Max zu sitzen und Céline dabei zuzuhören, wie sie von unerwiderter Liebe sang, könnte sie Mr. Blond, Groß und Sexy kennenlernen ... und vielleicht ihren zukünftigen One-Night-Stand ein wenig eifersüchtig machen?

Er lachte kopfschüttelnd. »Sie sind eine wahre Freude. Ich musste schon lang nicht mehr so hart darum kämpfen, eine Frau dazu zu bringen, mit mir einen Cocktail zu trinken.«

»Drinks vor dem Dinner. In der Bar. Sechs.«

»Gut.«

Sie ging in ihre Suite, um zu duschen und sich für den Abend umzuziehen. Dabei war sie nicht sicher, wie ihr der größte berufliche Fehler ein heißes Date eingebracht hatte. Ihr blieb noch eine letzte Nacht in Vegas, bevor sie abreiste und sie hatte vor, das Beste daraus zu machen.

Scheiß auf Céline Dion.

***

Carina trat durch die Tür der berühmten V-Bar und suchte nach ihrer Verabredung. Die klaren Linien der Lounge passten zu ihrer Stimmung. Doppelseitige Ledercouches standen in der Bar verteilt und die Menge hatte sich bereits versammelt, um ihre berühmten Martinis zu trinken. Wände aus trübem Glas schotteten den Raum ab und sorgten für Privatsphäre. Perfekt für einen schnellen Cocktail vor ihrem Dinner mit Max.

Augenblicklich wurde sie zu einem Ecktisch geleitet, an dem Sawyer stand und sie begrüßte. Er bevorzugte Schwarz und es war die perfekte Farbe für ihn. Schlank und anmutig. Sein Haar fiel ihm bis auf die Schultern und umrahmte die kantigen Gesichtszüge. Er war von einer gefährlichen Aura umgeben, die sie neugierig machte.

Sie bestellte einen Dirty Martini und sie begannen, zu plaudern.

»Wie gefällt dir Vegas bis jetzt?«

Carina machte eine ausladende Geste. »Was könnte mir daran nicht gefallen? Ich war mein ganzes Leben in Bergamo gefangen, also ist das hier wie ein Gourmetessen, nachdem man sein Leben lang nur Cracker hatte.«

Er lächelte. »Ich bin schon viele Male nach Mailand gereist und kenne deine Mutter. Ich liebe die Ruhe deines Zuhauses.«

»Bergamo ist Teil meiner Seele. Aber ich lebte dort mit drei älteren Geschwistern, die einen sehr ausgeprägten Beschützerinstinkt haben. Es war schwer, irgendetwas Neues und Aufregendes auszuprobieren. Ich genieße meine Freiheit.«

»Freiheit kann einen schnell betrunken machen.« In seinen Augen funkelte etwas Verdorbenes. »Wie der erste Schluck eines guten Weines. Der Geschmack ist kräftiger, weil er so viele Jahre gefangen war.«

Sie nahm eine Olive aus ihrem Drink und zog sie vom Zahnstocher. Sein Blick folgte ihrem Mund in offensichtlichem Interesse. »Du bist ein Poet, Sawyer Wells. Wer hätte das gedacht? Woher kennst du meine Mutter?«

»Wir sind uns vor Jahren begegnet. Sie hat mir aus einer heiklen Situation geholfen und ich habe ihr meine Treue geschworen.«

Sie hob erstaunt die Augenbrauen. »Willst du das ausführen?«

»Nein.«

Carina grinste. »Du musst das Handbuch für Frauen gelesen haben. Wir lieben ein gutes Geheimnis.«

»Ich dachte, ihr mögt es auch, uns umzukrempeln. Uns vor uns selbst zu retten.«

»Tun wir, aber ihr lasst uns meistens nicht.«

Ein eisiger Schauer rann ihren Rücken hinunter, als sein Blick plötzlich heiß aufflammte. Oh ja, sie war weit außerhalb seiner Liga. Dieser Mann war ein Meister der Verführung und sie gehörte noch ins Trainingslager. Dennoch nahmen sie das Geplauder und sein scharfer Verstand gefangen, auch wenn es ihr eine Heidenangst einjagte.

»Wirst du Max von unserem Date erzählen?«

Die Erwähnung seines Namens riss sie wieder in die Wirklichkeit zurück. Ihre Finger versteiften sich. »Falls er fragt.«

Sawyer bemerkte die Bewegung und beugte sich vor. Der Duft von Wäldern und Moschus wickelte sie in Sinnlichkeit ein. »Erzähl mir von deiner Beziehung mit Max.«

»Er ist der beste Freund meines Bruders. Wir sind zusammen aufgewachsen und er ist Michael nach New York gefolgt, um *La Dolce Maggie* zu eröffnen.«

»Sandkastenfreunde?«

»Ja. Warum so viele Fragen über Max?«

Sawyer musterte sie. »Hat er Ansprüche auf dich?«

Sie verschluckte sich beinah an ihrem nächsten Schluck. »Wie bitte?«

»Schlaft ihr miteinander?«

»Nein. Aber ich bin mir nicht sicher, was dich das angeht.«

»Man sollte vor keiner Frage zurückschrecken, Carina. Du bist nicht nur schön, sondern auch intelligent. Eine gefährliche Kombination. Ich will nur sichergehen, dass du frei bist.«

Seine volle Stimme wickelte sie in den Möglichkeiten ein. Dieser Mann wollte sie. Warum war sie nicht Feuer und Flamme und bat ihn auf ihr Zimmer? Verdammter Max. Irgendwie steckte sie noch immer in ihrer Jugendliebe fest und es machte sie bloß wütend.

»Ich bin frei. Und ich habe es satt, über Max zu sprechen.«

Er streckte den Arm aus und nahm ihre Hand. Ein angenehmer Funke vibrierte durch sie hindurch, jedoch nicht annähernd so stark wie das intensive, magenumdrehende Gefühl, wenn Max sie berührte. Nicht, dass sie gerade an Max dachte.

»Genau wie ich. Obwohl ich fürchte, dass ich dich wieder freilassen muss, damit du dein Dinner nicht verpasst.«

Sie legte den Kopf schief und ihr Haar fiel ihr über die Schulter. »Aber jetzt noch nicht.«

Ein Lächeln legte sich auf seine Lippen. »Nein, noch nicht. Was malst du?«

»Porträts. Familienmitglieder, Babys, Tiere. Ich liebe es, unter die Oberfläche der Leute einzutauchen und etwas festzuhalten, das sie noch nie gesehen haben. Erinnert mich daran, wie meine Schwägerin ihre Fotografie beschreibt.«

»Ich kann nicht einmal Strichmännchen malen, aber ich kann mich daran erfreuen. Ich erinnere mich noch an meine erste Italienreise und wie mich die Kunst berauschte. Ich wurde in der Uffizien Galerie beinah verhaftet, weil ich nicht gehen wollte.«

»Ja, ich habe darin mein ganzes Leben herumgespukt. Als ich die Sixtinische Kapelle das erste Mal gesehen habe, habe ich wie ein Baby geweint.«

»Wolltest du nie professionell malen?«

Die Sehnsucht schlug über ihr zusammen, hart und ungezähmt. Je mehr sie sich ihrer Zukunft bei *La Dolce Maggie* bewusst wurde, desto lauter schrie ihre Seele nach etwas anderem. Carina zögerte und war sich nicht sicher, wie viel sie mit ihm teilen konnte. »Ja, aber ich hatte nie genug Vertrauen in mich selbst.«

Sawyer nickte. »Ich weiß, wie sich das anfühlt.«

Die Stille zwischen ihnen troff vor einer aufkeimenden Freundschaft und der Aussicht auf mehr.

Carina lächelte. »Jetzt erzähl mir von der glamourösen Welt der Hotels.«

Sie unterhielten sich die nächste Stunde, bis es Zeit war, Max zum Dinner zu treffen. Sawyer umschloss ihre Hand mit seiner. »Carina, ich möchte, dass du danach wieder zu mir kommst. Ich zeige dir den Club und wir können tanzen gehen, wenn du willst.«

Carina zögerte. Ihr Verlangen nach Max kämpfte mit der Versuchung vor ihr. »Ich weiß nicht«, flüsterte sie.

»Ich werde im Tao auf dich warten. Deine Entscheidung.«

Er küsste sie auf die Wange und verließ sie.

Die Fantasien ihrer Vergangenheit rangen mit ihrer Gegenwart.

Zeit, sich zu entscheiden.

***

Carina ging zurück in die Lobby, wo Max auf sie wartete. Sein Gesichtsausdruck, als er sie sah, deutete die Richtung an, in die der Abend laufen würde.

Sein Mund öffnete sich. Sein Blick erfasste ihr Outfit und seine Züge verfestigten sich. »Das kannst du nicht tragen«, flüsterte er wütend. »Um Gottes willen, Carina, das Kleid ist, das Kleid ist ...«

»Hm, ein einfaches Du-siehst-toll-aus wäre angebracht gewesen.«

In dem Moment, als sie das Versace Kleid gesehen hatte, war sie verrückt geworden. Ein elegantes Kreuz und Quer von Streifen umhüllte ihre Brüste auf unanständig durchsichtige Weise, bis der Beobachter keinen Schimmer mehr hatte, was Stoff und was Haut war. Der Rock setzte an der Taille an, fiel dann in einer Serie grober Schnitte zu Boden, während die Pfirsichfarbe hervorragend mit dem Olivton ihrer Haut harmonierte. Ein kurzer Besuch im Spa für ein Brazilian Waxing und obwohl sie geschrien hatte, war der Schmerz die Sache wert gewesen. Sie trug das Haar offen. Um die Handgelenke lag nur ein dickes Goldarmband, was sie ein wenig an ein sexy Sklavenmädchen erinnerte.

Max' aktuelle Sprachlosigkeit machte es den Preis mehr als wert. Es war noch besser, als sie sich schließlich umdrehte.

Er keuchte in einem Atemzug. Im Rücken begann das Kleid direkt an ihrem Po. Sie hatte den Abend mit einem verdorbenen Spiel begonnen, das sie gewinnen wollte. Sie warf ihren nächsten Kommentar über die Schulter. »Wenn es dir nicht gefällt, kannst du es mir jederzeit ausziehen.«

Er sagte kein Wort.

Das Canaletto-Restaurant war voll, aber sie wurden sofort zu einem kleinen, gemütlichen Tisch draußen, in der Nähe des St. Marks Platzes geleitet. Die wunderschönen Cremefarben und leuchtenden Lichter verliehen der Luft eine intime Eleganz und strahlten auf den Grand Canal, auf dem Gondeln vorbeitrieben und das Gemurmel leiser Unterhaltungen in der Luft schwang. Sie fühlte sich, als wäre sie direkt in Venedig. Carina entspannte sich und bestellte ein Glas Montepulciano und genoss die erdige Reichhaltigkeit auf ihrer Zunge. Immer noch besser, als sie aus dem Mund hängen zu lassen.

Warum musste er nur immer so ... perfekt aussehen? Wo Sawyer vollständig aus rohem Sex und Dunkelheit bestand, erinnerte Max sie an einen polierten Playboy, mit einem leichten Charme und einer Eleganz, die ihm in den Knochen lag. Seinen Anzug hatte er gegen ein dunkelblaues Seidenhemd, legere Hosen und flache Lederstiefel eingetauscht. Seine Vacheron-Constantin-Uhr glitzerte silbern an seinem Handgelenk, als er nach seinem Weinglas griff und einen tiefen Schluck nahm.

Der Plan war einfach. Die Zeit während des Essens würde sie nutzen, um ihn zu verführen. Dummerweise, erkannte sie, hatte er beschlossen, sein eigenes Spiel zu spielen – in Erinnerungen schwelgen. »Erinnerst du dich, als du einmal einen Jungen aus der Schule mitgebracht hattest und Michael und ich euch zu Sams Café gefolgt sind?« Er schüttelte seinen Kopf, als würde er nur vorgeben, sich daran zu erinnern. »Wir hatten uns in den Büschen versteckt und als der Kerl sich vorbeugte, um dich zu küssen, sprang Michael hervor. Hat ihn so sehr erschreckt, dass er dich dort stehen ließ und wir dich nach Hause bringen mussten.«

Das Bild schmerzte sie noch immer. Die Peinlichkeit, dass Michael und sein Kompagnon sie verfolgten, hatte ihr Datingleben ernsthaft untergraben. »Und das sagst du, weil?«, fragte sie trocken.

»Entschuldige, ich erinnere mich nur daran, wie beschützend dein Bruder ist. Das ist alles.«

Sie hatte verstanden. Ihren großen Bruder in den Ring zu werfen, war ein absoluter Verführungskiller. Ebenso eine direkte Erinnerung an die Höhe des Einsatzes. Sie musste ihr Spiel erhöhen. Carina nahm einen weiteren Schluck Wein, leckte sich über die Lippen und lächelte. »Ich hatte ein Date mit Sawyer heute Abend.«

Er starrte sie an. Der verblüffte Gesichtsausdruck war Balsam für ihr Selbstvertrauen. »Wovon redest du? Sawyer hat dich um ein Date gefragt?«

»Ja.«

Seine Zähne mahlten in männlicher Wut aufeinander. »Wann?«

»Ich war in seinem Büro. Ich habe ihm gesagt, dass ich wegen meines Fehlers aus den Verhandlungen aussteige und dass die Berechnung, die ich ihm gegeben habe, unmöglich ist.«

Ein wütender Fluch entkam seinen Lippen. »Du solltest das mich erledigen lassen.«

Carina hob ihr Kinn. »Wenn ich einen Fehler mache, bringe ich ihn in Ordnung, Max. Das solltest du mittlerweile über mich wissen.«

Er rieb sich über die Stirn. »Tue ich. Ich wünschte mir nur, du würdest nicht immer denken, dass du es mit der ganzen Welt aufnehmen musst, um deinen Wert zu beweisen.«

Die Aussage traf sie mit voller Wucht. Er kannte sie besser als jeder andere Mann. »Nun, es ist jetzt so. Sawyer hat zugestimmt, meinen Fehler nicht in den Verhandlungen zu berücksichtigen.«

»Hattest du das Gefühl, dass du mit ihm ausgehen musst? Hat er dich bedrängt?«

»Nein. Ich wollte es.«

Er schreckte zurück. »Sawyer ist außerhalb deiner Liga, Carina. Halte dich von ihm fern.«

Er mochte nur ihre eigenen Gedanken wiederholt haben, aber es reichte, um sie zur Weißglut zu bringen. »Du hast keine Ahnung, in welcher Liga ich spiele. Wie lang seid ihr bereits Freunde?«

»Lang genug, um zu wissen, dass er nicht gut für dich ist.«

»Wer ist es dann?«

Er brütete praktisch über ihrer direkten Herausforderung, fokussierte seine Aufmerksamkeit auf den Wein. Sie hoffte, ein wenig Eifersucht würde ihn aus dem Takt bringen, doch wieder einmal kniff er und versteckte sich hinter einer seltsamen Furcht. »Lass uns das Thema wechseln, einverstanden?«

»Gern. Ich habe mir heute ein Brazilian Waxing machen lassen.«

Er verschluckte sich an dem Stück Brot in seinem Mund. Mit tränenden Augen senkte er die Stimme. »Willst du mich verarschen? Sprich nicht über solche Sachen.«

Der Schweiß auf seiner Stirn sagte ihr, dass er sich in vielerlei Hinsicht unwohl fühlte. »Warum nicht? Wenn du auf Gesprächsthemen bestehst, die mich als kleines Mädchen darstellen, glaube ich, dass ich dich daran erinnern muss, dass ich erwachsen bin.« Sie zwinkerte. »Willst du mal sehen?«

Seine Wangen liefen rot an. »Nein. Und zeig es auch niemand anderem.« Er rutschte auf seinem Stuhl herum. »Du treibst ein beschissenes Spiel mit mir und denkst nicht eine Minute an die Konsequenzen.«

»Dann gehen wir die Optionen einmal durch, in Ordnung?« Sie hob die Hand und zählte die Punkte mit den Fingern ab. »Wir sind beide vernünftige Erwachsene. Voneinander ange-zogen. Es ist nur für eine Nacht. Und dann ziehen wir weiter. Wo ist das Problem, das ich übersehe?«

Der Kellner brachte ihnen zwei Teller mit in Salzkruste gebackenem schwarzen Seehecht. Die Yukon-Kartoffeln waren geschnitten und als Beilage serviert und troffen vor Öl, Knoblauch und Gewürzen. Sie spießte ein Stück Fisch auf und stöhnte genüsslich über seine herrliche Konsistenz und die knackige Kruste. »Verdammt, das ist gut«, sagte sie.

»Ich weiß. Die Polenta ist perfekt gekocht. Probier sie mit den Tomaten.«

»Okay.«

Eine Weile aßen sie in andächtigem Schweigen und genossen das Essen. Schließlich gab er sich einen Ruck und nahm das Gespräch wieder auf. »Ich kann dir alle Gründe nennen, die gegen eine Affäre sprechen.«

»One-Night-Stand.«

»Was auch immer. Erstens, dein Bruder vertraut darauf, dass ich auf dich aufpasse und ich würde seine Treue verlieren. Zweitens, unsere Mütter kennen sich und würden völlig durchdrehen. Drittens, du arbeitest praktisch für mich und das würde die Linien zwischen uns beiden im Beruf verwischen.«

»Michael und unsere Mütter werden es nie erfahren. Unsere Arbeitsbeziehung wird dadurch nicht beeinträchtigt, da ich in einer anderen Abteilung sein werde. Warum sollen wir uns nicht einmal gehen lassen? Wäre es nicht besser, wenn meine erste sexuelle Erfahrung mit dir wäre als mit jemandem, den ich nicht kenne?«

Wut ging in Wellen von ihm aus. »Wirf deine Jungfräulichkeit nicht für so einen Gesellschaftsunsinn weg, der Frauen sagt, sie müssten jeden Tag nutzen. Es sollte etwas Besonderes sein, mit jemandem, den du liebst. Nicht einfach nur eine körperliche Sache ohne Zukunft. Die Antwort ist Nein. Du kannst so viel diskutieren, drängen und verführen wie du willst. Ich werde nicht mit dir schlafen oder eine kurze Affäre mit dir beginnen, die unsere gesamte Basis ruinieren würde. Das werde ich nicht riskieren.«

Blankes Verlangen flammte in ihren Eingeweiden auf und schnürte ihr die Luft ab. Es würde nicht klappen. Ihre Fantasie eines One-Night-Stands war genau das – eine Fantasie. Tief drinnen war sie für ihn nicht das Risiko wert. Eine weitere Erfahrung, die sie lehrte, dass sie nicht die Art Frau war, die einen Mann so verrückt vor Lust machen konnte, dass er die Regeln brach. Nicht einmal halb nackt und ohne Stolz.

Bei Gott, sogar ihre Verführungsversuche drehten sich um die logische Aufzählung von Eigenschaften und Schwächen einer Affäre. Die Erniedrigung brannte in ihr. Sie sehnte sich danach, sich in ihrem Bett zu verkriechen, die Decke über den Kopf zu ziehen und zu weinen. Genau, wie sie es so oft in der Vergangenheit getan hatte, wenn ihr klar wurde, dass Maximus Gray sie niemals auf diese verrückte Weise wollen würde, wie sie ihn wollte.

Der Traum löste sich in einer Rauchwolke auf, genau wie eine Illusion. Max sah sie besorgt an. Derselbe verdammte Blick, den er immer auflegte, der ihre dunkelsten Fantasien jedoch niemals befriedigen oder auch nur ankratzen könnte.

Vielleicht konnte es jemand anderes.

Ein Bild von Sawyer blitzte in ihrem Geist auf. Ein Mann, der an ihr als Frau interessiert war und nicht als Freundin aus Kindertagen. Mit ihm wäre es ihr vielleicht möglich, alles zu erfahren, wonach sie sich sehnte. Vielleicht war es an der Zeit, den Sprung ins Ungewisse zu wagen. Sie war es so leid, Nacht für Nacht allein ins Bett zu gehen. Einsam und unbefriedigt im Alter von sechsundzwanzig Jahren. Wie traurig war das denn?

Langsam tupfte sie sich die Lippen mit der Serviette ab und zwang sich zu einem Lächeln. »Ich schätze, deine Entscheidung steht.«

»Vertrau mir, das ist das Beste für alle.«

Sie nickte. »Verstanden. Da ist nur eine Sache, die du mir versprechen musst.«

»Was?«

Carina hob ihr Kinn und begegnete seinem Blick. »Lass mich gehen.«

Er blinzelte. »Es tut mir leid, wenn ich dich verärgert habe, *cara.* Ich wollte deine Freundschaft nicht verspielen. Sie bedeutet mir alles.«

Sie kämpfte die Tränen zurück, die unter ihren Lidern brannten. »Du wirst mich nie vollständig verlieren. Auf eine

Weise werde ich immer ein Teil deines Lebens sein. Aber ich kann dieses Spiel nicht mehr mitspielen. Ich muss weiterziehen und meine eigenen Entscheidungen treffen, zu meinen eigenen Bedingungen. Heute Nacht hast du die Entscheidung getroffen, die Bande zwischen uns zu zerschneiden. Du hast dein Recht aufgegeben, mir zu sagen, mit wem ich schlafen darf.«

Seine Zähne mahlten aufeinander und er beugte sich vor. »Bitte sag mir nicht, dass du dich selbst erniedrigen willst, um es mir heimzuzahlen.«

Ein freudloses Lachen entkam ihren Lippen. »*Dio*, wie arrogant. Und du hast jedes Recht, das zu denken, weil ich dir so viel Macht gegeben habe. Aber nicht mehr. Ich werde heute Nacht nicht allein verbringen. Und das nicht, weil ich mich selbst erniedrige, du Bastard. Sondern weil ich mir endlich das hole, worauf ich schon lange Zeit gewartet habe. Einen Mann, der mich vor Freude explodieren lässt und mich an Orte bringt, nach denen ich mich sehne. Einen Mann, der mich hält, mir Orgasmen verschafft und die Nacht mit mir verbringt. Du hast dieses Recht heute Nacht aufgegeben.«

»Carina, nicht.«

Sie schob den Stuhl zurück und stand auf. »Wenn du nur einen Funken Respekt vor mir hast, lässt du mich in Ruhe. Ich verdiene das, Max.« Carina legte die Serviette ab. »Danke für das Essen.«

»Warte.«

Sie hielt inne. Sekunden verstrichen. Die Geräusche des vollen Restaurants umgaben sie, das Klirren von Besteck und Gläsern, fröhliches Lachen, das Rauschen der Boote, die vorbeizogen. Sie wartete, während er mit seinen Dämonen zu ringen schien. Ein Muskel in seinem Kiefer zuckte.

Ein Wendepunkt hing zwischen ihnen. Ihr Herz hämmerte und sie erwartete seine endgültige Entscheidung. Seine gemeißelten Züge verzerrten sich zu einem gequälten Gesichtsausdruck und er öffnete den Mund. Seine Worte hingen wie eine Cartoon-Sprechblase in der Luft – leer, bis ein Künstler die finale Version einsetzte.

Sein Mund schloss sich. Er nickte ihr kurz zu und sie blickte auf einen emotionslosen Fremden, der seine Entscheidung getroffen hatte.

»Ich werde dich nicht mehr behelligen.«

Ihre Kehle war zugeschnürt, aber sie behielt die Kontrolle. Als sie davonging, weigerte sie sich, zurückzublicken.

***

Was hatte er getan?

Max starrte auf den Tellerhaufen auf dem Tisch und klammerte sich an den Rand seiner Fassung. Er griff nach dem Weinglas, leerte den Rest der Flüssigkeit und bestellte ein Weiteres. Der Abend verwandelte sich in ein Desaster und er hatte keinen blassen Schimmer, warum die blanke Panik durch seine Venen schoss.

Er hatte die richtige Entscheidung getroffen. *Fuck*, die einzige Entscheidung. Es war unmöglich, Carina für eine Nacht in sein Bett zu holen, sie zu entjungfern und danach wieder zur Normalität zurückzukehren. Warum konnte sie das nicht verstehen?

Ich werde heute Nacht nicht allein verbringen.

Sawyer.

Ihre letzten Worte verfolgten ihn. Würde sie seinen Freund aufsuchen, um etwas zu beweisen? War sie zu ihm hingezogen? Was meinte sie mit *dunklen Gelüsten* oder *Fantasien*? Er ballte die Fäuste im Schoß, als ihn eine Reihe von Bildern verspottete. Carina, nackt mit einem anderen Mann. Carina, stöhnend, den Kopf zurückgeworfen, wie sie sich auf die volle Unterlippe biss, während ein Fremder in sie eindrang. Carina, die den Namen eines anderen Mannes flüsterte.

Er bekämpfte die Wut und den Wahnsinn, und ermahnte sich, ruhig zu bleiben. Ihre Ansprache war gut gewesen, aber er bezweifelte, dass sie es bis zum Ende durchzog. Sie würde vermutlich ein wenig flirten, tanzen, vielleicht sogar jemanden küssen, um ihre Neugier zu befriedigen. Er musste nur Abstand wahren und sie im Auge behalten. Er würde sich nicht einmischen und sie würde ihn nicht bemerken.

Wenn ihr Experiment dann beendet wäre, würden sie nach New York zurückkehren und die Dinge würden sich wieder-normalisieren. Sie würde einen netten Mann kennenlernen, der ihrer wert war und keinen Ballast mit sich herumschleppte. Jemand netten, jüngeren und respektablen. Keinen älteren, abgestumpften, kaputten Mann, der Bindungsschwierigkeiten hatte wie er. Mit ihr zusammen zu sein, wäre in jeglicher Hinsicht ein Desaster. Er würde sie verletzen. Sie wären niemals mehr in der Lage, sich in die Augen zu blicken. Er würde Michaels Freundschaft, Respekt und seine Karriere verlieren.

Ein One-Night-Stand war das nicht wert. Nicht einmal mit einer Frau, die seine Seele beruhigte und ihn danach streben ließ, ein besserer Mann zu sein.

10. Kapitel

Hat dir das Abendessen mit Max gefallen?«

Carina saß in einer Privatloge hoch über dem Tao Nachtclub. Sawyer hatte sie am Boden, direkt bei der sechs Meter hohen Buddhastatue, die die Gäste begrüßte, abgeholt. So schockiert sie auch von der Mischung aus rohem Sex und beruhigender Spiritualität des Clubs war, wusste Carina, dass sie die richtige Entscheidung getroffen hatte. Spärlich bekleidete Frauen badeten in riesigen, steinernen Wannen aus Rosenblüten, während die roten Wände und Kerzenschein die Sinne erwärmten. Es war ein Ort, um sich selbst und ihre Hemmungen zu verlieren. Die Hip-Hop-Musik versetzte die Menge in Ekstase, aber Sawyer fasste sie am Ellbogen und geleitete sie direkt nach oben zu einer Suite, die hinter üppigen Samtvorhängen verborgen lag.

Champagner wartete bereits in feinen Flöten auf sie und Blumen erfüllten den Raum mit exotischen Düften. Offensichtlich war sein privates Refugium schallisoliert, denn keine laute Musik drang an sie heran.

Die Frage ließ ihr einen eisigen Schauer über den Rücken laufen. »Ja, es war nett.«

Sie nippte an ihrem Champagner, während ihr Begleiter sie mit seinen Blicken verschlang. Die schiere Intensität seiner Gegenwart erschütterte sie, aber sie weigerte sich, einen Rückzieher zu machen. Sawyer Wells würde heute Abend glücklich gemacht, genau wie sie. Ende der Geschichte.

Max' Gesichtsausdruck hatte schließlich die Tür zu ihrer Vergangenheit geschlossen.

»Woran denkst du?«

Seine Worte rissen sie aus ihrer Trance. »Nichts.«

»Bist du sicher?«

Die Wahrheit pulsierte zwischen ihnen. Plötzlich wechselte ihr einfacher Flirt auf die Überholspur. Als wüsste er, dass die Frage viel tiefer ging, wartete er ihre Antwort ab. Die Nacht erstreckte sich mit endlosen Möglichkeiten vor ihr – und sie war es leid, nur den zweiten Platz bei den Männern zu machen. In diesem Moment genoss sie ihre Freiheit und die Möglichkeiten vor ihr. Diesmal würde sie nicht die falsche Wahl treffen.

»Ich bin sicher.«

Seine Lippen kräuselten sich in einem Lächeln und plötzlich schien er überall zu sein. All diese sinnliche Hitze umschwärmte sie. »Das freut mich. Heute Nacht will ich dir Freude bereiten. Ich kann mich nicht daran erinnern, wann mich eine Frau zum letzten Mal so angezogen hat.«

Gänsehaut bedeckte ihre Arme. Weitere Gläser Champagner folgten, bis ein angenehmes Kribbeln in ihrem Bauch einsetzte und die Welt wunderschön verschwamm. Sie spürte, dass der Abend in seinem Bett enden würde und fing zu plaudern an. »Bringst du alle Frauen in deinen Club, um sie zu verführen?«

»Nein. Die meisten verführen mich.«

»Wie machen sie das?«

Sawyer lachte leise. »Du wärst überrascht. Aber ich will nicht von anderen Frauen sprechen. Magst du Musik? Tanzen?«

»Ja.«

»Sollen wir den Club austesten?«

Vorfreude überkam sie. »Liebend gern.«

Er führte sie durch den Vorhang, die Treppe hinunter und in den Hauptsaal. Die Musik dröhnte in einem anrüchigen Hip-Hop-Rhythmus aus den Boxen. Ihr Blut war vom Alkohol aufgeheizt. Sie hakte sich bei ihm ein und er navigierte sie mühelos durch die Menge. Frauen in knappen Glitzerröcken schwangen die Hüften. Männer betatschten Hintern und stellten sich und das, was sie zu bieten hatten, zur Schau. Lichter blendeten und blitzten. Die erdige Sexualität all dieser halb nackten Körper, verschiedenen Parfums und Schweiß erfüllte die Luft, als etwas tief in ihr sich befreite und hervortrat.

Freiheit schoss durch ihre Venen und Hitze brannte in ihr, als sie tanzte. Sawyer packte sie und zog sie zu sich heran. Sie legte die Arme um seinen Nacken. Mit jedem Takt der Musik berührten sich ihre Körper, entfernten sich wieder voneinander und berührten sich erneut. Sein wundervoller Duft verführte sie dazu, den letzten Schritt zu wagen. Sie schloss die Augen.

Seine Finger spielten mit ihren Haaren und er sprach in ihr Ohr. »Komm mit auf mein Zimmer.«

Das Wort *Ja* schwebte auf ihren Lippen.

Ihre Augenlider öffneten sich. Sie brauchte mehr Zeit, sich zu entscheiden. Sie ignorierte seine Frage und tanzte weiter, ließ die Musik durch sich pulsieren.

Ihr Blick traf auf ein Paar stechend blauer Augen hinter Sawyer.

Max.

Er stand bei der Bar, abseits der Menge, während er sie beobachtete. Bedauern schrie danach, herausgelassen zu werden, nur seinetwegen, doch es war zu spät und sie musste ihn gehen lassen.

»Ja«, warf sie Sawyer entgegen.

Sie wartete darauf, dass Sawyer sie küsste. Stattdessen wich er ein Stück zurück und musterte ihren Gesichtsausdruck. Dann drehte er sich langsam um.

»Gehen wir.« Carina packte seine Hand und zog ihn von der Tanzfläche, aber es war bereits zu spät. Max stand vor ihr, jeder Muskel vibrierte vor purer Wut. Ihr Blut geriet in Wallung und ihr Höschen wurde feucht. Ihr Körper erwachte in seiner Gegenwart zum Leben.

»Was zur Hölle geht hier vor?« Seine Worte waren an Sawyer gerichtet.

Sie sprang dazwischen. »Nichts, was dich etwas angeht«, zischte sie. »Du hast mir versprochen, mich in Ruhe zu lassen.«

Sawyer starrte seinen Freund mit festem Blick an. »Beruhige dich, mein Freund. Ihr geht nicht miteinander aus und sie hat klar gesagt, dass sie frei ist.«

»Sie ist Michaels Schwester, um Gottes willen.«

»Und? Sie ist auch eine wunderschöne Frau, die sich ihre Liebhaber selbst aussucht. Ich denke, sie hat ihre Wahl für den Abend getroffen.«

Er packte Sawyer am Kragen. »Ich werde dich verdammt noch mal umbringen.«

Sawyer hatte keine Zeit, zu reagieren. Ihr innerer Dämon trat hervor. Sie warf sich gegen Max und traf ihn hart. »Du hast kein Recht dazu«, schrie sie. »Lass uns in Ruhe!«

»Carina, du hast keine Ahnung, was du tust.« Er schüttelte Sawyer in einem Anflug von männlicher Wut, die sie niemals bei ihm gesehen hatte.

»Genug.« Plötzlich war Sawyer frei und löste sich von Max. »Carina, Schatz, bitte warte hier für einen Moment. Ich bin gleich zurück. Ich muss mit Max sprechen.«

»Aber ...«

»Bitte.«

Sie zitterte vor angestauten Emotionen, aber sie nickte und setzte sich auf den nächsten Barhocker. Dann beobachtete sie, wie Sawyer ihn davonschleifte. Warum tat er das? Er wollte sie nicht für sich haben, aber er wollte ihr auch nicht die Gelegenheit geben, zu jemand anderem zu gehören. Das kranke Spiel, das sie seit den letzten Monaten spielten, hatte sie völlig verdreht.

Ein Lied verstrich. Ein weiteres. Sie beobachtete, wie sich die Menge in der Musik verlor und sprang von ihrem Stuhl.

Scheiß auf Max. Scheiß auf Sawyer. Scheiß auf alle.

Sie würde tanzen.

Carina drängte auf die Tanzfläche und gab sich der Musik hin.

***

Max war es gewöhnt, mit einer Reihe von Gefühlen umzugehen. Als er endlich alt genug war, um die Wahrheit über seinen Vater zu hören, empfand er zum ersten Mal qualvolle Wut. Schwarze, wirbelnde Wut, die sein Innerstes verdrehte und ihm mit aller Kraft die Luft abschnürte. Also nutzte er seine Jugend, um sich und seinen Wert zu beweisen. Genug, damit sein Vater ihn eines Tages aufsuchen und als seinen Sohn anerkennen würde. Als er wieder versagte, erfuhr er den bitteren Geschmack der Niederlage, Trauer und ein Verlangen nach Rache.

Nichts davon war vergleichbar mit dem Moment, als er Carina in Sawyers Armen gesehen hatte.

Er folgte Sawyer zu dessen Privattisch, wo Carinas Duft noch immer die Luft erfüllte. Seine Finger zuckten und er atmete wie ein Boxer, der gerade über zwölf Runden gegangen war und sich gegen den Knock-out stemmte. »Was machst du mit Carina?«

Sawyer glättete die Falten seines Hemds und warf ihm einen warnenden Blick zu. »Der einzige Grund, warum du mich anfassen konntest, war, weil ich dich gelassen habe. Ein Mal, mein Freund. Fordere mich kein zweites Mal heraus.«

»Du hast kein Recht, sie zu berühren. Ich kann dir zudem genauso in den Arsch treten, wie ich es schon vor zehn Jahren getan habe.«

Ein Anflug von einem Lächeln legte sich auf Sawyers Lippen. »Ah, ich erinnere mich daran. Damals war ich betrunken und du hast die Frau gewonnen. Und wie üblich hast du sie nicht lange behalten. Diesmal, denke ich, bist du zu spät.«

Max ging in dem Raum auf und ab, in dem Versuch, ihm nicht an den Hals zu springen und diesen Mist aus seinem alten Freund rauszuprügeln. »Hör mir zu. Sie ist noch unberührt und Michaels jüngere Schwester. Wenn du sie anfasst, fliegt er her und macht dir dein Leben in einem Herzschlag zur Hölle.«

Sawyer machte eine wegwerfende Geste. »Ich bin nicht so leicht einzuschüchtern, wenn ich eine Frau sehe, die ich will. Eine Frau, die den Kampf wert ist. Hast nicht du sie aufgegeben? Ich habe sie nach eurer Beziehung befragt und sie hat mehrmals versichert, dass ihr kein Paar seid.«

»Natürlich bin ich nicht mit ihr zusammen! Ich würde Michael niemals hintergehen oder ihr Leben durcheinanderbringen. Du führst ein ganz anderes Leben, Sawyer, das ihr völlig über den Kopf steigen würde. Sie verdient was Besseres als dich oder mich. Sie braucht eine richtige Beziehung.«

Sawyer betrachtete ihn eine Weile, seine dunklen Augen schnitten durch den ganzen Schwachsinn direkt in den Kern. »Carina hat nie gesagt, dass sie jemanden für eine langfristige Beziehung sucht. Es sieht genau nach dem Gegenteil aus. Du hast es immer genossen, der dominante Partner beim Sex zu sein. Wo unterscheiden wir uns jetzt so stark?«

»Es geht für mich nicht nur um Macht und Sex. *Merda*! Sie ist noch Jungfrau!«

»Warum hast du solche Angst vor ihrer Jungfräulichkeit? Ich denke, du fühlst mehr für sie.« Er deutete mit dem Finger auf ihn. »Hast du sie mal wirklich angesehen? Sobald ich die Kontrolle übernommen habe, ist sie praktisch in meinen Armen geschmolzen. Sie hat eine unterwürfige Ader und ist mit einem dominanten Liebhaber am besten bedient. Jemandem, der ihre Grenzen streift. Normalerweise mag ich Frauen, die ein bisschen weltgewandter und erfahrener sind, aber Carina explodiert beinah für eine sinnliche Erfahrung. Sie braucht nur den richtigen Mann.«

»Dieser Mann bist nicht du. Du hast niemals die Freude mit dem Geschäft vermischt. Wir haben noch immer einen Deal auf dem Tisch.«

Swayer ging an die Bar und schenkte zwei Gläser Cognac ein. »Carina arbeitet nicht mehr daran mit. Sie ist raus.«

»Ja, aber sie arbeitet noch immer für die Firma.«

Er reichte ihm das Glas und Max kippte die Flüssigkeit in einem einzigen Zug hinunter. »Sie hat mir heute etwas gestanden. Sie scheint kurz davor zu sein, eine Entscheidung zu treffen, ob sie bei der Firma bleibt oder eine andere Richtung einschlägt, aber ich glaube nicht, dass sie schon bereit dazu ist.« Sawyer grinste. »Sie ist ein Wolf im Schafspelz. Sobald sie herausfindet, was ihre Leidenschaft ist, wird sie unaufhaltsam sein.«

Der Gedanke, dass sie mit Sawyer ein so intimes Gespräch geführt hatte, zerrte an seinen Nerven. Er donnerte das Glas auf den Tisch und raufte sich die Haare. Was zur Hölle ging hier vor? Er klammerte sich an die einzige Sache, die er noch kontrollieren konnte. »Ich werde Michael anrufen, wenn du sie anfasst. Er wird dich ruinieren und ich schicke dich ins Krankenhaus.«

Sein Freund lachte laut auf, was ihn nur noch wütender machte. »Hörst du dir eigentlich selbst zu? Carina ist kein Spielzeug oder ein Besitz, sondern eine erwachsene Frau. Allerdings scheint es, dass du das bereits weißt. Du willst sie nur nicht so sehen, weil du dann keine Ausreden mehr hättest.«

Sawyer schüttelte den Kopf. »Du bist schlimm dran, Maximus. Normalerweise würde ich das verfolgen, was ich will und nicht an die Konsequenzen denken, vor allem, für eine so wundervolle Frau wie Carina. Sie ist die Unschuld und Versuchung in einer Person. Ihre Seele ist hingebungsvoll und rein. Sie ist es wert, darum zu kämpfen.« Seine Belustigung erstarb und eine offene Herausforderung schwang in der Luft. »Der einzige Grund, warum ich zurücktrete, ist der Blick auf ihrem Gesicht, als sie dich sah. Sie fühlt sich zu mir hingezogen, aber das ist nur oberflächlich. Du bist der, den sie will.« Sawyer trat zur Seite und murmelte einen Fluch. »Ich bin nicht gern der Ersatz für ihre wahre Liebe. Bring das mit ihr in Ordnung oder ich nutze meine Chancen früher als später.«

Herzzerreißende Qualen schossen durch Max hindurch. Er konnte ihr nicht noch einmal widerstehen. Wenn sie sich ihm noch einmal anbot, würde er zur Hölle fahren und die Konsequenzen tragen. In ihre enge Hitze zu gleiten und sie endlos zu ficken, bis er sie endlich aus seinem Verstand verjagt hätte, war seine einzige Möglichkeit. Seine Moral und tief sitzenden Bedürfnisse führten einen unerbittlichen Krieg.

Als würde Sawyer seinen Konflikt spüren, überbrückte er die Entfernung zwischen ihnen und klopfte ihm auf die Schulter. »Willst du sie?«

Allein unter Männern sah er seinem Freund in die Augen und erzählte die Wahrheit. »Ja. Aber ich würde alles aufgeben, woran ich glaube. Es kann niemals mit uns funktionieren. Sie ist zu gut für mich.«

Sawyer nickte. »Wir können die Zukunft nie vorhersehen. Ich schätze, es hängt davon ab, wie viel du bereit bist, zu geben.«

Seine Gedanken wirbelten umher. Die Dämonen gewannen, beschenkten ihn mit einer Lust und Aufregung, die er noch niemals gespürt hatte. Die endlosen Monate der Anspannung bauten sich zu einem Crescendo auf, bis er sich nur noch darauf konzentrieren konnte, sie endlich für sich zu beanspruchen. Sich selbst in ihrem Duft und ihrer Hitze zu verlieren. Zu spüren, wie sich ihr Mund unter seinem öffnete; seine Finger durch ihr Haar gleiten zu lassen. Ihr Lachen und Stöhnen zu hören und der Mann zu sein, der ihr etwas über körperliche Freuden beibrachte. Sie nur für eine Nacht zu haben und den Himmel zu berühren.

Ohne ein weiteres Wort verließ er die Suite und suchte nach ihr.

Es dauerte nicht lang. Sie saß nicht mehr auf dem Barhocker. Er entdeckte sie auf der Tanzfläche, inmitten einer Masse aus Männern und Frauen in einer betrunkenen Welt, in der die Musik herrschte und die Dunkelheit die Realität des Tages maskierte.

In Vegas gewann immer die Nacht.

Ihre Haut schimmerte im Licht der rotierenden Lampen. Schweiß glitt ihren Hals hinab und verschwand im Tal zwischen ihren Brüsten. Sie warf den Kopf zurück und drehte sich.

Max hielt den Atem an, als ihm klar wurde, dass Sawyer recht hatte. Carina verströmte die Kraft einer Göttin, die sich in dem geschwungenen Lächeln auf ihren Lippen, den geschlossenen Augen und wiegenden Hüften widerspiegelte. Das Kleid umwirbelte sie und entblößte die nackte Haut ihrer Schenkel. Plötzlich wusste er, dass er sterben würde, wenn er sie nicht haben könnte.

Alle Wege führten zu diesem Moment und der Frau vor ihm.

Er ging zu ihr, packte sie an den Hüften und zog sie hart an sich.

Ihre Augen öffneten sich und sie entließ ihren Atem in einem scharfen Geräusch. Seine Erektion füllte seine Hose aus, als er sie ganz nah an sich heranzog, sodass sie die volle Kraft seiner Erregung spüren konnte. Seine Verführerin hieß ihn nicht mit einem Lächeln in ihren Armen willkommen.

Stattdessen fluchte sie und hob das Kinn. »Ich glaube nicht. Los, such dir eine nette Cocktailkellnerin. Wo ist Sawyer?«

In jenem Moment erkannte er, dass es nicht einfach, aber spaßig werden würde. »Nicht hier. Komm darüber hinweg.«

Sie schnaubte und gab nicht einen Zentimeter nach. »Ich muss nicht drüber hinwegkommen, Max. Da du nicht der Richtige für diesen Job bist, warum verziehst du dich nicht einfach?«

Er grinste. Neigte den Kopf. Und biss sie in die zarte Halsbeuge.

Ein Zittern durchfuhr sie. Er streckte die Hand aus und fuhr über die harte Spitze ihrer Nippel, die sich durch den Stoff hindurchdrückten. *Herr, ich danke dir.* Sie trug keinen BH. »Ich habe Mist gebaut. Sawyer hat mir gezeigt, was für ein Arschloch ich war. Zu leugnen, wie sehr ich dich will. Zu verleugnen, was zwischen uns ist.« Sein Daumen strich erneut über die Spitze ihrer Brust. »Ich werde nicht mehr davonrennen.«

Sie weigerte sich, sich zu ergeben. »Lügner. Du bringst mich aufs Zimmer und fesselst mich ans Bett. Erzählst mir dann, dass ich mich morgen besser fühlen werde und klopfst dir selbst auf die Schulter, weil du die unschuldige Carina vor dem großen, bösen Wolf gerettet hast. Fick dich, Maximus Gray. Ich werde Sawyer finden.«

Sie wand sich in seinen Armen, aber er drehte sie wieder um und drückte ihren Hintern hart gegen sich. Diesmal bemerkte er das winzige Aufkeuchen, als er seinen Mund auf ihren presste.

Seine Zunge tauchte tief zur hämmernden Musik ein, drängte in jeden Winkel und ließ keinen Zweifel daran, wer hier wen beherrschte. Innerhalb von Sekunden schmolz ihr Körper dahin und ihre Finger vergruben sich in seinem Haar. Er ließ sich Zeit, bis seine Absichten klar waren, dann löste er den Kuss.

Ihre Unterlippe zitterte. »Max?«

»Ich bin der große, böse Wolf, Süße. Jetzt schwing deinen Arsch nach oben aufs Zimmer.«

Sie bewegte sich nicht. »Warum jetzt?«

Er presste die Augenlider zusammen, um die Wahrheit zu verleugnen, aber sie verdiente mehr. Als er die Augen schließlich öffnete, ließ er sie alles sehen. »Weil ich dich will. Ich habe dich immer gewollt, Carina. Ich verdiene dich nicht oder diese Nacht, aber der Gedanke, dass ein anderer Mann dich berührt, bringt mich dazu, dass ich ihm die Scheiße aus dem Leib prügeln möchte.«

Das Lächeln, das ihr Gesicht erhellte, traf ihn mitten in die Brust. »Nun, einverstanden. Lass uns gehen.«

Er zog sie von der Tanzfläche, seine Finger fest mit ihren verschränkt, quer durch das Casino, das von den Geräuschen der Einarmigen Banditen erfüllt war. Durch eine dichte Menge, die sich um einen Roulettetisch drängte und einem Mann in schmutzigen kurzen Hosen, einem T-Shirt und mit einem riesigen Haufen Chips vor sich zujubelte. An der Kirschholzbar vorbei, die mit Pärchen in glitzernden Cocktailkleidern und Smokings gefüllt war, mit neonfarbenen Drinks an ihrer Seite. Zu den Fahrstühlen, wo er die Karte durch den Schlitz zog, zum Penthouse fuhr und sie in das Zimmer führte. Sie schwiegen, hatten die Zeit für Worte längst hinter sich gelassen. Nur noch handeln. Er hatte kurz Probleme mit dem Türschloss, führte sie schließlich ins Zimmer und trat die Tür hinter sich zu.

Max hatte schon oft davon geträumt, Carina Conte zu verführen. Seit sie wieder in sein Leben getreten war, hatte er viele verruchte Nächte damit verbracht, seinen Schwanz mit der Hand zu umfassen und hinter seinen geschlossenen Augenlidern ihr Bild heraufzubeschwören. Die meisten seiner Fantasien drehten sich um den langsamen Beginn ihres Sex – viel Vorspiel, zärtliche Küsse und das sanfte Eindringen in ihr weiches Fleisch. Flackernde Kerzen, romantische Musik und ein großes, weiches Bett.

Heute ging es nur darum, Vergnügen einzufordern. Er stieß sie gegen die Wand, schob ihr Kleid hoch und nahm ihren Mund in Besitz. Seine Finger berührten weiche Haut, die vor

Hitze glühte und er trank ihr Stöhnen, während seine Zunge gegen ihre stieß. Sie schmeckte nach Champagner, vollmundiger Schokolade und einer berauschenden Mischung verschiedenster Sünden. Max nippte an ihrer Unterlippe und umfasste ihre Pobacken, um sie hochheben und an sich pressen zu können. In seinem Kopf drehte sich alles. Er kämpfte um seine stählerne Selbstbeherrschung, die er sonst immer hatte, wenn er Aktivitäten im Schlafzimmer nachging. Nie zuvor hatte er ein solch rohes Verlangen verspürt, sie zu nehmen, sie für sich einzufordern und schließlich zu besitzen. »Du wirst dafür bezahlen, mich herausgefordert zu haben, Süße. Mach keinen Fehler.«

Sie bäumte sich ihm entgegen und er roch ihre Erregung. Ihre Reaktion auf seine Worte löste eine tiefe Befriedigung in ihm aus. Er setzte eine Spur aus winzigen Küssen und sachtem Knabbern auf ihre empfindliche Halsbeuge, während sein Oberschenkel ihre Beine weiter auseinanderschob, sodass er freien Zugang zu ihr hatte. »Bisher hast du nur große Töne von dir gegeben, aber keine Taten folgen lassen.«

Max grinste. Er zog ihr Höschen hinunter. »Orgasmus Nummer eins. Ich werde dir das geben, was du willst, aber nur, wenn du dich für deine Frechheit entschuldigst.«

»Tu es.«

Er tat es. Er schob einen Finger tief in sie, dann rieb er mit seinem Daumen über ihre Klitoris. Sie war tropfnass. Er führte einen weiteren in sie ein, massierte ihre inneren Muskeln und ließ seinen Daumen aufreizende Kreise um ihre sensibelste Stelle ziehen. Sie schrie auf, wand sich, forderte ihn mit einem Verlangen heraus, das keine erfahrene Frau jemals besitzen könnte. Ihre Nägel gruben sich in seine Schultern, als sie immer höher stieg und ihr entfuhr ein Schrei, als der Orgasmus über sie hereinbrach. Max betrachtete ihr Gesicht, als sie in sich zusammensackte. Sein Schwanz zuckte in dem schmerzhaften Begehren, sie zu nehmen und es zu Ende zu bringen. Stattdessen verlängerte er ihr Vergnügen, indem er seinen Rhythmus beibehielt und ihren abklingenden Höhepunkt weicher gestaltete. Sie sank gegen ihn, was Max nur härter um seine Selbstbeherrschung kämpfen ließ.

»Oh Gott«, stöhnte sie. Ihr Körper zitterte noch immer im Nachbeben. Er küsste ihre angeschwollenen Lippen und fuhr zwischen sie, um mehr von ihrem Geschmack zu erhaschen. »Das war so gut.«

»Ich bin noch nicht fertig mit dir. Oder habe ich schon eine Entschuldigung von dir gehört?«

Auf ihren Lippen zeichnete sich ein zufriedenes Grinsen ab. »Ich habe all die Jahre nicht nur auf das hier gewartet, oder?«

Dio, wo war sie nur hergekommen?

»Du hattest schon immer etwas von einem Satansbraten an dir. Dann lass uns noch etwas spielen.«

Er senkte den Kopf und fand ihre Nippel durch die Seide hindurch. Er benutzte seine Zunge um den Stoff anzufeuchten, schob ihn dann zur Seite und begann zu saugen. Federleichte Berührungen, kaum mehr als ein Flüstern, an ihrer Scham verstärkten die Folter. Bald schon keuchte sie und bog sich seiner Hand entgegen, bettelte um mehr. »Bist du endlich so weit, dich zu entschuldigen?«

»Ja.«

»Zu spät. Ich werde dir sagen, wann ich bereit bin, deine Entschuldigung zu akzeptieren.« Er zupfte an der harten Knospe und ließ seine Zunge darum kreisen, dann wandte er sich der anderen Brust zu. Er spielte mit ihr, trieb sie wieder bis an den Rand ihrer Lust, bis sie jeden Stolz verlor und ihn anbettelte. Die Litanei seines Namens auf ihren Lippen ließ ihn schaudern. Rohes Verlangen nach ihr raste durch sein Blut. Ein letztes Streicheln über ihre Klitoris, ein Biss in ihren Nippel und sie fiel erneut über den Rand der Klippe.

Sie zitterte und gab ihm alles. Das war kein Spiel mehr. Er öffnete ihr Kleid und ließ es zu Boden fallen. Ihr wundervoller Körper verblüffte ihn. Schwere Brüste gekrönt von rubinroten Brustspitzen. Ein sanft gerundeter Bauch und ebenso runde Hüften. Makellose olivfarbene Haut und eine nackte Scham, mit deren Waxing sie ihn gequält hatte. Ihre Lippen glänzten rosafarben und feucht unter seinem Blick.

Er fluchte leise und zog sie in seine Arme. Drückte sie auf das Bett, zog sich aus und platzierte ein Kondom am Fußende des Bettes.

Sie legte sich hin und betrachtete ihn mit hungrigem Blick, der ihn noch härter werden ließ. »Du bist wunderschön«, sagte sie atemlos.

Er schüttelte den Kopf und legte sich zu ihr. »Nein, du bist verdammt schön. Schöner als alles, was ich mir hätte vorstellen können. Aber du schuldest mir noch etwas wegen der Folter mit dem Brazilian Waxing.« Ihre Hände strichen über seinen Rücken, seinen Po, seine Schenkel. Ihre sanften Hände und der leichte Schmerz ihrer Nägel zerrten an seiner Beherrschung. Herr im Himmel, er würde möglicherweise nicht mehr lang durchhalten, wollte aber, dass sie erregt und nass war, damit sie keinen Schmerz fühlen würde, wenn er sie das erste Mal nahm.

»Gefällt es dir?«

Er küsste sie tief und der köstliche Duft nach Kokosnuss stieg ihm in die Nase. »Ich muss mir das erst noch genauer ansehen.«

»Orgasmus Nummer drei.«

Ihre Augen wurden groß. »Max, ich glaube nicht – oh Gott!«

Er schob ihre Schenkel auseinander und vergrub seinen Mund an ihren Lenden. Kein einziges Haar befleckte den Anblick ihrer Weiblichkeit, die offen vor ihm lag, bereit, sie zu erkunden. Er drückte feuchte Küsse über ihren Schamhügel, ihre Schenkel hinab und auf ihren Bauch. Er benutzte seine Finger, um ihre Schamlippen zu teilen. Und kostete.

Ihre Schreie wurden drängender und hallten in seinen Ohren wider. Ihr Geschmack, eine Mischung aus Moschus, Erde und Erregung, überwältigte ihn. Jeder einzelne Tropfen, jedes Eintauchen in ihre Enge, jedes Lecken über ihre Klitoris war für ihn ein Beweis seiner Ehrerbietung vor dem Geschenk, das sie ihm machte. Bald kam sie ein weiteres Mal und Max wusste, dass es soweit war. Mit zitternden Fingern nahm er das Kondom und öffnete die Folie. Zog es über sich. Dann legte er sich wieder neben sie.

Ihre dunklen Augen wirkten benommen und verschleiert. Ihr Körper zitterte noch von den vorangegangenen Orgasmen. »Baby, sieh mich an.«

Sie kämpfte darum, sich auf ihn zu konzentrieren. »Es tut mir leid. Du gewinnst.«

Ihre Herrlichkeit machte ihn sprachlos. Würde es jemals eine Frau geben, die sich mit ihr messen könnte? Wäre er bis zum Rest seines Lebens dazu verdammt, jemanden zu suchen, der ihm so viel geben konnte wie Carina?

»Bereit für mehr?«

»Ja. Zeig mir, was ich bisher verpasst habe.«

Er schob sich zwei Zentimeter in sie. Dann noch zwei. Sie packte seine Schultern und bat um mehr. Ihm brach der Schweiß aus und seine Muskeln versteiften sich vor unerträglicher Anspannung. Gott, sie war so nass und heiß, aber er wollte ihr nicht wehtun. Noch drei Zentimeter und er wäre fast zur Hälfte in ihr. Wenn er nicht zuvor starb.

»Verdammt«, krächzte sie. »Mehr. Lass diesen Vorsichtig-sein-Scheiß, Maximus Gray. Nimm mich jetzt!«

Er biss die Zähne zusammen und nahm sie tiefer. Dann tauchte er in sie ein.

Mein.

Nasser Satin, so eng, dass er glaubte, in den Himmel und gleichzeitig die Hölle getaucht zu sein. Sie verschränkte ihre Beine um seine Hüften und drückte ihre Fersen in ihn. Ihr Kopf fiel auf das Kissen zurück und sie bettelte nach mehr.

Und er gab es ihr.

Bei jedem tiefen Stoß umklammerte sie ihn mit blinder Hitze und Begehren. Er stieß in stetigem Rhythmus in sie und verfiel bald in einem irren Durcheinander aus Lust und Verlangen. Verzweifelt versuchte Max, seine Kontrolle wiederzuerlangen, langsamer zu werden, aber das ließ sie nicht zu. Sie schrie, flehte und verlangte, bis er seine Kontrolle fallen ließ und ihnen gab, was sie sich beide ersehnten.

Sie verengte sich um ihn und explodierte.

Er folgte ihr kurz darauf. Der Orgasmus ließ ihn in tausend Teile zersplittern und er rief ihren Namen.

Er drehte sich zur Seite und nahm sie in seine Arme, dann zog er die Decke über sie beide. Er drückte einen Kuss auf ihr zerzaustes Haar.

Diese Jungfrau hatte ihn gerade um den Verstand gebracht.

***

Carina erwachte aus dem besten Schlaf ihres Lebens. Das Zimmer war noch immer dunkel. Sie wusste nicht, wie viel Zeit vergangen war. Ihre Muskeln schmerzten wie nach einem angenehmen Morgentraining. Sie streckte sich und traf auf eine steinharte Brust.

Max.

In ihrem Bett.

Ja.

Freude keimte in ihr auf. Sie hatte sich schon ihr ganzes Leben gefragt, wie es sich wohl anfühlen würde, Max' gesamte Aufmerksamkeit im Schlafzimmer zu haben. Verdammt, die Realität ließ ihre Fantasie blass aussehen. Er war ein leidenschaftlicher, stürmischer Liebhaber, der alles für sich einforderte und es ebenso zurückgab. Kein Wunder, dass sie bis zu diesem Punkt nie den Drang verspürt hatte, ihre Jungfräulichkeit zu verlieren. Max' Feuer und seine Dominanz befriedigten etwas in ihr, von dem sie bisher nicht gewusst hatte, dass sie es besaß. Ihr Körper war erschöpft und so erging es auch ihrem Herzen.

Diese Nacht war ein seltenes Geschenk epischen Ausmaßes gewesen. Ihr Herz schmerzte bei dem Gedanken an den nächsten Morgen, aber zumindest konnte sie die kostbaren Erinnerungen behalten und hatte viel über die Tiefen ihrer Seele gelernt.

»Sag mir nicht, du wärst bereit für Runde vierundzwanzig.« Er stöhnte und zog sie auf sich. Sein tiefschwarzes Haar war herrlich zerzaust. Die rauen Stoppeln auf seinem Kinn betonten die sinnliche Linie seiner Unterlippe. Und Junge, was konnte er alles mit diesen Lippen anstellen. Carina vergrub ihr Gesicht an seiner Brust. Unter ihrer Wange bildete sie eine solide Mauer aus Muskeln und die Härchen darauf kitzelten ihren Kiefer. Mit dem Finger fuhr sie die geschmeidige Länge seines Bizepses nach und atmete den köstlichen Geruch von Sex, Seife und Mann ein.

»Die letzten acht Jahre haben ganz schön an deiner Ausdauer genagt, was?«

Er grunzte und klatschte auf ihren Po. Sie quietschte, aber das angenehme Stechen erregte sie nur noch mehr und sie wand sich auf seinem plötzlich hart werdenden Penis. »Satansbraten. Kann man dich denn gar nicht zähmen?«

»Wenn du versuchst, mich so zu bestrafen, dann hoffentlich nicht.«

Max blinzelte träge, wie ein Raubtier nach einem kurzen Schläfchen. »Mag sein, dass ich zwischen den einzelnen Runden etwas mehr Zeit brauche, um mich zu erholen, aber ich halte dafür länger durch, ohne darum zu betteln, dass du aufhörst.«

Ihr Magen verkrampfte sich und ein köstlicher Schauer rann über ihr Rückgrat. Sie würde niemals genug von ihm haben – im Bett und außerhalb.

»Du hast mehr Übung als ich. Gib mir ein bisschen Zeit.«

Er grinste, flocht seine Finger in ihr Haar und zog ihren Mund zu sich hinunter. »Sklaventreiber.« Er küsste sie leidenschaftlich, aber mit einer Gründlichkeit, die ihr sagte, dass er keine Eile hatte, auch wenn sein Körper etwas anderes sagte. »Du solltest ein Bad nehmen, um deine Muskeln zu entspannen. Ich will nicht, dass du wund wirst.«

»Wie spät ist es?«

»Noch nicht Morgen. In diesem Raum gibt es keine Uhren und mir ist es egal. Du gehörst mir bis zum Morgengrauen.«

Sein lässig dahergesagter Befehl ließ ihre Brustspitzen hart werden. Mit einem letzten Tätscheln ihrer Kehrseite glitt er vom Bett und ging in das angrenzende Badezimmer. Kurz darauf hörte sie Wasser rauschen. »Ich wollte schon immer den

Whirlpool benutzen, aber allein war es zu einsam.« Er kam nackt zum Bett und streckte seine Hand aus. Die Stoppeln auf seinem Kinn verliehen ihm ein verwegenes Aussehen und erinnerten sie an die Piraten aus den historischen Liebesromanen, die sie so liebte. »Komm mit.«

Sie erhob sich vom Bett und zog das Bettlaken mit sich.

Er grinste. »Ich denke nicht.« Er nahm das Laken aus ihrem Griff und betrachtete ihren nackten Körper. »Du bist verdammt noch mal zu heiß, um dich unter den Hotellaken zu verstecken.« Carina kämpfte die plötzlich aufblitzende Moral nieder und folgte ihm in das große Badezimmer. Er bewegte sich mit maskuliner Eleganz, die seinen steinharten Hintern betonte. Das Wasser lief ihr im Mund zusammen, als sie sich vorstellte, wie sie ihre Zähne in diesen harten Muskeln vergrub. Ihre bloßen Füße glitten über den schimmernden Marmor und er legte irgendein sexy R&B-Stück auf. Die hohe Zimmerdecke vermittelte ihr den Eindruck, sich in einem uralten Bad zu befinden. Licht flackerte an der Decke auf, an der gegenüberliegenden Wand hing ein großer Spiegel.

Er führte sie die wenigen Stufen hinauf und half ihr in die Wanne. Das heiße Wasser drang in ihre Haut ein und schmolz die Verspannungen ihrer Muskeln einfach weg. Große Luftblasen hüllten sie in einen wunderbaren Lavendelduft ein. Er stellte das Wasser aus und stand in all seiner Pracht vor ihr.

Gütiger Gott, er erinnerte sie an die Statue von David. Kräftige Muskeln umrahmten seine Schultern und Arme, die er auf seinen Hüften abstützte. Auf seiner gebräunten Haut glänzte ein feiner Schweißfilm. Auf seiner Brust kräuselte sich dunkles Haar, das sich zu einer dünnen Linie auf seinem Bauch sammelte und noch tiefer führte. Er hatte die Beine ein wenig gespreizt und die kräftigen Schenkel waren angespannt. Ihn umgab eine Aura von Macht und Eleganz, egal, ob er angezogen oder nackt war – er war ein Mann, der sich in seiner Haut wohlfühlte. Als ihr Blick zu seiner Erektion glitt, errötete sie zum ersten Mal.

»Ah, wie es aussieht, bist du doch noch ein wenig schüchtern.

Lass uns sichergehen, dass wir dir das ausgetrieben haben, bevor du deinen nächsten Orgasmus erlebst.«

Seine schmutzigen Worte entfachten ihre Lust erneut und ließen ihre Nippel unter dem Schaum pochen. Er lachte leise und tief und kam zu ihr in die Badewanne. Dann packte er ihre Hüften und zog sie mit Leichtigkeit auf ihn, sodass sie mit gespreizten Beinen auf seinem Schoß hockte. Ihr Rücken presste sich gegen seine Brust und seine Finger umkreisten ihre Brüste. Manchmal stieß er mit dem Daumen gegen ihre Nippel. Carina stöhnte und wand sich auf seinem Schoß. Ihre nassen Körper und ihre intimsten Stellen, die sich aneinanderrieben, machten sie wahnsinnig. »Max?«

Er schob ihr Haar beiseite und knabberte an ihrem Hals. »Du hast so viele empfindliche Stellen, ich will keine davon verpassen. Es sollte illegal für dich sein, Kleidung zu tragen. Am liebsten würde ich dafür sorgen, dass du immer nur nackt wärst.«

Sie lachte, aber er tat etwas sehr Ungezogenes zwischen ihren Schenkeln und das Lachen verwandelte sich in ein Keuchen. »Ich esse zu viel. Julietta und Venezia halten immer Diät, damit sie schlank bleiben.«

Er drückte ihre Brüste. »Aber sie haben keine Stellen, mit denen man spielen kann. Vertrau mir, Carina, ich habe noch nie eine Frau so sehr begehrt wie dich. Deine Kurven sind die Inspiration für erotische Kunst und tausend Orgasmen.« Seine Worte klangen wahr, ehrlich und etwas in ihr entspannte sich.

Sie spreizte ihre Schenkel, um ihm besseren Zugang zu gewähren. »Ich denke, du hast dir für diese Aussage eine Belohnung verdient.«

»Ich denke, die nehme ich mir jetzt.« Plötzlich richtete er sich auf und brachte sie dazu, auf die Knie zu gehen. Diese verletzliche Position steigerte ihre Erregung und machte sie noch feuchter. Sie erhaschte ihren Anblick in dem großen Spiegel.

Er murmelte etwas und fing ihren Blick im Spiegel ein.

Sie erkannte die Frau vor ihr nicht. Nackt. Kniend. Ihr Haar hing ihr wild um die Schultern, ihre Lippen waren rot und in den Augen lag ein verträumter Ausdruck. Max wirkte wie ein Krieger, der gerade dabei war, seine Frau in Besitz zu nehmen. Fasziniert beobachtete sie, wie er ein Kondom nahm und es sich überstreifte.

»Gefällt es dir, zuzusehen?« Seine heisere Frage stahl ein Stöhnen von ihren Lippen. Sie nickte und fragte sich, was sie in dieser Nacht alles mit ihm tun wollte, bis sie satt und erschöpft zusammenbrach. »Gutes Mädchen. Halte dich am Rand der Wanne fest.«

Sie umklammerte den weißen Marmor und hielt sich fest. Seine Hände rieben über ihren Hintern, als würde er sie für etwas aufwärmen, dann war er mit einem Stoß in ihr.

Die Lust war zu intensiv. Ihr Griff um den Wannenrand wurde fester, als er sie hart nahm. Das Klatschen des Wassers in der Wanne, das Bild von ihm, wie er sie von hinten bestieg, die nicht enden wollende Reihe von Orgasmen, das alles steigerte sich und vermischte sich zu einem Inferno. Seine dunklen Augen wurden wild, als er ihren Blick im Spiegel traf. »Du gehörst mir, Carina. Vergiss das nicht.«

Er fasste zwischen ihre Beine. Stieß wieder zu.

Sie kam.

Carina bäumte sich auf und schwebte. Das Anspannen und Entspannen ihrer Muskeln um ihn, der exquisite Lustschmerz ihrer harten Nippel und ihrer pochenden Klitoris – all diese Gefühle katapultierten sie in eine neue Welt, die sie nie zuvor gekannt hatte. Ihre Finger klammerten sich an der nassen Oberfläche der Wanne fest, während ihr Körper versuchte, einen sicheren Stand zu finden.

Sie fragte sich, ob er sie für ihr Leben gezeichnet hatte.

Wie viele Jahre hatte sie damit verbracht, von etwas zu träumen, das sie niemals haben könnte? Diese zaghaften Küsse mit Jungs vor ihm hatten niemals ihr Innerstes erreicht. Sie hatte den Anflug von Erregung durch Liebkosungen gespürt – sogar Orgasmen durch den Stoß von talentierten männlichen Fingern und ihren eigenen. Aber Max ging tief unter die Oberfläche und zerrte jede dunkle Fantasie ans Licht. Er verlangte mehr als nur zaghafte Reaktionen. Sex war schmutzig und verschwitzt und überladen mit so vielen herrlichen Gegensätzen, von denen sie nicht einmal wusste, dass sie existierten.

Sie würde sich niemals mit weniger zufriedengeben. Oh, welche Frau sie mit dem richtigen Liebhaber sein könnte. Tiefe Erschöpfung legte sich über sie. Sie entspannte sich an seiner Seite und schwelgte für eine Weile in purer Freude.

***

Ein Bad und eine geteilte Wasserflasche später saß sie nackt in seinem Schoß auf dem eleganten Lehnsessel. Ein Feuer knisterte und eine Decke hüllte sie in einen Kokon aus Wärme. Carinas Kopf ruhte an seiner Schulter und sie seufzte. Die gedämpfte Stille schuf ein Gefühl der Nähe und Verbundenheit zwischen ihnen. »Ich glaube, ich möchte bei *La Dolce Maggie* kündigen«, sagte sie mit leiser Stimme.

Er strich mit den Händen beruhigend über ihren Rücken. »Was ist los? Geht es um deinen jüngsten Fehler?«

»Nein, es ist mehr als das. Ich glaube, ich bin nicht mehr glücklich.«

Er verlagerte das Gewicht. »Meinetwegen?«

»Nein, du Idiot. Meinetwegen. Ich weiß nicht, ob ich in die Geschäftswelt gehöre. Ich wollte es wollen. Nur weil ich gut darin bin, mit Zahlen zu jonglieren, bedeutet nicht, dass ich das Tag für Tag machen will. Ich hasse Verkaufszahlen und Tabellen. Ich habe keinen Killerinstinkt wie du oder Julietta.«

Er atmete hörbar aus. Es dauerte ein wenig, ehe er sprach. »Ich weiß nicht, ob Michael deine Entscheidung akzeptieren wird.«

»Ja, ich weiß. Ich habe mich auch noch nicht endgültig entschieden. Ich gebe der Sache noch ein wenig Zeit und werde ehrlich zu mir sein.«

»Was willst du stattdessen machen?«

Sie seufzte und kuschelte sich enger an ihn. »Weiß nicht.

Wieder mit dem Malen anfangen und diesmal richtig. Einen Weg finden, das, worin ich gut bin, mit etwas Kreativerem zu verbinden. Ich habe keine Angst mehr davor, es herauszufinden.«

»Egal wie, ich unterstütze dich, Carina. Ich finde, du machst einen super Job bei *La Dolce Maggie*. Aber du musst auch glücklich sein – du verdienst es.«

»Danke.« Plötzlicher Verlustschmerz legte sich über sie. Sie hatte endlich das Gefühl, wirklich zu jemandem zu gehören, der sie verstand, aber ihre eine kostbare Nacht war fast vorüber. Die Zeit verstrich unaufhaltsam. Schon bald würde der Tag anbrechen und sie wieder in die Wirklichkeit reißen. Sie wusste bereits, dass sie keine Zukunft hatten. Selbst wenn es ihnen gelänge, Michael zu überzeugen – Max hatte klargemacht, dass er nicht an einer Beziehung interessiert war, vor allem nicht mit ihr. Er verschanzte sich sicher hinter den Barrieren seiner Kindheit und führte Alter, Familie und eine Reihe anderer Hindernisse auf, um seine Entscheidung zu rationalisieren. Sie hasste es, weigerte sich aber, zu kämpfen. Sie verdiente jemanden, der sie genug wollte, um die Widerstände zu bezwingen.

Carina ignorierte das leere Gefühl in ihrem Innern und schwor, darüber hinwegzukommen. »Warum redest du nie über deinen Vater?«

Seine Hand hielt auf ihrem Rücken inne. Sie wartete geduldig. Nach wenigen Herzschlägen fuhr er mit der Liebkosung fort. »Weil es noch immer wehtut.«

Die pure Ehrlichkeit durchzuckte sie. Sie hob den Kopf und legte ihre Hand an seine Wange. »Ich weiß, er hat dich nach deiner Geburt verlassen. Ich weiß, dass er Schweizer ist und sehr reich war und deine Mutter auf altmodische Weise im Sturm erobert hat. Aber du hast nie von deiner Beziehung zu ihm erzählt ... falls du ihn je gefunden oder Kontakt zu ihm hattest.«

Carina wusste, dass sie auf dem Drahtseil tanzte. Erwartete, dass er einen Rückzieher machte und ihr eine knappe Antwort gab. Er vermied es immer, über seine Vergangenheit zu sprechen. Auch ihre Mutter und Michael erwähnten niemals etwas darüber, obwohl Max ein Teil ihrer Familie war.

Er machte ihr das zweite Geschenk dieses Abends. »Ich war einundzwanzig, als ich mich endlich entschlossen habe, ihn zu finden. Bis dahin habe ich nur darauf gewartet, dass etwas passiert. Eine Karte. Ein Geschenk. Ein Brief. Schließlich habe ich erkannt, dass er mich niemals kontaktieren würde, also entschied ich, es selbst zu tun. Ein reicher schweizer Geschäftsmann, der völlig von der Bildfläche verschwand, erschien mir seltsam. Ich habe mich immer gefragt, ob er in eine Art Skandal verwickelt war und mich schützen wollte. Ich habe sogar geglaubt, er sei tot.«

Ihr Herz zerbarst an seinem sachlichen Ton. Sie schlang ihre Arme wärmend um seinen Körper und hörte zu.

»Ich habe ihn in London gefunden. Er endete als alter Trunkenbold, der sich einen Scheiß drum kümmerte. Keine exotische Vergangenheit oder glaubhafte Ausreden.«

»Hast du je mit ihm gesprochen?«

»Ja. Er wusste, wer ich war, als ich ihn in der Kneipe sah. Und es war ihm egal. Er wollte mich nicht, als ich noch ein Baby war und kümmerte sich einen Scheiß darum, dass ich erwachsen war. Er gab mir Geld. Er dachte, dass das genug wäre.« Carina fragte sich, wie es sich anfühlen musste, von seinem eigenen Fleisch und Blut verstoßen zu werden, ihrer Geschichten und ihres Erbes beraubt zu werden. Kein Wunder, dass er sich selbst so isolierte. Kein Wunder, dass er es niemals mit etwas Dauerhaftem riskieren wollte. »Aber ich konnte schließlich loslassen. Ich hatte es satt, mein Leben für einen Geist zu leben, der nie wirklich existiert hatte. Ich habe London am nächsten Tag verlassen und niemals zurückgeblickt.«

Sie beide wussten, dass es eine Lüge war. Jeder blickte zurück. Aber für den Moment gestattete sie ihm die Luft zum Atmen. »Ich glaube, deine Mutter hat ihm vergeben. Ich glaube sogar, dass deine Mutter ihn auf irgendeine Weise noch liebt.«

Er streckte den Nacken und blickte auf sie herab. »Nein.

Mama spricht niemals von ihm. Warum denkst du das?«

Sie streckte den Arm und vergrub ihre Finger in seinen Haaren. »Weil er ihr dich geschenkt hat. Und du bist alles wert, Maximus Gray.«

Etwas blitzte in seinen Augen auf – ein Gefühl, das sie noch niemals zuvor dort gesehen hatte. Eine Zärtlichkeit breitete sich wie Honig über ihr aus und schmolz jeden Teil ihres Körpers.

Sie presste ihren Mund auf seinen. Mit einem leisen Stöhnen schob er seine Zunge tief hinein. Sie legte ihren Knöchel über seine Wade und verlagerte ihr Gewicht. Er erwachte zum Leben.

»Verdammt, eines Tages wirst du einen großartigen Ehemann abgeben.« Die Worte kamen ihr über die Lippen und sie fluchte. »Ach Scheiße, du weißt, was ich meine. Bring dein Ego nicht durcheinander. Hier geht es nur um Sex.«

»Danke, dass du mich an meinen Sinn und Zweck erinnerst.« Sie legte ihre Finger um seinen Penis und begann, zu spielen. Er stöhnte und erlaubte ihr freien Zugang, bis seine Erektion in ihrer Hand pochte und seine geballte Kraft durch seine Venen pulsierte. »Baby, du bringst mich um.«

Sie rutschte an seinem Körper hinab, setzte sich rittlings auf ihn und senkte den Mund. »Noch nicht, aber das kommt noch.«

Sie nahm ihn ganz in den Mund und presste die Lippen um seinen Schaft. Sein Duft und Geschmack trieben sie an. Sie ließ sich Zeit, ihm Vergnügen zu bereiten. Er fluchte und machte sie damit nur heißer.

Er packte sie, ehe sie protestieren konnte. »Kondom«, verlangte er. »Jetzt.«

Carina zitterte, doch sie streifte es ihm in Sekunden über. Mit einer raschen Bewegung hob er sie hoch und setzte sie auf sich.

Er füllte sie aus und vertrieb jeden anderen Gedanken aus ihrem Kopf, nur nicht das Verlangen, mehr von ihm zu bekommen. Sie gab mit ihren Hüften das Tempo vor, bis er es nicht mehr abwarten konnte und die Kontrolle übernahm. Sie ritt ihn wild und hart, bis sie beide Erlösung fanden. Glücklich und völlig aufgelöst sackte sie schließlich auf ihm zusammen und fragte sich, ob sie jemals wieder laufen könnte. Oder irgendetwas tun könnte, ohne an Maximus Gray zu denken.

»Wo zur Hölle hast du das gelernt?«

Sie unterdrückte ein Kichern über seinen weinerlichen Tonfall, wobei es seinem Körper gefallen zu haben schien. »Sag ich nicht. Das ist zu peinlich.«

»Wir sind bei Orgasmus Nummer zehn. Peinlich haben wir hinter uns.«

»Eine Banane.«

Anstatt zu lachen, hob er die Augenbrauen. »Verdammt, das ist heiß.«

Carina lachte und erkannte, dass sie vielleicht noch immer in Max verliebt war.

Vielleicht.

Sie schluckte den plötzlichen Gefühlsausbruch hinunter. Nein, sie würde solche Worte niemals wieder zugeben oder aussprechen, nicht nach der Nacht, in der sie den Liebeszauber verbrannt und davon geträumt hatte, den Mann zu heiraten, den sie mit Herz, Geist und Seele liebte.

Stattdessen sagte sie nichts. Küsste einfach sein Gesicht, hielt ihn fest. Und wartete auf den Morgen.

11. Kapitel

Er hatte die Jalousien offen gelassen.

Das schwache Licht des Morgens brach hindurch und erinnerte ihn daran, dass die Nacht offiziell vorüber war. Er warf einen Blick auf die Frau an seiner Seite. Sie schlief tief und ihr süßes kleines Schnarchen bezeugte ihre Erschöpfung. Was zur Hölle sollte er tun?

Ihr eine Nachricht hinterlassen? Ihr Kaffee bringen? Die Nacht ausdiskutieren? Schweigen? Die endlosen Möglichkeiten erstreckten sich vor ihm; als Mann würde er garantiert die Falsche wählen.

Ihr volles Haar breitete sich auf dem Kissen aus wie das eines dunklen Engels und er konnte die Anzeichen für Kratzer von seinen Bartstoppeln an ihren Wangen und ihrem Hals ausmachen. Ihre Lippen waren geschwollen und leicht lädiert.

Schuldgefühle durchbohrten ihn. Hatte er sie zu hart und zu lang rangenommen? Er hatte sie nie als Jungfrau gesehen. Jede Bewegung bestätigte ihre offene, rohe Sexualität. Sie war ein wahrgewordener, feuchter Traum – eine Heilige mit dem Körper und der Seele einer Verführerin. Im Bett lebte sie eine nackte Wahrheit aus, die unterstrich, dass sie alles von sich gab. Genau wie im Leben.

Was für ein unbezahlbares, seltenes Geschenk. Eines, das er nicht verdiente. Eines, um das er sie nie wieder bitten würde.

Ein hohler Schmerz rumorte in ihm, doch er weigerte sich, das Gefühl zu ergründen. Vielleicht würde er duschen, sich anziehen und ihr Kaffee bringen. Er würde ihr zeigen, wie viel sie ihm bedeutete; wie sehr diese endlosen Stunden des Liebemachens ihn verändert hatten. Dann würde er ihr noch einmal erklären, warum sie es beenden mussten.

Außer ...

Er dachte über die Möglichkeit nach. Was, wenn sie ihre Beziehung fortsetzten? Carina in seinem Bett. Sie zum Essen ausführen. Ihr den Hosenanzug vom Leib reißen. Seite an Seite arbeiten. Vielleicht könnte es funktionieren. Vielleicht ...

Michael Conte und seine Familie hatten ihn inspiriert, das Beste aus sich selbst zu machen. Als sein Vater gegangen war, hatte sich Max etwas aufbauen müssen, auf das er sich verlassen konnte. Sein Wort. Seine Ehre. Sein Vertrauen. Das bedeutete ihm alles und bestimmte, was für ein Mann er war. Wenn Michael herausfand, dass er mit Carina geschlafen hatte, würde er sein Vertrauen womöglich niemals wieder zurückgewinnen und daran könnte er zerbrechen.

Das würde er niemals zulassen.

Und was könnte er ihr schon anbieten? Er war emotional nicht in der Lage, ihr zu geben, was sie verdiente. Eines Tages würde sie ihn um einen Ring bitten. Kinder. Ein Leben der dauerhaften Verpflichtung. Alles, was er ihr geben konnte, war der Moment – guter Sex, Partnerschaft, Respekt. Irgendwann würde sie seiner überdrüssig werden und weiterziehen. Oder noch schlimmer, was, wenn er etwas tat, das sie verletzte? Er hatte vor langer Zeit den Schwur abgelegt, niemals etwas zu tun, das einer Frau wehtun könnte. Es war einfach zu kostbar und er konnte nicht die Konsequenzen tragen.

Sie war in allen Belangen außergewöhnlich und völlig außerhalb seiner Reichweite.

Die Entscheidung war getroffen. Er schlüpfte aus dem Bett und ging Richtung Badezimmer.

Das Klopfen an der Tür überraschte ihn. Max strengte die Ohren an, als ein weiteres leises Trippeln durch den Raum hallte. Verdammt, es war noch nicht einmal sechs Uhr früh. Er wollte Carina nicht wecken, also zog er Boxershorts an und öffnete die Tür.

Er traute seinen Augen nicht.

Mama Conte stand vor der Tür.

»Maximus?« Ihr verwirrter Gesichtsausdruck veränderte sich in Zeitlupe. Als wäre er in einem Katastrophenfilm gefangen, lief der Rest der Szene in Zeitlupe ab und fühlte sich seltsam surreal an. Carinas Mutter blickte von der Nummer neben der Tür auf das Stück Papier in ihren Händen. »Ich wusste, dass du auch in Vegas bist, aber das ist Carinas Zimmer.«

Max ignorierte sein hämmerndes Herz und umarmte sie herzlich. »Mama Conte, was für eine freudige Überraschung. Nein, das ist mein Zimmer, aber lassen Sie mich meine Sachen anziehen und ich treffe Sie dann draußen und zeige Ihnen, wo Carina ist.«

Fast hätte er gewonnen.

Sie warf den Kopf in den Nacken und lachte. »Dummer Mann, deine Unterwäsche stört mich nicht.« Sie wich ihm gekonnt aus und machte ein paar Schritte ins Zimmer hinein. Legte ihren Mantel ab. »Früher bist du den ganzen Sommer über splitternackt durch mein Haus gerannt.« Ging hinüber und legte ihre Weste über die Sofalehne. »Los, zieh dich um.«

Sie stolperte über einen High Heel. Starrte auf die Zickzack-Spur aus Kleidern. Arbeitete sich weiter vor, in Richtung der offenen Doppeltür zum Schlafzimmer.

Sein Blick folgte ihrem. Ein Paar Spitzenstrapse. Ein Fetzen von einem Tanga. Sein Anzughemd.

Er öffnete den Mund, um sie aufzuhalten, aber sie blieb genau vor dem Schlafzimmer stehen. Das leise Schnarchen wurde lauter. Ein Haufen dunkler Locken zeichnete sich hart vor dem weißen Laken ab. Langsam ging Mama Conte zum Bett und starrte ihre Tochter an.

Nackt.

Plötzlich lief der Film mit wahnsinniger Geschwindigkeit ab und er verfiel in Panik. Max sprang vors Bett und streckte seine Hände aus, als würde er gleich den Angriff einer wütenden Mutter abwehren müssen. »Oh, *Dio mio*, Mama Conte, es ist nicht, wonach es aussieht. Nun, es ist, wonach es aussieht, aber Sie sollten das nicht sehen. Oh, *Dio*, es tut mir so, so leid.« Sein Gebrabbel setzte sich fort, bis er erkannte, dass er wieder in seine Jugend zurückversetzt war.

Dunkle Augen hefteten ihren Blick auf ihn, versuchten in der Szene einen Sinn zu finden. Augenblicke verstrichen. Schließlich nickte sie, als hätte sie eine Entscheidung getroffen. »Bring mich auf dein Zimmer, Maximus. Jetzt. Wir müssen reden.« Sie ging zur Tür. »Du hast eine Minute, um dich anzuziehen und rauszukommen. Und wecke Carina nicht auf.«

Die Tür schloss sich hinter ihr.

***

Max fuhr sich mit den Fingern durchs Haar und stellte sich innerlich auf die Hölle ein.

Schweiß breitete sich auf seiner Haut aus. Die beste Freundin seiner Mutter, die für ihn knapp hinter selbiger rangierte, saß tief in Gedanken versunken vor ihm. Sie hatte kein Wort gesagt, seit sie sein Zimmer betreten hatten. Sie hatte ihm nur bedeutet, sich zu setzen, um ihn für die nächsten zehn Minuten in seinem eigenen Saft köcheln zu lassen. Sie war eine schmale, aber starke Frau, hatte vier Kinder großgezogen und einen Ehemann beerdigt. Durch ihr eigenes Können und harte Arbeit hatte sie *La Dolce Famiglia* aufgebaut und von einem Haustür-Kuchenverkauf in eine der größten Ketten Italiens verwandelt. Das Haar trug sie zu einem Dutt, was sowohl ihre Anmut als auch ihre Falten betonte. Der Gehstock lehnte gegen die Wand. Sie trug mittlerweile orthopädische Schuhe mit dicken Sohlen, die ihr beim Gehen halfen.

Dennoch hatte er niemals so eine Scheißangst vor einer kleinen alten Dame gehabt.

»Wie lang geht das nun schon so?«

Seine Stimme brach beinah, doch er kämpfte sich irgendwie durch. »Nur eine Nacht. Wir hatten gehofft, dass es niemals jemand erfahren würde. Wir wollten niemanden verletzen.«

»Hm.« Ihre Brauen verknoteten sich regelrecht ineinander. »Hattest du das hier geplant?«

»Nein! Nein, wir wussten beide, dass eine Beziehung nicht gut für uns wäre. Wir waren natürlich voneinander angezogen, aber ich dachte, wir hätten das unter Kontrolle. Carina verlor die Beherrschung mit mir und Sawyer Wells begann, ihr nachzustellen und ...«

»Sawyer Wells ist hier?«

Er nickte. »Ja, er leitet jetzt das venezianische Hotel.«

»Hm. Weiter.«

»Nun, Sawyer und ich stritten uns wegen Carina und die Dinge gerieten außer Kontrolle. Es tut mir so leid. Ich tue alles, um das wieder in Ordnung zu bringen.«

Sie streckte den Arm aus und tätschelte seine Hand. Ein leichtes Lächeln umspielte ihre Lippen. »Ja, Maximus, das weiß ich. Du warst immer ein guter Junge. Ein bisschen wild, aber mit gutem Herzen. Michael wird traurig sein, aber wir sorgen dafür, dass er es versteht.«

»Er wird mich umbringen«, ächzte Max.

»Unsinn, ich verbiete ihm, dich umzubringen. Die Vorbereitungen müssen aber rasch getroffen werden. Es ist zu spät, deine Mutter noch einzufliegen, aber du wirst es genauso wie Michael machen. Eine nette Gartenhochzeit in Bergamo, später dieses Jahr.«

Sein innerer Alarm ging los.

»Ich werde zu Hause anrufen und sagen, dass ihr durchbrennen wolltet. Die Chance, die Vegas euch bietet, ist unbezahlbar. Hier heiraten ständig Menschen und es sind schöne Hochzeiten, denkst du nicht auch?«

Hochzeit?

»Bis zum Nachmittag hast du genug Zeit, um die Formulare auszufüllen und eine Kapelle auszusuchen. Ich muss morgen ohnehin nach New York zurückfliegen. Michael hat es nicht gefallen, dass ich darauf bestanden habe, in Vegas haltzumachen, bevor ich nach New York fliege, aber ich wollte schon immer einmal diese Stadt sehen. Weißt du, ob diese Sängerin *Céline Dion* noch hier ist?«

Max starrte sie an. Was für eine Hochzeit? Warum sprachen sie über *Céline Dion*? Wenn er sich an den Plan gehalten hätte, hätte er Carina zu dem verdammten Konzert gefahren, sie im Zimmer abgeladen und hätte jetzt nicht diesen Schlamassel am Hals. Aber die Vorstellung, niemals wieder ihre Haut zu berühren oder sie dazu zu bringen, zu kommen, überwältigte ihn.

»Du tust das Richtige. Das, was am moralischsten ist. Es wird alles gut werden.«

Die ganze Bedeutung von Mama Contes Worten traf ihn mit einem Schlag. Der Raum begann, sich zu bewegen. Drehte sich um sich selbst. Wurde langsamer.

Sie verlangte von ihm, dass er Carina heiratete.

Die Luft blieb ihm im Hals stecken. »Moment mal. Ich befürchte, hierbei handelt es sich um ein Missverständnis.« Mama Conte legte den Kopf zur Seite. »Ja, wir haben die Nacht miteinander verbracht, aber das ist nicht Italien. In Amerika passieren solche Dinge manchmal und das bedeutet nicht, dass daraus gleich eine Beziehung werden muss.« Er lachte. Es klang ein wenig verrückt, wie ein irrer Bösewicht. »Natürlich werden wir Freunde bleiben und uns nah sein, aber wir können einander nicht heiraten.«

Carinas Mutter versteifte sich. Ihre Gesichtszüge gefroren und sein Herz setzte aus. »Warum nicht, Maximus?«

Scheiße, scheiße, scheiße ...

»Weil ich nicht gut genug für Carina bin! Ich arbeite bis spät in die Nacht, auf mich ist kein Verlass und sie muss sich erst einmal selbst finden. Mit mir würde sie sich gefangen fühlen, dessen bin ich mir sicher. Sie braucht einen Mann, der sich mit ihr niederlassen und auf sie achtgeben wird und mit dem sie Babys haben kann. Jemand, der besser zu ihr passt. Jemand, der nicht so ist wie ich.«

Eine furchterregende Stille breitete sich im Zimmer aus. Panik grub sich in seinen Magen. Er konnte Carina unmöglich heiraten. Er würde ihr Leben ruinieren und ihr das Herz brechen. Er war nicht für lange Beziehungen geschaffen. Und auch nicht für Verpflichtungen.

Mama Conte griff nach ihm, packte seine Hand und drückte sie. Ihre schmalen Finger umfassten ihn drängend. »Du liegst falsch. Du bist perfekt für Carina und das warst du immer. Dein Vorgehen letzte Nacht hat nur beschleunigt, was von Anfang an vorherbestimmt war.« Die ältere Frau lächelte. »Und jetzt nichts mehr von diesem Unsinn. Du gehörst zur Familie, das war schon immer so. Kein Gerede mehr davon, dass du sie ruinieren würdest. Es wird Zeit, dass du dich mit einer Frau niederlässt, die das ist, was du brauchst und die zu dir passt.«

»Aber ...«

»Willst du deine Mutter enttäuschen, nur weil du plötzlich Angst hast?« Der stählerne Ton in ihrer Stimme schnitt durch den Nebel bis direkt in das Herz seines Problems. Seine Mama könnte niemandem mehr in die Augen blicken, wenn herauskam, dass er mit Carina geschlafen und sie dann nicht geheiratet hätte! Es würde ihren Ruf schädigen und alles, woran sie so hart gearbeitet hatten. Vertrauen, Ehre und Zuhause. Er würde genau das tun, was auch sein Vater schon getan hatte. Er würde seiner Verantwortung nicht nachkommen. Er würde seine Mutter vor den Augen der kleinen Stadt, die ihr endlich vergeben hatte, ein weiteres Mal demütigen. Ja, niemand heiratete, nur weil er Sex gehabt hatte, aber sobald alle herausfänden, was geschehen war, würde ein riesiger Orkan folgen. Er würde seine Familie und Carina in den Hades zerren. Sie würde niemals wieder nach Hause gehen können. Und er wäre nicht mehr in der Lage, seiner Mama ins Gesicht zu sehen.

Die einzige Möglichkeit, die ihm blieb, lag auf der Hand. Eine Heirat. Er musste Carina heiraten. Nur so konnte er alles wiedergutmachen. Seine Ehre verlangte es und das war alles, was ihm noch geblieben war.

Mit einem Mal wurde er ganz ruhig. Er hatte ihre verbotene Frucht gekostet und nun musste er sie für immer zu seinem Besitz machen. Sie würde seine Frau werden, etwas anderes kam nicht infrage.

Indem er für sie einstand, würde er endlich ein fester Bestandteil der Familie werden, die er liebte. Aber um welchen Preis? Was für eine Art Ehemann würde er für Carina abgeben? Er wäre niemals gut genug für sie, aber würde es dennoch reichen, um zu beweisen, dass er niemals so werden würde wie sein Vater?

Max musste einfach anders sein als er.

Er war dankbar, dass er nicht zusammengebrochen war, also

nickte er und traf seine Entscheidung. »Ja. Aber lass es mich auf meine Weise machen. Carina wird mich nicht heiraten, wenn sie glaubt, dass wir sie dazu zwingen wollen. Du weißt, wie stur sie sein kann.«

»Du hast recht. Geh hinein und frag sie. Mach sie glücklich. Das ist alles, was zählt.«

Ihre Worte berührten ihn bis ins Mark. Leichte Panik brachte seine Nervenenden zum Zittern. »Was, wenn ich es nicht kann?«

Sie streckte die Hände aus und bedeckte seine Wangen mit ihren runzligen Handflächen. In ihren dunklen Augen lagen Friede und Wissen, an dem er sich festhielt. »Denkst du, ich würde zulassen, dass Carina jemanden heiratet, der ihrer nicht würdig wäre? Du solltest dir selbst etwas mehr vertrauen, Maximus. Vertraue darauf, dass du genug bist und kein bisschen so wie der Mann, der dich verlassen hat. Ich habe gesehen, wie du aufgewachsen bist und ich bin stolz auf dich. Auf deine Entscheidungen und die Art und Weise, wie du dich um deine Mutter kümmerst.« Sie kniff ihn in die Wange, als wäre er ein kleines Kind. »Sei der Mann und der Ehemann, von dem ich weiß, dass du es sein kannst, mein lieber Junge. Nimm das hier als Geschenk.«

Er zitterte und rang um Fassung. Jeglicher Protest erstarb in seiner Kehle.

»Ich gehe jetzt nach unten frühstücken. Komm zu mir, wenn du so weit bist.«

Er sah der alten Frau zu, wie sie wegging und atmete tief ein. Wartete einen Moment. Dann ging er, um seine zukünftige Frau zu wecken.

***

Carina hörte die Stimme im Hintergrund, war aber angenehm erschöpft und entspannt durch die Endorphine der unglaublichen letzten Nacht. Sie stöhnte in das Kissen und streckte sich. Max wurde lauter und sie drehte sich auf den Rücken.

»Morgen.«

Seine Stimme war tief, sexy und passte perfekt zu diesem Morgen-danach-Aussehen. Sein Haar fiel ihm zerzaust in die Stirn und faszinierende blaue Augen spiegelten eine Mischung verschiedenster Gefühle wider, die sie nicht einzuordnen wusste. Sie zog ihn zu sich, um ihn auf die Lippen zu küssen. Seine rauen Bartstoppeln kratzten wundervoll über ihre empfindliche Haut. Kurz zögerte er, als wäre er nicht sicher, wie er reagieren sollte. Dann hielt er sich nicht mehr zurück, drückte sie wieder auf die Matratze und küsste sie wie ein Liebhaber. Ihre Körper rieben aneinander und seine Zunge stieß tief in sie. Er schmeckte nach heißer, männlicher Erregung und ein wenig nach ihr, nach den endlosen Stunden, in denen sie einander geliebt hatten.

Schließlich zog er sich zurück und lächelte auf sie herab.

»Deine Begrüßung war besser.«

Sie lachte und streichelte über seine Wange. »Da stimme ich dir zu. Wo ist mein Kaffee?«

»Kommt sofort. Ich wurde abgelenkt. Ich wollte dich zuerst etwas fragen.«

»Keine Sorge.« Ihr Herz verkrampfte sich, aber sie wusste, was kommen würde. Und sie wollte unbedingt diejenige sein, die es als Erste tat. »Wir trinken unseren Kaffee, ziehen uns an und werden nie wieder ein Wort über letzte Nacht verlieren. Ich will nicht, dass du dir Sorgen machen musst, Max. Das ist das, was ich wollte und ich kann damit umgehen.« Sie zwang sich zu einem Lächeln. »Fühlt sich gut an, zur Abwechslung mal die gleichmütige Amerikanerin zu sein, einen Mann für das eigene Vergnügen zu benutzen und ihn dann wegzuwerfen. Noch eine Fantasie, die ich von meiner Liste streichen kann.«

Seltsamerweise sah sie keine Erleichterung in seinen Augen. Stattdessen zog er sich zurück und setzte sich auf die Bettkante. Er betrachtete ihr nacktes Bein, als könnte er sie nicht ansehen. »Die Regeln haben sich verändert, Carina. Zumindest für mich.«

Verwirrung überkam sie. Sie setzte sich auf und schob ihre

Haare aus dem Gesicht. »Wovon sprichst du?«

Er räusperte sich. Sah auf. »Ich will, dass du mich heiratest.«

Sie blinzelte. »Bist du verrückt geworden?«

Seine Hand zitterte, als er sich über die Stirn rieb. War er nervös? Fühlte er sich plötzlich schuldig, weil er die kleine Schwester seines besten Freundes flachgelegt hatte? »Du bist die Einzige, die ich kenne, die so eine Frage nach einem Heiratsantrag stellen würde. Nein, ich bin nicht verrückt geworden. Wir sind in Vegas. Wir gehören zusammen. Lass uns heiraten.«

Fast ihr ganzes Leben lang hatte sie davon geträumt, diese Worte aus dem Mund dieses Mannes zu hören. War es nicht der Traum einer jeden Frau, dass ein Mann sie um ihre Hand bat, nachdem beide eine Nacht endloser Lust miteinander verbracht hatten? Das perfekte Ende jeder romantischen Komödie und jedes Liebesromans. Warum warf sie sich also nicht in seine Arme und rief *Ja*?

Weil ihre Instinkte sie davor warnten, dass etwas nicht stimmte. Warum diese plötzliche 180-Grad-Drehung? Wie kam er von *Keine Verpflichtungen* zu *Hochzeit* in weniger als vierundzwanzig Stunden? Sie ignorierte das Geplapper ihres jüngeren Ichs, das ihr zuflüsterte, dass es ihm egal wäre. Stattdessen hörte sie auf die ältere, klügere Carina. »Ähm, ich bin wirklich geschmeichelt. Aber wenn du darauf bestehst, unsere Beziehung nicht zu verstecken, warum beginnen wir nicht langsam und haben ein, zwei Dates?«

Er schüttelte den Kopf. Vehement. »Ich will keine lockere Beziehung und ein paar Dates.« Seine Aura pulsierte vor männlicher Kraft und Dominanz, drängte sie dazu, nachzugeben. Verdammt, sein Kontrollzwang überwältigte sie. Wer hätte das gedacht? »Ich habe mein ganzes Leben darauf gewartet, mir sicher zu sein und ich will nicht mehr warten. Du hast immer gesagt, du würdest etwas für mich empfinden. Lass es uns tun. Lass uns heiraten und ein neues Leben miteinander beginnen.«

Lass es uns tun?

Sie schluckte und versuchte, zu sprechen, obwohl ihr Herz

viel zu laut schlug. »Woher dieser plötzliche Sinneswandel? Wir hatten Regeln aufgestellt. Eine Nacht und dann machen wir weiter. Du wolltest dich nicht niederlassen und meintest, dass es mit uns nicht klappen könnte – wegen dem Altersunterschied, wegen Michael, meiner Familie und deinem umtriebigen Wesen. Was ist los, Max?«

Binnen einer Sekunde war er über sie gebeugt und küsste sie. Er hielt ihren Kopf, eroberte ihre Lippen und plünderte ihren Mund, bis sie nachgab und ihre Nägel in seine Schultern grub. Sie erschauerte lustvoll und ihr Körper entspannte sich. Er unterbrach den Kuss und sah sie an. In seinen Augen funkelte ein einziger Befehl. »Ich habe meine Meinung geändert. Ich will dich, ganz, für immer. Bring mich nicht dazu, betteln zu müssen. Sag mir einfach, dass du mich heiraten wirst.«

Sie öffnete ihren Mund und wollte bereits *Ja* sagen. Warum auch nicht? Sie hatte die unglaublichste Nacht ihres Lebens mit einem Mann verbracht, den sie schon immer gewollt hatte. Sie waren in Vegas, wo verrückte Sachen passierten und spontane Hochzeiten an der Tagesordnung standen. Möglicherweise hatte er in den letzten Stunden herausgefunden, dass er sie liebte? War das nicht der einzige Grund, warum er sie heiraten wollte?

Außer …

Ihr Innerstes verkrampfte sich, als ihr etwas in den Sinn kam, woran sie im Grunde nicht denken wollte. Aber das hier war die neue Carina und sie war nicht so dumm, einfach anzunehmen, dass Max Gray mit einem Mal von Amors Pfeil getroffen worden war. Dermaßen verliebt, dass er seine Freiheit aufgab.

Sie schob ihn von sich, setzte sich auf und betrachtete ihn aufmerksam. Entschlossenheit zeichnete sich auf seinen Zügen ab, als würde er einem Geschäftsabschluss beiwohnen, der bald zu Ende gebracht werden würde.

Carina vertraute auf ihren Instinkt und stellte ihn auf die Probe. »Danke für dein Angebot, Max, aber ich mag es, wie es gerade zwischen uns ist. Lass uns einfach sehen, wo das hinführt. Wir müssen uns nicht wegen einer verrückten Nacht in eine Ehe stürzen.«

Ein Anflug von Panik zeichnete sich in seinen blauen Augen ab. Ein Muskel in seinem Kiefer zuckte. »Hörst du mir überhaupt zu? Ich bitte dich darum, mich zu heiraten! Ich sage dir, dass du die Eine bist und dass ich dich noch heute heiraten will. Lass uns etwas Verrücktes tun und unsere Ehegelübde in Vegas sprechen. Wir gehören zusammen, das habe ich endlich erkannt.«

Er beugte sich zu ihr und sie wusste, dass er sie verführen würde. Dass er das *Ja* aus ihrem Mund und ihrem Herzen holen würde, noch bevor sie sich fragen konnte, was gerade vor sich ging. Zu ihrem eigenen Schutz drehte sie sich zur Seite und streckte ihre Arme aus, um ihn von sich fernzuhalten. »Warum ausgerechnet jetzt?«

Er hob die Hände, als würde er resignieren. »Warum nicht? Die letzte Nacht hat bewiesen, dass du die Eine bist.«

In ihrem Magen formte sich ein kalter Klumpen aus Elend. Er log. Seine Muskeln spannten sich, als würde er sich auf eine Boxrunde einstellen. Um ihn errichtete sich eine Mauer aus Abwehr. Er stand auf und begann, auf und ab zu gehen – ein weiteres Zeichen für seine Nervosität und etwas, was im krassen Gegensatz zu der trägen Entspannung stand, die zwischen einem Mann und der Frau, die er liebte, herrschen sollte.

Was übersah sie? Hier ging es nicht nur um Schuld. Das war reine Panik, als wäre er gefangen ...

Gefangen.

Carina schluckte den Kloß in ihrem Hals hinunter. »Wem bist du begegnet?«

Er erstarrte. Kämmte mit den Fingern durch sein Haar. Lief weiter umher. »Ich weiß nicht, wovon du sprichst. Ich habe dich nur gefragt, ob du mich heiraten willst und du verhörst mich, als wäre ich ein Kriegsgefangener. Entschuldige bitte, wenn ich verwirrt bin.«

»Michael? Hat er im Hotel angerufen?«

»Nein. Hör zu, ich will nicht nach Hause zurückkehren und

dich dort nur ab und zu sehen. Ich will eine feste Beziehung mit dir. Ich will mit dir zusammenleben, mit dir schlafen, mit dir arbeiten. Es ist richtig so, Baby.«

Es ist richtig so.

Sie wickelte das Laken um ihren nackten Oberkörper und kämpfte darum, bei Verstand zu bleiben. Ihre Finger zitterten, aber sie schaffte es, die Worte hervorzubringen: »Sag mir die Wahrheit, Max. Jetzt sofort oder ich schwöre bei Gott, dass ich mich vergessen werde. Du schuldest es mir.«

Er wandte sich von ihr ab. Die Muskeln auf seinem nackten Rücken versteiften sich und ihm entkam ein übles Fluchen. Schließlich sah er sie wieder an. »Deine Mutter ist hier. Sie ist heute Morgen ins Zimmer gekommen und hat uns gesehen.«

Carina keuchte und schüttelte den Kopf. »*Dio*, nein. Was macht sie hier? Woher wusste sie, wo wir sind?«

»Sie wollte einen Zwischenstopp einlegen und dich treffen, bevor sie zu deinem Bruder weiterfliegt. Michael gab ihr die Zimmernummer.«

Angesichts der schrecklichen Möglichkeiten breitete sich eine Taubheit in ihrem Kopf aus. Kein Wunder, dass er ihr einen Antrag gemacht hatte. Ihre Mutter hatte ihn dazu gedrängt, zu seiner Verantwortung zu stehen und Max war sofort eingeknickt, weil sie ihn damit bei seiner Ehre gepackt hatte. Wut und Beschämung ließen ihren Magen flau werden. Sie konnte nicht einmal bei einem One-Night-Stand alles richtig machen. Welche Frau hatte wilden, schmutzigen Sex und musste sich am nächsten Morgen dem Zorn ihrer Mutter stellen? Ihre Haut fühlte sich klamm an und sie wünschte sich nichts sehnlicher, als angezogen und allein zu sein. Stattdessen sagte sie: »Jetzt verstehe ich.« Ihr Lachen klang hohl in dem ansonsten stillen Zimmer. »Es geht doch nichts über eine überbesorgte Mama, wenn es sich um die richtige Entscheidung eines Heiratsantrages dreht. Mach dir keine Sorgen, ich kümmere mich darum. Wo ist sie?«

»Beim Frühstück.«

»Ich gehe runter und rede mit ihr. Kläre das alles. Gibst du mir bitte ein paar Minuten, damit ich mich anziehen kann?«

Er kam zu ihr und kniete sich neben das Bett. Ihr Herz schwankte zwischen ihren Gefühlen für ihn und dem Verrat angesichts seines versteinerten Gesichtsausdrucks. Er hatte es sich einfacher vorgestellt, sie mit einem falschen Eheversprechen einzulullen, das jedoch nichts bedeutete. Hatte er wirklich geglaubt, sie wäre so dumm, aus Dankbarkeit in eine Heirat einzuwilligen? Hielt er wirklich so wenig von ihr? Immer noch?

»Wir müssen heiraten, Carina.«

Ihre Augen weiteten sich. »Zur Hölle, nein! Wir müssen nicht heiraten. Ich bin in Amerika. Nur weil wir Sex hatten, bedeutet das nicht, dass wir heiraten müssen. Ich will dich auch nicht heiraten!«

Max zuckte zurück, blieb aber hartnäckig. »Deine Mutter wird keine andere Entscheidung akzeptieren. Deine Familie wird es herausfinden und dann wäre dein Ruf ruiniert.«

»Gut, mein Ruf braucht ohnehin mal einen neuen Anstrich.«

»Das ist nicht witzig. Meine Mutter wird ebenfalls davon erfahren und das wird ihr das Herz brechen.«

Ihre Gefühle rasten durch ihren Körper. *Dieser verdammte ...* Carina kniff die Augen zusammen und betete, dass sie aus diesem Albtraum erwachen würde. »Sie wird darüber hinwegkommen. Wir bringen sie dazu, es zu verstehen. Es wird weder unser Leben in Amerika noch in Bergamo beeinflussen.«

»Ich kann ihr das nicht antun. Ich kann nicht zulassen, dass sie glaubt, ich hätte mich von allem abgewandt, was mir wichtig ist. Wir haben keine andere Wahl.«

Sie öffnete die Augen wieder. »Zur Hölle, doch, wir haben eine andere Wahl. Du musst gehen, Max. Bitte. Ich muss meine Mutter sehen und ich verspreche, dass ich das alles auflösen werde. Okay?«

Er betrachtete sie im Morgenlicht und nickte langsam. Elegant entfernte er sich vom Bett. Seine letzten Worte klangen in ihren Ohren wie eine Warnung. »Geh zu ihr. Aber ich weiß bereits, dass es keinen Unterschied machen wird.«

Die angrenzende Tür schloss sich. Carina kämpfte ihre rohe Panik nieder, sprang aus dem Bett und warf sich etwas zum Anziehen über. Der Muskelkater in ihren Gliedern heulte auf, als sie eine Jeans anzog, ein schwarzes Tanktop überstreifte und ihr Haar zu einem Knoten aufdrehte. Sie putzte sich die Zähne, schlüpfte in ein Paar Flip-Flops und lief schließlich hinunter zum Buffet.

Große Torbögen führten in den eleganten Speisesaal, dessen Fenster weit geöffnet waren. Sie lief durch den Hauptgang. Auf den endlosen Tischen standen dampfende Platten voller Frühstücks- und Mittagsköstlichkeiten, die jeden Hunger oder Appetit stillen konnten. Köche mit weißen Kochmützen nickten ihr zu, als sie an ihnen vorbeiging und dabei nach ihrer Mutter suchte. Schließlich traf ihr Blick eine ältere Frau, die allein auf dem Balkon saß, vor sich drei Teller voller Essen. Der mit Schnitzereien verzierte Gehstock lehnte neben dem Tisch.

Ihr Herz machte einen Sprung, als sie das vertraute Gesicht sah, auf das sie sich schon ihr ganzes Leben lang verlassen hatte. Mama Conte strahlte sie an und zog sie zu sich, um ihr einen Kuss aufzudrücken. Sie roch nach süßem Ahornsirup und Zimttoast. »Meine liebe Carina, solches Essen habe ich in meinem ganzen Leben noch nicht gesehen. Oder solch einen wunderbaren, falschen Venedig-Kanal.«

»Hallo Mama.« Sie setzte sich ihr gegenüber. »Was machst du hier?«

»Ich wollte einen Zwischenstopp einlegen und dich sehen, bevor ich zu Michael fliege. Und ich wollte das berühmte Vegas kennenlernen. Wer hätte gedacht, dass sich solch ein Glanz mitten im Herzen der Wüste befindet, nicht?«

»Ja. Ich hoffe, ich kann dich noch etwas herumführen. Vorher habe ich aber noch ein paar aufregende Neuigkeiten für dich.«

»Ja?«

»Max und ich werden heiraten.«

Carina spielte den Ball ihrer Mutter zu. Die Frau spielte schon sehr lange Poker. Ihr Gesicht erhellte sich und sie klatschte vor lauter vorgetäuschter Freude in die Hände. »Nein! Ich wusste nicht, dass du und Max euch trefft. Ich bin so glücklich, Liebes. Warte nur, bis ich es deinen Schwestern erzähle.«

»Sollten wir warten und uns in Italien trauen lassen oder doch lieber hier?«

»Oh, eindeutig hier. Sieh nur hin – das ist der perfekte Ort für eine Hochzeit.«

»Mama, Schluss damit.«

Die ältere Frau zuckte zusammen. Sie sah sie aus dunklen Augen an, in denen nicht einmal der Hauch eines schlechten Gewissens zu finden war. »Womit soll ich aufhören?«

»Ich weiß, was passiert ist, Mama. Du hast herausgefunden, dass Max und ich miteinander geschlafen haben und hast Max gezwungen, mich zu fragen, ob ich ihn heiraten will. Wie konntest du nur? Wie konntest du nur einen Mann dazu zwingen, mich anzunehmen wie irgendeine Pflicht, die er zu erfüllen hat?«

Mama Conte seufzte und schob ihren Teller von sich. Sie wartete und nippte an ihrem starken Espresso. »Ich wollte dich nicht täuschen, Carina. Ich dachte, es wäre romantischer, wenn Max dich fragt, ohne dass du glaubst, ich stecke dahinter.«

Sie keuchte auf. »Du steckst hinter allem. Ich erkläre es dir jetzt einmal: Max und ich haben die Nacht miteinander verbracht, aber wir wollen keine feste Beziehung. Wir sind nicht gut füreinander. Indem du seine Ehre bedrohst, hast du ihn dazu gezwungen, eine Entscheidung zu treffen, die er nicht treffen wollte. Wir können das alles noch zum Guten wenden. Wenn du kein Wort über die ganze Sache verlierst, wird es niemand erfahren. Niemandem wird wehgetan.«

Die Frau, die vier Kinder großgezogen und ein Imperium aufgebaut hatte, kniff die Augen zusammen und lehnte sich vor. Carina erzitterte unter dem gebieterischen Blick. »Du verstehst das nicht. Du hast mit Max geschlafen. Ich habe weder dich noch Maximus dazu erzogen, vor eurer Verantwortung davonzulaufen. Nur weil ihr nach Amerika gegangen seid, heißt das nicht, dass ihr die alten Werte verliert. Das hier muss richtiggestellt werden.«

Carinas Herz schlug so laut, dass das Geräusch in ihrem Kopf widerhallte. Sie atmete tief ein und versuchte, das als Geschäftsabschluss zu sehen, den sie um jeden Preis gewinnen musste. Unglücklicherweise war ihre Mutter die stärkste Gegnerin, der sie jemals gegenübergestanden hatte. »Mama, ich wollte dir niemals wehtun, aber das ist mein Leben. Ich kann Max nicht heiraten. Das musst du verstehen.«

»Warum?«

»Darum! Weil wir uns nicht wichtig sind. Weil Sex zwischen zwei Personen nicht automatisch eine lebenslange Verpflichtung bedeutet.«

Mama Conte nickte und verschränkte die Arme. Ihre Stimme wurde kalt. »Ich verstehe. Dann beantworte mir eine Frage. Wenn du bereit bist, mir wehzutun und alles zu ignorieren, was ich dir beigebracht habe, jeden Ethos und jede Moral, an die Papa und ich geglaubt haben, dann musst du mir versprechen die Wahrheit zu sagen, wenn ich dich jetzt etwas frage.«

Scham breitete sich in ihr aus. Carina ballte die Hände und nickte. »Ich verspreche es. Stell deine Frage.«

»Sieh mir in die Augen, Carina Conte, und sag mir ehrlich, dass du Max nicht liebst.«

Sie hatte das Gefühl, als hätte ihr jemand in den Bauch geschlagen. Sämtliche Luft wich aus ihrem Körper. Carina starrte ihre Mutter mit einer Mischung aus Grauen und Erleichterung an. *Sag es einfach.* Sie musste ihr nur sagen, dass sie Max nicht liebte und dann wäre alles gut. Klar, sie würde sich schuldig fühlen und ihre Mutter wäre enttäuscht, aber zumindest gäbe es keine erzwungene Hochzeit. Keine falsche Beziehung oder erlogene Liebesschwüre, die keiner von beiden ernst meinte.

Ich. Liebe. Max. Nicht.

Sie öffnete den Mund.

Die Jahre, die sie mit ihrer Mutter verbracht hatte – mit dem Menschen, der sie aufgezogen hatte, tauchten vor ihren Augen auf. Nachdem Papa gestorben war, war die Welt aus ihren

Angeln gebrochen. Es war hart gewesen, wieder ins Leben zurückzukehren. Michael hatte geholfen. Aber ihre Mutter war der Fels gewesen, der alles zusammengehalten hatte. Eine eiserne Faust mit einem Herzen aus purem Gold. Sie war jede Nacht an ihrer Seite gewesen, wenn sie weinte und hatte ihr Geschichten von Papa erzählt. Sie hatte sich nie davor gescheut, über den Mann zu sprechen, der die Liebe ihres Lebens war. Sie hatte ihre Trauer mit Ehrlichkeit und einer Courage bewältigt, von der Carina geschworen hatte, dass sie sie sich auch aneignen würde – zu Ehren ihrer Mutter.

Die Worte formten sich bereits auf ihrer Zunge. Ihr Herz nannte sie eine Lügnerin und für einen Moment erreichte sie einen Wendepunkt.

Ihre Mutter wartete. Sie vertraute darauf, dass sie die Wahrheit sagen würde. Vertraute darauf, dass sie ehrlich zu sich selbst war und niemals wie ein Feigling handeln würde.

Sie liebte Max noch immer. Die Erkenntnis traf sie wie ein Schlag. Trauer und Hoffnungslosigkeit überschwemmten ihren Körper wie ein Tsunami, der darauf aus war, alles zu zerstören.

Ihre Stimme brach. »Ich kann nicht.«

Ihre Mutter nahm ihre Hand und drückte sie. »Ich weiß. Du hast ihn schon immer geliebt. Du musst wissen, dass ich diese Hochzeit erzwingen muss und du musst versuchen, deinen Weg zu finden. Max hegt tiefe Gefühle für dich, meine süße Carina. Ich werde nicht zulassen, dass er sich selbst verleugnet oder die Chance, die ihr beide habt. Wenn du damit nicht einverstanden bist, werde ich Max' Mutter anrufen. Ich werde Michael alles erzählen und du wirst damit mehr Schaden anrichten, als du es jemals für möglich gehalten hättest. Und du würdest mir damit das Herz brechen.«

Ihre Kehle wurde eng und mit einem Mal war sie völlig erschöpft. Alle kämpferische Energie wich aus ihren Gliedern und sie sackte in ihrem Stuhl zurück. Sie wollte wie ein Kind weinen und auf den Schoß ihrer Mutter kriechen, um dort Trost zu finden. Doch inzwischen war sie erwachsen, musste ihren eigenen Entscheidungen und deren Konsequenzen in die

Augen blicken.

Es blieb ihr keine Wahl.

Sie musste Max heiraten.

Was jedoch nicht bedeutete, dass es ihr gefallen musste.

***

Carina klopfte an seine Tür.

Ihr schwaches Herz explodierte vor Lust und einem tieferen Gefühl, als er öffnete und beiseitetrat. Gott sei Dank hatte er Klamotten angezogen, wenn auch nur wenige. Die blaue Jogginghose saß tief und gab den Blick auf seinen Waschbrettbauch frei. Das dazu passende T-Shirt schien uralt; der abgenutzte Stoff umklammerte seine Schultern wie ein Liebhaber.

Sie bekämpfte den Impuls, sich vorzubeugen und seinen Duft einzuatmen – eine Mischung aus Seife, Kaffee und einem Hauch von Moschus. Er hatte geduscht; sein Haar war feucht und sauber zurückgekämmt.

»Und?« Er trat von einem nackten Fuß auf den anderen, während er sie betrachtete.

»Du hattest recht. Sie verlangt, dass wir heiraten.«

Carina wartete auf einen heftigen Fluch. Eine waschechte Panikattacke. Irgendetwas, das ihr eine Entschuldigung bot, ihrer Mutter das Herz zu brechen und die Strafe hinzunehmen.

Stattdessen nickte er, als hätte er es längst gewusst. »Habe ich mir gedacht. Willst du Kaffee?« Er deutete zum Servierwagen des Zimmerservices. Silberne Servierhauben lüfteten sich und enthüllten Rührei mit Toast. Neben einer Vase mit einer langstieligen Rose stand eine volle Kaffeetasse.

Ihre Gefühle gingen mit ihr durch. »Nein, ich will keinen gottverdammten Kaffee! Und ich will auch keinen Ehemann, der mich nicht will! Willst du das wirklich tun? Willst du in einer dauerhaften Beziehung gefangen sein, die du nicht einmal gewollt hast?«

Er hob seine Tasse und musterte sie. Sein Gesicht erinnerte sie an eine Maske – ohne jede Emotion. »Ja.«

»Warum?«

Er nippte an dem dampfenden Getränk. »Weil es das Richtige ist.«

Wut brach in ihr aus und bahnte sich ihren Weg ins Freie. »Fick dich, Max. Ich werde dich heiraten, aber ich werde nicht deine kleine Puppe sein. Merk dir einfach, dass ich niemals darum gebeten habe. Ich brauche dein Mitleid nicht oder deine guten Absichten. Ich hatte meine perfekte Nacht und ich brauche keine weitere.«

Sie warf die Tür hinter sich zu.

***

Der Tag verschwamm vor ihr.

Die *La Capella* Kapelle war ein toskanisch-inspirierter Ort, der perfekt passte. Die warmen Erdtöne, die hochglanzpolierten Marmorböden und Mahagonibänke erinnerten sie an ihr Zuhause. Carina trug das einfache weiße Kleid von *Vera Wang*, ihre Finger fühlten sich taub an. Ihre Mutter hatte ihr die Haare zurechtgemacht und ihre unbezähmbaren Strähnen in glänzende dicke Locken gedreht, als wäre es eine Hochzeit von Bedeutung. Als sie den perlenbesetzten Schleier auf ihrem Kopf platzierte und ihr Gesicht verhüllte, konnte niemand die Tränen sehen, die ihr in die Augen schossen.

Sie hatte sich immer ausgemalt, von ihren kichernden Schwestern umgeben zu sein, während sie den Gang zu einem Mann entlangschritt, der sie liebte. Stattdessen hielt sie im Durchgang inne und begriff langsam, wie sich ihre Schwägerin fühlte, wenn sie versuchte, einer Panikattacke Herr zu werden. Ihr Magen krampfte. Schweiß bildete sich auf ihrer Haut und begann, zu jucken.

Billige Orgelmusik erfüllte die Atmosphäre und Carina machte einen Schritt rückwärts. Ihre Ciccotti-Schuhe mit den zehn Zentimeter hohen Absätzen, besetzt mit echten Diamanten, verführten sie dazu, davonzulaufen. Verdammt noch mal, sie wäre die perfekte *Braut, die sich nicht traut.* Würde sich einen FedEx-Laster suchen und auf große Wanderschaft gehen. Ihren Namen ändern, tief untertauchen und ...

Ihr Blick traf auf seinen.

Seine gesamte Aura schrie Kontrolle. Ozeanblaue Augen hielten ihren Blick gefangen und gaben ihr die Kraft, die sie brauchte, um einen weiteren Atemzug zu nehmen. Dann noch einen. Ihre Mutter hakte sich fest bei ihr ein, hob den Gehstock und marschierte mit ihr den Gang entlang.

Er hielt den Kontakt aufrecht, bis sie vor ihm beim Altar angekommen war. Max war männliche Perfektion. Er trug einen unglaublich heißen schwarzen Smoking, mit roten Akzenten und verströmte Anmut und Eleganz.

Während des Gelübdes zitterte seine Stimme kein einziges Mal. Die Ernsthaftigkeit des Moments stand sehr im Gegensatz zu dieser unbedachten Entscheidung. Irgendwie wirkte es nicht echt, bis sie die Worte sprach. Kurz vor der Antwort geriet sie ins Stocken. Konnte sie das wirklich tun? Einen Mann heiraten, der sie nicht liebte? Die Fragen kreisten in ihrem Kopf und verursachten Chaos. Eine anhaltende Stille legte sich über die Kapelle. Ihre Mutter sah sie an und wartete. Das Blut rauschte in Carinas Ohren und sie schwankte.

Leichter Druck von Max' Fingern brachte sie zurück. Er nickte langsam. Ermutigte sie, die Worte zu sagen. Forderte sie auf, den Sprung zu wagen.

»Ich will.«

Er schob den *Crown-of-Light*-Diamantring auf ihren Finger.

Erobert.

Seine Lippen waren warm, aber sein Kuss war keusch. Ein formelles Ende einer Zeremonie, die sie für immer verändern würde.

Sawyer hatte ihnen ein privates Esszimmer organisiert. Eine bekannte Band spielte alte italienische Hits und sie aßen Pasta, verschiedene Appetithappen und tranken Wein. Der Kuchen war zu Ehren der Hochzeit vom Küchenchef des venezianischen Hotels selbst kreiert worden.

Die nächsten Stunden spielten sich für sie ab, als stünde sie neben sich. Sie lächelte, wenn nötig und rief Max' Mutter und ihre Familie an, um die Neuigkeiten zu verbreiten. Sie rang sich Freudenschreie für ihre Schwestern ab und malte sich Bilder ihrer heimlichen Beziehung aus, die sie würgen ließen. Während der ganzen Zeit berührte Max sie kein einziges Mal und sah sie kaum an, als sie den unausweichlichen Hochzeitstanz hinter sich brachten. In dem Bestreben, alles zu verdrängen, bis sie es endlich ins Zimmer schafften, kippte Carina Champagner hinunter.

Das Doppelbett verspottete sie. Die Luft war noch vom Duft ihrer Liebesnacht erfüllt oder sie bildete es sich bloß ein. Max stand vor ihr, eingehüllt in seinen makellosen Smoking. Er war ihr so nah und doch schien er Galaxien entfernt. Ihr Körper erbebte und schmolz unter seinem Blick dahin. »Es ist unsere Hochzeitsnacht.«

Sie stellte sich vor, wie er ihr das Hochzeitskleid und ihr Höschen auszog. Ihre Schenkel spreizte. Seinen Kopf senkte, um zu liebkosen und zu reizen, bis er schließlich tief in sie stieß und sie alles vergessen machte, außer die Art, wie er sie fühlen ließ.

Sie nahm die Flasche Champagner aus dem Eiskühler und ein Glas. Schleuderte ihre Schuhe beiseite. Und lächelte aufreizend.

»Auf uns, *Maxie*. Gute Nacht.«

Einem plötzlichen Gefühl folgend, salutierte sie und kippte den Champagner hinunter. Dann verschloss sie die Tür hinter sich. Kauerte sich auf dem Fußboden in ihrem Hochzeitskleid gegen die Wand zusammen.

Und weinte.

12. Kapitel

Zwei Wochen später erkannte Max, dass sich sein Leben verändert hatte.

Er mochte Ordnung und Einfachheit. Sein Schlafzimmer hatte bisher mit all den Kirschholzmöbeln und der spartanischen Dekoration seinen Lebensstil widergespiegelt. Jetzt explodierte die Dunkelheit mit hellen Tupfern – ein orangeroter Läufer auf den Holzdielen, ein pinkfarbener Schal hing an einem Haken hinter der Tür, ein Haufen Parfumflaschen stand da und ein Berg Schuhe in einer Ecke.

Sein Badezimmer duftete nach Gurke, Melone und frischer Seife. Sein Rasierer war vom Badezimmerschrank entfernt und durch Flaschen mit Lotion und Cremes ersetzt worden. Als er die Wendeltreppe ins Wohnzimmer hinunterging, bemerkte er ein paar Klatschblätter auf dem Sofa neben einer Ansammlung von Liebesromanen mit sexy Covern. Max griff nach einem, um es ins Bücherregal zu stellen, entschied sich dann aber, einen Blick zu riskieren. Nachdem er die Szene gelesen hatte, fragte er sich, warum sich sein Gesicht plötzlich heiß anfühlte. Er stellte es rasch ins Regal und ging in die Küche.

Leer, bis auf das Meer von Brotkrümeln, die wie von einer kleinen Maus auf dem weißen Granittresen verstreut lagen. Er folgte der Spur den Flur entlang und zur Rückseite der Wohnung. Carina hatte das Sonnenzimmer als ihren neuen Arbeitsplatz beansprucht und schien endlose Stunden hier zu verbringen. Max klopfte an die Tür und öffnete sie.

Carina stand im vollen Licht in der Mitte des Raums und starrte auf die leere Leinwand. Er benutzte den Platz selten für mehr als einen Lagerraum, inzwischen war hier alles umorganisiert. Kartons waren verschwunden, verdunkelnde Fensterläden waren heruntergerissen und die Tapete entfernt worden. Sie hatte ihrem Künstlerhafen neues Leben eingehaucht – mit der Sonne, die durch die großen Fenster strömte und auf satte, pfirsichfarbene Wände fiel und den endlosen Regalreihen, die mit Utensilien gefüllt waren. Er hatte die Musikanlage angeschlossen und nun dröhnten Beyoncés sexy Texte durch den Raum.

Carinas Finger hielten einen Pinsel, den sie in Moosgrün getaucht hatte; ihr Kittel war bereits mit Farbe und Kohle beschmiert. Einfache Zeichnungen füllten die Wände mit einer Reihe an Figuren. Sie hatte sich auch an einer Landschaft versucht, die nur zur Hälfte fertiggestellt war. Ihr Haar war zu einem unordentlichen Knoten hochgebunden. Konzentriert schürzte sie die Lippen, als sähe sie etwas, das noch nicht da war – ein Bild, das sie erschaffen musste.

Max war von der Frau fasziniert. Es war, als hätte er sie nie zuvor gesehen.

Rocky lag in einem warmen Lichtstrahl und schnarchte vor sich hin. Sein bester Freund hatte sich rasch der dunklen Seite zugewandt. Carinas Tierflüstererfähigkeiten hatten den Hund völlig hypnotisiert; er folgte ihr treu von Zimmer zu Zimmer und unterstrich damit die Wahl seiner neuen Nummer eins.

In nur zwei Wochen hatte sie sein Leben vollständig auf den Kopf gestellt. Sie war eine Chaotin. Ließ den Verschluss der Zahnpasta offen, ihre Schuhe lagen wahllos auf dem Boden verstreut und sie schien den Wäschekorb nicht ein einziges Mal zu treffen.

Er hatte herausgefunden, dass sie seine Vorliebe für forensische Krimiserien teilte und hin und wieder auch eine dieser kitschigen Reality-Dramaserien genoss. Manchmal saßen sie mit Rocky zusammen, tranken Wein und sahen sich in himmlischem Schweigen einen Film an. Die Vier-Sterne-Gerichte, an denen er sich so gern versuchte, hatten einen weiteren Anhänger. Inzwischen hatte er erkannt, dass es ihm mehr Freude bereitete, Essen für sie zuzubereiten als für sich allein.

Natürlich wartete er noch immer auf die Panik, die mit dem Wissen einsetzen musste, sein altes Leben hinter sich gelassen zu haben und für immer an eine Frau gebunden zu sein. Er hatte Wut, innere Ablehnung und pursten Horror zu empfinden erwartet. Doch seit der desaströsen Hochzeitsnacht, als sie ihm seine Worte wütend vor die Füße geworfen hatte, hatte er einfach nur Abstand gewahrt. Sie hatten einen Waffenstillstand geschlossen und behandelten einander mit der größtmöglichen Höflichkeit und Respekt. Max sagte sich, erleichtert zu sein, dass sie ihn nicht in falsche Intimitäten zwang. Allerdings hatte er auch nie erwartet, dass sie der Hochzeit gegenüber dermaßen abgeneigt sein könnte. Sie brauchte ihn oder seine Unterstützung in keinster Weise und bezog ihn auch nicht in die Entscheidung ein, weiterhin für *La Dolce Maggie* zu arbeiten. Sie hatte eine Weile nicht mehr darüber gesprochen und da es in letzter Zeit keine Missgeschicke mehr gegeben hatte, hatte sie vielleicht entschieden, es auszusitzen.

»Carina?«

Sie drehte sich um und sein Herz stockte. Mit ihrem losen Haar, das unordentlich auf ihre Schultern fiel, einem Kohlestrich auf der Wange und ihrem mit Farbe bekleckerten Kittel hatte sie keine Ähnlichkeit mehr mit ihrem Geschäftsfrauen-Ich. Ihre kurze Hose entblößte die Länge ihrer gebräunten Beine, ihre Fußnägel zierte ein sattes Kirschrot.

»Was?«, knurrte sie.

Er verlagerte das Gewicht von einem Bein aufs andere und fühlte sich plötzlich wie ein Teenager. »Woran arbeitest du?«

»Keine Ahnung.« Sie rümpfte die Nase auf diese süße Weise, die ihm mittlerweile vertraut war. »Meine üblichen Sachen gefallen mir nicht mehr. Ich habe das Gefühl, dass ich mehr will, aber ich weiß noch nicht, was es ist.«

»Du findest es heraus.«

»Vielleicht.« Sie machte eine Pause. »Wolltest du etwas Bestimmtes?«

Himmel, warum fühlte er sich wie ein Idiot? Seiner Frau für ein wenig Interaktion nachstellen. Max räusperte sich. »Ich koche das Abendessen. Ich dachte, du willst vielleicht eine Pause machen.«

»Hebst du mir bitte einen Teller auf? Ich kann jetzt nicht aufhören.«

»Natürlich. Arbeite nicht zu hart.«

»Hm.«

Ihr abfälliger Ton und die Beiläufigkeit gingen ihm auf den Sack. Warum durfte nur sie beleidigt sein, dass man sie zur Heirat gezwungen hatte? Er hatte auch sein Leben aufgegeben. »Bist du bereit für die große Eröffnung in zwei Wochen? Du hast gute Arbeit bei der Vorbereitung geleistet. Vermutlich musst du die nächsten Tage länger arbeiten.«

Als würde ihr einfallen, dass sie ihm beiläufig noch etwas sagen wollte, schnitt sie mit einer Hand durch die Luft. »Oh, ich habe ganz vergessen, es dir zu sagen. Ich kündige.«

Er drehte sich auf dem Absatz um. »Was?«

Sie fuhr sich mit einer Hand durch die Locken, was einen Klecks roter Farbe hinterließ. »Sorry, ich wollte schon früher mit dir sprechen. Es macht für mich einfach keinen Sinn mehr. Morgen spreche ich mit Michael. Ich bleibe so lang, wie du mich brauchst, bis du einen geeigneten Assistenten findest.«

Der Schock hielt ihn gefangen. Wann hatte sie das entschieden? Seit sie aus Vegas zurückgekommen waren, hatte sie wieder gearbeitet, aber ihre Stunden reduziert. Sie brachte volle Leistung, aber er wusste, dass ihr Enthusiasmus geschrumpft war. Seine Innereien krampften bei dem Gedanken, sie nicht mehr im Büro zu sehen, aber er fühlte auch einen Anflug von Stolz. Das Bild ihrer gemeinsamen Nacht verhöhnte ihn. Nackt und in seinen Armen hatte sie ihm ihre Gefühle auf eine Art gestanden, die ihm weismachte, etwas Besonderes zu sein. Jetzt traf sie ihre eigenen Entscheidungen, ohne nachzudenken. Eine tiefe Sehnsucht rauschte durch ihn hindurch, aber er wusste nicht, was er dagegen tun sollte. »Was wirst du stattdessen machen?«

Carina grinste, ihre Augen hell vor Aufregung. »Ich werde in Alexas Laden arbeiten, *BookCrazy*.«

»Interessant. Ich wusste, dass Alexa Hilfe braucht, jetzt wo das zweite Kind unterwegs ist, aber ich hatte keine Ahnung, dass du in letzter Zeit bei ihr im Buchladen warst.«

»Ich war Anfang der Woche bei ihr, um ihr ein wenig zu helfen. Ihr Buchhalter hat keine Ahnung und wirklich Mist gebaut. Ich habe ihr gesagt, dass ich mich um die Finanzen kümmern kann, aber nachdem ich ein paar Stunden dort gearbeitet hatte, wurde mir klar, dass ich den Ort liebe.«

Ein Lächeln umspielte seine Lippen angesichts ihres Enthusiasmus. Sie überraschte ihn immer wieder mit ihrer Fähigkeit, von einer kontrollierten Geschäftsfrau zu einer offenherzigen Frau voller Leben und Liebe zu werden. »Überrascht mich nicht. Buchläden sind die perfekte Mischung aus Geschäft und Kunst.«

»Genau! Ich werde die nächsten Wochen bei ihr lernen und der Sache eine Chance geben.«

Stolz erfüllte ihn. »Du wirst das fantastisch machen, wie alles andere auch.«

»Danke.«

Sie starrten einander an. Er wollte die Distanz zwischen ihnen überbrücken – emotional wie körperlich. Schließlich waren sie für immer verheiratet. Ihre Verbindung während der gemeinsamen Nacht war erderschütternd gewesen. Warum sollten sie diesen Teil ihrer Beziehung verleugnen?

Ein sinnliches Gefühl erwachte zum Leben und sie zog die Luft ein. Die Spannung schlug um. Max wurde steinhart und war bereit, loszulegen. Der Gedanke, sie auf ihrem Arbeitstisch flachzulegen, in ihrer nassen Hitze zu versinken, entlockte ihm den Wunsch, wie ein Hengst aufzustampfen. Er machte einen Schritt auf sie zu, ein Versprechen in seinem Blick.

Sie wandte ihm den Rücken zu. »Danke fürs Vorbeikommen. Zurück an die Arbeit.«

Max unterdrückte einen Fluch über ihre offensichtliche Abweisung. Wie lang würde das so weitergehen? Wollte Carina sie beide wegen der erzwungenen Hochzeit bestrafen? Vielleicht musste er ihr zeigen, was sie verpasste, wie perfekt sie im Bett zusammenpassten.

Vielleicht musste er seine Frau verführen.

Er wartete, aber sie bewegte sich bereits wieder und attackierte das leere Papier mit ein paar scharfen Strichen. Er ließ sie im Sonnenlicht zurück, allein und überlegte, was er als

Nächstes tun würde.

***

Was übersah sie?

Carina starrte das Bild vor sich an. Technisch gesehen stimmten die Schattierungen und der Aufbau, aber irgendetwas fehlte noch. Das gewisse Etwas.

Sie legte den Kopf in den Nacken und drehte ihn hin und her, dann sah sie sich um. Wie spät war es? Die Sonne war längst untergegangen. Das letzte Mal hatte Max nach ihr gesehen, als es Zeit zum Abendessen gewesen war. Ein Blick auf die Uhr bestätigte ihr, dass sie bereits seit mehreren Stunden malte.

Frustration rieb über ihre Nervenenden. Es war hart, wieder in die Malerei einzutauchen, nachdem sie mehrere Jahre keinen Pinselstrich getan hatte. Das Malen war etwas gewesen, für das sie keine Zeit mehr gehabt hatte, als sie sich an der Business School einschrieb. Sie hatte gehofft, dass eine solide Karriere ihre innere Stimme, die ihr zum Malen riet, zum Schweigen bringen würde.

Hatte sie nicht. Die Stimme war wieder da – lauter denn je. Aber ihre Fähigkeiten waren eingerostet und ihre Bilder wirkten flach. Der Kunstkurs, bei dem sie sich schließlich angemeldet hatte, half ihr, wieder zu den grundlegenden Fähigkeiten zurückzufinden, die sie benötigte, um ihre Bilder zum Leben zu erwecken. Zwischen ihrem neuen Job bei *BookCrazy* und ihrer Kunst begann sich ihr Leben, langsam in die richtige Richtung zu bewegen. Es war auch an der Zeit.

Bis auf den Fehler, den sie mit ihrer Hochzeit eingegangen war.

Die Erinnerung mit Max im Arbeitsraum brannte hinter ihren Lidern. Die sexuelle Spannung und ihre Erregung trafen sie wie ein Schlag. Sie war vorhin kaum in der Lage gewesen, sich umzudrehen, aber es war wichtig gewesen, ihn abzuweisen. Wenn er glaubte, dass sie ein süßer kleiner Welpe war, der bei einem einzigen Fingerwink angelaufen kam, hatte er sich getäuscht. Es hatte sie erschöpft, ihm ihr ganzes Leben lang nachzurennen. Es war an der Zeit, sich auf sich selbst zu konzentrieren. Sie entschied, wohin sie diese Beziehung führen wollte – diesmal zu ihren Bedingungen.

Carina seufzte und sah an sich hinab. Pfui. Ein einziges Chaos. Rocky, der stundenlang geschlafen hatte, hob den Kopf und gähnte. Sie lachte und kniete sich zu ihm, um ihn zu streicheln. Sie kraulte seinen Bauch, bis sie seine liebste Stelle fand und er ekstatisch mit dem Bein auszutreten begann.

»Ich glaube, ich bin eifersüchtig auf den Hund.«

Sie sah auf. Mr. Sexy stand im Türrahmen, in den Händen ein großes Glas. Die zerschlissene Levis-Jeans hing tief auf seinen Hüften und das einfache weiße T-Shirt spannte über seiner breiten Brust. An den Füßen trug er nichts.

Ihr Körper war mit einem Mal angespannt, bereit zu spielen. Sie sah ihn misstrauisch an. »Rocky wird immer meine Nummer eins sein. Was ist das?«

In seine Augen trat ein bösartiges Funkeln. Ihr Herz begann, zu rasen. »Du hast das Abendessen verpasst. Also dachte ich mir, ich bringe dir etwas, um deinen Blutzuckerspiegel in die Höhe zu treiben.

»Wie aufmerksam.«

»Nicht wahr? Willst du probieren?«

Sie musterte erst das Glas, dann ihn. »Was ist das?«

»Schokolade.«

Das Wort glitt wie heißer Karamell von seinen Lippen. Ihr Magen zog sich zusammen. Er verlagerte seine Hüften und sein heißer Blick wanderte von ihrem Scheitel bis hinunter zu ihren nackten Füßen. Dieser Mann sollte verboten werden.

»Bin nicht hungrig,«, zwang sie sich zu sagen.

»Lügnerin.«

Ihr Temperament kam zum Vorschein. »Ich spiele dieses Spielchen nicht mir dir, Max. Warum gehst du nicht einfach weiter und machst das, was du am besten kannst? Geh und rette irgendjemanden, der es gebrauchen kann.«

»Ich will aber niemand anderen.«

Die Worte versengten sie, brannten wie eine Flamme. Sie warf den Kopf zurück und biss die Zähne zusammen. »Was willst du dann?«

»Dich. Jetzt. Zieh deine Sachen aus.«

Carina erstarrte. »Was?« Mit der trägen Eleganz eines Raubtieres kam er näher und beobachtete sie aufmerksam. Ihre Hände ballten sich zu Fäusten, während sie nach Luft rang. Er blieb vor ihr stehen. Seine Kraft hüllte sie ein, forderte sie auf, zuzuhören. Etwas in ihr wuchs an und wollte ihm unbedingt gehorchen. Heilige Scheiße, warum machte es sie so heiß, wenn er sie herumkommandierte? Und warum wollte sie ihm unbedingt gehorchen?

»Lass mich dir sagen, was ich will, Carina. Ich habe die ganzen letzten Wochen in meinem Bett gelegen, geschlagen mit einer Erektion, die einfach nicht verschwinden will. Ich musste immer wieder an diese eine Nacht denken und fragte mich dabei, auf wie viele verschiedene Arten ich dich zum Kommen bringen kann.«

Hitze hüllte sie ein. Ihre Brüste drückten gegen den Stoff des BHs und ihre Nippel verhärteten sich zu kleinen Spitzen. Sie war in seinem Bann. Er senkte den Kopf und verharrte wenige Zentimeter vor ihrem Mund. Sein Duft umfing sie und ihr wurde schwindelig. Er drückte seinen Daumen auf ihre Unterlippe und strich darüber. »Ich weiß, dass du sauer bist. Ich weiß, dass ich es versaut habe. Aber ich will dich so sehr, dass ich nicht mehr klar denken kann. Warum sollten wir uns einander verweigern?«

In seinen Worten lag eine tiefe Wahrheit, die sie unbedingt glauben wollte. Daran konnte sie festhalten. Seine Erektion drückte gegen ihren Schenkel und ihr Körper flehte darum, endlich Erlösung zu finden. Orgasmischer, sich-unter-ihm-windender, befriedigender Sex. Nicht mehr. Nicht weniger.

So, wie in jener Nacht.

Carina stand am Rand eines Abgrunds und zögerte. Konnte sie dieses gefährliche Spiel spielen, trotz des Wissens, dass sie noch immer tiefe Gefühle für ihn hegte?

Er nahm einen sauberen Pinsel von der Staffelei. Damit strich er ihr in langsamen, vorsichtigen Bewegungen über die Wange. Sie erzitterte unter der sanften Berührung und ihre Nervenenden prickelten, als würde sie auf einer erhitzten Herdplatte liegen. »Sag ja. Denn ich will spielen.«

Ihre Knie wurden weich – wie ein Klischee aus einem Liebesroman. Sie fragte sich, ob sie auch noch ohnmächtig werden würde, sobald er sie endlich küsste. Erregung pulsierte in ihrem Blut und traf ihre Klitoris, sodass es nur eine Antwort auf seine Frage gab.

»Ja.«

Seine Finger bewegten sich, knöpften ihren Arbeitskittel auf und warfen ihn zu Boden. Ihr Top wurde ihr über den Kopf gezogen. Er musterte ihren schwarzen BH auf diese sexy Bad-Boy-Weise und griff um sie herum. Sie stieß den Atem aus, als er ihn mit einer einzigen Bewegung öffnete und der Fetzen Spitze zu ihren Füßen landete. Große Hände umfassten ihre Brüste, streichelten sie, bis ein Stöhnen ihre Kehle hinaufdrängte. Ohne Zögern glitten seine Finger tiefer und öffneten den Knopf ihrer Shorts. Er zog den Reißverschluss auf und die Hose über ihre Beine.

In dem Versuch, nicht zu keuchen, stand sie vor ihm; alles, was sie noch trug, war ein winziger schwarzer Tanga. Heiße Röte färbte ihre Wangen. Er beugte sich zu ihr und küsste sie. Tief und eindringlich, nur mit einem langsamen Streicheln seiner Zunge. Der Geschmack von Kaffee und Minze vernebelte ihr die Sinne, bis sie sich an ihn presste und zur Strafe an seinem Mund knabberte. Als er sich zurückzog, glänzten seine blauen Augen wild. »Du bist so verdammt schön. Lass mich dich ansehen. Alles an dir.«

Halb trunken von seinem brennenden Blick zog sie den Tanga aus.

Max betrachtete sie, berührte hungrig jede Stelle ihres nackten Körpers. Das Wissen, dass er noch immer vollständig bekleidet war, ließ sie noch feuchter werden und verstärkte das Gefühl, zur Gänze von ihm eingenommen worden zu sein. Mit einem zufriedenen Lächeln griff er in seine Tasche und zog einen langen Seidenschal hervor.

Aus großen Augen sah sie ihn an. »Spielen wir *Fifty Shades of Grey*?«, flüsterte sie.

Max lachte. »*Dio*, ich bete dich an. Wir können darüber reden. Heute Nacht will ich dir jedoch die Augen verbinden, damit wir einen Geschmackstest durchführen können. Vertraust du mir?«

Sie zögerte, erinnerte sich dann aber wieder, dass es nur um ihren Körper ging, nur um Sex. »Ja.«

Der Stoff war kühl, als er ihn über ihre Augen legte und sanft festknotete. Dunkelheit umfing sie. Es dauerte einen Moment, ehe sie ihre Orientierung wiederfand. Sie nutzte ihren Geruchssinn und die Hitze seiner Haut, um ihre Position zu bestimmen. Sie spitzte die Ohren, als sie hörte, wie ein Deckel aufgedreht wurde. Es folgte das Flüstern von Kleidung. Seine raue Stimme an ihrem Ohr.

»Entspann dich und genieße es. Sag mir, was du riechst.«

Sie atmete tief ein und der himmlische, vollmundige Geruch ließ sie aufstöhnen. »Schokolade.«

»Sehr gut. Jetzt koste.« Ein winziger Tropfen traf ihre Zunge. Der bittersüße Geschmack explodierte in ihrem Mund und wurde zu einem süßen Zuckerrausch.

»Hm.« Ihr Zunge stahl sich hervor und leckte über ihre Unterlippe. »Köstlich.«

Er sog scharf den Atem ein. »Ich bin dran.«

Sie öffnete den Mund und wartete, aber nichts geschah. Stattdessen überraschte sie ein Pinsel, der sanft über eine ihrer Brustwarzen glitt. Im ersten Moment zuckte sie zurück, aber er machte hartnäckig mit der aufreizenden Bewegung weiter, bis es sich so anfühlte, als wäre ihr Nippel völlig mit Schokolade bedeckt.

Carina keuchte, als sich ihre Knospen unter diesen Reizen zusammenzogen. »Wunderschön«, murmelte er. Seine Zunge war heiß, als er sie sauber leckte, bis sie sich ihm entgegenbäumte und an seinen Schultern festhalten musste, um nicht das Gleichgewicht zu verlieren. Erregung prickelte über ihre Haut. Sie spürte, wie sie feucht und immer erregter wurde. »Du hast recht, Baby. Die Schokolade ist köstlich.«

»Bastard.«

Sein tiefes, leises Lachen schabte über ihre Nervenenden. »Dafür wirst du bezahlen.

Und so war es. Er bemalte auch den anderen Nippel und saugte daran, ließ seine Zunge darum Kreise ziehen, wieder und wieder, bis sie um Gnade flehte. Der Pinsel wurde zu einem Folterinstrument, das dazu diente, ihr eine nie geahnte Ekstase zu schenken. Er malte eine Linie durch das Tal zwischen ihren Brüsten und tippte in ihren Bauchnabel. Leckte die Schokolade fort. Knabberte an ihrem Bauch und ihre Schenkel hinab. Sein Atem blies heiß über das Zentrum ihrer Lust, aber er ignorierte ihr Flehen und erkundete stattdessen die empfindliche Wölbung ihres Knies, ihrer Waden, selbst ihres Knöchels.

Carina verlor sich in zuckender Lust. In ihrem Kopf drehte sich alles. Sie war in ihrer Dunkelheit gefangen und er führte sie zu jeder Erhebung und jeder Vertiefung ihres Körpers, nur mithilfe seiner Stimme oder der Berührung seiner Hände. Sie keuchte, als sie einen gewaltigen Orgasmus herannahen spürte – ganz nah am Abgrund – und erwartete seine nächsten Forderungen.

»Bitte. Ich halte es nicht länger aus.«

Er bedeutete ihr, zu schweigen und bemalte ihre Lippen mit der Schokolade. Dann küsste er sie, tief und hungrig, teilte die Süße mit ihr. Ihre Augenlider brannten wegen der Tränen aus Frustration. Plötzlich wurde sie hochgehoben und weggetragen. Sie hörte Pinsel und Gläser auf den Boden aufschlagen. Er drückte sie auf eine harte Unterlage, die sie schnell als Zeichentisch identifizierte. »Wir sind fast fertig. Es gibt nur noch eine Stelle, die ich noch nicht gekostet habe.«

»Nein!«

»Oh doch.« Er schob ihre Schenkel auseinander und der Pinsel reizte die Knospe zwischen ihren Beinen. Tauchte in ihre Hitze. Sie grub die Fingernägel in ihre Handflächen und kämpfte um Fassung.

Dann berührte er sie mit dem Mund.

Sie schrie auf und kam heftig, ihr Körper wurde immer wieder von Krämpfen erschüttert. Tränen quollen unter ihren Lidern hervor, als sie sich vollständig auflöste. Max hielt sie auf den Tisch gedrückt, brachte sie dazu, jede Lustwelle auszukosten, bis es vorbei war. Carina hörte ein Reißen, darauf ein Fluchen.

Dann nahm er sie.

Sein Eindringen trug sie erneut bis zum Gipfel und diesmal war er bei ihr, als sie zum zweiten Mal einen Orgasmus erlebte. Die Zeit hielt an. Stunden, Minuten, Sekunden flogen an ihr vorbei. Die Augenbinde lockerte sich und sie blinzelte.

Sein Gesicht erschien in ihrem Blickfeld. Dichte Augenbrauen. Markante Wangenknochen. Ein Kiefer wie aus Granit gemeißelt und volle Lippen, auf die selbst ein Michelangelo neidisch gewesen wäre.

Er lächelte. »Hat dir die Schokolade geschmeckt?«

Sie prustete los. »Du bist wirklich ein Bastard. Christian Grey kann sich noch einiges von dir abschauen.«

Er stimmte in ihr Lachen ein. »Mein Name klingt vielleicht ähnlich, aber ich würde niemals *Ciao, ciao, Baby* sagen.«

Überrascht sah sie ihn an. »Du hast es gelesen!«

Er wirkte beleidigt. »Ich habe es auf Twitter gesehen. Und jetzt hör auf, mich zu ärgern oder ich foltere dich mit Sprühsahne.«

Carina fragte sich, ob etwas mit ihr nicht stimmte. Die Idee klang zu verlockend.

Er half ihr vom Tisch und schob ihr mit einer zärtlichen Bewegung das Haar zurück. Sie begann, zu verstehen, was diese plötzliche Vereinbarung bedeutete, auf die sie eingegangen war. Jetzt, da sie nicht mehr dem Verlangen ihres Körpers ausgesetzt war, war sie nicht sicher, ob sie nicht einen Pakt mit dem Teufel eingegangen war. Dass sie nackt war, machte sie umso verletzlicher. Hatte sie wirklich geglaubt, ihre Gefühle für diesen Mann und den Sex trennen zu können? Ihr wurde vor Panik ganz flau im Magen. »Max, ich ...«

»Nicht heute Nacht, Baby.« Er zog sie in seine Arme, als hätte er ihr Dilemma erkannt. »Ich nehme dich jetzt mit ins Bett. Dort werde ich dir noch ein paar der Techniken zeigen, die ich beim Lesen von Erotikromanen gelernt habe.«

Carina hielt sich an ihm fest und entschied, nicht weiter nachzubohren.

***

»Haben du und Carina Probleme?«

Sie hatten sich im Arbeitszimmer verabredet. Die großen Fenster boten Blick auf den französischen Garten, während das Summen der Bienen und das Plätschern des Wassers zu ihnen hereinströmten. Michael reichte ihm ein Glas Cognac, dann machten sie es sich in den übergroßen Ledersesseln bequem. Der Raum verströmte mit seinen bis zur Decke reichenden Bücherregalen, roten Art-déco-Lampen und dem Klavier an der Wand eine Aura von Ruhe und Friedlichkeit. Die Luft war erfüllt vom Duft nach Leder, Papier und Holzpolitur.

Nachdem Carina ihrem Bruder die Nachricht überbracht hatte, dass sie gehen würde, hatte er Max gebeten, ihn privat nach der Arbeit zu treffen. Max hatte eingewilligt, weil er wusste, dass es an der Zeit war, die Dinge aufzuklären. Es waren bereits zu viele Lügen erzählt worden und er hatte genug davon. »Warum fragst du?«

»Sie ist die Erbin des Familienunternehmens. Ich habe es ihr leicht gemacht, weil ich dachte, sie müsste die Phase mit dieser Kunstsache hinter sich bringen. Jetzt will sie mit Alexa im Buchladen arbeiten und ich mache mir Sorgen. Ich will ihr *La Dolce Maggie* als meine Stellvertreterin vermachen. Es ist ihr Erbe.«

Seine Kehle wurde ihm eng. Sie waren von einem Blut, er allerdings gehörte nicht dazu. Egal, wie hart er arbeitete und die Firma zum Erfolg führte. Er mochte zwar willkommen in der Familie sein, aber er würde niemals zur Familie gehören, auch wenn er Carina geheiratet hatte. Wenn Michael nicht wollte, dass er das Steuer übernahm, wurde es Zeit für ihn, sich woanders umzusehen. Etwas Eigenes aufzubauen. Aber er sollte verdammt sein, wenn er zuließ, dass sein Freund sich in die Belange seiner Frau einmischte.

Seine Stimme wurde so kalt wie eine gekühlte Flasche Moretti. »Lass es gut sein, Michael. Sie will nicht für die Bäckerei arbeiten und das wird sie auch nicht.«

Michael machte eine fahrige Geste mit der Hand, gewohnt, zu bekommen, was er wollte. »Du kannst mir dabei helfen, sie umzustimmen.«

»Nein.«

Michael sah auf. »Was?«

Er erhob sich von seinem Stuhl und brachte die Entfernung zwischen ihnen hinter sich. »Ich sagte Nein. Sie ist glücklich damit, zu malen. Und weißt du was? Sie ist unglaublich. Carina besitzt Talent und Leidenschaft. Ihr wurde schon so oft von uns allen gesagt, dass es nur ein Hobby ist. Sie ist dabei, herauszufinden, wer sie ist und ich liebe es, ihr dabei zuzusehen. Und wenn ich in deinen Augen nicht gut genug bin, weil dein kostbares Blut nicht durch meine Adern strömt, wird es auch für mich Zeit, zu gehen.«

Michael zuckte zusammen, als hätte man ihn geschlagen. »*Scusi*? Wovon redest du?«

»Vermache deine kostbare Bäckerei Maggie oder deinen Kindern. Ich bin fertig damit, zu hoffen, dass ich deiner würdig bin.« Ihm entfuhr ein irres Lachen. »Seltsam, ich verstehe endlich, wie sich Carina in all den Jahren gefühlt haben muss. Wenn man immer versucht, den Erwartungen gerecht zu werden, aber es doch nie schafft. Lass sie in Ruhe. Lass sie sein, wer immer sie sein will, ohne ihr ständig zu sagen, was wir für sie wollen.«

Michael stellte sein Glas auf dem Untersetzer ab und starrte ihn an. »Ich wusste nicht, dass du so empfindest. Warum hast du nie etwas gesagt?«

»Ich wollte würdig sein, ohne mich dabei auf unsere Freundschaft verlassen zu müssen.«

Sein Freund ließ eine Tirade von Flüchen auf ihn herabregnen. »Ich habe mich immer darauf verlassen, dass du da bist und deine Position niemals infrage gestellt. Weil du zur Familie gehörst, Maximus. Mein Bruder, mein Freund, meine rechte Hand. Es war nie anzuzweifeln, dass du in der Firma eingebunden bist. Ich habe nur nie daran gedacht, es schriftlich festzuhalten. *Mi dispiace*. Ich werde das in Ordnung bringen.«

Die Leichtigkeit, mit der Michael seine Einwände akzeptierte, überraschte ihn. Die gesamte Zeit über war es nicht darum gegangen, möglicherweise nicht gut genug zu sein. Nur sein typisch männliches Geradeaus-Denken war verantwortlich gewesen, wobei er vergessen hatte, andere an seinen Gefühlen teilhaben zu lassen. Der Traum von all dem, wofür er so hart gearbeitet hatte, leuchtete vor ihm. Alles, was er tun musste, war, die Hand auszustrecken und danach zu greifen.

Es war an der Zeit, alles auf den Tisch zu bringen.

»Ich habe mit deiner Schwester geschlafen, als wir in Vegas waren.«

Die Worte hallten so laut wider, wie das Schlagen einer Glocke mitten in der Kirche.

Michael legte den Kopf zur Seite. Der Gesang eines Vogels drang durch die offenen Fenster. »Was meinst du damit? Ihr wurdet in Vegas getraut.«

Max schob die Hände in seine Taschen und sah den Mann vor sich an, den er wie einen Bruder liebte. »Bevor wir geheiratet haben. Wir hatten einen One-Night-Stand.«

Michael erhob sich von dem Ledersessel und schritt über den burgunderroten orientalischen Teppich. Seine dunklen Gesichtszüge blieben unbewegt, aber in seinen Augen glänzte kalte Wut. »Du hast mit ihr geschlafen, bevor ihr verheiratet wart? Auf einem Business-Trip, auf den ich euch geschickt hatte?«

»Das stimmt.«

»Aber du hast sie genug geliebt, um sie zu heiraten?«

»Nein. Deine Mutter hat uns am nächsten Morgen erwischt

und uns davon überzeugt, zu heiraten.«

Er sog zischend die Luft ein. »Du hast meine Schwester nicht einmal geliebt? Du hast sie wie eine deiner billigen Frauen behandelt, obwohl ich dir vertraut habe?« Michaels Stimme wurde gefährlich. »Ich will alles darüber wissen.«

»Nein.«

Er wich zurück. »Was hast du gerade gesagt?«

»Es geht dich nicht länger etwas an«, verteidigte Max seine Position. »Was zwischen Carina und mir vorgeht, ist allein unsere Sache. Ich war dir die Wahrheit schuldig, aber ich werde dir nicht dabei helfen, die Meinung meiner Frau, was die Firma angeht, zu ändern. Sie muss ihren eigenen Weg finden und ich werde sie dabei unterstützen.«

Der Verrat in den Augen seines Freundes schnitt tiefer als jedes Messer. »Wie kannst du es wagen, so mit mir zu sprechen? Ich habe dir vertraut und darauf, dass du meine Schwester beschützt. Stattdessen hast du sie benutzt. Du hast sie geheiratet, ohne sie zu lieben und ziehst unsere Freundschaft in den Dreck.« Michaels Hand zitterte, als er sie erhob. »Du hast mir das Herz gebrochen.«

Die Szene aus *Der Pate* tauchte vor seinen Augen auf und mit einem Mal wusste Max, wie Fredo sich gefühlt haben musste. *Merda*, was für ein Chaos.

Er sah seinem Freund direkt in die Augen, bereit, die Schuld auf sich zu nehmen. Ihm blieb keine Wahl. Er verstand, dass seine wichtigste Aufgabe war, Carina vor allem zu beschützen und endlich für sie einzustehen. »Es tut mir leid, Michael. Ich wollte dir niemals wehtun. Aber das ist unser Geschäft, nicht das deine.«

»Ich war bereit, dir einen Teil der Firma zu überschreiben! Ich wollte dich zum Partner machen. So äußern sich also deine Loyalität und der Respekt meiner Familie gegenüber?«

Max zwang sich, sein Temperament zu zügeln und ruhig zu bleiben. »Es ist auch meine Familie. Carina ist jetzt meine Frau.«

»Ich weiß nicht, ob wir noch länger miteinander arbeiten

können, Maximus. Nicht auf diese Weise. Und nicht ohne eine Vertrauensbasis.«

Der Traum einer Partnerschaft zerplatzte wie ein Feuerwerk und die verkohlten Reste regneten auf ihn herab wie verbranntes Papier. Vielleicht, wenn er Michael die Situation erklärte, würde er es verstehen. Sie könnten über die Möglichkeiten reden und ...

Nein. Letzte Nacht hatte er zwischen ihren seidigen Schenkel gelegen und sie die ganze Nacht im Arm gehalten. Sie machte ihn wütend, weckte Leidenschaft in ihm, brachte ihn zum Lachen und spendete ihm Trost, wenn er von seinem Vater sprach. Mit ihr fühlte er sich lebendig und vollständig. Er liebte es, lange mit ihr zu Abend zu essen, über die Arbeit zu sprechen und sie dabei zu beobachten, wie sie mit ihrem Hund spielte. Er sollte verdammt sein, wenn er das gerade erblühte Vertrauen zwischen ihnen für einen Vertrag aufs Spiel setzen würde. Ihr Bruder hatte kein Recht mehr, über ihr Leben zu bestimmen. Oder über das seine.

Max lachte humorlos auf. Die Erkenntnis, dass er sich nicht mehr um eine Partnerschaft scherte, rüttelte an seiner Gelassenheit. »Es ist mir egal.«

»*Scusi?*«

»Wenn du nicht mehr mit mir arbeiten kannst, verstehe ich das. Carina bedeutet mir mehr.«

Michaels Augen verengten sich. »Was sagst du da?«

»Mach mich nicht zum Partner. Feuere mich. Es ist mir egal. Aber halte dich aus Carinas Leben heraus und lass sie ihre eigenen Entscheidungen treffen – dazu gehört auch, was mit unserer Ehe geschieht.«

Er verließ den Raum und ließ seine harschen Worten in der Luft hängen, ohne einen Blick zurückzuwerfen. Zur Hölle damit. Er hatte genug von den Lügen und auch davon, sich für sein schlechtes Benehmen zu entschuldigen. Er hatte das oft genug getan. Das reichte für den Rest seines Lebens.

13. Kapitel

Sie hatte mit Max geschlafen.

Schon wieder.

Nach ihrer Schicht im *BookCrazy* war Carina auf dem Weg nach Hause. Abwesend trommelte sie mit den Fingern auf das Lenkrad ihres Wagens und versuchte, die Situation zu verstehen. Sie hatte ihm seinen falschen, halbherzigen Heiratsantrag, den er nur unter Druck von ihrer Mutter ausgesprochen hatte, übel genommen. Aber die Erregung in seinem Blick sorgte dafür, dass ihr Verstand buchstäblich dahinschmolz, bis nichts mehr übrig war, was ihm Widerstand leisten konnte. Sein Körper log niemals. Warum sollte sie diesen Aspekt ihrer Beziehung nicht genießen? Um Himmels willen, sie waren verheiratet.

Ihre innere Stimme schrie die Wahrheit heraus.

Weil sie noch immer in ihn verliebt war.

Weil sie es immer gewesen war. Es immer sein würde. Ihre Gefühle für Max wogen wie ein schweres Kreuz auf ihrem Rücken. Sex verkomplizierte die Sache noch. Sie war immer weniger in der Lage, die Mauer um sich herum aufrechtzuerhalten und die starke, selbstsichere Frau zu sein, die sie unbedingt sein musste.

Seltsamerweise fühlte sie sich in allen anderen Aspekten ihres Lebens ... anders. Stärker. Es war schwer gewesen, *La Dolce Maggie* zu verlassen. Sie hätte darauf wetten können, dass Michael immer noch glaubte, er könnte sie dazu bewegen, zurückzukommen. Julietta hatte sie verzweifelt angerufen, in dem Versuch, sie umzustimmen. Das Gespräch hatte sie jedoch nur darin bestärkt, die richtige Entscheidung getroffen zu haben. Nach und nach entstand dieses neue Bild, während ihr Kurs Bestätigung war, dass sie ihre Mauern durchbrechen und das malen sollte, wonach ihre Seele verlangte. Die erotischen Fotos auf Sawyers Wand hatten sie inspiriert und die Bilder, die unter ihrem Pinsel entstanden, verursachten in ihr sowohl

Scham als auch Stolz. Wer hätte gedacht, dass sie eine Frau war, die für einen dominanten Liebhaber entbrannt war und eine Künstlerin, die erotische Kunst liebte?

Auch der Job im Buchladen beruhigte etwas in ihr. Sie hatte endlich die perfekte Mischung aus Arbeit und Kreativität gefunden und zugleich genoss sie es, ihre Buchhalterfähigkeiten zu nutzen, um Alexa zu helfen.

Wenn nur ihre Ehe nicht unter der Vorspiegelung falscher Tatsachen begonnen worden wäre, wäre alles perfekt.

War sie verrückt, weil sie blieb? Warum packte sie nicht ihre Sachen zusammen und zog aus? Die langsame Folter, die es bedeutete, in seiner Nähe zu sein und doch nicht das zu bekommen, was sie brauchte, war brutal. Zur Hölle damit. Sie würde gehen. Musste weiterziehen. Sie würde ein bisschen Musik von wütenden Frauen-Bands hören, ein bisschen verrücktspielen und ihre Vergangenheit mit einem Sprung hinter sich lassen.

Lügnerin.

Ihre innere Stimme lachte vor Vergnügen. Sie war noch nicht bereit. Ein winziger Hoffnungsschimmer ließ sie im Haus und in ihrem Leben ausharren. War das nicht die Sache, die Entführungsopfer am Leben hielt? Die Hoffnung auf Entkommen und Rettung. Ja, ihre eigene gequälte Seele war nicht bereit gewesen, den Traum von dem Mann, den sie liebte, aufzugeben. Der Gedanke, sein Gesicht niemals wieder zu sehen, hatte die Flucht bisher unmöglich gemacht.

Zumindest bis jetzt.

Carina seufzte und bog zu ihrem Haus ein. Sie parkte das Auto in der kreisrunden Auffahrt und ging den gepflasterten Weg entlang. Ausladende Rosenbüsche und spitze Pinienbäume erschufen eine mystische Landschaft, die Max' Anwesen umgab. Miniaturbrunnen säumten den Weg zu den Gärten und das Geräusch des plätschernden Wassers war Balsam für ihre Nerven. Sie liebte es, ihre Staffelei nach draußen an den Pool zu bringen, um zu malen. Sie ging in Gedanken ihren Tagesplan durch und rechnete sich aus, dass sie noch eine Stunde zeichnen könnte, bevor sie zur zweiten Schicht in den Laden musste.

Sie fischte die Schlüssel aus ihrer Handtasche.

Die Taube schlug direkt vor ihr auf.

Carina schrak vor Angst zurück, als der schneeweiße Vogel vom Himmel fiel und auf dem Gehweg aufschlug. Sein Bein war verdreht. Das Tier hob den kleinen Kopf, ehe er wieder am Gehweg landete und still liegen blieb.

»Oh mein Gott.« Sie ließ ihre Sachen fallen und kniete nieder. Der Vogel atmete. War noch am Leben. Auf der Marke an seinem Fuß stand eine Nummer. Mit zitternden Fingern begann sie, ihn vorsichtig zu untersuchen. Der Flügel stand in einem seltsamen Winkel ab, gebrochen. Beine und Füße schienen intakt. Sie konnte kein Blut am Boden entdecken, aber seine Augen waren geschlossen.

Sie hob den Vogel sanft auf, hielt ihn in ihren Armen und brachte ihn hinein. Sie fand sofort ein altes weiches Handtuch und legte ihn in die Mitte. Die Tränen beiseite blinzelnd, rief sie den Tierarzt an, dann suchte sie im Internet nach weiteren Anweisungen und Erklärungen.

Carina nahm das Telefon und wählte erneut. »Max, du musst nach Hause kommen. Ich brauche Hilfe.«

»Bin unterwegs.«

Sie drückte den Knopf und wartete.

***

»Was denkst du?«

Carina betrachtete den Vogel, der nun mit fest bandagiertem Flügel in einem großen Aquarium lag. Seine Augen waren geöffnet, aber ein wenig glasig, als wäre er sich nicht sicher, was passiert war. Max untersuchte die Nummer auf der Marke und schrieb sie auf einen Zettel. »Ich denke, wir tun bereits alles, was uns möglich ist. Der Tierarzt sagte, dass er wohl keine inneren Verletzungen hat, also sollte der Flügel heilen und wir können ihn freilassen. Ich werde versuchen, über die Nummer den Besitzer ausfindig zu machen.«

Sie rieb sich die Hände und beobachtete, wie die Taube atmete.

Max nahm Carina in die Arme; sie lehnte sich gegen seine Brust und sog den vertrauten Duft ein. »Es wird alles gut. Du wirst nicht umsonst die Tierflüsterin genannt. Wenn er eine Chance hat, dann wegen dir.«

Sie lächelte über den bekannten Titel, den ihre Familie ihr wegen ihres Talents und ihrer Verbindung zu Tieren gegeben hatte. Für einen Augenblick entspannte sie sich in seiner Wärme und seinem Schutz. »Es tut mir leid, dass du meinetwegen die Arbeit verlassen hast.«

Er gab ihr einen Kuss auf den Scheitel. »Ich bin froh, dass du mich angerufen hast«, murmelte er.

Geborgenheit verwandelte sich in Hitze. Seine Erektion presste sich gegen ihren Schenkel. Carina versteifte sich, als sich die Luft mit sexueller Spannung füllte. Gott, sie wollte ihn. Wollte ihm seine sexy rote Krawatte ausziehen und den Nadelstreifenanzug; auf seinen Schoß klettern und ihn reiten, bis sie alles vergessen würden. Vergessen, dass er sie niemals heiraten wollte und sie nicht auf die Art liebte, nach der sie sich sehnte. Die Erinnerung daran, wie er Schokolade von ihren Brustspitzen und zwischen ihren Schenkeln geleckt hatte, brannte hinter ihren Augenlidern. Die Art, wie er sie die ganze Nacht über zärtlich in seinen Armen gehalten hatte, als hätte er gespürt, dass sie mehr brauchte.

Sie zog scharf den Atem ein und schob ihn fort. »Nein.«

Er ballte die Fäuste und wandte den Blick ab. Seine Muskeln versteiften sich, als er sprach. »Es tut mir leid. Ich kann warten, bis du bereit bist. Es ist nur – du fehlst mir.«

Ihr Herz geriet ins Stottern. Zur Hölle mit ihm. Sie zitterte vor Wut. »Schwachsinn. Du vermisst es, die Kontrolle über diese Beziehung zu haben. Du vermisst, dass ich dich wie eine läufige Hündin anhechle und dass du alle Regeln vorgibst. Bevormunde mich nicht und tu dann so, als wäre es mehr.«

Seine Brauen verengten sich. »Ich verbiete dir, so von dir zu reden. Du hast jedes Recht, wütend zu sein, aber verurteile nicht uns beide. Die Dinge haben sich geändert.«

Carina schüttelte ungläubig den Kopf. »Nichts hat sich geändert. Das Einzige, was zwischen uns anders ist, ist der Sex. Der Rest ist bloß eine dicke, fette Lüge.«

Er wurde stocksteif. Ein Schatten legte sich über sein Gesicht. »Wir sind jetzt verheiratet. Können wir nicht weitermachen? Es ist ja nicht so, dass wir Fremde wären und nichts gemeinsam hätten.«

Ihr letzter dünner Geduldsfaden riss. »Wo zum Teufel ist mein Gücklich-bis-ans-Lebensende, Max? Ich habe von einem echten Antrag geträumt, mit einem Mann auf den Knien und Schwüren, die er auch wirklich so meint. Weißt du, was ich bekommen habe? Gute Absichten, Verantwortung und ein paar Orgasmen.« Sie warf ihm ihre nächsten Worte regelrecht entgegen. »Brauchst du es so dringend? Womit erpresst meine Mutter dich jetzt? Oder willst du bloß Sex mit mir, um mich zu schwängern, damit ich dir einen Erben sichere?«

Ein Blick aus wütenden blauen Augen begegnete ihr und durchbohrte sie mit einer Rücksichtslosigkeit, die sie erzittern ließ. »Ich werde dir diesen Kommentar verzeihen. Einmal. Ich werde dir auch Freiraum geben, aber lass dir das eine Warnung sein. Wenn ich denke, dass du genug Zeit hattest, komme ich wieder.« Sein Lächeln war bittersüß. »Und ich verspreche dir, du wirst um mehr betteln.«

Die Tür knallte hinter ihm ins Schloss.

***

Er war so ein Arschloch.

Max sah die Treppe hinauf und lauschte den Klängen von Rihanna in der Luft. Zwei Tage waren seit ihrem Streit vergangen. Carina hatte Abstand gehalten und ihn mit einer frostigen Höflichkeit behandelt, die ihn noch verrückt werden ließ. Sie machte Überstunden bei *BookCrazy*, verkroch sich in ihrem Malzimmer und ließ das Abendessen aus.

Eine Einsamkeit, die er zuvor noch nie gespürt hatte, erfüllte sein Zuhause. Ihre Energie pulsierte durch die Zimmer, doch er sehnte sich nach Kontakt, einem echten Gespräch. Er vermisste ihr Lachen, ihre Begeisterung und ihren Scharfsinn. Er vermisste alles an ihr. Rocky verbrachte mehr Zeit mit ihr als er.

Er hätte sie niemals drängen dürfen. Als sie sich auf diese natürliche Weise in seine Arme begeben hatte, hatte ihr Duft ihn gefangen genommen und betäubt. Ihre weichen Kurven, die sich gegen seine Brust drückten. Der seidige Hauch ihrer Locken. Er hatte sich schmerzhaft danach gesehnt, sie ins Schlafzimmer zu bringen und sie von Neuem zu erobern. Jetzt erkannte er, dass es das Sinnbild für schlechtes Timing gewesen war.

Max stöhnte auf. So dumm. Anstatt vernünftig zu sein und ihr die Zeit zu geben, die sie brauchte, hatte er sie bedroht. Ja, das Blut war definitiv in anderen Regionen zugegen gewesen und er hatte keine Ausrede. Ihr mit dem Herzen gesprochener Ausbruch über ihr eigenes Glücklich-bis-ans-Lebensende brannte in seinem Verstand und brach ihm das Herz. War es das, was er ihr angetan hatte? Hatte er ihr die Träume und Illusionen entrissen?

Er fürchtete noch immer, ihr eines Tages das Herz zu brechen. Natürlich war er gezwungen worden, sie zu heiraten, aber warum fühlte es sich nicht wie eine Strafe an? Warum freute er sich darauf, nach Hause zu kommen und einen kurzen Blick auf sie zu erhaschen? Sie verdiente so viel mehr. Stattdessen hatte sie ihn bekommen.

Traurigkeit legte sich über ihn. Zur Hölle damit. Er würde Essen kochen und sie zwingen, sich mit ihnen auseinanderzusetzen. Max ging ins Schlafzimmer, zog den Anzug aus und schlüpfte in Jeans und ein schwarzes T-Shirt. Er goss zwei Gläser Merlot ein und entschied sich für ein Hähnchen–Salsa-Gericht, das sie mochte. Die meditativen Bewegungen beim Zubereiten des Essens beruhigten ihn. Die Küche war eine Maßanfertigung, mit cremefarbenen Granitarbeitsflächen, einem Eisschrank, einem Steinofen für Pizza und einem Viking-

Herd. Die Kochinsel zerteilte den Hauptbereich mit einer Spüle, einer Arbeitsfläche, einem Essplatz und weichen Lederhockern. Er griff sich ein paar Kupfertöpfe, goss Olivenöl hinein und begann, die Tomaten und Zwiebeln zu hacken. Zehn Minuten später kam sie die Treppen heruntergerattert und stand im Küchentürrahmen. »Ich gehe. Bleib nicht wach.«

Er ließ das Messer fallen und lehnte sich mit einer Hüfte gegen die Kochinsel. »Ich mache Abendessen. Wo gehst du hin?«

»Buchladen.«

»Nimm noch einen Happen. Du musst etwas essen, wenn du vorhast, lange zu arbeiten.«

Sie verlagerte das Gewicht von einem Fuß auf den anderen; offensichtlich in Versuchung. »Kann nicht. Ich hole mir etwas in einem Café.«

»Dort gibt es nur Süßkram, du brauchst Proteine. Um Gottes willen, ich verspreche, du musst meine Gesellschaft nicht lange ertragen. Setz dich.«

»Ich habe keinen ...«

»Setz dich.«

Sie zog einen Stuhl zu sich heran und setzte sich. Ihre sofortige Gefolgsamkeit erinnerte ihn an ihre Hörigkeit im Bett und verschaffte ihm sofort eine Erektion. Er gab ihr ein Stück Hühnchen auf den Teller, bedeckte es mit ein wenig Salsa und stellte es mit einer Gabel auf dem Tresen ab. Sie aß es mit ihrer üblichen Begeisterung und machte dabei diese herrlichen Freudenlaute.

Ruhelos rutschte er umher und versuchte, sich zu fassen. »Hast du etwas über unsere Taube herausgefunden?«

»Ja. Ich habe die Nummer zu ihrem Besitzer, ungefähr fünfzig Meilen entfernt von hier, zurückverfolgt. Sie ist eine Brieftaube mit dem Namen Gabby. Sie fliegt keine Rennen, wird aber hin und wieder losgeschickt, damit sie im Training bleibt. Ein paar Freunde des Besitzers gehören einem Verein an. Ich vermute, bei ihrem letzten Ausflug kamen alle ihre Tauben zurück, außer Gabby. Er war ziemlich aufgekratzt.«

Max belud seinen Teller und setzte sich auf den Barhocker ihr gegenüber. »Ich hatte keine Ahnung, dass es Taubenrennen gibt. Kommt er her, um sie zu holen?«

Carina nahm einen Schluck Wein. »Nein, ich habe ihm erklärt, was wir gemacht haben und wie verletzt Gabbys Flügel ist. Er hat eingewilligt, dass ich mich um sie kümmere, bis sie geheilt ist. Dann kann ich sie nach Hause fliegen lassen. Sollte es Probleme mit ihrer Genesung geben, kommt er her, um sie zu holen, aber ich glaube, es geht ihr bereits besser. Sie ist wachsam und scheint zu begreifen, was vor sich geht.«

»Wie lange wird es dauern, bis sie freigelassen werden kann?«

»Kommt darauf an. Zwei bis drei Wochen.« Ein Lächeln erstrahlte auf ihrem Gesicht. »Der Besitzer sagte, dass sie üblicherweise Liebesbriefe zwischen getrennten Paaren hin und her transportiert. Ist das nicht cool?«

Er lächelte zurück. »Absolut. Sei nur vorsichtig, Süße. Du baust zu leicht eine Bindung auf.«

Sie rümpfte die Nase. »Ich weiß. Sie ist nur ein Vogel, also sollte es mir nicht so nah gehen.«

»Oh ja. Was war mit dem Streifenhörnchen?«

Ihr entkam ein Lachen. »Das hatte ich total vergessen! Damals war ich noch jung.«

Er schnaubte und spießte ein Stück Hühnchen auf. »Du hast ihn Chap genannt, wie in den Disney-Cartoons. Ich glaube, er hat das verletzte Beinchen nur vorgetäuscht. Du hast ihm in der Hütte eine eigene Männerhöhle gebaut. Kein Wunder, dass der Nager nicht mehr verschwinden wollte.«

»Nenn ihn nicht so. Er war süß. Und er blieb auch nicht lang.«

»Er war verrückt. Hat mich und Michael die ganze Zeit gebissen, wenn wir mit ihm spielen wollten. Dann hat er seine ganzen Nagerfreunde zu einer Party eingeladen und wir hatten Angst, auch nur unsere Fahrräder zu holen.«

Ihre dunklen Augen leuchteten und ihre Gesichtszüge wurden weich. »Papa war so wütend. Sie haben Löcher in die Wände gefressen und Berge von Nüssen gehortet. Er hat mich gezwungen, Chap loszuwerden.«

»Du hast tagelang geheult.«

»Ich habe Probleme damit, die gehen zu lassen, die ich liebe.«

Das seltsame Geständnis schoss durch den Raum. Sie zuckte zurück, bedauerte offensichtlich ihre Worte und konzentrierte sich auf ihren Teller. Max sprach mit sanfter Stimme. »Ich weiß. Sie scheinen aber immer wieder zu dir zurückzukommen.«

Carina weigerte sich, aufzublicken. Er kämpfte den Drang nieder, ihre Wange zu streicheln und die Traurigkeit hinfortzuküssen. Stattdessen schenkte er mehr Wein ein und wechselte das Thema. »Wie läuft es mit deiner Arbeit? Machst du noch Porträts?«

Ein seltsamer Ausdruck huschte über ihr Gesicht. »Irgendwie. Ich probiere etwas Neues aus.«

»Ich habe viele Kontakte zur Kunstwelt, Carina. Ich würde dich liebend gern mit einem Gutachter bekannt machen. Wenn es ihm gefällt, könnten wir vielleicht eine Ausstellung organisieren?«

Sie schüttelte zwischen zwei Bissen den Kopf. »Nein, danke. Ich regle das ganz allein.«

Er schluckte die Frustration hinunter und erinnerte sich daran, dass sie sich selbst etwas beweisen musste. Er glaubte bereits an sie. Sie musste nur noch an sich selbst glauben. »In Ordnung, das respektiere ich. Du musst nicht so lang bei *BookCrazy* arbeiten, weißt du? Alexa hat Michael erzählt, dass du großartig bist, aber du würdest ständig Doppelschichten schieben. Ich sehe dich gar nicht mehr.«

»Ich brauche das Geld.«

Er legte den Kopf schief. »Du gehörst zu einer der reichsten Familien Italiens. Ich bin auch nicht schlecht aufgestellt und du bist meine Frau. Warum zur Hölle solltest du für Geld arbeiten?«

Sie hob ihr Kinn in dieser trotzigen Geste, die ihn verrückt machte. »Michael ist reich. Du bist reich. Ich bin nicht reich. Ich habe vielleicht das Treuhandkonto, aber ich werde meinen eigenen Weg gehen, genau wie jeder andere auch. Wenn das bedeutet, dass ich Extraschichten arbeiten muss, beschwere ich mich nicht.«

Er verkniff sich einen Fluch. »Die Familie kümmert sich umeinander. Was ihnen gehört, gehört auch dir. Warum kannst du das nicht verstehen?«

Sie schnaubte wenig damenhaft. »Genauso wie du nicht verstehen kannst, wie es sich anfühlt, bei allem, was du anfängst, versagt zu haben.«

Sein Mund klappte auf. »Versagt? Dir gelingt alles, was du anfasst.«

Ihre Stimme wurde zu Eis. »Ich bin nicht dumm, Max. Du willst mich vielleicht wieder ins Bett kriegen, aber mit Lügen klappt das nicht. Ich war ein mieser Koch im Vergleich zu Mama. Ich war mies im Geschäft im Vergleich zu Julietta und Michael. Und ich habe bei allem, was mit eigenem Kleidungsstil, Schönheit oder Aussehen zu tun hat, versagt, im Gegensatz zu Venezia. Beleidige mich nicht.«

Sein Herz brach. Diese wunderschöne, geistreiche, großzügige Frau glaubte, sie sei wertlos. Das Verlangen, sie zu würgen oder zu küssen, rang in seinem Innern miteinander. Stattdessen schluckte er den Kloß in seinem Hals hinunter und sagte ihr die Wahrheit. »Du hast bei allem Kostbaren in dieser Welt Erfolg, Carina. Menschen. Tiere. Liebe. Nichts sonst zählt, das weißt du. Aber du siehst es einfach nicht.«

Sie hielt inne. Diese tiefen dunklen Augen weiteten sich vor Verwunderung. Eine Verbindung flammte zwischen ihnen auf, heiß und hell, und die Luft war von Gefühlen erfüllt. Er legte die Gabel nieder, um nach ihrer Hand zu greifen.

Carina sprang vom Stuhl und machte ein paar Schritte zurück. »Ich muss los. Danke für das Essen.«

Sie floh aus der Küche und ließ ihn einsam und mit einer Leere im Inneren zurück.

***

Ein paar Tage später betrachtete Carina die Malereien vor ihr mit kritischem Blick. Der Kurs hatte ihr bei der Gestaltung geholfen und ihr ein paar Techniken beigebracht, die sie auf das nächste Level führen sollten. Ihr Lehrer wollte mit jemandem Kontakt aufnehmen, um die Sachen zu präsentieren, wenn sie eine zusammenhängende Serie vervollständigen würde. Ein leichtes Prickeln von Angst rann über ihren Rücken. Eine öffentliche Ausstellung würde viel mehr bedeuten, als nur als hoffnungsvoller Künstler aus dem Schatten zu treten. Es würde bedeuten, sich nackt auszuziehen, auf den Times Square zu stellen und zu schreien: »Seht mich an!«

Das wahre Problem war natürlich ihre Familie. Diese unterstützende, wohlgesonnene Gruppe von Menschen, die glaubten, dass sie Talent besaß, aber nur als Hobby malte. Nicht ein einziges Mal hatte Carina gestanden, dass ihre Seele nach der Möglichkeit schrie, eine professionelle Künstlerin zu werden. Kunst war in Bergamo weitverbreitet, aber das Geschäft wurde geschätzt, besonders mit den berühmten *La Dolce Famiglia* Bäckereien im Namen der Conte Familie.

Carina kaute auf der Unterlippe und setzte ihren Namen unter das Bild.

Ihr erstes vollendetes Werk. Und wenn irgendjemand es sehen würde, würde er sie für eine Schlampe halten.

Die Linien waren in einem fahrigen Schwarz-Grau gehalten, die das Paar in den Schatten warfen. Die harten Brustspitzen der Frau verrieten ihre Erregung; ihr Gesicht hielt den Blick des Betrachters mit einer nackten Ekstase gefangen, als würde sie mit einem Orgasmus ringen. Der Rücken des Mannes verdeckte ihren restlichen nackten Körper. Schlanke Muskeln waren angespannt und auf seiner linken Schulter prangte ein Schlangen-Tattoo. Das Fenster zur Rechten des Paars, verlieh dem ganzen eine voyeuristische Note, als würde man in eine sinnliche Welt eintauchen, während der helle Tag und die Sittsamkeit außerhalb des Fensters blieben.

Sie ballte die Fäuste, dann streckte sie langsam ihre Finger aus. Der Krampf in ihrem Handgelenk zeugte von den letzten Stunden ihrer Arbeit. Aufregung zerrte an ihren Nervenenden.

Es war gut. Sie fühlte es tief in ihrem Inneren, ein Gefühl der Zufriedenheit, das sie nur noch selten empfand. Nicht mehr, seit sie am College angefangen hatte. Sie hatte diesen inneren Drang für eine Weile bekämpft und nur zweidimensionale, flache Porträts gemalt, die ihr nichts bedeuteten.

Die rohe Erotik schockierte sie. Wer hätte gedacht, dass Max die Tore zu ihrer Seele aufgerissen und die Schlösser entfernt hatte? Es gab kein Zurück mehr zu einfachen, züchtigen Kreationen. In dem Moment, als sie die Porträts in Sawyers Büro gesehen hatte, hatte sie gewusst, dass sie tiefer gehen und Nacktheit malen musste. Egal, was mit ihrer Arbeit geschah, sie erzählte wenigstens die Wahrheit. Über ihre Natur. Ihr Verlangen. Bedürfnisse. Fantasien.

Es war an der Zeit.

Sie säuberte ihre Pinsel, räumte die Acrylfarben weg und zog ihren Kittel aus. Rocky bekam ein Leckerchen, dann sah sie nach Gabby. Carina hatte ihre Familie zum Essen eingeladen, davor wollte sie noch ein kurzes Nickerchen in der Sonne machen.

Gabby begrüßte sie mit ihrem üblichen Gezwitscher, das sie zu lieben begann. Sie fürchtete bereits den Augenblick, wenn sie Gabby freilassen musste. In diesen hellen, wissenden Vogelaugen lag die Geschichte einer exotischen Vergangenheit, über die Carina gern mehr erfahren hätte. Vielleicht würde sie mit dem Besitzer darüber sprechen, bevor sie die Taube freiließ.

Sie überprüfte die Bandage, fütterte sie und trug das provisorisch umgebaute Aquarium hinaus in den Garten. Der olympische Pool war von ausladenden Pflanzen und importierten Palmen umgeben, während leuchtend rote und lilafarbene Schwertlilien die Schwimmer in einer tropischen Lagune umrandeten. Rocky kam nach draußen, bedachte Gabby mit keinem Blick und legte sich neben sie auf einen Liegestuhl.

Mit ihren Tieren, die sie umgaben, einem Glas Merlot auf dem Tisch, dem Plätschern des Wassers und dem Heulen des Windes im Hintergrund, legte sich ein Gefühl des Friedens um sie. Gelegentlich murmelte sie Rocky und Gabby zu, bis sich langsam ihre Lider schlossen.

»Carina?«

Ihr Name troff wie Honig und Karamell von seinen Lippen, so samtig und klebrig und köstlich. Sie lächelte und blickte zu ihm auf, zu entspannt, um die Arme zu heben. Der köstliche Duft von Mann, Seife und einem Hauch eines würzigen Colognes wehte im Wind. »Hm?«

Zärtliche Finger streichelten über ihre Wange. Sie presste sich gegen die warme Hand und küsste seine Handfläche. Ein leises Flüstern ... »Ah, Süße, ein Sturm zieht auf. Du solltest reinkommen.«

»Gut.« Sie streckte sich, wollte, dass er ihr die Kleider vom Leib riss, ihre Schenkel spreizte und in sie eintauchte. Ihre Muskeln spannten sich vor freudiger Erregung an. Sie knabberte an seinem Handgelenk und seufzte. »Schmeckt gut. Riecht gut.«

»*Dio*, du bringst mich um.«

Die tranceähnliche Müdigkeit ließ ihre Absichten und Gedanken verschwimmen. Sie blinzelte und streckte die Arme aus. Strich die Strähnen aus seinem Gesicht. Fuhr über die harte Kante seiner Nase, seine weichen, vollen Lippen. »Du bist so wunderschön«, murmelte sie. »Zu schön für mich. Oder nicht, Max?«

»Unsinn. Ich bin kein Heiliger.«

Seine Lippen strichen über ihre. Sie kostete von ihm wie von einem köstlichen Glas Wein. Sein Geschmack explodierte auf ihrer Zunge und sie stöhnte, öffnete sich ihm ganz. Er küsste sie für eine kleine Ewigkeit, die nicht enden wollte, bis sie auf ihrer Liege dahinschmolz und zwischen ihren Beinen bereit und feucht war.

Als er endlich den Kopf hob, wurde ihr bewusst, dass er gewonnen hatte. Sie wartete darauf, dass er sie hochhob und ins Schlafzimmer bringen würde. In diesem Moment war es ihr egal.

Die Türklingel schellte.

Das Klingeln brachte Rocky dazu, von seinem Platz aufzuspringen und zu bellen. Sie kam zurück in die Wirklichkeit und stützte sich auf. Max schüttelte den Kopf. »Wer auch immer an der Tür ist, ich sollte ihn umbringen«, sagte er und verschwand mit einem letzten Blick durch die französische Tür.

Carina stand auf. Ob das Schicksal eingeschritten war, um sie zu retten? Wie lang konnte sie noch durchhalten, bevor sie wieder in seinem Bett landete? Die Stimme ihrer Schwägerin hallte durch den Windschutz. Sie atmete tief durch, um ihre Nerven zu beruhigen. Im Moment war sie vor der Versuchung sicher. Für eine Weile zumindest.

Maggie watschelte herein. Sie sah riesig aus und angepisst. Das schwarze Stretchkleid reicht ihr bis zu den Knien und die Flip-Flops schlurften über den Marmorboden. »Wenn die beiden nicht bald aus mir rauskommen, Carina, hole ich sie da selbst raus.« Sie marschierte ins Wohnzimmer zu dem bequemen Sessel und ließ sich fallen. Carina war nicht sicher, ob sie Maggie ohne Kran wieder hochbekämen.

Sie kicherte voll Mitgefühl und einer Prise Humor. »Wahrscheinlich nächste Woche, Maggie. Sie sind fast so weit.«

Maggie starrte sie an und nahm ein Glas Limo mit Alka-Seltzer. »Nein, sind sie nicht. Ich war erst gestern beim Arzt, der mir sagte, dass noch keine Wehen in Sicht sind. *Nada. Niente.* Die haben es da drin warm und kuschelig. Sie haben Essen, genug Schlaf und machen Karate, wenn ihnen langweilig ist. Warum sollten sie rauskommen?« Sie stöhnte. »Ich wollte keinen Kaiserschnitt, wenn es nicht nötig ist, aber ich glaube, es ist der einzige Weg. Sie müssen sich bedroht fühlen oder sie kommen niemals raus.«

Carina tätschelte die Hand ihrer Schwägerin. »Ich wette, in fünf Tagen hältst du zwei vollkommen gesunde, glückliche Babys im Arm. Erinnerst du dich noch, dass es Alexa genauso erging? Sie war beim ersten Mal zwei Wochen überfällig.«

»Ja, das war ein Aufstand. Nick wäre fast ohne sie ins Krankenhaus gefahren.«

Max brachte Mama Conte Tee und sie saßen vor einem

knisternden Feuer. »Ja, ich kenne die Geschichte, ein Klassiker. Wie geht es Alexa?«, fragte sie.

»Gut. Sie waren mit Lily übers Wochenende im Sesamstraßen-Park. Du weißt doch, wie sehr sie auf Elmo steht.« Es blitzte und Donner grollte leise und bedrohlich. »Das soll heute ein heftiger Sturm werden. Ich hoffe, Michael gerät nicht mitten hinein. Er ist schon spät dran.«

»Ja, er wollte mit dem Auto zu einem Meeting nach Manhattan fahren, entschied sich dann aber für den Zug. Da ist irgendeine große Demo an der Wall Street und er wollte nicht im Verkehr stecken bleiben. Es sollte alles gut sein.«

Maggie rieb sich den riesigen Bauch. »Ich bin mir nicht sicher, ob ich heute Abend etwas essen kann. Ich habe den ganzen Tag schon Magenbeschwerden.« Der Klingelton *Sexy Back* hallte durch den Raum und Maggie streckte sich nach ihrer Handtasche. »Das ist Michael. Ich komm nicht ran.«

Carina nahm das knallpinke Handy und gab es ihr. Maggies Teil der Unterhaltung bestand aus Flüchen und gemurmelten Nettigkeiten. Schließlich legte sie auf. »Das werdet ihr nicht glauben. In der ganzen Stadt ist ein Stromausfall und die Züge haben Verspätung. Er sitzt dort noch für Stunden fest.«

Carina kaute auf ihrer Lippe. »Geht es ihm gut? Ist die Polizei da? Wo ist er jetzt?«

Maggie seufzte. »Er isst im *La Mia Casa*. Das ist ein kleines italienisches Restaurant, das ich immer wieder aufsuche. Ich habe ihn auch danach süchtig gemacht. Ich kenne Gavin, den Besitzer. Er wird sich gut um Michael kümmern.«

»Gott sei Dank. Du kannst hier übernachten, wenn du willst. Morgen Früh verwöhnen wir dich mit hausgemachtem Frühstück.«

Mama Conte schnaubte. »Ich werde Frühstück machen, Carina. Mir fehlt es, für meine Familie zu kochen und meine Finger rosten noch ein. Wir könnten heute Nacht eine Schlummerparty machen.«

»Können wir uns Magic Mike ansehen?«, fragte Maggie.

Max hob eine Augenbraue. »Irgendwie glaube ich nicht, dass

Mama Conte die Wahl gefallen wird.«

»Warum?«, fragte die ältere Frau. »Worum geht es?«

»Männliche Stripper«, sagte Maggie. »Er ist gut.«

Ihre Mutter schien nachdenklich. »Warum nicht.«

Max stöhnte auf. »Ich werde Michael umbringen.«

Die Stunden verflogen bei guten Gesprächen, mit gemeinsamem Lachen und Essen. Michael rief noch einmal an, um nachzufragen und zu sagen, dass er in Ordnung war, aber vermutlich nicht vorm frühen Morgen aus der Stadt kommen könnte. Maggie hatte die Füße auf ein Kissen gelegt und sich mit einer Decke zugedeckt. Max gab schließlich nach und erlaubte ihnen, den Film einzulegen. Als alle drei Frauen bei der ersten Szene aufkeuchten, schien er diese Entscheidung bereits zu bereuen und warf Popcorn gegen den Bildschirm.

Maggie seufzte zufrieden, als der Abspann lief. »Ich liebe diesen Film«, sagte sie. »Er hat so viel Tiefgang.«

Max schnaubte. »Das ist ein Frauenporno. Ich komme mir jedes Mal schmutzig vor, wenn ich ihn mir angesehen habe.«

»Du bist doch nur sauer, weil sich die scharfe Tussi nie ausgezogen hat.«

»Ich habe mehr Respekt vor Frauen als ihr vor Männern.«

»Ja klar, ich denke ... Oh mein Gott.«

Carina sah zu Maggie hinüber. Blanker Horror zeichnete ihre Züge. Sie atmete tief durch und sah erschrocken an sich hinunter. »Ich glaube, mir ist die Fruchtblase geplatzt.« Die Feuchtigkeit auf dem Sofa bestätigte es. Sie rieb sich den Bauch. »Ich dachte, es wäre eine Magenverstimmung, aber jetzt glaube ich, dass ich schon den ganzen Tag über Wehen habe.« Panisch blickte sie sich im Zimmer um.

Carina erstarrte. Max hielt den Atem an. Mama Conte erhob sich mit einem gleichmütigen Lächeln vom Sofa. Ihre dunklen Augen leuchteten. »Du bekommst deine Babys, Margherita«, sagte sie. »Und alles wird in Ordnung sein.«

Tränen stiegen Maggie in die Augen, als sie fest den Kopf schüttelte. »Michael ist nicht hier«, flüsterte sie. »Ich brauche ihn.«

Mama Conte ergriff ihre Hände und drückte sie. »Ich weiß. Deine Wehen werden mit den Zwillingen noch viele Stunden dauern. Er wird da sein. Ich kenne meinen Sohn, er wird alles tun, was nötig ist, um an deiner Seite zu sein, wenn eure Babys kommen.«

»Ich habe Angst.«

Ihre Mutter lachte. »Natürlich hast du Angst! Das ist eine der angsteinflößendsten Sachen, die du jemals in deinem Leben tun wirst. Wir sind alle bei dir, Margherita. Du hast jetzt eine Familie und wir lassen dich nicht im Stich.«

Maggie atmete tief durch. Nickte. Dann griff sie nach ihrem Handy. »Okay. Lasst mich Michael anrufen und den Arzt. Max, kannst du den Wagen holen? Carina, kannst du oben nach ein paar Sachen für mich suchen? Zahnbürste, Morgenmantel, T-Shirts, solchen Kram?«

»Schon dabei.« Carina sprang vom Sofa auf und zog Max mit sich. Ihr Ehemann sah aus, als hätte er Angst, sich zu bewegen. Als könnte ein Wort die Wehen auslösen und Maggie zum Schreien bringen. »Max?«

»Hm?«

»Versuch es besser zu machen als Nicky, ja? Hol das Auto und ruf Alexa und Nick für uns an. Sag ihnen, was los ist. Schaffst du das?«

»Sicher.«

»Fahr nicht ohne uns los.« Der panische Ausdruck in seinen Augen erweichte etwas in ihr. Sie nahm seine Hände und verschränkte ihre Finger mit seinen. Max blinzelte überrascht, was ihr ein Lächeln entlockte. »Wir sehen, wie unsere Neffen oder Nichten heute auf die Welt kommen. Lass uns keinen Moment davon vergessen, okay?«

Er senkte den Kopf und küsste sie. Nur der leichteste Hauch einer Berührung, ein Flüstern von Lippen, die über ihre glitten und sie daran erinnerten, dass sie nicht allein war.

»Du hast recht. Danke, dass du mich daran erinnerst.«

Er ließ sie los und verschwand den Flur hinunter.

14. Kapitel

Ich will Schmerzmittel!«

Weder schrie Maggie noch weinte sie. Selbst nach Medikamenten verlangte sie in ihrer üblichen genervten und schnippischen Art, bis jede Schwester der Klinik sich davor fürchtete, ihr Zimmer zu betreten. Max hielt einen dieser bunten Würfel für sie als Fokuspunkt, was Carina ihm hoch anrechnete. Mit jeder Wehe, die über den Bildschirm flimmerte, bat er Maggie eindringlich, durch den Schmerz hindurchzuatmen und sich auf den Fokuspunkt zu konzentrieren. Er nahm die Flüche und Beleidigungen hin und geriet nie ins Wanken.

Als er ging, um ihr ein Glas Eis zu holen, erwischte sie den bunten Würfel neben dem Bett und warf ihn quer durch den Raum.

Die einzige Person, auf die ihre Schwägerin zu hören schien, war Mama Conte. Ihre Mutter verhätschelte Maggie kein einziges Mal und ließ ihr kein schlechtes Benehmen durchgehen. Sie wich ihr nicht von der Seite und sprach beruhigend auf sie ein. Erzählte ihr von der Geburt ihrer Kinder und den besonderen Dingen, die sich dabei ereignet hatten. Zwischen den Wehen beruhigte sich Maggie und hörte zu. Bis die nächste Wehe eintraf.

Carina zog Max für einen Moment aus dem Zimmer. »Wird Michael es schaffen?«, fragte sie. »Das dauert schon Stunden. Als das letzte Mal nachgesehen wurde, war Maggie schon fast so weit, um zu pressen.«

Max fuhr sich mit den Fingern durchs Haar und trat von einem Fuß auf den anderen. »Er hat mir geschrieben, dass er in einer Stunde hier sein wird. Das ist ein Albtraum. Michael und Alexa sind am selben verdammten Tag weg. Ich bin nicht gut in so etwas, Carina. Sie will mich töten und hat jedes Recht dazu.«

»Nein, sie hat Schmerzen und Angst, und ihr Ehemann ist nicht hier. Du kommst dieser Aufgabe hier am nächsten, Max.

Ihr seid Freunde seit eurer Kindheit.«

Er stöhnte. »Was ist nur aus der Zeit geworden, als Männer noch im Wartezimmer sitzen sollten? Scheiße, ich muss es mir aber nicht ansehen, wenn sie presst, oder?«

»Hör zu, Kumpel, du bist nicht derjenige, der zwei Menschen aus seiner Vagina pressen muss. Schluck's runter. Sie braucht dich.«

Ihre Worte zermarterten sein Hirn. Er richtete sich auf und nickte. »Tut mir leid. Ich bekomme das hin.«

Maggie knurrte zwischen den immer schneller kommenden Wehen. »Ich habe eine verfickte PDA unterschrieben und ich will sie jetzt.«

»Schimpfworte, Margherita«, sagte ihre Mutter. »Dafür ist es zu spät und es ist schon fast Zeit, zu pressen.«

»Nicht ohne Michael.« Sie biss die Zähne aufeinander und keuchte. »Ich presse nicht, bis Michael hier ist.«

Ihre Mama wischte ihr den Schweiß von der Stirn. »Er wird da sein.«

»Ich werde nie wieder Sex haben. Ich hasse Sex!«

Carina biss sich auf die Lippe und wandte sich ab.

Ihre Mutter nickte. »Ich mache dir keinen Vorwurf.«

Max' Stimme schnitt in scharfem Befehlston durch den Raum. »Maggie, sieh mich an. Konzentrier dich auf mein Gesicht, wenn die Wehen einsetzen. Ich werde dir eine Geschichte erzählen.«

»Ich hasse Märchen.«

»Das ist eher ein Actionfilm. Ich erzähle dir, wie Michael und ich uns das erste Mal verbrüdert haben.«

Maggie wirkte ein wenig interessiert. Er setzte sich in den Stuhl neben dem Bett und beugte sich vor. Der Monitor piepte und Max redete. »Unsere Mütter waren immer gute Freundinnen, also sind wir praktisch zusammen aufgewachsen. Eines Tages brachten sie uns zum Spielplatz und da war dieses gewaltige Klettergerüst. Ich glaube, wir waren damals sechs Jahre alt. Wir haben uns gegenseitig angestachelt, wer zuerst die Spitze erreichen könnte. Michael war ein wenig kleiner als ich, aber er war schneller, also war es ein fairer Wettkampf. Wir sind beide hinaufgeklettert und haben dabei versucht, den anderen vom Gerüst zu schubsen. Es war ein verrücktes Spiel à la *Herr der Fliegen*, bis wir die Spitze schließlich zur exakt selben Zeit erreichten.« Max schüttelte bei der Erinnerung den Kopf. »Ich erinnere mich noch an den Moment, als wir uns ansahen. Als hätten wir beide erkannt, dass wir beste Freunde würden. Dann haben wir versucht, den anderen runterzustoßen.«

Maggie rang nach Luft. »Willst du mich verarschen? Wart ihr beide Psychos? Was ist passiert?«

»Michael und ich sind beide gestürzt und haben uns beide den Arm gebrochen. Den gleichen verdammten Arm.«

Mama Conte schnaubte verächtlich. »Ich habe mich nur eine Minute mit Max' Mama unterhalten, da haben wir die Schreie gehört. Beide Jungs im Dreck ineinander verknotet, überall Blut. Ich glaube, ich bin beinah ohnmächtig geworden. Wir sind zu ihnen gerannt. Die beiden haben zur selben Zeit geheult und gelacht, als hätten sie etwas Wichtiges gewonnen.«

Max grinste. »Wir hatten aufeinander abgestimmte Gipse und nannten uns *Knochenbrüder*«.

Carina verdrehte die Augen. »Oh, ich verstehe. Anstelle von Blutsbrüdern wart ihr die Knochenbrüder. Ich für meinen Teil denke, dass ihr beide ein Paar Dummbrüder wart.«

Tränen rannen Maggie über die Wangen. Carinas Herz brach für ihre Schwägerin. Sie wünschte sich, die Sache für sie in Ordnung zu bringen.

»Er wird es nicht schaffen, oder?«

Max beugte sich übers Bett und blickte Maggie an. Wilde blaue Augen befahlen ihr, tief durchzuatmen. »Das spielt jetzt keine Rolle, Maggie. Ich bin für dich da. Halte dich an mich und stell dir vor, Michael wäre mein Zwillingsbruder. Benutz mich und bring diese Babys zur Welt. Ich werde nicht von deiner Seite weichen.«

Die Schwester betrat den Raum und untersuchte sie. »Mal sehen, Süße, sind wir bereit, zu pressen?«

Maggie schniefte. Langsam streckte sie den Arm aus und

ergriff Max' Hand. »Lass nicht los, okay?«

»Niemals.«

»Ja, ich glaube, ich bin jetzt so weit.«

Carina und ihre Mutter standen auf der einen Seite, Max auf der anderen. Die Zeit verfloss, bis Sekunden zu Minuten wurden. Sie presste und grunzte und fluchte. Mit jedem Mal bewegten sich die Zwillinge ein kleines Stück weiter, bis Maggie völlig erschöpft in den Kissen lag. Der Kopf rot vor Anstrengung lief ihr der Schweiß über die Stirn und sie schnappte nach Luft. »Ich kann nicht. Nicht mehr.«

»Doch, *mi amore*. Mehr.«

Carina drückte die Finger gegen ihre Lippen, als ihr Bruder plötzlich den Raum betrat. Ohne zu zögern und voller Selbstsicherheit nahm er Max' Platz ein und hielt die Hände seiner Frau. Er küsste sie auf die Stirn, die Wangen und murmelte etwas in ihr Ohr, bis sie nickte. Sich wieder aufrappelte. Und presste.

»Der Kopf kommt. Baby Nummer eins. Noch einmal Maggie, fester. Reiß dich zusammen und gib alles!« Ein Schrei erfüllte die Luft, als Carina beobachtete, wie das verschrumpelte Neugeborene das Licht der Welt erblickte. Glitschig und rot wand sich das Baby weinerlich und entließ einen weiteren Schrei. »Es ist ein Junge.« Sie legte das Baby auf Maggies Bauch, während Stimmen sie umschwirrten.

Maggie schluchzte und berührte ihren Sohn. »Er ist so wunderschön. Oh mein Gott.«

»Du bist noch nicht fertig, Liebes«, trällerte die Schwester. »Hier kommt Nummer zwei. Noch einmal pressen, Maggie.«

Maggie biss mit einem Schrei die Zähne zusammen.

Baby Nummer zwei war da. »Noch ein Junge! Glückwunsch, Mama und Papa. Ihr habt zwei wunderschöne Söhne.«

Carina beobachtete ehrfürchtig, wie ihr Bruder in schierer Verwunderung die Babys berührte, die Augen feucht vor Tränen. Ihre Mutter lachte vor Freude. Der Raum explodierte vor Geschäftigkeit, als die Babys gewogen, gemessen und in Decken mit passenden Strickmützen eingewickelt wurden.

Während sie Maggie versorgten, ging Michael zu seinen Söhnen und hob sie hoch.

»Darf ich vorstellen: Luke und Ethan.«

Ihre Mutter streckte die Arme aus und hielt Luke, wiegte ihn und murmelte auf Italienisch. Carina gab ihrer Schwägerin einen Kuss auf die Wange. »Du warst großartig, Maggie«, flüsterte sie. »Es tut mir leid, dass Alexa nicht hier sein konnte. Ich weiß, sie fehlt dir.«

Maggie lächelte sie an. »Nein, Carina. Ich bin froh, dass du es warst. Du warst dazu bestimmt, heute Nacht bei mir zu sein. Ich habe dich vom ersten Moment an geliebt, als wir uns getroffen haben und habe gesehen, wie du zu einer wunderschönen Frau geworden bist. Du bist meine wahre Schwester und ich möchte, dass du Lukes Patentante wirst.«

Freude explodierte in ihr, bis nichts mehr als dieses pure Gefühl übrig war. Sie nickte, brachte aber kein Wort heraus. Ihre Mutter kam zu ihr und legte das handtuchbedeckte Bündel in ihre ausgestreckten Arme. »Hier ist dein Patenkind Luke.«

Sie starrte auf die schrumplige, runzlige Haut. Der perfekte Mund formte ein kleines O. Dunkles Haar blitzte aus der pinken Mütze hervor. Ihre Finger zitterten, als sie seine seidige Haut streichelte. Er war ein lebendes, atmendes Wunder; der Beweis, was aus zwei Menschen hervorgehen konnte, die einander liebten.

Sie blinzelte einen Schwall von Tränen beiseite und blickte auf.

Max starrte zurück. Seine blauen Augen füllten sich mit rohem Verlangen, das sie durch den Raum hindurch erreichte und ihr Herz zerriss. Sie sog den Atem ein.

Und wartete.

***

Er war in sie verliebt.

Max betrachtete seine Frau. Sie verhätschelte das Baby und verlagerte das Gewicht auf ihren Füßen, während sie das

Bündel in diesem uralten Rhythmus wog, den alle Frauen zu kennen schienen. Ein seltsames Gefühl krallte sich in seinen Magen, zerrte an ihm und ließ nur eine blutige Masse zurück. Sein Kopf dröhnte und sein Mund wurde trocken, wie nach einer durchzechten Nacht. Schließlich kam die Wahrheit in einer erderschütternden Form über ihn, die jedem Weltuntergangsszenario aus der Bibel Konkurrenz gemacht hätte.

Er liebte sie.

Er hatte sie schon immer geliebt. Das war der Grund, warum keine Frau in seinem Leben die Richtige zu sein schien. Es war so leicht gewesen, es auf andere Gründe zu schieben. Seine Karriere. Seinen Drang nach Freiheit und Abenteuer. Sein Alter. Die Entschuldigungen türmten sich auf, ebenso wie die endlose Parade an Frauen, die alle gleich waren. Außer Carina – seine eine Konstante. Seine Freundin. Seine Liebhaberin. Seine Seelenverwandte.

Maggie bei der Geburt zu beobachten, hatte all die kantigen Stücke seines Inneren durchbrochen. Seinen Schwachsinn herausgefordert und seinen falschen Sinn für Ehre, Stolz und die sogenannte Achtbarkeit. Plötzlich hatte es nichts mehr damit zu tun, dass er so war wie sein Vater. Es hatte damit zu tun, ob er Manns genug war, damit er um die Frau, die er liebte, kämpfen konnte. Ihr alles zu geben, sodass sie endlich ihre Wahl treffen konnte.

Er hatte Carina nie eine Chance gegeben. All die Jahre hatte er Regeln aufgestellt, um sich zu distanzieren und in Sicherheit zu bringen. Selbst ihre Hochzeit war auf einem falschen Antrag aufgebaut gewesen, der all die wahren Gefühle verhöhnte, die er für die einzige Frau hatte, die ihn vervollständigte.

Ihm drehte sich der Kopf, als er langsam zu ihr ging und an ihrer Seite stehen blieb. Sie blickte auf das Baby hinab. Er hob ihr Kinn an, damit sie seinem Blick begegnete. »Komm mit mir nach Hause.«

Sie blinzelte. »Warum?«

»Weil ich dich darum bitte.«

Carina atmete ein, dann nickte sie. »Okay.«

Sie übergab Luke an Mama Conte. Michael kam zu ihnen und legte ihm eine Hand auf die Schulter. »Danke, mein Freund. Du hattest recht. Ich werde mich nicht mehr einmischen. Du bist nicht nur mein Geschäftspartner, sondern mein Bruder und warst immer für mich da. Verzeih mir.«

Er umarmte seinen Freund und klopfte ihm auf den Rücken. »In einer Familie muss man sich nichts verzeihen. Glückwunsch, Papa. Wir kommen später wieder vorbei.«

»*Si.*«

Er führte Carina aus dem Krankenhaus. Während sie zum Haus fuhren, schwiegen sie. Er betrachtete ihr Profil. Carina blieb distanziert und starrte tief in Gedanken versunken aus dem Fenster.

Als er sie zuvor am Pool gefunden hatte, schlafend, mit den Tieren an ihrer Seite, war er kurz davor gewesen, auf die Knie zu sinken. Ihr wunderbares Gesicht, das sich im Sonnenlicht entspannte, feuchte Lippen, die sich öffneten – ihre üppige Schönheit hatte ihn wie ein Tiefschlag getroffen. Sie reagierte auf seine Stimme, auf seine Berührungen, als wüsste ihr Unterbewusstsein bereits, dass sie zu ihm gehörte. Wenn Maggie nicht dazwischengekommen wäre, wäre er bereits in ihrer heißen, engen Hitze versunken und hätte sie davon überzeugt, dass sie dorthin gehörte. Unter ihm. Bei ihm. Mit ihm. Für alle Zeit.

Irgendwie musste er sie von der Wahrheit überzeugen. Er musste ihren Körper noch ein weiteres Mal an sich binden und sie dann anflehen, ihn nicht zu verlassen. Sie anflehen, ihm zu vergeben.

Es war sein letzter Zug, um diese Ehe in etwas Echtes zu verwandeln.

***

Sie musste ihre Ehe beenden.

Carina starrte aus dem Fenster. Die Realität der Situation war in dem Moment über ihr zusammengeschlagen, als Luke und

Ethan auf die Welt gekommen waren. Sie war eine lebende Lüge. Sie wollte alles mit Max – aber sie würde es niemals haben. Weil es am Ende ganz einfach war: Max könnte sie niemals so lieben, wie sie es brauchte. Es war an der Zeit, ihn loszulassen.

Sie spürte, dass er ihr seine eigene Entscheidung gestehen wollte. Vielleicht kämen sie endlich überein, trennten sich als Freunde und setzten sich so gut wie möglich mit den Folgen auseinander.

Er bog viel zu schnell in die Auffahrt vor ihrem Haus ein und geleitete sie ins Innere. Ein scharfer Befehl und Rocky hörte auf, zu bellen. Der Hund winselte und setzte sich auf den Boden, dabei sah er sie mit diesem traurigen Welpenblick an, der sagte, dass er wusste, dass sie in Schwierigkeiten war, aber nicht, wie er ihr helfen sollte.

Mit pochendem Herzen atmete sie tief ein. »Max, ich denke …«

»Nach oben.«

Ihr Bauch schlug einen Salto. Gott, er war so sexy. Er wirkte beinah primitiv in seiner Dominanz und den blauen Augen, die vor Hitze glühten. Ihre Brustspitzen drängten gegen ihr Shirt und sie spürte ein fast schmerzhaftes Verlangen. Sie verfluchte das Beben in ihrer Stimme und räusperte sich in dem Versuch, klar und deutlich zu sprechen. »Nein. Wir müssen reden, Max. Ich kann das nicht mehr mit dir tun oder mir antun. Das funktioniert nicht.«

»Ich weiß. Ich bringe es gerade in Ordnung. Nach oben.«

Gänsehaut bedeckte ihre Arme. Er packte sie am Handgelenk und führte sie die Treppe hinauf. Ihre Füße gehorchten, bis sie in seinem Schlafzimmer ankamen. Das Bett dominierte den Raum mit einer fast anstößigen Aura.

Sie ignorierte ihr hämmerndes Herz und begegnete ihm mit vor der Brust verschränkten Armen. »Bist du jetzt zufrieden? Bereit, mir deinen Masterplan zu verraten? Wie willst du diesen Schlamassel einer Ehe und unsere verkorkste Beziehung im Schlafzimmer reparieren?«

Er riss sich das Hemd vom Körper. Carina schluckte über den Anblick all dieser nackten, gestählten Muskeln. Eins, zwei, drei, vier, fünf, sechs. Ja, ein echtes Sixpack. Sein Bauch ließ Channing Tatum pummelig wirken. Was tat sie nur? Was tat er hier? Oh nein, sie würde nicht wieder Sex mit diesem Mann haben. Er war völlig bescheuert, wenn er sie für so dumm hielt. »Ich werde nicht mit dir schlafen, Max. Du bist völlig verblendet, wenn du denkst, wir könnten zurück auf Anfang.«

Er zog die Schuhe aus. »Oh, wir werden Sex haben. Genau jetzt. Ich war ein Idiot, so lange zu warten und dir nicht zu zeigen, wie ich fühle. Wir könnten eine nette kleine Unterhaltung in der Küche haben, aber du würdest mir kein Wort glauben.« Seine Hose fiele auf seine Knöchel und er trat sie beiseite. Seine Erektion beulte seine Boxershorts aus. »Also machen wir es auf eine bessere Art.« Sein Blick nagelte sie an die Wand. »Ausziehen.«

Carina keuchte. Ihr Körper erwachte zum Leben, bereit, mit all dieser nackten männlichen Perfektion vor ihr zu spielen, aber sie riss sich wieder zusammen. Sie betrachtete ihn mit kühlem Blick, der sie vermutlich als Lügnerin strafte. »Nein, danke. Wenn du bereit bist, zu reden, sag Bescheid.«

Er lachte leise und etwas hintertrieben. »Meine süße Carina. Wer hätte gedacht, dass du auf die harte Tour spielen willst? Aber das tust du. Ein weiterer Grund, warum du perfekt für mich bist und meine andere Hälfte. Ich brauche eine Frau, die nicht zerbricht, die mich auf allen Ebenen herausfordert, vor allem im Bett.« Er presste sie gegen die Wand und biss in ihr Ohrläppchen. Sein heißer Atem strich über ihre Haut. »Eine Frau, deren Seele rein ist und die weiß, wie man lacht. Eine Frau, die mich erreicht.« Seine Hände ruhten auf ihrer Korsage und er spielte mit dem Träger ihres Tops. Ein Ziehen hier. Ein Zerren da. Carina verbiss sich das lustvolle Stöhnen und straffte ihre Abwehr. Wenn sie diese Runde überstand, ohne nachzugeben, könnte sie mit ihrem Stolz durch die Tür gehen.

»Ich werde dir auf die einzige Weise, die ich kenne, zeigen, dass du die einzige Frau bist, die ich liebe. Du hast zu viele

Mauern um dich herum aufgebaut, Baby. Es ist, als würde man ein Minenfeld betreten und ich weiß, dass die Schuld bei mir liegt. Aber den Körper kann mich nicht belügen. Und du weißt, dass meiner es auch nicht kann.«

Er packte ihr Oberteil und riss es auseinander.

Ihre Brüste wurden entblößt. Er umfing sie mit seinen Handflächen und rieb über die aufgerichteten Spitzen, während er ihren Mund eroberte. Ein kurzes Ziehen und sowohl ihre Shorts als auch ihr Slip fielen herab, sodass sie nackt vor ihm stand. Das raue Vorspiel stachelte ihre Erregung so sehr an, dass sie ihre eigene Feuchtigkeit an ihren Beinen spüren konnte. Dabei versuchte sie, sich zu sammeln und biss sich auf die Unterlippe.

Er zog sich zurück. Seine blauen Augen verdunkelten sich, bis das Blau einem Sturm glich. Er zwickte in ihre Nippel, bis der Schmerz durch sie hindurchzuckte. Carina konnte das Stöhnen, das über ihre Lippen kam, nicht aufhalten. »Du willst es mir nicht leicht machen, was?«, murmelte er. »Das ist in Ordnung. Ich liebe Herausforderungen.«

Er drehte sie um und hielt sie zwischen seinen Beinen gefangen. Seine Brust presste sich an ihren Rücken, seine Erektion stieß gegen ihre Pospalte.

»Bastard.«

»Beine bitte weiter auseinander.«

»Zur Hölle mit dir!«

Er stieß ihre Beine mit seinem Fuß auseinander, bis sie weit geöffnet und verletzlich vor ihm stand. Ihre Wangen röteten sich, als sie ihre eigene Erregung roch. Seine Finger glitten über die Wölbung ihres Pos und drückten das zarte Fleisch. Sie zuckte zusammen, was ihm nur ein Lachen entlockte. »Macht dich das an?«

»Zum Teufel, nein.«

»Lügnerin.« Seine Finger schoben sich tiefer und sie drückte den Rücken durch. Mit geballten Fäusten und ihre Wange an die kühle Wand gelegt, versuchte sie keuchend, ihre Selbstbeherrschung wiederzufinden. Die Hilflosigkeit ihrer Position erweckte in ihr jedoch nur das Bedürfnis nach mehr. Dieser Mann forderte ihr Herz und ihre Seele, aber wie zum Henker hatte er es geschafft, so tief in ihre Fantasie einzudringen? Er spielte und neckte sie, bis sie sich wie ein wildes Tier wand und alles getan hätte, um Erlösung zu finden. Seine Lippen reizten und liebkosten die empfindliche Stelle auf ihrem Nacken und ihr Rückgrat hinab; dabei rieb er sich in einem Rhythmus an ihr, der sie verrückt machte.

»Ich will ... ich brauche ...«

»Ich weiß, Süße. Zeit, die Wahrheit zu sagen. Sag mir, dass du mir gehörst. Dass du immer mir gehört hast.«

»Nein.«

Er umkreiste die harte Knospe zwischen ihren Schenkeln und ihre Knie gaben nach. Max hielt sie mit einem Arm fest und hörte mit dem gnadenlosen Kreisen auf; kurz vor dem Abgrund. »Sag es mir.«

Ein Schluchzen erstickte in ihrer Kehle. So nah ... der Orgasmus schimmerte vor ihr in all seiner Pracht und ihre Nerven schrien auf. Sie hatte das Gefühl, dass ihr Kopf in Flammen stand und sie drückte ihre Hüften verzweifelt an seine. »Ich hasse dich, Maximus Gray. Ich hasse dich.«

Seine Lippen wanderten über ihre feuchte Wange. »Ich liebe dich, Carina. Hörst du mich? Ich liebe dich.« Er hielt inne und hob sie an, bis sie auf ihren Zehenspitzen stand. »Jetzt komm für mich.«

Er schob seine Finger tief in ihre Scham und rieb sie hart. Sie schrie auf, als Wellen der Lust durch sie hindurchströmten und sie in Stücke zerbrach. Max hob sie hoch, legte sie aufs Bett und streifte sich ein Kondom über. Dann drang er in sie ein.

Mein.

Carina grub ihre Fersen in seinen Rücken und gab ihm alles. Er stieß tief in sie, bis es nichts anderes mehr gab, außer ihn. Keine Zärtlichkeit überschattete die Wildheit seiner Stöße. Er trieb sie wieder bis zum Rand der Klippe und darüber hinaus.

Seine Wärme und seine Stärke umfingen sie. Sie schwebte und bemerkte das Herannahen ihrer eigenen Erlösung. Carina ließ ihn nicht los, als die Dunkelheit über sie hereinbrach und sie nicht mehr denken musste.

***

Max streichelte über ihr schweißnasses Haar und lehnte seine Wange an ihre. Seine Hände lagen auf ihren Brüsten und eines seiner Beine ruhte zwischen ihren Schenkeln. Ihr Duft hing an seiner Haut. Er fragte sich, warum er so lang gebraucht hatte, um zu verstehen, dass er sie liebte. Er wusste, warum er in der Vergangenheit der Liebe aus dem Weg gegangen war. Ja, er hatte Angst gehabt, Bindungen wegen seines Vaters einzugehen. Angst, dass er einige seiner Gene besäße und deshalb eines Tages einer Frau so wehtun würde, wie seiner Mutter so viele Jahre zuvor wehgetan worden war. Aber der offensichtlichste Grund war viel einfacher.

Furcht.

Sein Herz gehörte ihm nicht mehr länger. Hatte Carina sich so all diese Jahre über gefühlt? Die Qual, die Furcht und die Freude, bei dem anderen sein zu wollen? Er würde sein Leben für sie geben, aber diese Entscheidung war nicht mehr die seine. Sie lag neben ihm – ihr Körper war sein, aber ihr Geist war noch immer weit, weit entfernt.

»Woran denkst du?«, flüsterte er.

Sie hob die Hand und drückte ihre Lippen gegen seine Handfläche. »Daran, wie viel du mir bedeutest. Immer, wenn du mit Michael durch diese Tür gekommen bist, fragte ich mich, wie es wohl wäre, von dir geliebt zu werden. Wie es wäre, mit dir zu schlafen. Ich sah all diese Frauen und betete darum, an der Reihe zu sein. Jetzt ist es endlich passiert und ich habe Angst, es zu glauben.«

Er drehte sie auf die Seite, damit sie ihn ansehen konnte. Schokoladenbraune Augen, verletzlich und angefüllt mit Traurigkeit. Es brach ihm das Herz. »Ich liebe dich. Es geht hierbei nicht darum, das Richtige zu tun oder nicht so zu werden, wie mein Vater. Ich will mein Leben mit dir verbringen und mich keiner anderen Frau zuwenden.«

Sie bewegte sich nicht. Reagierte nicht auf seine Worte. Ihr dunkles, lockiges Haar fiel über ihre Schultern und zeigte die Umrisse ihres eigensinnigen Kinns, ihrer vollen Wangen und der langen Nase. Sie war stark, schön und perfekt.

Panik rauschte durch seine Adern und dröhnte in seinen Ohren. »Carina, bitte, hör mich an. Ich habe niemals geglaubt, gut genug für dich zu sein. Mein Alter, unsere Familie, der Mann, der ich dachte zu sein ... Jetzt stelle ich fest, dass ich jeden Tag damit verbringen will, dich glücklich zu machen, weil du mich geheiratet hast. Ich will würdig genug für dich sein.«

»Das will ich auch, Max. Aber ich ...«

»Was?« Die Stille zerrte an seinen Nerven und bedrohte die Hoffnung auf ein Happy End. Was konnte er ihr noch geben? Was könnte sie noch wollen? Er betrachtete ihr Gesicht und sah ihr tief in die Augen.

Dann wusste er es.

»Du glaubst mir nicht.«

Sie zuckte zurück. »Ich will dir glauben. Ich glaube sogar, dass du es jetzt in diesem Moment ehrlich meinst. Aber ich würde immer darauf warten, dass es sich wieder ändert. Ich fürchte, ich würde mich jeden Tag fragen, warum du mich auserwählt hast. Ich sehe dich an und mein Herz platzt fast. Ich weiß nicht wohin mit meinen ganzen Gefühlen. Es ist, als wäre ich immer noch sechzehn Jahre alt und hoffe darauf, dir zu gefallen oder dass du mir ein Lächeln zuwirfst.«

Kälte durchdrang seine Haut. Seltsamerweise ging es hierbei nicht um ihn. Hier ging es um ihre eigenen Probleme, dass sie glaubte, niemals genug für ihn zu sein. Konnte er so weiterleben? Dass er ihr sein Leben lang versicherte, sie zu wollen oder immer Angst haben zu müssen, dass sie wegen ihrer Unsicherheit fortging?

Dio, was für ein Chaos. Wieso konnte sie nicht verstehen, dass sie etwas Besonderes war? Dass er sie nicht verdiente? »Wir sind keine Kinder mehr, Carina. Ist es nicht an der Zeit, dass du das einsiehst und verstehst, wie du auf andere

Menschen wirkst?« Die Wahrheit traf ihn wie ein Schlag und er setzte sich auf. »Aber du hast recht. Wir müssen uns beide in der Mitte treffen. Ich brauche eine Frau, die an meine Liebe für sie glaubt; die an meiner Seite bleibt und keine Angst hat, dass irgendetwas sie mir wieder wegnehmen könnte. Ich brauche jemand Starkes, Mutiges.« Sein Kiefer spannte sich, als er eine Entscheidung traf. »Du bist all das, Liebste. Mehr noch. Aber bis du das nicht selbst glaubst, haben wir keine Zukunft.«

»Ich weiß.« Ihre Stimme brach. Voller Eleganz erhob sie sich vom Bett und stand nackt vor ihm. In ihren dunklen Augen glühte Entschlossenheit, gepaart mit einer Traurigkeit, die ihn bis ins Herz traf. »Deswegen kann ich jetzt nicht mit dir zusammen sein. Ich muss selbst herausfinden, ob ich genug bin, ehe ich uns beiden wieder eine Chance geben kann. Es tut mir leid, Max. Aber ich verlasse dich.«

Damit ließ sie ihn im Schlafzimmer zurück und er starrte die Tür an, die sie hinter sich geschlossen hatte. Sie hinterließ die Frage, ob er jemals wieder vollständig sein würde. Die Frage, was als Nächstes geschehen würde.

15. Kapitel

Alexa machte es sich auf dem kanariengelben Futon bequem und schaukelte dabei den kleinen Ethan auf ihrem Arm. Ihr Blick streifte wehmütig das Loft mit den hohen Decken. »Ich kann nicht glauben, wie schnell die Zeit vergeht«, sagte sie. Ihr praller Bauch füllte das Schwangerschaftsshirt mit der Aufschrift BOOKCRAZY BABY MAMA aus. »Du kannst dir gar nicht vorstellen, wie viel Wein in diesem Loft schon getrunken wurde.«

Maggie wiegte Luke, während sie ihm die Brust gab. Ihre Schwägerin schnaubte. »Oder wie viele von Alexas Dates hier schlecht geendet sind. Da war Wein bitter nötig.«

Die Frauen lachten und Carina schob die Leinwand, an der sie arbeitete, zurecht. »Na ja, ich habe da einen besseren Einstieg. Meine Freitagabende verbringe ich mit kitschigen Filmen und einer Flasche Rotwein.«

»Du solltest den regelmäßigen Abendessen am Freitag nicht fernbleiben, Carina«, sagte Alexa. »Max benimmt sich kaum noch wie ein zivilisierter Mensch. Michael sagt, seit du ihn verlassen hast, stapft er durch das Büro, verursacht Chaos und wird in seinem großen alten Haus immer mehr zum Einsiedler.«

Carina schüttelte den Kopf. »Nein, es ist besser so für mich. Ich habe viel zu erledigen.« Sie starrte das Bild vor sich an, das das Letzte in der Reihe werden sollte und zwang sich, die Tränen zu unterdrücken. »Obwohl ich ihn vermisse.«

Maggie seufzte. »Ich weiß, Süße. Aber ich glaube, du hast das Richtige getan. Du verzehrst dich schon dein ganzes Leben nach Max. Dabei ging es immer nur darum, was du für ihn tun kannst. Eine Ehe muss aber in beide Richtungen funktionieren. Du musst erst selbst für dich stark sein, bevor du stark für jemand anderen sein kannst.«

Alexa sah ihre Freundin erstaunt an. »Verdammt, das war tiefsinnig.«

Maggie grinste. »Danke. Ich habe für meine Rolle als Mutter

geübt, sensibel zu sein.«

»Ich habe dir ja gesagt, dass ich nach einem Partner auf Vollzeit-Basis für das *BookCrazy* suche«, sagte Alexa. »Du wärst perfekt für den Job und ich müsste mir keine Sorgen machen, dass Maggie einspringen muss und mir alle Kunden vergrault. Ich habe schon Kontakt mit einem Anwalt aufgenommen. Sobald du dich entschieden hast, könnten wir den Vertrag aufsetzen.«

Aufregung machte sich in ihrem Bauch breit. Zum ersten Mal hatte sie ein Talent an sich entdeckt, das ihr Geld einbrachte und sie glücklich machte. Jetzt, da das letzte Gemälde der Serie fertiggestellt war, war sie bereit, den nächsten großen Schritt zu wagen. Sie hatte Sawyer bereits angerufen; ein Gutachter würde vorbeikommen und ihre Arbeit einschätzen. Man hatte sie auch schon gewarnt: Wenn der Gutachter keine Chance sah, dass sich die Bilder verkaufen würden, würde er ihr das ohne Umschweife sagen. Carina war aufgeregt – sie wollte eine ehrliche Meinung und falls ihre Kunst nicht gut genug war, würde sie noch härter an sich arbeiten. Ihr Leben hatte endlich begonnen, sich zu ändern und sie glücklich zu machen.

Bis auf die Tatsache, dass sie ihren Ehemann vermisste.

Ein Teil von ihr schien kaputt zu sein, seit sie ihn verlassen hatte. Er hatte sie seitdem nicht kontaktiert. Nach zehn Tagen glaubte sie, wahnsinnig zu werden, wenn sie sein Gesicht nicht sehen könnte. Sie hatte es geschafft, einen Großteil ihrer Sehnsucht in ihre Kunst einfließen zu lassen und hoffte, dass sich die düstere Stimmung ihrer Bilder auf den Betrachter übertragen würde. Es war seltsam, wie aus einem gebrochenen Herzen großartige Kunst werden konnte.

Carina versuchte, sich wieder auf die Gegenwart zu konzentrieren. »Ich wäre wahnsinnig gern Teilhaber des *BookCrazy*«, sagte sie. »Danke für dein Vertrauen in mich, Alexa.«

»Machst du Witze? Du hast dir den Hintern aufgerissen und bewiesen, dass du es draufhast. Ich habe nichts zu verschenken.«

Maggie nickte. »Sie lässt sich gern gängeln, wenn es um Kinder oder Hunde geht, aber sobald es sich ums Geschäft dreht, wird sie zum Haifisch.«

Carina lachte. »Gut zu wissen.«

»Wie schlägt Gabby sich denn? Sieht aus, als wäre sie wieder völlig gesund«, sagte Maggie.

Carina sah zu der Taube, die in ihrem Käfig vor sich hin gurrte. Gabby mochte es, anderen Vögeln zuzuhören, die draußen in den Bäumen saßen. Ansonsten schien sie damit zufrieden zu sein, an ihrer Seite zu bleiben. Carina wusste allerdings, dass es an der Zeit war, sie freizulassen. Der Flügel war vollständig verheilt und ihr Besitzer wollte sie zurückhaben. Ein winziges bisschen Unsicherheit flammte in ihr auf. Vielleicht brauchte Gabby noch etwas Zeit. Vielleicht war sie noch nicht bereit.

»Sie wird bald wieder fliegen können.«

Alexa seufzte. »Ich hätte gern eine Taube als Haustier, aber die Hunde wären sicherlich eifersüchtig.«

Maggie schnaubte. »Oh ja, mein Bruder mit einem Vogel. Er hätte fast den Fisch getötet. Da ist die Katastrophe doch schon vorprogrammiert.«

Alexa streckte ihre Zunge heraus.

»Wir müssen langsam wieder gehen. Ich wollte nur kurz vorbeischauen und sehen, ob bei dir alles in Ordnung ist.« Carina gab ihnen und ihren Neffen ein Abschiedsküsschen.

Maggie drückte ihre Hand. »Denk daran, wenn du uns brauchst, sind wir da. Jederzeit.«

»Ich danke euch.«

Schweren Herzens sah sie ihnen zu, wie sie fortgingen. Dann machte sich Carina wieder an die Arbeit.

***

Carina beendete den Anruf mit zitternden Fingern.

Sie bekam eine Ausstellung.

Sie jubelte los, sprang durch das Zimmer und wackelte mit

dem Hintern. Der Gutachter hatte ihre Arbeit auseinandergenommen und gemeint, dass sich keines der Stücke verkaufen würde. Sie hatte seine Kritik mit eisernem Willen und erhobenem Kopf entgegengenommen und ihm gesagt, dass sie das nächste Mal eine bessere Arbeit vorlegen würde.

Er hatte genickt, ihr seine Karte gegeben und war gegangen.

Eine Woche später hatte Sawyer angerufen und ihr verkündet, dass seinem Freund ihre Arbeiten nicht aus dem Kopf gegangen waren. Er wollte, dass sie einige Kleinigkeiten änderte und ein weiteres Bild malte, dann würde er ihr eine Chance geben.

Jubel sprudelte in ihr wie Brausepulver, bis sie glaubte, fliegen zu können. Carina starrte ihr Blackberry an und stellte fest, dass sie dabei war, eine Nummer einzutippen.

Sie wollte Max anrufen.

Nicht ihre Mutter oder Michael oder Maggie. Sie wollte ihren Ehemann anrufen, der wahrscheinlich nicht mehr lang ihr Mann sein würde. Den Mann, der ihr zum Malen geraten hatte, weil es sie glücklich machte und der ihr gesagt hatte, dass so viel mehr in ihr steckte, als sie selbst ahnte.

Es klopfte an der Tür.

Mit rasendem Herzen entschied sie, dass das Schicksal ihr auf diesem Weg eine Antwort schickte. Wenn es Max war, würde sie sich in seine Arme werfen und um Vergebung bitten. Carina ging zur Tür und öffnete sie.

Im Türrahmen stand ihre Mutter.

Ihre Schultern sackten in sich zusammen, dennoch schaffte sie es, fröhlich zu lächeln. »Hi Mama. Ich bin froh, dass du da bist. Ich habe wundervolle Neuigkeiten.«

Ihre Mutter drückte ihr einen Kuss auf die Wange. Ihr Gehstock klapperte auf dem verschrammten Holzfußboden. »Erzähl mir davon. Du wirkst glücklich.«

Carina erzählte ihr die Neuigkeit. Der Stolz auf dem Gesicht ihrer Mutter befriedigte etwas tief in ihr. »Ich wusste, du würdest Erfolg mit deinen Bildern haben. Du hast dich in den letzten Wochen sehr konzentriert. Darf ich einen Blick darauf werfen?«

Ihre Nervenenden vibrierten vor Panik. »Äh, ich zeige sie dir, wenn sie fertig sind. Du kannst sie in der Ausstellung sehen.«

Mama Conte schüttelte den Kopf. »Es tut mir leid, Carina, deswegen bin ich eigentlich hergekommen. Ich werde nach Hause gehen. Ende der Woche fliege ich zurück.«

»Oh.« Dieser winzige Laut klang selbst in ihren eigenen Ohren erbärmlich. Sie hatte sich daran gewöhnt, ihre Mutter um sich zu haben. Das freitägliche Abendessen war immer sehr ausgelassen. Wie ein geschiedenes Paar nahmen sie und Max immer abwechselnd daran teil, damit jeder von ihnen Zeit mit der Familie verbringen konnte. Ihre Mutter seufzte tief, lehnte den Gehstock an die Couch und setzte sich auf die ramponierten Sitzkissen. »Geht es dir gut, Mama?«

»Natürlich. Ich bin nur müde und freue mich auf Zuhause.«

Carina lächelte und setzte sich neben ihre Mutter. Sie nahm die verwitterten Hände in ihre. Hände, die gebacken, Babys in den Schlaf geschaukelt und Tränen getrocknet hatten. Hände, die Teig geknetet, mit Dutzend Bällen gleichzeitig jongliert und dadurch eine starke Firma aufgebaut hatten. »Ich verstehe. Ich werde dich unglaublich vermissen.«

»Wird es dir denn hier ohne mich gut gehen? Willst du mit nach Hause kommen?«

Sie drückte einen Kuss auf die Hand ihrer Mutter. »Nein. Ich baue mir gerade ein eigenes Zuhause auf. Ich fühle mich stärker. Mehr wie eine Frau, die weiß, was sie will und nicht mehr wie ein Mädchen.«

Mama Conte seufzte. »Weil dein Herz gebrochen wurde. Auf diese Weise wachsen wir schneller. Wir werden nicht besser oder schlechter. Wir wachsen einfach nur.«

»Ja.«

»Es gibt da etwas, das ich dir über Maximus sagen muss.«

»Mama ...«

»Schh, hör einfach zu. Als du klein warst, hast du diesem Jungen immer verliebt hinterhergesehen. Ich wusste, dass so etwas bei dir nicht einfach nur bedeutete, verliebt zu sein, sondern, dass es die große Liebe sein musste. Damals warst du zu jung und Maximus ein anständiger Junge. Seine Aufgabe war es, dich zu beschützen, bis du eine Frau bist. Und das hat er getan.« Ihre Mutter lächelte angesichts dieser Erinnerung. »Ich habe immer bemerkt, wie er dich angesehen hat. Wenn er dachte, niemand würde es mitbekommen. Er hat dich mit einem sehnsüchtigen, liebevollen Blick angesehen, der mein Herz erfüllt hat. Ich wusste, dass es Zeit brauchen würde, bis ihr beiden bereit sein würdet. Ich wusste, dass es Herzschmerz geben würde und es wichtig war, um euch dorthin zu führen, wo ihr heute angekommen seid. Als ich euch an diesem einen Morgen überrascht habe, habe ich nur aus einem Grund von Hochzeit gesprochen: Ich wusste, dass ihr diesen Anstoß brauchen würdet. Max hatte zu viel Angst vor Michael und wegen eurer bisherigen Beziehung zueinander. Irgendetwas musste diese Grenze einreißen, damit ihr beide eine Chance bekommt. Ich mag diejenige sein, die es vorgeschlagen hat, aber dieser Mann will, was er will und keine Ehre der Welt hätte ihn dazu bringen können, dich um deine Hand zu bitten, wenn er es nicht wirklich gewollt hätte.

Max liebt dich, aber jetzt liegt die Entscheidung bei dir. Du musst stark genug sein, um an seine Seite zu treten und ihn um seine Liebe zu bitten. Du musst die Sache selbst in die Hand nehmen. Wir glauben alle an dich. Ist es nicht an der Zeit, dass du auch an dich selbst glaubst?«

»Ich weiß es nicht, Mama. Ich weiß es einfach nicht.«

Ihre Mutter seufzte tief und sah aus dem Fenster. »Ich hatte gehofft, es würde anders ausgehen, aber ich hatte nicht bedacht, wie stur du bist. Natürlich hatte ich das gleiche Problem bei Michael und Maggie, aber zum Glück hat sich bei ihnen alles zum Guten gewendet.«

Carina legte den Kopf zur Seite. »Was meinst du damit?«

Mama Conte kicherte. »Oh, ich wusste ganz genau, dass die beiden logen, als sie sagten, sie wären verheiratet. Ich wusste aber auch, dass sie perfekt zueinanderpassen, also habe ich die Sache mit dem Priester arrangiert.«

Carinas Mund öffnete sich von ganz allein. Ihre Mutter war krank gewesen und hatte Maggie und Michael aufgefordert, vor ihren Augen getraut zu werden. Unglaublich. Die ganze Zeit über hatte ihre Mutter Bescheid gewusst und ihren eigenen Plan verfolgt.

»Du bist skrupellos. Warum wusste ich nichts davon?«

»Ich bin eine Mutter. Wir tun, was wir tun müssen, wenn es darum geht, unseren Kindern einen Stoß in die richtige Richtung zu geben. Jetzt muss ich nur noch Julietta dazu bringen, ihre Nase nicht immer nur in Tabellen zu stecken, sondern auch mal einen Mann anzusehen.

Carina lachte. »Viel Glück damit.«

Carina nahm ihre Mutter in die Arme. Der vertraute Geruch nach Gebäck, nach Puder und Geborgenheit umfing sie und tröstete ihre Seele. »Ich liebe dich, Mama.«

»Und ich liebe dich, meine Süße.«

Sie umarmten sich für eine Weile, ehe Carina sich stark genug fühlte, um loszulassen.

***

Es war so weit.

Carina stand draußen mit Gabby auf dem Arm. Die Sonne wärmte ihre Haut und brachte die Federn der Taube zum Glänzen. »Ich hab dich lieb, Süße.« Sie streichelte über die flaumige Brust. Der Vogel legte den Kopf schief und gurrte, als würde er spüren, dass die Zeit des Abschieds gekommen war.

Carina zögerte. Sie wusste, dass sie Gabby nie wiedersehen und sie nach Hause fliegen würde.

In ihrem Kopf legte sich ein Schalter um und etwas in ihr zerbarst in tausend Splitter.

Max liebte sie.

Hatte sie sich nicht lang genug selbst hinterfragt? War es nicht an der Zeit, sich ihr Glück zu nehmen und einzusehen, Maximus und alles, was er zu bieten hatte, verdient zu haben? Diese letzten Wochen ohne ihn hatten ihr bewiesen, dass sie auch allein zurechtkam. Dass sie ihren Träumen folgen konnte. Dass sie scheitern konnte und nicht daran verzweifelte. Dass sie ohne Angst um etwas bitten konnte.

Sie konnte ohne ihn leben, aber sie wollte es nicht.

Ihr Ehemann liebte sie, aber er brauchte eine Frau, die es wert war. Sie hatte niemals genug an sich selbst geglaubt, um ihm alles zu geben. Immer hatte sie Angst gehabt, er würde eines Tages bemerken, dass sie nicht gut genug für ihn war.

Die Worte ihrer Mutter tanzten in ihrem Kopf, bis ihr schwindelig wurde.

Ist es nicht an der Zeit, an dich selbst zu glauben?

Ja.

»Es ist an der Zeit, zu fliegen, Gabby.«

Carina hob ihren Arm in die Luft. Die Flügel der Taube breiteten sich aus, dann hob sie ab. Graziös schwebte sie in den Himmel, ihre weißen Flügel im Kontrast zu den Baumstämmen. Carina sah ihr nach, wie sie verschwand. Große, flauschige Wolken zogen am Himmel vorüber, bis nichts mehr von dem Tier zu sehen war.

Ihr Magen beruhigte sich. In ihrem Innern pulsierte eine neue Gewissheit. Sie vertraute ihrem Instinkt und erkannte, dass es an der Zeit war, weiterzugehen. Zeit, die Frau zu sein, die sie immer schon hatte sein sollen.

Zeit, ihren Ehemann einzufordern.

16. Kapitel

Max sah zu dem Schild der trendigen Galerie in SoHo auf.

Carinas Name stand dort in einer modernen Schnörkelschrift geschrieben, während fröhliche weiße Lichter außerhalb der Galerie die Aufmerksamkeit der Passanten auf sich zogen. Er atmete tief ein und hoffte, dass er genug Kraft hatte, diesen Abend durchzustehen.

Die Einladung zu ihrer ersten Ausstellung war sowohl ironisch als auch überraschend gewesen. Er spürte Stolz in sich aufsteigen. Seine talentierte, schöne Frau wusste endlich um ihren Wert und er war nicht dort gewesen, um mit ihr zu feiern.

Dennoch konnte er nicht anders. Er musste sie noch einmal in all ihrem Glanz sehen. Musste ihre Arbeiten sehen, während er sich daran erinnerte, wie er sie im Arbeitsraum geliebt und ihren Körper mit der schokoladigen Körperfarbe eingepinselt hatte.

Sein Innerstes ballte sich vor Reue zusammen.

Max öffnete die Tür und trat ein.

Der Raum war groß und geräumig, mit Säulen, die den Raum auf natürliche Weise in Quadrate unterteilten. Es gab eine Bar. Cocktailkellner liefen umher, reichten Champagner, Wein und verschiedene Häppchen. Mehrere Leute standen in kleinen Gruppen zusammen, redeten, lachten und liefen durch den Raum. Sein Blick wanderte automatisch in die rechte Ecke, als hätte er ihre Gegenwart gespürt.

Sie warf den Kopf zurück und lachte über etwas, das ein Mann zu ihr gesagt hatte. Ihr langes schwarzes Kleid schimmerte im Licht. Ihre dunklen Locken waren gezähmt und hochgesteckt worden, aber Max wusste, dass das Lösen einer einzigen Haarnadel ausreichen würde, um die seidige Masse wild über ihre Schultern fallen zu lassen. Ihre Augen glühten vor innerer Freude und Selbstsicherheit, etwas, was er nie zuvor gesehen hatte.

Ja. Sie war ohne ihn glücklich.

Er kämpfte seine Emotionen nieder, wandte sich ab und ging zum ersten Bild ...

Der Schock machte ihn bewegungsunfähig.

Er hatte Porträts voller Herzblut erwartet, erfüllt mit der leichten Wärme, die er in den wenigen Arbeiten gesehen hatte, die sie ihm zeigte. Diese Bilder schienen von einem anderen Künstler erschaffen worden zu sein.

Roh und düster, mit Schattierungen in Schwarz, Grau und manchmal einem Hauch Rot. Die Motive waren Pärchen, die sich in verschiedenen erotischen Posen auf der Leinwand räkelten. Eine Frau lehnte sich gegen eine Wand, während der Liebhaber seine Lippen auf ihre nackten Brüste drückte. Die Körper der beiden schienen vor tiefer Sinnlichkeit zu vibrieren, bewegten sich aber zugleich an der Grenze zu etwas anderem, denn das Fenster, das sich im rechten Teil des Bildes befand, schien ein Spiegel zwischen Intimität und der Welt dort draußen zu sein. Der Betrachter fühlte sich in dieser Szene wie ein Voyeur, reizte seine Neugierde gerade genug, dass er nicht aufhören konnte, die Szene in sich aufzunehmen.

Während Max sich von einem Bild zum nächsten bewegte, bemerkte er, dass sich das Paar in seiner Beziehung verfangen hatte. Auf einer der Leinwände waren die Verletzlichkeit und das Verlangen auf dem Gesicht der Frau zu sehen, während sie ihren Liebhaber betrachtete. Sein schroffes Profil zeigte nichts als verhärtete Gesichtszüge und stählerne Entschlossenheit. Auf der nächsten Leinwand sah man, wie sich die Stirnen der beiden Liebenden berührten, ihre Lippen flüsterten etwas; die Augen waren vom Betrachter abgewandt, sodass diesem nichts anderes übrig blieb, als sich vorzustellen, was die beiden gerade dachten.

Max betrachtete jedes dieser Bilder mit einem Hunger, den er selten verspürte. Diese Arbeiten waren außergewöhnlich. Das Talent seiner Frau war von einer Leidenschaft und Tiefe erfüllt, die die gesamte Kunstwelt neu definieren konnte. Er sah den Anfang einer langen, erfolgreichen Karriere. Kein Wunder, dass

Sawyer so aufgeregt geklungen hatte. Er hatte die vielversprechendste Künstlerin der Stadt entdeckt.

Menschen umschwärmten ihn, versuchten, ihn in ein Gespräch zu verwickeln. Kellner blieben stehen und fragten, ob er etwas wünschte. Er antwortete keinem von ihnen. Er nahm nur diese Bilder in sich auf, während er das Gefühl hatte, den letzten, verborgenen Teil ihrer Seele anzusehen, den sie ihm bisher vorenthalten hatte. Nun war dieser Teil nackt und in all seiner Pracht vor ihm entblößt.

Dio, er liebte sie.

Er war früh genug gekommen, um sicherzugehen, dass er Alexa, Nick, Michael und Maggie nicht antraf. Sein Plan war lächerlich und typisch männlich. Reinschleichen, ihre Arbeiten ansehen, sich selbst quälen und dann wieder verschwinden. Nach Hause gehen und sich mit dem Hund zu seinen Füßen betrinken.

»Max?«

Ihre Stimme erreichte ihn. Rau wie die Nacht. Süß wie ein Engel. Er biss die Zähne zusammen und drehte sich um.

Sie lächelte ihn mit einer solchen Wärme an, dass er glaubte, daran zu verbrennen. Seine primitiven Bedürfnisse drohten ihn zu überwältigen, aber er kämpfte dagegen an und schaffte es, ihr Lächeln zu erwidern. »Hi Carina.«

»Du bist gekommen.«

Er zuckte mit den Achseln. »Ich musste es mir ansehen.«

Warum sah sie ihn voller Gier an? Um ihn zu quälen? »Ich bin froh, dass du da bist. Was hältst du von ihnen?«

Seine Stimme brach fast. »Sie sind ... alles.«

Sie blinzelte, als würde sie die Tränen zurückdrängen und ein weiterer Teil seines Herzens brach. »Du hast das Letzte noch nicht gesehen. Es steht da hinten auf einer eigenen Staffelei.«

»Ich kann nicht, Carina. Ich muss gehen.«

»Nein! Bitte, Max. Ich muss es dir zeigen.«

Fühlte sich so Liebe an? Ein sengender Schmerz, der dich unter Wasser drückte und dich nicht wieder an die Oberfläche zurückkehren lässt? Er schluckte seinen Protestversuch hinunter und nickte. »Okay.«

Er folgte ihr zum anderen Ende des Raums, dann einige Stufen nach oben. Vor ihnen befand sich nur ein einziges Kunstwerk, das von etwas Licht angestrahlt wurde. Das Bild hing in seiner ganzen Pracht von der Decke. Max machte einige Schritte darauf zu und sah hinauf.

Es zeigte ihn.

Der Titel stand in kühner Schrift über dem Bild: Maximus. Nackter Oberkörper. Barfuß. Die Jeans tief auf den Hüften. Sein Gesicht lag halb im Schatten und war verwischt. Er sah dem Betrachter direkt in die Augen und hielt seinen Blick fest. Ein buntes Durcheinander aus Gefühlen zeichnete sich auf diesem Gesicht ab; in seinen Augen wirbelte ein mächtiger Sturm. Er sah alles in diesem Blick. Bewegt bis ins Innerste. Verletzlichkeit. Entschlossenheit. Ein wenig Arroganz. Begehren. Und die Fähigkeit, zu lieben.

Sein Herz krampfte sich zusammen. Er drehte sich um.

Carina stand vor ihm. Ihre dunklen Augen waren erfüllt mit Anbetung, Liebe und einer Stärke, die er nie zuvor an ihr gesehen hatte. »Ich liebe dich, Max. Ich habe dich immer geliebt, aber erst musste ich lernen, mich selbst zu lieben, ehe ich dir geben kann, was du brauchst. Ich weiß nicht, ob es zu spät ist, aber ich verspreche, dass, wenn du mir noch eine Chance gibst, ich an deiner Seite bleiben und die Frau sein werde, die du verdienst. Denn ich bin diese Frau. Die andere Hälfte deiner Seele. Die Frage war niemals, ob ich zu dir zurückkomme. Die Frage ist, wirst du zu mir zurückkommen?«

Freude explodierte in ihm und raste durch seine Adern. Er lachte erstickt auf und zog sie in seine Arme. »Ich war niemals fort, *cara*.«

Er nahm ihren Mund in Besitz. Küsste sie tief und zärtlich, als könnte er damit die Schwüre, die sie vor Monaten auf der Hochzeit in Vegas gesagt hatten, besiegeln.

Plötzlich waren sie umringt von der Familie seines Herzens. Max wurde zu Michael und Nick gezogen, die ihm auf die Schultern klopften und Alexa und Maggie wischten ihre Tränen fort.

Er war endlich zu Hause angekommen.

»Wurde aber auch Zeit, dass ihr wieder zusammenkommt«, schniefte Alexa. »Wir konnten das Drama nicht länger mitansehen. Die Freitagabende wurden langsam langweilig.«

Max hielt Carina fest an sich gedrückt und lachte. »Wir werden es diese Woche wiedergutmachen. Mit einer Party in unserem Haus.«

Der Gutachter eilte herbei und schob sich durch die Leute. Seine sonst ruhige Fassade hatte Risse bekommen. »Ähm, Carina, kann ich Sie für eine Sekunde sprechen?«

»Natürlich.« Sie küsste Max fest auf die Lippen und trat zur Seite. Nach einem im Flüsterton gehaltenen Gespräch kam sie mit einem verträumten Ausdruck zurück. »Jedes meiner Bilder wurde verkauft!«

Max grinste. »Das überrascht mich nicht. Deine Arbeiten haben mich völlig umgehauen. Du musst noch viele weitere Bilder malen und ich werde dich inspirieren.«

Sie kicherte und vergrub ihre Finger in seinem Haar. »Dann leg mal los«, flüsterte sie.

Max sah die Frau an, die er liebte. Seine Frau. Seine Seelengefährtin. Sein für immer.

»Lass uns nach Hause gehen.«

***

Sie lag eingewickelt in den Laken, erschöpft, gesättigt und glücklicher, als sie es jemals gewesen war.

»Bist du endlich so weit, deinen Onkel anzurufen?«

Carina hob den Kopf vom Kissen, ließ ihn aber gleich wieder zurückfallen. »Niemals. Gib mir eine Minute.«

Er lachte tief und stand auf. Sie hörte, wie er auf den begehbaren Kleiderschrank zuging und wieder zurückkam. Sein moschusartiger Duft erreichte ihre Nase und ließ ihr Verlangen erneut erwachen. Verdammt, ihr Ehemann hatte sie in eine Nymphomanin verwandelt und sie liebte jeden Augenblick davon.

»Ich habe ein Geschenk für dich.«

Das sorgte dafür, dass sie sich aufsetzte. Das Mädchen in ihr schmolz bei dem Gedanken dahin, dass ihr Mann ihr ein Geschenk gekauft hatte. »Hast du?«

»Ja. Ich habe es mir aufgespart, in der Hoffnung, dass du zu mir zurückkommen würdest und ich es dir dann geben kann.«

Das rechteckige Kästchen war in leuchtend rotes Papier eingewickelt. Sie biss sich vor Freude auf die Unterlippe und starrte das Kästchen an. »Was ist es?«

»Mach es auf, Baby.«

Sie riss das Papier wie ein Kind an Weihnachten auf, öffnete den Deckel und ... sog scharf die Luft ein.

Auf dem weißen Seidenpapier lag ein Paar Schuhe. Nicht irgendwelche Schuhe. Bei diesen Schuhen handelte es sich um High Heels mit Zehn-Zentimeter-Absätzen, die mit Diamanten geschmückt waren. Sie bestanden aus purem Glas.

Sie hob einen heraus und beobachtete, wie sich das Licht in den Edelsteinen brach. Der Peeptoe verlieh dem Schuh einen frechen Hauch von Sexyness und das zarte Glas fühlte sich glatt unter ihrer Berührung an. »Mein Gott, Max, du hast dich selbst übertroffen. Sie sind wunderschön.«

»Du hast mir mal erzählt, dass du niemals das Happy End bekommen hast, das du dir immer gewünscht hast. Ich habe mir gedacht, ich mache das wieder gut, indem ich dir ein echtes Paar Aschenputtel-Schuhe besorge.«

Ihre Augen füllten sich mit Tränen und sie schniefte. »Verdammt, Maximus Gray. Wer hätte gedacht, dass sich tief in deinem Innern ein solcher Romantiker versteckt?«

»Ich liebe dich, Carina.«

»Ich liebe dich auch.«

Er drückte die Stirn gegen die seiner Frau, als würde er sich vornehmen, sie niemals wieder an seinen Gefühlen zweifeln zu lassen.

Epilog

Maggie seufzte und sah sich im Wohnzimmer um. »Sind hier tatsächlich zu viele Kinder im Raum oder verliere ich gerade den Verstand?«

Carina lachte und steckte den Schnuller in Marias Mund. Ihr Schreien wurde abrupt unterbrochen, als sie gierig zu saugen begann. Lily lief im Zimmer umher und spielte mit ihren beiden Stofftieren, während Nick Junior im Hintergrund brüllte. Ethan und Luke befanden sich in zwei Laufställen. Sie waren gerade erst gefüttert und mit neuen Windeln versorgt worden. »Warte, bis Max und ich dazukommen. Dann müssen wir eine Kette mit Babysitter-Filialen gründen, damit unsere Männer und wir auch mal wieder das Tageslicht sehen können.«

»Bist du schwanger?«, keuchte Alexa. Sie hielt eine Spielzeugtasse in der Hand und tat so, als würde sie daraus trinken, während Lily kicherte.

»Nein, so weit sind wir noch nicht. Ich arbeite an der nächsten Ausstellung und Max eröffnet eine weitere Bäckerei. Wir haben im Moment einfach Spaß zusammen. In einem Monat fliegen wir nach Italien und bleiben eine Weile dort. Uns fehlen unsere Mütter.«

Maggie seufzte. »Ich vermisse Mama Conte auch. Aber die Babys sind noch zu jung für eine solche Reise. Wie geht es Julietta? Immer noch kein Date?«

»Meine Schwester hält nicht viel vom anderen Geschlecht. Sie glaubt, ein Mann würde ihr die Kontrolle über ihr Leben und ihre Karriere wegnehmen. Sie ist sehr dickköpfig.«

Alexa lachte. »Möglicherweise braucht sie einen Liebeszauber. Mutter Erde war mit Maggie und mir sehr großzügig.«

Maggie warf mit einem Stoffhündchen nach ihr und traf sie am Kopf. Alexa streckte ihr die Zunge aus.

Liebeszauber.

Ein Hauch von Schicksal fuhr über ihr Rückgrat. Sie spürte, wie ihre Augen groß wurden, als sie an die Nacht zurückdachte, in der sie das Feuer entzündet und den Zettel hineingeworfen hatte. Einen Zettel, auf dem ein Name gestanden hatte: *Maximus Gray*.

Sie bekam eine Gänsehaut und drückte Marias warmen Körper enger an sich. »Ähm, Leute? Wovon redet ihr? Als Maggie mir das Zauberbuch gab, sagte sie, es wäre nur Unsinn und keiner würde es benutzen.«

Alexa heulte vor Lachen auf. »Köstlich! Miss Maggie hat endlich zugegeben, ihren eigenen Zauber mit dem Wunsch nach einem Mann ausgesprochen zu haben, bevor sie Michael geheiratet hat. Selbst die Zyniker werden irgendwann weich.«

Maggie zuckte mit den Schultern. »Na und? Das war ein Zufall. Carina hat das Buch weggeworfen und dennoch ist sie jetzt glücklich mit Max verheiratet. Also war es wirklich nur ein Zufall, dass wir unsere Ehemänner bekommen haben, nachdem wir den Wunsch an Mutter Erde ausgesprochen hatten.«

Carina schluckte. »Ich habe gelogen, Maggie.«

»Was meinst du damit?«

»Ich habe einen Liebeszauber ausgesprochen. Einige Nächte später bin ich in den Wald geschlichen und habe den Ritus zu Ende geführt. Ich habe meinen Zettel im Feuer verbrannt.«

Im Zimmer wurde es still. Selbst die Babys schienen zu spüren, dass sich etwas anbahnte und auch der Zeichentrickfilm, der im Fernsehen lief, verstummte in diesem Augenblick.

»Hast du alle Qualitäten aufgeschrieben, die du dir von deinem Ehemann wünschst?«, flüsterte Alexa. »Passt Max auf diese Beschreibung?«

Carina sah die beiden Frauen an und schluckte. »Ich habe keine Liste geschrieben. Ich habe nur seinen Namen auf den Zettel geschrieben.«

Maggie zuckte zusammen, als hätte sie einen Geist gesehen.

Alexa lehnte sich gegen das schieferblaue Kissen und schüttelte den Kopf. »Heilige Scheiße. Der Zauber wirkt.«

Maggie lachte, aber es klang falsch. »Unmöglich. Das bilden wir uns ein. Hör auf, mir Angst zu machen.«

»Wo ist das Buch, Carina? Hast du es jemand anderem

gegeben?«

»Nein, es steht in meinem Bücherregal mit jeder Menge anderem Kram. Ich habe es nicht weggeworfen.«

Alexas Augen leuchteten auf. »Ich denke, wir sollten dieses Buch jemandem schicken. Zum Beispiel deiner Schwester.«

»Was? Julietta würde den Zauber niemals durchführen. Sie ist die Praktische in unserer Familie. Es würde nicht funktionieren.« Sie hielt inne. »Oder?«

Maggie tippte sich mit der Fingerspitze gegen das Kinn. »Interessanter Gedanke. Carina geht in einem Monat nach Italien. Möglicherweise findet sie einen Weg, um sicherzustellen, dass Julietta das Ritual durchzieht. Dann wissen wir es mit Sicherheit. Bei zweien ist es noch ein Zufall. Drei ist vielleicht weit hergeholt, aber möglich. Bei vier Malen wäre es eine Bestätigung.«

Carina sah die beiden Frauen an. Sie hatten recht. Ihre Schwester verdiente das gleiche Glück wie sie und wenn es bedeutete, dass ein Liebeszauber Julietta einen Schubs in die richtige Richtung geben konnte, dann war es den Versuch wert.

»Ich werde es tun.«

Maggie nahm drei Weingläser, schenkte einen vollmundigen Chianti ein und reichte sie an die anderen. Sie hoben die Gläser, um anzustoßen und lächelten.

»*Salute*.«

Carina trank.

Die Kinder spielten oder schliefen. Die Frauen redeten und lachten. Die Männer kamen ab und zu vorbei, um sich einen Kuss abzuholen oder um die Frauen aufzuziehen. Als Carina ihren Mann ansah, lächelte er sie mit einer Zärtlichkeit und einem Verlangen an, die sie vervollständigten. Das Missgeschick ihrer Hochzeit hatte ihr schlussendlich all das gegeben, wovon sie immer geträumt hatte.

Ihr eigenes Happy End.

Danksagung der Autorin

Jeder Schriftsteller weiß, dass er keine großartigen Bücher ohne ein noch großartigeres Team hinter sich erschaffen könnte. Das Team von Gallery war in jeder Hinsicht fantastisch dabei, sicherzustellen, dass dieses Buch rechtzeitig erschien, ohne an Qualität einzubüßen.

Ganz besonderer Dank an meine Lektorin, Lauren McKenna, die mich zu ungeahnten Höchstleistungen antrieb, meine Hand hielt und das hier zu dem bestmöglichen Buch machte. Ich bin begeistert, Teil deines Teams zu sein und freue mich auf viele weitere wundervolle Bücher. Wenn ich Rocky bin, dann bist du Mickey!

Vertraute Sehnsucht

Teil 2 der *PLAYING WITH FIRE* Serie von Jennifer Probst

ISBN-Paperback: 978-3-902972-04-0
ISBN-EPUB: 978-3-902972-10-1

Wenn Gegensätze sich anziehen und eine nie gekannte Leidenschaft entbrennt ...

Um seine Schwester aus einer Notlage zu retten, muss der attraktive Milliardär und überzeugte Single Michael Conte über seinen Schatten springen und seiner streng traditionellen Familie eine glückliche Ehe vorspielen.

Unterstützung erhält er von der anziehenden wie kratzbürstigen Fotografin Maggie Ryan, die dem Deal nur zustimmt, wenn Michael künftig einen großen Bogen um ihre beste Freundin macht. All die sachlich getroffenen Abmachungen stehen und fallen, sobald sie in Italien ankommen und die feurige Maggie Michaels bisher geordnetes Leben in ein sinnliches Chaos stürzt ...